Susanne von Berg

Die Zeit der Frauen

Eine große Erfindung

atb aufbau taschenbuch

Susanne von Berg ist das Pseudonym des Schriftstellers Andreas Schmidt, bekannt durch zahlreiche Kriminalromane. Er lebt und arbeitet als freier Autor und Journalist in seiner Heimatstadt Wuppertal.

Im Aufbau Taschenbuch sind die Bände der Kaufhaussaga »Das Kaufhaus – Zeit der Sehnsucht«, »Das Kaufhaus – Zeit der Wünsche« und »Das Kaufhaus – Zeit des Wandels« lieferbar.

Katharinas Weg scheint vorgezeichnet. Sie wird einmal den elterlichen Hof im ostwestfälischen Clarholz übernehmen. Als ihr Vater Pläne schmiedet, um den Hof zu erweitern, erkennt sie, dass eine erfolgreiche Bewirtschaftung nur möglich bleiben wird, wenn sie sich Neuerungen öffnen. Dann lernt sie Carl kennen, dessen Technikbegeisterung ihr sofort auffällt, und sie verliebt sich Hals über Kopf in ihn. Gemeinsam entwickeln sie eine Maschine, die die Arbeit auf dem Hof revolutioniert: eine Milchzentrifuge. Mit seiner bahnbrechenden Idee will sich das junge Paar selbstständig machen. Doch Katharinas Vater lehnt die Beziehung der beiden ab – er wünscht sich einen Landwirt zum Schwiegersohn. Kann Katharina ihn von Carl und ihrer Erfindung überzeugen?

Susanne von Berg

Eine große Erfindung

Die Zeit der Frauen

Roman

atb aufbau taschenbuch

MIX
Papier | Fördert
gute Waldnutzung
FSC® C083411

ISBN 978-3-7466-4119-5

Aufbau Taschenbuch ist eine Marke
der Aufbau Verlage GmbH & Co. KG

1. Auflage 2024

www.aufbau-verlage.de
10969 Berlin, Prinzenstraße 85

Satz Greiner & Reichel, Köln
Umschlaggestaltung www.buerosued.de, München
unter Verwendung eines Motivs von © Ildiko Neer / Arcangel
Druck und Binden CPI books GmbH, Leck, Germany

Printed in Germany

Kapitel 1

Bernhard Zumwinkel wusste nicht, wie lange er schon wach neben seiner schlafenden Frau lag und ihren gleichmäßigen Atemzügen lauschte. Er fand nicht in den Schlaf, Theresas Gesundheitszustand bereitete ihm die größten Sorgen. Sie litt an einer seltenen, noch nicht erforschten Lungenkrankheit, die sie immer wieder heimsuchte. Die Abstände wurden kürzer, und Doktor Johann hatte keinen Hehl daraus gemacht, dass es sich wohl um eine todbringende Krankheit handelte. Dabei war Theresa doch erst Anfang vierzig. Bernhard konnte es kaum fassen, dass seine geliebte Frau wohl nicht mehr lange leben würde.

Mit feucht schimmernden Augen wandte er den Kopf nach links, um sie zu betrachten. Theresa lag eingerollt auf der Seite, die weinrote Decke hatte sie bis zu den Schultern hochgezogen. Ihre Gesichtszüge wirkten entspannt, im Gegensatz zu ihrem Mann verfolgten sie die Ängste nicht bis in den Schlaf. Ein Gewicht schwer wie Blei legte sich um Bernhards Herz, als er daran dachte, wie sie sich kennengelernt hatten. Nach einem halben Jahr wurde Hochzeit gefeiert, wenig später war Theresa schwanger. Katharina, ihre einzige Tochter, war inzwischen fast erwachsen. Bernhard hatte den Zumwinkel-Hof von seinen

Eltern übernommen. Seitdem bewirtschafteten sie das Gut mit wachsendem Erfolg.

Seit Generationen waren die Zumwinkels rechtschaffene und zufriedene Menschen, die von der Milchwirtschaft und der Schweinemast gut leben konnten.

Doch was nutzt der ganze Erfolg, wenn meine geliebte Theresa nicht mehr lange leben wird?, fragte sich Bernhard und versuchte vergeblich, die betrüblichen Gedanken zu verdrängen. Es würde schwer werden, den Hof ohne seine Frau fortzuführen, daran änderten auch die Feldarbeiter, die Knechte und die Mägde nichts. Bei der Arbeit auf dem Hof wurden viele Hände gebraucht. Knechte, Mägde, seine Tochter, alle mussten anpacken. Theresa war die gute Seele des Hofes, wenn sie ging, würde auch der Zumwinkel-Hof nicht mehr das sein, was er mal war. Ein schwerer Seufzer kam über Bernhards Lippen. *Doch noch ist es nicht so weit, und ich werde alles Erdenkliche tun, um meine Theresa vor dem Tod zu bewahren*, schwor er sich. Er löste den Blick von seiner Frau und sah sich im Halbdunkel der Schlafkammer um. Das Zimmer mit der niedrigen Decke wurde vom großen Ehebett mit dem aufwändig gedrechselten Kopfende beherrscht, dem der massive Kleiderschrank gegenüberstand. Links und rechts neben dem Bett gab es Nachtkonsolen, über dem Bett hing ein Bild der Jungfrau Maria, gleich neben dem sorgfältig geschnitzten Holzkreuz. Die Tagesdecke aus Spitze, das Spitzendeckchen auf der Kommode, die Bilder an den Wänden, ja sogar die weißblaue Tapete mit dem filigranen Blumenmuster, die Gardinen vor den kleinen Fenstern, all das hatte Theresa damals liebevoll ausgesucht. Seit ihrem Einzug auf dem Hof hatte

Bernhard nicht gewagt, etwas zu verändern, und das war gut so. Alles in diesem Raum trug ihre Handschrift.

Sekundenlang starrte Bernhard zu der von Holzbalken gestützten Decke auf. Die schrecklichen Ängste um seine Frau wurden überlagert von der Sorge, wie es mit dem Hof weitergehen würde, wenn sie nicht mehr da war. Seine Gedanken wanderten zu Katharina, die langsam ins heiratsfähige Alter kam. Doch ihre Tochter hatte bislang keinerlei Interesse an Männern gezeigt. Zu sehr nahm sie die Arbeit auf dem Hof in Besitz. Katharina schuftete wie ein Mann, sie arbeitete von früh bis spät und lebte für den Zumwinkel-Hof. Trotzdem war es nicht üblich, dass Höfe von Frauen geleitet wurden. Sie brauchte einen Mann. Ihm und Theresa war ein Sohn versagt geblieben. Zu schwach war Theresa schon nach der ersten Geburt gewesen, sodass eine weitere Schwangerschaft ein erhöhtes Risiko für sie dargestellt hätte. Sie mussten ohne Stammhalter auskommen und setzten alle Hoffnungen darauf, dass Katharina eines Tages einen Mann finden würde, mit dem sie den Hof fortführen konnte.

Ein Mann muss her, dachte Bernhard betrübt. *Einer, der der Hofübernahme und allen Aufgaben des Alltags gewachsen ist.* Er musste sich um die Nachfolge Gedanken machen, bevor es zu spät war. Ein schwaches Lächeln huschte um seine Mundwinkel, als ihm eine Idee in den Sinn kam. Es dauerte einen Moment, bis er seine Gedanken geordnet hatte. Nachdem er ein paar Mal tief durchgeatmet hatte, drehte auch er sich auf die Seite, betrachtete Theresa mit zufriedenem Blick, zog sich die Decke bis zum Kinn und schlief ein.

Kapitel 2

»Was stehst du denn da am Fenster und hältst Maulaffen feil?« Mit gespieltem Vorwurf in der Stimme war Theresa Zumwinkel hinter Lina getreten. Die Bäuerin wollte sehen, was ihre junge Magd derart ablenkte, dass sie für einen Moment ihre Arbeit in der Küche vernachlässigte. Draußen bereiteten sich die Tagwerker gerade darauf vor, die Felder des Hofes zu bestellen. Die Bauernfamilie Zumwinkel hielt Hühner, Schweine und Kühe. Das für die Viehhaltung benötigte Futter wurde auf den eigenen Feldern angebaut. Gerade stand die Heuernte an, eine körperlich anstrengende Arbeit, bei der im Wettlauf mit dem Wetter jede helfende Hand benötigt wurde. Seit einigen Tagen schon brannte die Julisonne gnadenlos vom Himmel über Clarholz und sorgte dafür, dass das vor einigen Wochen mit der Sichel geerntete Gras getrocknet war und eingefahren werden konnte.

»Lina? Hörst du mich?«

Mit rotem Kopf und verschämtem Blick riss sich Lina vom Küchenfenster los. Es war ihr unangenehm, dass die Bäuerin sie dabei ertappt hatte, wie sie dem neuen Knecht sehnsüchtig hinterhergeschaut hatte. Die Arbeiter machten sich gerade daran, den Tag auf dem Feld vorzubereiten. Thomas spannte das Maultier Aurora vor den hölzernen Leiterwagen. Einige Frauen schleppten Körbe heran, die Männer trugen die Werkzeuge zum Fuhrwerk, um es zu beladen.

»Soso, der Thomas hat es dir angetan.« Theresa Zumwinkel schmunzelte. »Der neue Knecht ist ein adretter Kerl, er kann anpacken und drückt sich nicht vor der Arbeit.«

Er kann anpacken, hallte es in Linas Kopf nach, während sie sich peinlich berührt daranmachte, den Frühstückstisch in der großen Küche abzuräumen. Theresas Mann Bernhard hatte ihn eingestellt und dabei Ausschau gehalten nach einem jungen, fleißigen Mann. Ob er dabei auch an einen Nachfolger für die Übernahme des Hofes gedacht hatte, wusste Lina nicht. Und sie würde sich hüten, Theresa danach zu fragen. Lina sammelte sich und machte sich an die Arbeit. Noch immer hing der Duft nach Tee und frischem Malzkaffee in der Küche.

Der große Raum wurde von einem langen, grob geschnitzten Holztisch dominiert, um den sich ein gutes Dutzend Stühle und eine hölzerne Eckbank reihten, die unter dem Fenster zur Straße hin stand und noch einmal Platz für fünf Personen bot. Auf der gegenüberliegenden Seite lag die eigentliche Küche. Es gab Regale mit Tongeschirr und Porzellan, Schränke mit Töpfen, einen großen Spülstein, eine Anrichte und einen recht modernen Herdofen, auf dem gekocht werden konnte. Der Raum war zweckmäßig eingerichtet, die Wände wurden, wie Theresa ihr berichtet hatte, jedes Jahr frisch gekalkt, die kleinen Gardinen an den Fenstern hatte die Bäuerin selbst bestickt.

Lina stapelte das benutzte Geschirr neben dem Spülstein zu abenteuerlichen Türmen. Als sie den Platz abräumte, an dem Thomas gesessen hatte, erwischte sie sich dabei, wie sie kurz innehielt, um tief die Luft einzusaugen. Für einen kurzen Augenblick bildete sie sich ein, dass sie den Knecht noch riechen konnte. Er war groß und kräftig, die Schultern waren breit und die Arme muskulös. Dabei hatte sie sich in den warmen Blick seiner braunen Augen verguckt, auch der Klang seiner Stimme ließ regelmäßig einen angenehmen Schauer ihren Rücken herunterrieseln. Doch das musste niemand mitbekommen. Nun, da die Bäuerin sie offenbar überführt hatte, schämte sich Lina ein wenig für ihre Schwärmerei. Denn längst schon hatte sie mitbekommen, dass sich Thomas nicht im Geringsten für sie zu interessieren schien. Er hatte ein Auge auf Katharina, die hübsche Tochter der Zumwinkels, geworfen.

»Träumst du denn schon wieder?« Theresa, die sich am Spülstein zu schaffen gemacht hatte, stemmte energisch die Hände in die Hüften. Theresa Zumwinkel war von kräftiger Natur, ihre vollen Backen rot wie kleine Äpfel, die blauen Augen sahen mit einem wachen Blick in die Welt, ihre dunkelblonden Haare wurden von einem blassroten Kopftuch größtenteils verdeckt. Obwohl Lina sie schlecht schätzen konnte, vermutete sie, dass die Bäuerin Anfang vierzig war.

»Es gibt viel Arbeit heute, Mädchen.« Bernhard Zumwinkel hatte ihr Lina zur Seite gestellt, da seine Frau schnell krank wurde. Etwas stimmte mit ihrer Lunge nicht, doch woran Theresa litt, wusste Lina nicht. Und sie fand es unhöflich, Theresa danach zu fragen.

»Ich komme schon.« Lina verdrängte die Gedanken an Thomas und nahm der Bäuerin den schweren Zinkeimer aus der Hand. Ohne Worte verstanden sich die beiden Frauen. Mit dem Eimer am langen Arm verließ Lina die Küche und stand im nächsten Moment im Freien, um ihn an der Tränke zu füllen. Draußen brannte die Sonne trotz früher Stunde schon gnadenlos vom fast wolkenlosen Himmel herab. Die junge Magd fürchtete, dass es wieder ein unerträglich heißer Sommertag werden würde. Schon jetzt wärmte die Sonne ihre Haut. Kurz verharrte sie im Schatten des weit ausladenden Daches und ließ den Blick über den Hof schweifen. Unter den Männern und Frauen herrschte Aufbruchstimmung. Nachdem die Kühe bereits vor dem Frühstück gemolken worden waren, hatten sich die Arbeiter um das Vieh gekümmert. Jetzt ging es raus zur Feldarbeit, zur Heuernte.

Lina atmete tief ein und musste die Nase kraus ziehen, als sie den Duft nach Jauche und Mist in die Lungen sog. Aus dem Schweinestall drang ein anklagendes Grunzen. Dabei hatte sie den Schweinen doch schon im Morgengrauen Kartoffeln in den Futtertrog geschüttet, wie fast alles hier auf dem Hof aus eigenem Anbau.

Am Stall wurde gerade Ferdinand, der Ackergaul, mit neuen Hufen versehen. Bernhard Zumwinkel hielt Ferdinand am Strick, während ein Hufschmied mit lederner Schürze ein glühendes Hufeisen mit dem Hammer auf dem zentnerschweren Amboss bearbeitete.

Als der Bauer sie erblickte, nickte er ihr lächelnd zu. Obwohl Lina noch nicht allzu lange auf dem Zumwinkel-Hof lebte, fühlte sie sich hier bereits heimisch. Sie setzte sich in Bewegung und überquerte den Hof, wich dem streng riechenden Rinnsal aus dem Kuhstall aus und machte sich auf den Weg zur Wassertränke. Die Scharniere des Zinkeimers quietschten leise bei jedem Schritt.

Das panische Gackern der Hühnerschar, die sich unter hastigen Flügelschlägen näherte, riss Lina aus ihren Beobachtungen. Die Hühner waren auf der Flucht vor Mattias, dem liebestollen Hahn, der ihnen mit wehendem Kamm nachjagte. Die Hühner rannten Lina geradewegs zwischen die Füße. Der Versuch, dem aufgebrachten Federvieh auszuweichen, scheiterte. Ein erschreckter Schrei entrang sich Linas Kehle, als sie über ihre eigenen Füße stolperte. Wild ruderte sie mit den Armen, ließ dabei den Eimer los, der unter lautem Poltern über den Boden rollte und die Blicke der Arbeiter auf sich zog. Lina verlor das Gleichgewicht, stieß einen weiteren entsetzten Schrei hervor und ging auf die Knie. Um nicht geradewegs auf das Gesicht zu fallen, fing sie den Sturz mit den Händen ab. Ihre Handinnenflächen brannten wie Feuer, auch die Knie schmerzten höllisch. Lina rollte sich auf die Seite und blieb schließlich wie ein Käfer auf dem Rücken liegen. Die Hühner trollten sich und waren bald schon von der Bildfläche verschwunden. Für einen Moment herrschte betroffene Stille auf dem Hof, dann brach unter den Männern und Frauen, die zu unfreiwilligen Zeugen von Linas Missgeschick geworden waren, Gelächter aus.

»Haltet eure Mäuler!«, gellte eine Stimme über den Hof. Sofort verstummten die Stimmen. Als Lina den Kopf hob, sah sie, dass es sich bei dem Sprecher um Thomas handelte. Er war offenbar gerade damit beschäftigt gewesen, Aurora, das gutmütige Maultier, vor den Karren zu spannen, als Lina nur wenige Schritte von ihm entfernt gestürzt war. Er musste alles gesehen haben. *Wie peinlich,* dachte Lina bestürzt.

»Was soll das, ihr Idioten?«, rief Thomas aufgebracht. »Seht ihr nicht, dass Lina sich verletzt hat?« Thomas schüttelte missbilligend den Kopf, um Lina zu Hilfe zu eilen. Mit wenigen, ausladenden Schritten war er bei ihr und ging neben ihr in die Hocke. Sorge lag in seinem Blick. »Tut dir was weh?«, fragte er mit einfühlsamer Stimme.

»Nein«, log Lina, die sich keine weitere Blöße mehr geben wollte, doch ihr Lächeln misslang. Als er ihr die Hand hinhielt, griff sie beherzt zu und ließ sich von ihm aufhelfen. Nachdem sie einigermaßen sicher stand, reichte er ihr den Eimer. Lina bedankte sich peinlich berührt für seine Hilfe und klopfte sich den Staub von der Schürze. Es war ihr unangenehm, dass er mitbekommen hatte, wie ungeschickt sie sich angestellt hatte.

»Ich bin eine Närrin«, murmelte sie und ärgerte sich über ihr Missgeschick.

Thomas schüttelte den Kopf.

»Nein«, erwiderte er. Als er sie anlächelte, schlug Linas Herz gleich ein paar Takte schneller. Langsam erholte sie sich von dem Schrecken.

»Das waren diese verrückten Viecher«, fuhr Thomas fort, der nicht bemerkte, wie sie ihn ansah. Er war ein sehr anziehender Mann mit einem wachsamen Blick und dichtem, etwas zu langem Haar. Die obersten beiden Knöpfe seines Hemdes standen offen, auch die Ärmel hatte er hochgekrempelt. *So sieht ein*

Mann aus, der ordentlich zupacken kann. Wie gern hätte sie seine starken Arme berührt, doch so etwas ziemte sich nicht. Außerdem hätte er sie wohl für verrückt gehalten, wenn er etwas von ihren eigenartigen Annäherungsversuchen mitbekommen hätte.

Thomas hatte nichts bemerkt. Mit seinem kantigen Kinn deutete er auf die Stelle, an der die Hühner verschwunden waren. »Sie sind dir geradewegs zwischen die Füße gelaufen, weil sie vor dem aufgeblasenen Gockel fortgelaufen sind.«

»Und ich war wohl kurz abgelenkt …« Am liebsten wäre Lina vor Scham im Boden versunken, doch unter ihren Füßen tat sich kein Loch auf.

»Hauptsache, es geht dir wieder gut«, antwortete Thomas. Sein Blick streifte die Arbeiter, die auf ihn warteten. Es schien, als wäre es ihm plötzlich peinlich, dass sie ihn mit Lina sahen. »Ich muss dann jetzt auch los, sonst macht der Bauer Ärger.«

»Gewiss.« Lina nickte verständnisvoll. Sie war froh, dass sein Interesse bereits wieder der bevorstehenden Arbeit galt. Thomas nickte ihr ein letztes Mal zu, dann wandte er sich an die Feldarbeiter, eine Handvoll Männer und Frauen, die mit geschulterten Werkzeugen zum Abmarsch bereitstanden. Thomas pfiff auf den Fingern und gab den Leuten ein Zeichen. Eine Magd führte das Maultier, der Leiterwagen setzte sich knarrend in Bewegung. Lina klaubte den verbeulten Zinkeimer auf und stand mitten auf dem Hof, um der Gruppe nachzublicken. Dann ging sie zur Tränke und tauchte den Eimer ins Wasser. Als sie den Kopf zur Seite wandte, stellte sie fest, dass Bernhard Zumwinkel sie sorgenvoll betrachtete. »Alles in Ordnung?«, schallte seine tiefe Stimme über den Hof, die nur durch das metallische Klimpern vom Hammer des Hufschmieds unterbrochen wurde.

»Ja, danke – Thomas hat mir geholfen«, rief Lina zurück und sah an der Miene des Bauern, dass ihm das nicht zu passen schien. Warum das so war, wusste Lina nicht, und so machte sie, dass sie zurück in die Küche kam, wo Theresa sicher schon auf sie wartete.

*

»Das war doch Absicht.« Schmunzelnd nahm Theresa ihr den randvollen Eimer aus der Hand, um das Wasser in den Spülstein zu schütten. Danach setzte sie sich an einen der einfachen Stühle am großen Tisch und beobachtete die Magd. Ihr Atem ging rasselnd, sie benötigte eine kleine Pause.

»Was war Absicht?« Lina legte kurz die Stirn in Falten, während sie mit dem Abwasch begann. Es tat gut, sich mit der Arbeit abzulenken. Sekundenlang war das Klappern des Geschirrs im Wasser das einzige Geräusch in der Küche.

»Dass du ausgerechnet vor den Augen des Knechts gestürzt bist.« Theresa zwinkerte ihr verschwörerisch zu. »Du wusstest doch, dass Thomas genügend Anstand besitzt, um dir zu helfen.«

Lina errötete erneut. Sie hatte gehofft, den unangenehmen Zwischenfall vergessen zu können. »Ich wünschte, es wäre so.« Mit schmerzverzerrtem Gesicht rieb sie sich die aufgeschürften Handflächen. »Doch Thomas interessiert sich nicht im Geringsten für mich.«

»Vielleicht kann er sein Interesse einfach nicht so zeigen.« Theresa zuckte die Schultern. Mit dem Kinn deutete sie auf Linas Wunden. »Lass mal sehen.«

»Es geht schon wieder.« Lina trocknete die Hände an einem Tuch ab und trat an den Tisch, um sie der Bäuerin zu zeigen. Theresa begutachtete ihre Wunden. »Da muss eine Salbe drauf«, stellte sie mit fachlichem Blick fest.

»Aber die Arbeit …«, setzte Lina an, wurde jedoch durch eine Handbewegung der Bäuerin unterbrochen.

»Die kann warten«, bestimmte Theresa. »Zuerst versorgen wir deine Wunden. Ich kann es mir nicht leisten, dass du krank wirst, nur weil eine Meute verrückter Hühner dich zu Fall gebracht hat, Kind.« Ihre resolute Stimme duldete keinen Widerspruch, und so fügte sich Lina ihrem Schicksal. Die Bäuerin erhob sich und trat an einen der Schränke. Sie suchte in einer Schublade nach der Dose mit der Creme, dann kehrte sie zum Tisch zurück und machte sich daran, Linas Wunden damit einzureiben. »Du musst warten, bis alles eingezogen ist«, sagte sie. »Ich kümmere mich um den Abwasch.« Sie durchquerte die Küche und trat an den Spülstein, um mit Linas begonnener Arbeit fortzufahren.

»Was steht denn heute noch an?«, fragte Lina, die sich ein wenig unwohl fühlte, weil die Bäuerin arbeitete, während sie auf der Eckbank saß und zum Zusehen verdammt war.

»Gleich werden wir das Mittagessen für die Arbeiter vorbereiten und es ihnen beizeiten aufs Feld bringen.« Theresa wandte sich mit einem Lächeln zu ihr um. »Das kannst du heute übernehmen.«

Lina wagte nicht, ihre Freude offen zu zeigen, hoffte aber darauf, Thomas bei der Arbeit sehen zu können. Vielleicht widmete er ihr dann ein wenig Aufmerksamkeit. »Und dann?«

»Müssen wir buttern. Und später werden wir die Kammern für die Maurer vorbereiten, die übermorgen anreisen.«

»Maurer?« Lina runzelte die Stirn.

»Ja, Maurer. Morgen wird ein Trupp ankommen. Die Männer werden während der Bauzeit auf dem Hof wohnen.«

»Was soll denn gebaut werden?«

»Bernhard möchte den Hof vergrößern, deshalb soll eine neue Scheune gebaut werden, das braucht seine Zeit.« Theresa sprach langsamer, Lina bemerkte, dass die Bäuerin wieder kurzatmig war, und stellte keine weiteren Fragen. Ihre erste Saison als Magd auf dem Zumwinkel-Hof hatte sie sich ein wenig anders vorgestellt, doch die Arbeit als rechte Hand der Bäuerin bereitete ihr trotzdem große Freude. Die Freizeit war knapp, an den meisten Tagen fiel sie abends todmüde in das einfache Bett ihrer spärlich eingerichteten Kammer. Selten nur fand sie Zeit für die Stickerei, die sie im vergangenen Winter für sich entdeckt hatte. Doch Lina fühlte sich wohl auf dem Hof, der Bauer und die Bäuerin waren freundlich, auch die anderen Arbeiter behandelten sie gut. So gab es für Lina keinen Grund, sich zu beschweren. An manchen Tagen fühlte sie sich wie die zweite Tochter der Zumwinkels, und auch Katharina behandelte sie wie eine Schwester. Nein, einen Grund zum Klagen gab es wirklich nicht. Wäre da nur nicht der hübsche Knecht, der sie mit Missachtung strafte.

Kapitel 3

Brauchst du Hilfe?«

Erschrocken fuhr Katharina herum, vernahm die tiefe Stimme von Thomas dicht hinter sich. Als sie sich umdrehte, sah sie das Lächeln in seinem Gesicht. In seiner Hand hielt er die Sense, mit der er eben noch gearbeitet hatte. Der würzige Duft nach frischem Heu lag in der Luft, ein seichter Wind strich über das Feld und sorgte für etwas Abkühlung. Katharina war damit beschäftigt gewesen, die schweren Heuballen mit einer Gabel auf den Leiterwagen zu wuchten, wo sie von Alfred, einem wortkargen, aber sehr kräftigen Feldarbeiter, angenommen und gestapelt wurden. Dort oben tarierte er die Ballen gewissenhaft aus, damit der schwer beladene Wagen auf dem Rückweg zum Hof nicht umkippen konnte.

Katharina ruhte sich gerade einen Moment von der unter der sengenden Hitze des Vormittags körperlich anstrengenden Arbeit aus. Das hatte Thomas offenbar zum Anlass genommen, ihr seine Hilfe anzubieten. Doch Katharina war es gewohnt, mit anzupacken. »Nein danke«, sagte sie höflich, »es geht schon.« Natürlich war ihr nicht entgangen, dass der neue Knecht schon seit seiner Ankunft ein Auge auf sie geworfen hatte. Schon mehrmals hatte sie sich gefragt, ob sein Interesse ihr galt oder der Tatsache geschuldet war, dass sie die Tochter des Bauern war.

Doch Katharina war nicht an ihm interessiert und wusste mitunter nicht, wie sie ihm das höflich, aber bestimmt beibringen sollte. Als einziges Kind auf dem Zumwinkel-Hof arbeitete sie von früh bis spät und hatte bisher keinen Gedanken an einen Mann, an dessen Seite sie alt werden wollte, verschwendet. *Vielleicht*, so überlegte sie, *weil er mir noch nicht begegnet ist.* Thomas, so viel stand fest, war es jedenfalls nicht. Er war ein grobschlächtiger Kerl, er sprach laut und war selbstverliebt. Vater mochte ihn trotzdem, weil er hart arbeiten konnte.

Seitdem ihr Vater ihn eingestellt hatte, schwänzelte Thomas ständig um sie herum. Dabei wurde er nie aufdringlich, denn er verfügte, das musste Katharina ihm lassen, durchaus über gute Manieren. Thomas war alles andere als ein roher Klotz, und dennoch interessierte sie sich nicht für ihn. Katharina hatte gehofft, dass sie sein Interesse auf Lina lenken konnte. Die junge Magd war unsterblich in Thomas verliebt, das hatte Lina ihr neulich sogar gebeichtet. Doch Thomas schien kein Interesse an ihr zu haben. Katharina überlegte für einen Moment, wie sie dem Glück der beiden ein wenig auf die Sprünge helfen konnte.

»Hat es dir die Sprache verschlagen?«, riss Thomas' Stimme sie aus den Gedanken. Noch immer lag ein Lächeln auf seinem braungebrannten Gesicht. Er schob sich den Strohhut mit der breiten Krempe in den Nacken.

»Mir die Sprache verschlagen?« Katharina lachte herzhaft. »Wo denkst du hin?«

Thomas wirkte ein wenig gekränkt und wich einen halben Schritt zurück.

»Ich weiß deine Hilfe zu schätzen, aber«, sie deutete auf die im Sonnenlicht blitzende Klinge der Sense, »ich denke, dass du damit weitermachen solltest.«

»Was ist denn jetzt?«, ertönte die Stimme von Alfred, der hoch oben auf dem Leiterwagen wartete. Mit grimmiger Miene lehnte er an der Reling des hölzernen Wagens und blickte zu ihnen herunter. »Geht es nicht weiter?«

»Doch, doch.« Katharina legte den Kopf in den Nacken und sah zu dem vierschrötigen Arbeiter hinauf, der sich zu langweilen schien. Dann wandte sie sich Thomas zu. »Du siehst, ich werde gebraucht.«

»Gut.« Das Lächeln auf Thomas' Lippen erlosch, er zuckte die breiten Schultern. »Wenn du Hilfe brauchst, bin ich für dich da.« Sichtlich enttäuscht wandte er sich zum Gehen. »Ruf einfach.«

»Danke, das ist lieb von dir.« Das meinte Katharina ehrlich. Ein wenig tat Thomas ihr leid, weil sie ihn trotz all seiner Bemühungen immer wieder zurückwies. Doch es wäre unfair gewesen, ihm falsche Hoffnungen zu machen. So stand sie da und beobachtete Thomas, wie er seine Arbeit wieder aufnahm, bevor auch sie die schweren Heuballen in hohen Bögen auf den Wagen wuchtete und Alfred mit neuer Arbeit versorgte. Es dauerte nicht lange, bis sie wieder ins Schwitzen geriet.

Bernhard Zumwinkel, der das Geschehene aus ein paar Metern Entfernung beobachtet hatte, legte die Arbeit am Heuklopfer nieder und trat zu seiner Tochter. Mit der einfachen

Maschine hatte er das Heu zu handlichen Ballen gebunden. Bevor er sie ansprach, gab er Alfred ein Zeichen. »Kleine Pause«, rief er ihm zu. Der Arbeiter wagte es nicht, dem Bauern zu widersprechen. Seufzend setzte er sich auf die bereits gestapelten Heuballen und nahm den Hut ab, um sich den Schweiß mit dem Ärmel seiner Arbeitsjacke von der Stirn zu wischen.

Bernhard nahm seine Tochter zur Seite, sodass Alfred sie nicht belauschen konnte. Erst, als sie sich außerhalb der Hörweite befanden, sprach er weiter. »Gefällt er dir nicht?«, fragte er und klang dabei fast besorgt. Katharina betrachtete ihren Vater – einen leicht untersetzten Mittfünfziger mit kantigem Gesicht und kahlem Kopf, der sie aus seinen graublauen Augen abwartend ansah.

»Was willst du hören?« Katharina atmete aus. Es war offensichtlich, dass er einen Narren an Thomas gefressen hatte. Und ihr war es nicht entgangen, dass er den Knecht bereits als Schwiegersohn betrachtete. »Warum liegt dir so viel daran, mich mit dem Knecht zu verkuppeln?«

Bernhard lächelte sanft. »Weil er ein guter Mann für dich wäre.« Er legte eine Hand auf die Schulter seiner Tochter und blickte ihr tief in die Augen. »Du kommst langsam ins heiratsfähige Alter, ich werde den Hof nicht mehr ewig führen können, und deine Mutter ist krank.«

»Deshalb soll ich einen Knecht heiraten?«

»Er kennt sich mit Landwirtschaft aus«, verteidigte sich Bernhard Zumwinkel. »Und er hat ein Auge auf dich geworfen.«

»Er ist immer höflich und hilfsbereit.« Katharina seufzte. »Aber ich werde ihn nicht heiraten, weil ich ihn nicht liebe.

Trotz seiner Fähigkeiten und seiner guten Manieren gefällt er mir nicht, Vater.«

»Nichts für ungut.« Bernhard wiegte den massigen Kopf. »Aber mir ist daran gelegen, dass meine Tochter ein glückliches Leben führen kann.«

»Das weiß ich zu schätzen.« Katharinas Lächeln misslang. »Aber ich entscheide selbst, wie ich leben möchte. Dir geht es doch darum, dass die Nachfolge des Hofes gesichert ist«, fügte sie ein wenig bissig hinzu. »Mach dir bitte keine Sorgen um mich, Vater. Ich bin sicher, dass mir der Mann fürs Leben noch begegnen wird.« Damit ließ sie ihren Vater stehen. Für Katharina war das Gespräch beendet, und sie hoffte inständig, dass er sie verstanden hatte. Sie würde Thomas nicht heiraten, komme, was wolle.

Kapitel 4

Gekränkt hatte Thomas sich zurückgezogen. Der Knecht legte seine Wut in die gleichmäßigen Hiebe, die er mit der messerscharfen Klinge der Sichel ausübte. Er liebte die Arbeit mit der elastisch schwingenden Sense und die Kraft der höllenscharfen Klinge und legte weiter an Tempo zu.

Bald schon lief ihm der Schweiß von der Stirn, doch es tat gut, sich an der Sense zu verausgaben. Er hatte nicht vor, sich von der Tochter des Bauern abweisen zu lassen. Sie gefiel ihm, und er würde nicht von ihr ablassen, bevor er sie von seinen Qualitäten überzeugt hatte. Abgesehen von dem Umstand, dass sie bildschön und wortgewandt war und sich im heiratsfähigen Alter befand, war Katharina die einzige Tochter der Zumwinkels und würde irgendwann den Hof übernehmen. Das war seine Chance, das Dienstbotendasein abzulegen und einen Hof zu führen. An der Seite von Katharina, die sich irgendwann damit abfinden würde, dass er der einzig richtige Mann in ihrem Leben war. Es war zum Verzweifeln – trotz seiner mehrfachen Annäherungsversuche wies sie ihn bei jeder sich bietenden Gelegenheit zurück. Er war nicht länger bereit, ihre Abneigung zu akzeptieren. Verzweifelt suchte er nach einem Weg, um ihre

Gunst zu erlangen. Doch sosehr Thomas auch darüber nachdachte, wie ihm das gelingen konnte, ihm wollte kein passender Weg einfallen. Vielleicht sollte er den Bauern von seinen Qualitäten überzeugen. Er war auf einem Hof aufgewachsen, wusste, wie ein landwirtschaftlicher Betrieb funktionierte, und fühlte sich längst imstande, einen Hof eigenmächtig führen zu können. Dazu brauchte es niemanden mehr, der ihm sagte, was zu tun war.

Unbarmherzig brannte die Sonne vom wolkenlosen Spätsommerhimmel hernieder. Das Hemd klebte ihm am Leib. Keuchend unterbrach Thomas seine Arbeit. Er stützte sich auf dem langen Holzstiel der Sense ab und wagte einen Blick zurück zum Leiterwagen. Dort stapelte Alfred noch immer die Heubündel, die Katharina ihm auf den Wagen wuchtete. Sie war derart in ihrer Arbeit versunken, dass sie nicht mitbekam, wie der Knecht sie beobachtete. »Warte nur ab, kleine Katharina«, zischte Thomas leise, »eines Tages werde ich dich von mir überzeugen, wir werden heiraten und Kinder bekommen.« Er spuckte ins Gras, dann nahm er die Arbeit wieder auf. Er würde Katharina Zeit lassen, keinen Druck ausüben und auf die passende Gelegenheit warten, um sich in ihrem Leben unentbehrlich zu machen. So leicht ließ er sich nicht abspeisen.

*

Spät am Abend hatte Katharina es sich auf dem Bett ihrer einfach eingerichteten Kammer bequem gemacht. Die Räume der Bauernfamilie und die der Mägde lagen im Wohnhaus des

Hofes, während die Knechte und die Tagelöhner eng zusammengepfercht in ärmlichen Kammern hausten, die gleich neben den Stallungen lagen.

Thomas hatte man eine bescheidene Kammer in einem der Ställe, gleich über dem Vieh, zugeteilt. Auf dem Zwischenboden des Stalls war er immer in der Nähe der Milchkühe und konnte Tag und Nacht nach dem Rechten sehen, wenn es einem der Tiere nicht gut ging. Gerade fand Katharina den Gedanken, ihn nicht im Wohnhaus zu wissen, beruhigend. Der Knecht war auf eine seltsame Weise aufdringlich, seine Absichten waren leicht zu durchschauen.

Beruhigt lehnte Katharina sich zurück. Um diese Zeit herrschte Stille im Wohnhaus, und Katharina nutzte die ruhige Stunde, um ein wenig zu lesen. Die kleine Petroleumlampe auf dem Nachtschränkchen verbreitete einen anheimelnden Lichtschein. Auf ihrem Schoß lag *Der grüne Heinrich* von Gottfried Keller, einem Schweizer Dichter. Obwohl sie die Geschichte des jungen Mannes, der dem bürgerlichen Leben entfliehen wollte, um Künstler zu werden, faszinierte, gelang es Katharina nicht, sich auf den Inhalt des Romans zu konzentrieren. Immer wieder kehrten ihre Gedanken zu dem eigenartigen Gespräch mit ihrem Vater auf dem Feld zurück. Hatte er ernsthaft geglaubt, dass sie Thomas heiraten würde, um das Fortbestehen des Hofes zu sichern?

Der Gedanke daran betrübte sie. Schon als kleines Mädchen hatte sie ihren Vater abgöttisch geliebt, ihm immer versprochen, auf dem Hof anzupacken wie ein Mann, wenn sie erst einmal alt genug dazu war. Und in all den Jahren hatte sie ihn nie enttäuscht. Der Hof lief gut, das war der Lohn für all den Fleiß, und Vater würde noch in diesem Jahr mit der Erweiterung beginnen. Und dennoch träumte Katharina an manchen Tagen vom unbeschwerten Leben in der Stadt. All ihre Schulfreundinnen waren weggezogen aus Clarholz, dem kleinen Dorf in Ostwestfalen. Früher waren sie gemeinsam durchs Dorf gezogen. Heute waren sie längst erwachsen und lebten jetzt in Paderborn und Bielefeld, zwei ihrer besten Freundinnen sogar in Berlin und in Köln. Katharina fühlte sich, als wäre sie die Letzte, die hier in der ostwestfälischen Provinz versauern würde. Der Glanz und die Lichter einer großen Stadt – wie wundervoll musste es sein, im Trubel der Urbanität leben zu dürfen. Doch davon war Katharina weit entfernt. Ihr Lebensweg stand fest: Eines Tages würde sie heiraten und an der Seite ihres Mannes den elterlichen Hof weiterführen, um ihren Lebensunterhalt zu sichern.

Oder gab es auch für sie die Möglichkeit, ein anderes Leben zu führen? Manchmal beneidete sie die Mädchen aus der Nachbarschaft, die nach der Schule und einer Lehre nichts mehr im dörflichen Clarholz gehalten hatte. Berlin, München, Hamburg, alles große Städte, in die sie gern einmal reisen würde. Doch wenn es ihr so erging wie ihrer Mutter, dann würde sie für solche Reisen gar keine Zeit finden. Der Hof wollte unterhalten, das Vieh versorgt werden. Es war undenkbar, die Arbeiter auch nur ein paar Tage zurückzulassen. Sie würde da sein müssen für den Zumwinkel-Hof, komme, was wolle. Ihr Vater hatte klargemacht, dass er schon daran dachte, ihr den Hof zu übergeben. Nicht zuletzt auch wegen ihrer Mutter. Theresa war lungenkrank, sie vertrug keinen Staub, und davon gab es auf dem Hof eine Menge. Schlimme Hustenattacken überkamen sie mit zunehmender Regelmäßigkeit. Bei den letzten Anfällen hatte sie sogar Blut gespuckt und über Herzschmerzen geklagt. Ein paar Tage hatte sie, unfähig zu arbeiten, das Bett gehütet. Die Ärzte waren ratlos, ihnen blieb nichts, außer Theresa zu empfehlen, an die See zu fahren. Die Luft dort, betonten sie immer wieder, würde eine Wohltat für sie sein. Doch den Hof zu verlassen, das kam Theresa nicht in den Sinn. Lange würde sie es hier nicht mehr aushalten können, und Bernhard machte keinen Hehl daraus, dass ein Leben als Bauer ohne seine Frau für ihn undenkbar war.

Aber deshalb musste er Katharina doch keinen Mann aufzwingen, der ihr gar nicht gefiel, dachte sie empört. Eines Tages würde ihr schon der Richtige begegnen, davon war sie überzeugt. Doch noch war es nicht so weit, und Thomas war es ganz bestimmt nicht. Katharina wusste, dass Lina ein Auge auf ihn geworfen hatte. Ihr konnte es nur recht sein, doch Thomas interessierte sich nicht im Geringsten für die Magd. Katharina kam ihr Einfall vom Vormittag wieder in den Sinn. Vielleicht, so überlegte sie, konnte sie dem Glück von Lina, mit der sie freundschaftlich verbunden war, ein wenig auf die Sprünge helfen. Ein spitzbübisches Lächeln legte sich auf Katharinas Lippen, als sie die Idee reifen ließ. Gleich morgen früh würde sie mit ihrer Mutter sprechen. Sicherlich hatte Theresa keine Bedenken, den Plan ihrer Tochter zu unterstützen. Manchmal, dachte Katharina, muss man der Liebe Beine machen. Und sie würde auch davon profitieren, wenn Lina den Knecht von sich überzeugen konnte.

Energisch schlug Katharina das Buch zu und kletterte aus dem Bett. Die Wände ihrer Kammer wirkten heute besonders eng und es schien, als würden sie Katharina erdrücken wollen. Barfuß und im Nachthemd trat sie ans Fenster, um es zu öffnen. Es war eine sommerlich-milde und sternklare Nacht. In der Ferne hörte sie die Grillen zirpen. Katharina lehnte sich aufs Fensterbrett und genoss den Blick über die umliegenden Felder und den Waldrand, der sich als tiefschwarzer Kamm in der Ferne von den seichten Hügeln abhob. Dies war ihre Heimat, hier war sie aufgewachsen, hier lebte sie, und hier würde sie sterben. Was fehlte, war wohl tatsächlich ein Mann an ihrer Seite, dachte sie mit einem sehnsüchtigen Seufzer. Warum bin ich nicht schon eher auf die Idee gekommen, die beiden zu verkuppeln?, fragte sie sich, als sie das Fenster schloss, um sich wieder ins Bett zu legen. Die leichte Bettdecke umschmeichelte ihre Schultern, als sie sich ein letztes Mal aufrichtete, um das Licht zu löschen, dann sank sie mit einem zufriedenen Gesichtsausdruck in das Kissen zurück. Es dauerte nicht lange, bis sie eingeschlafen war.

Kapitel 5

Der nächste Morgen begann für Lina mit Herzklopfen. Sie konnte es kaum erwarten, Thomas beim Frühstück wiederzusehen. Vielleicht ergab sich ja heute die Gelegenheit, ein Gespräch mit ihm anzufangen, um seine Aufmerksamkeit auf sich zu lenken. Fieberhaft überlegte Lina, wie sie es anstellen konnte.

Eilig wusch sie sich mit kaltem Wasser, dann kleidete sie sich an und zog die dunkelblaue Schürze über. Das Klappern von Geschirr drang gedämpft an ihre Ohren. Theresa schien schon fleißig zu sein. Lina beeilte sich, schüttelte das Bett auf und machte, dass sie an die Arbeit kam. Als sie kurz darauf die Küche betrat, war Theresa bereits damit beschäftigt, Kaffee und Tee zu kochen. Auch Brot hatte sie schon gebacken, in der Küche duftete es herrlich. Die Sonne warf goldene Lichtbahnen in den Raum.

»Guten Morgen«, sagte Theresa mit einem mütterlichen Lächeln, als Lina näher trat. Die junge Magd bemerkte voller Sorge, dass es der Bäuerin heute nicht gut zu gehen schien.

»Morgen, Theresa«, erwiderte sie den Gruß und ließ ihren Blick über den großen Tisch gleiten. »Zu früher Stunde schon so fleißig?«

»Ja.« Theresa nickte. »Ich konnte nicht mehr schlafen und habe schon angefangen.«

Im Ofen prasselte ein munteres Feuer. Der Rauch breitete sich unheilvoll in der Küche aus und reizte Linas Atemwege. Auch der Bäuerin schien das zu schaffen zu machen. Sie atmete schwer und hustete immer wieder. Lina trat ans Fenster, um es zu öffnen. »Hier«, sagte sie an Theresa gewandt, »stell dich einen Moment ans Fenster und hol tief Luft, ich kümmere mich inzwischen um das Frühstück.«

Theresa lächelte ihr dankbar zu.

»Geht es dir nicht gut heute?«, fragte Lina besorgt und schob Theresa einen Stuhl hin. Mit einem knappen Kopfschütteln setzte sich die Bäuerin. Ihr Gesicht wirkte aschfahl. Der Blick der stämmigen Frau glitt kurz ins Leere, dann sah sie zu Lina auf.

»Ich habe schlecht Luft bekommen«, sagte sie leise.

»Wir müssen das Fenster immer öffnen, wenn wir kochen.« Lina nickte verständnisvoll. Zwar hatte es in der Nacht einen kurzen Schauer gegeben, doch offenbar hatte der nicht zur Verbesserung der Luft beigetragen. Jetzt war es wieder sommerlich warm und die Luft stickig.

Theresa zuckte die Schultern. »Die verdammte Lunge«, keuchte sie. »Aber ich will nicht klagen, Mädchen, das Leben geht weiter, und die Arbeiter brauchen ein gutes Frühstück, um Kräfte für ihr Tagwerk zu sammeln.«

»Du solltest dich schonen.«

»Ich weiß, Kind, ich weiß.«

Lina machte sich daran, den Tisch zu decken. »Ich übernehme das hier.«

»Aber gleich wirst du abgelöst.« Jetzt huschte der Ansatz eines geheimnisvollen Lächelns über Theresas Mundwinkel.

»Was hat das zu bedeuten?« Lina runzelte die Stirn.

»Du gehst heute mit den Arbeitern aufs Feld.«

»Warum das? Du brauchst mich doch hier!«

»Katharina wird dich vertreten.«

Langsam ahnte Lina, warum Katharina mit ihr getauscht hatte. Die Tochter der Bäuerin wusste von ihrer Zuneigung zum Knecht. Und der Gedanke, den bevorstehenden Arbeitstag mit Thomas auf dem Feld zu verbringen, hatte durchaus seinen Reiz. Lina beschloss, sich bei der nächsten Gelegenheit bei Katharina zu bedanken. Doch jetzt galt es erst einmal, das Frühstück vorzubereiten. Je länger Lina darüber nachdachte, umso besser gefiel ihr die Vorstellung, dass sie heute in der Nähe des attraktiven Knechts arbeiten würde. Es störte sie auch nicht im Geringsten, dass sie in der Hitze des Spätsommers schwere körperliche Arbeit verrichten und abends sicher mit Schwielen an den Händen heimkehren würde.

Ihr Herz klopfte vor Aufregung und Vorfreude, und sie konnte es kaum erwarten.

*

Aurora, das graubraune Maultier, schnaubte und entlockte Katharina ein Lächeln. Die Gute war geduldig, mitunter ein wenig dickköpfig. Auf dem Feld verrichtete Aurora schon seit ein paar Jahren treue Dienste. Jetzt glänzte ihr fast schwarzes Fell in der Morgensonne. Nachdem die Arbeiter ihre Heugabeln, Sicheln und Sensen auf den Ackerwagen geschoben hatten, bildeten sie eine Traube hinter dem Fuhrwerk. Sie unterhielten sich leise, um ihre Aufgaben abzusprechen.

Katharina führte das Maultier. »Komm schon«, flüsterte sie in Auroras großes Ohr. Sanft zog sie an dem Strick, den ihr Vater am Geschirr des Tiers befestigt hatte. Nachdem Katharina mit der Zunge geschnalzt hatte, fügte sich Aurora und trabte langsam los. »Braves Mädchen«, lobte Katharina zufrieden. Die Radreifen am Leiterwagen knirschten auf dem Pflaster des Hofes. Bernhard Zumwinkel hatte noch nichts von Katharinas und Linas Tausch mitbekommen – er war mit einem Viehhändler verabredet, dem er die dicke Bertha, eine prächtige Muttersau, verkaufen wollte, und würde erst später aufs Feld kommen.

»Kann es losgehen?« Thomas war fast lautlos zu Katharina getreten. Als sie sich zu ihm umwandte, grinste er jungenhaft und rieb sich voller Tatendrang die Hände. Doch seine Art, Katharina anzusehen, hatte etwas Unsympathisches.

»Sicher.« Katharina nahm sich zusammen. Sie erwiderte sein Lächeln und suchte in der Truppe nach Lina. Die schüchterne Magd hielt sich im Hintergrund auf, so, wie sie es besprochen hatten. Thomas schien sie noch nicht bemerkt zu haben. Jetzt, als Katharina ihr ein Zeichen gab, näherte sie sich der Truppe der Feldarbeiter. Sie wirkte unentschlossen und scheu, als sie auf die beiden zukam. Thomas betrachtete sie mit einem schwer zu deutenden Blick, schwieg aber. Offenbar hatte er Mühe, sich die Überraschung über Linas Anwesenheit nicht anmerken zu lassen. Erfreut schien er jedenfalls nicht zu sein, doch davon ließ

Katharina sich nicht verunsichern. »Bist du bereit?«, fragte sie die Magd.

»Ja.« Lina nickte und ließ sich von Katharina den Strick in die Hand drücken, mit dem sie das Maultier vom Hof führte. »Es kann losgehen.«

Aus dem Augenwinkel sah Katharina, wie sich die Miene des Knechts schlagartig verfinsterte. Er näherte sich mit großen Schritten. »Hast du mal einen Moment?«

Katharina nickte. Es war offensichtlich, dass es ihm nicht gefiel, dass Lina an ihrer Stelle für die Feldarbeit eingeteilt war. »Natürlich.«

Thomas zog sie einen Schritt zur Seite. »Was soll das, Katharina? Ist das dein Ernst?«, fragte er, als sie sich außer Hörweite der anderen befanden.

»Wovon redest du?« Katharina runzelte die Stirn und stellte sich dumm. Der Tross hatte inzwischen die Landstraße erreicht und setzte sich in Richtung der Felder in Bewegung. Thomas und Katharina blieben stehen.

»Lina«, zischte Thomas. »Warum ist sie für die Ernte eingeteilt worden?«

»Damit sie mal aus der Küche rauskommt und etwas Neues lernt.« Katharina hatte nicht vor, sich zu rechtfertigen. »Sie muss noch viel lernen und ist mehr als eine Küchenmagd.« Ihrer Familie gehörte der Hof, und dem hatte Thomas sich unterzuordnen, ob ihm das gefiel oder nicht.

Thomas seufzte und blickte zum Himmel hinauf. »Sie stellt mir nach«, behauptete er. »Sie himmelt mich an und lässt keine Gelegenheit aus, in meiner Nähe zu sein.«

Nun musste Katharina lachen. »Meinst du nicht, dass du ein bisschen eingebildet bist?«

Thomas ging nicht auf ihre Frage ein. »Es ist so«, beteuerte er mit verbitterter Miene. »Katharina, was soll ich mit einer Küchenmagd bei der Ernte?«

»Das habe ich dir eben schon erklärt.«

»Sie hat keinen blassen Schimmer von der Feldarbeit«, versicherte Thomas ihr.

»Dann lernt sie es.« Katharina hatte keine Lust mehr, mit ihm zu streiten. »Sie wird euch heute begleiten, daran gibt es nichts zu rütteln. Ich bin sicher, dass sie eine Menge von dir lernen wird, Thomas.« Katharina hielt seinem bohrenden Blick stand.

Thomas dachte einen Augenblick nach. Sein Gesicht hatte eine tiefrote Färbung angenommen. »Ich werde deinem Vater sagen, dass …«

»Das musst du nicht«, fuhr Katharina ihm ins Wort. »Ich werde gleich mit ihm sprechen, lass das meine Sorge sein.«

»Also gut«, zischte Thomas. Er ließ Katharina stehen und stapfte wütend hinter der Truppe her.

»Beeilung«, rief er und klatschte in die Hände. »Heute wird ein langer, harter Tag, es gibt viel zu tun.«

Katharina schüttelte den Kopf. Sie hoffte, dass er sich trotz seiner Wut als guter Großknecht erwies. Ein ungutes Gefühl beschlich sie, als sie an das bevorstehende Gespräch mit ihrem Vater dachte. Bernhard oblag es, die Arbeiter einzuteilen, und er ließ sich nur ungern in seine Entscheidungen hereinreden. Schnell verdrängte Katharina den Gedanken und machte, dass sie ihrer Mutter in der Küche zu Hilfe eilte. Heute gab es viel zu tun, denn später würden die Maurer anreisen.

*

Thomas raste vor Wut. Ihm war klar, dass Katharina ihm Lina zur Feldarbeit eingeteilt hatte, damit sie in seiner Nähe sein konnte. Natürlich war ihm nicht entgangen, dass Lina ein Auge auf ihn geworfen hatte. Doch für ihn war es keine Option, sich mit einer Magd einzulassen. Zwar war Lina ein hübsches Mädchen, doch sie reizte ihn nicht. Längst schon hatte er sich für die Tochter des Bauern entschieden. Und je mehr Lina sich ihm anbiederte, umso größer wurde seine Abneigung. Thomas nahm sich vor, Lina das ab sofort auch spüren zu lassen. Er verfolgte ein Ziel, und dabei konnte er sie nicht gebrauchen.

*

Linas Herz klopfte wie verrückt, als sie sich dem Feld näherten. Heute stand die Kornernte an, denn das Vieh des Zumwinkel-Hofes wurde mit Futter aus eigenem Anbau ernährt. Zunächst war unklar, ob sie nach dem nächtlichen Regenschauer das Korn einfahren konnten, doch die Ernte hatte nicht gelitten. Die Sonne brannte schon wieder gnadenlos vom Himmel und hatte das Korn rasch getrocknet.

Kurz blieb Lina stehen, um die Umgebung zu betrachten. Das Feld war gesäumt von Buschwerk und stieg seicht bis zum Waldesrand an. Dunkle Tannen bestimmten das Bild, in den

Wipfeln der wenigen Laubbäume zwitscherten die Vögel. Eine herrliche Idylle, wäre da nicht die körperlich anstrengende Arbeit, die ihr bevorstand. Sie hatte mitbekommen, dass Thomas beim Aufbruch noch mit Katharina gesprochen hatte. Für Lina hatte es nach einem Streit ausgesehen, doch sicher war sie nicht. Sie verdrängte die düsteren Gedanken und versuchte, sich auf den bevorstehenden Arbeitstag vorzubereiten. Ein wenig aufgeregt war sie schon – nicht nur wegen Thomas, sondern weil sie noch nie auf dem Feld gearbeitet hatte.

»Was ist?«, hörte sie die Stimme des Knechts aus der Ferne. »Bist du eingeschlafen, oder nimmst du das Arbeitstempo des Maultieres zum Vorbild?« Mit großen Schritten näherte er sich ihr.

Lina fuhr zusammen. So aufgebracht hatte sie Thomas noch nicht erlebt. Er schien wütend auf sie zu sein. »Ich komme ja schon«, antwortete sie kleinlaut und sorgte dafür, dass der Leiterwagen wieder Fahrt aufnahm. Brav trabte Aurora an ihrer Seite.

»Wir haben keine Zeit zum Trödeln, denn hier«, Thomas machte eine ausladende Geste mit den Armen über die Felder, »hier wird wirklich gearbeitet.«

»Schon gut«, murmelte Lina enttäuscht über die grobe Art des Knechts. Schweigend legten sie den Rest des Weges zum Feld zurück. Lina spürte, dass Thomas sie nicht aus den Augen ließ. Dabei erkannte sie in seinem Blick eine Kälte, die ihr unheimlich war. Unwillkürlich fragte sie sich, was mit ihm los war, fand jedoch keine Antwort und beschloss, ihn erst einmal in Ruhe zu lassen. Vielleicht bot sich später noch eine passende Gelegenheit, mit ihm ins Gespräch zu kommen.

Der Tross hatte das Feld erreicht, das es heute zu bestellen galt. Kaum dass Lina den Ackerwagen zum Stehen gebracht hatte, machten sich die Schnitter daran, ihre Werkzeuge von der hölzernen Ladefläche zu ziehen. Thomas war als Großknecht in Bernhards Abwesenheit für die Gruppe der Arbeiterinnen und Arbeiter verantwortlich. Lina stellte fest, dass er sich sichtlich wohl in seiner Rolle fühlte. Mit knappen Anweisungen teilte er die Männer und Frauen ein. Dann wandte er sich an sie. »Und du bleibst hier und bindest das Korn zu Garben«, wies er sie an. Etwas Abweisendes lag in seiner Stimme. Vergeblich suchte Lina das warme Leuchten seiner Augen und den Ansatz seines jungenhaften Lächelns. Sie wurde nicht schlau aus ihm.

»Kannst du mir erklären, was zu tun ist?«, wagte sie einen zögerlichen Versuch.

Er betrachtete sie amüsiert. »Ich habe anderes zu tun, aber ich werde ein paar Arbeiterinnen bitten, sich um dich zu kümmern.« Ohne ein weiteres Wort wandte er sich ab.

»Thomas?«

Er blieb wie angewurzelt stehen. »Was?«, fragte er, ohne sich zu ihr umzudrehen. »Fragen?«

»Nein.« Sie senkte traurig den Kopf.

»Na dann – auf an die Arbeit.« Er wandte sich nun doch um, nickte ihr knapp zu, schulterte die Sense und ging an den Rand des Feldes. Die anderen Schnitter folgten ihm. Lina beobachtete die Männer. Thomas schritt voran und hieb die Sense in gleichmäßigen Bewegungen durch die Halme.

Das war wohl nichts, dachte Lina enttäuscht. So gut ihr Katharinas Idee auch gefallen hatte – der Plan war nicht aufgegangen.

Thomas interessierte sich nicht für sie. Lina stellte resigniert fest, dass sie wohl zu viele Hoffnungen in den Tausch gesetzt hatte. *Ich schufte hier draußen, während er mich wieder mit Missachtung straft.*

*

»Und du bist sicher, dass es eine gute Idee war, Lina mit aufs Feld zu schicken?« Zweifel lagen in Theresas Stimme. Sie saß am Küchentisch und betrachtete ihre Tochter.

»Natürlich war das eine gute Idee.« Katharina nickte voller Überzeugung. Sie bereitete das Mittagessen vor, während ihre Mutter Möhren und Kartoffeln für die stärkende Mittagssuppe schnitt. Im gleichmäßigen Takt fuhr die Klinge des Küchenmessers auf das Schneidebrett nieder.

»Sie werden sich näher sein, und Thomas ist als Großknecht für die ganze Truppe zuständig, also kann er Lina schlecht ignorieren«, bekräftigte Katharina.

»Was sagt eigentlich dein Vater dazu, dass ihr heute die Aufgaben getauscht habt?« Theresa warf die geschnittenen Möhren in die Tonschüssel, dann widmete sie sich den Kartoffeln.

»Er wird es heute Abend erfahren«, erwiderte Katharina ausweichend. »Wenn ich den Arbeitern das Mittagessen bringe, werde ich ja sehen, wie es den beiden auf dem Feld ergeht.«

»Mach dir nicht zu viele Hoffnungen«, warnte Theresa sie. »Thomas hat keinerlei Interesse an unserer Magd, daran wird auch der heutige Tag nicht viel ändern, fürchte ich.«

»Wir werden sehen.« Katharina wollte die Hoffnung nicht aufgeben. Sie war guter Dinge, dass Lina dazu imstande war,

Thomas von sich zu überzeugen. Sie war ein lieber Mensch, stets fleißig und dazu alles andere als hässlich. Katharina jedenfalls war sich sicher, dass sie ihn nicht erhören würde. Hatte ihr Vater ihm etwa schon Hoffnungen auf das Erbe des Hofes gemacht? Dann hatte er die Rechnung ohne Katharina gemacht. Lieber würde sie auf das Erbe verzichten, als einen Mann zu heiraten, den sie nicht liebte.

Kapitel 6

Und hier werden wir die nächsten Tage verbringen?« Missmutig betrachtete Carl Thiele den Bauernhof am Rand von Clarholz, der in den Augen des jungen Mannes einen etwas heruntergekommenen Eindruck machte. Längst blätterte die braune Farbe vom Holz des hölzernen Tragwerkes, auch der einst weiße Kalkmörtel der Gefache hatte seine strahlende Reinheit verloren. Die Wetterseite des zweigeschossigen Wohngebäudes war mit Brettern vor Schlagregen geschützt.

»Wochen, Junge, wir werden die nächsten Wochen hier leben«, korrigierte ihn sein Vater mit einem milden Lächeln auf den Lippen.

»Hier – mitten im Nirgendwo?« Der Hof befand sich an der Landstraße, die ein Stück weit parallel zum Axtbach verlief und die Ortschaften Clarholz und Beelen miteinander verband.

Carl wurde das Gefühl nicht los, dass der Auftraggeber nicht sonderlich zahlungskräftig war. Vermutlich würden sie für die Zeit der Arbeiten in einem der Ställe nächtigen müssen. Als er seine Bedenken aussprach, winkte sein Vater belustigt ab.

»Wir sind es doch gewohnt, beim Vieh zu schlafen, Junge.« Gerhard Thiele rang sich ein Grinsen ab. Er hatte den Maurerbetrieb von seinem Vater übernommen. Nebenbei betrieb die Familie noch einen kleinen Bauernhof auf dem ehemaligen Posthof in Herzebrock, doch die Aufträge des Maurerbetriebs sicherten der Familie das Auskommen. »Wir sind hart im Nehmen und werden es auch überleben, im Stall zu nächtigen.«

»Warum kehren wir abends nicht nach Hause zurück?«, versuchte es Carl mit wehleidigem Blick. »Ich meine … so weit liegen Herzebrock und Clarholz doch nun wirklich nicht auseinander.«

»Weil wir so viel Zeit sparen, Junge. Jeden Morgen anzureisen, um spätabends für ein paar Stunden Schlaf nach Hause zu fahren und am nächsten Morgen schon wieder vor dem ersten Hahnenschrei herzukommen, erschien mir nicht sehr sinnvoll.« Gerhard klopfte seinem Sohn aufmunternd auf die Schulter. »Wir haben freie Kost und Logis – was wollen wir mehr?«

»Welch verlockende Aussichten«, stöhnte Carl kopfschüttelnd. Hätte er das gewusst, wäre er lieber in Herzebrock geblieben, um der Mutter auf dem Hof zu helfen. Doch sein Vater setzte große Hoffnungen in ihn. Eines Tages, so wünschte es sich Gerhard, sollte Carl die Meisterprüfung ablegen, um den Maurerbetrieb zu übernehmen. Doch noch war es nicht so weit. Außerdem hatte Carl andere Pläne, als sein Leben damit zu verbringen, Ställe zu mauern. Er träumte vom Leben in der Stadt, um dort imposante Bauwerke zu errichten. Die Welt befand sich im Umbruch, alles wurde größer, schneller und moderner. Da fehlte es sicher überall an geeigneten Gebäuden. Mit dem Baugeschäft würde er die Gesichter der modernen Städte mitgestalten.

Der Anblick des Zumwinkel-Hofes holte Carl in die Realität zurück. Als Carl verächtlich die Nase rümpfte, kroch der Duft von Mist und Dung in seine Nase. Angeekelt wandte er sich ab.

Gerade wuchteten Fritz und Gustav, die beiden Gesellen, die schweren Werkzeugkisten von der Ladefläche des Fuhrwerks. Die beiden Männer keuchten und fluchten. Sie hatten offenbar noch keine Gelegenheit gefunden, sich umzusehen, und gingen recht unbekümmert ans Werk.

»Also gut, auf ins Abenteuer«, murmelte Carl. Der junge Mann vergrub die Hände in den Taschen und ließ den Blick über den Hof schweifen. An das Wohngebäude grenzte ein weiterer Block, in dem wahrscheinlich das Vieh untergebracht war. In der Mitte des Hofes plätscherte ein Brunnen, rechts gab es einige einfache Schuppen, wohl für Werkzeuge und das Fuhrwerk des Hofes. Ein streng riechendes Rinnsal sickerte in den unbefestigten Boden. Aus den Stallungen drang das Grunzen der Schweine an seine Ohren, unter das sich das klagende Muhen des Milchviehs mischte. Der Geruch von Mist und Gülle hing schwer über dem Hof.

»Es stinkt bestialisch, und der nächste Gasthof ist einen Tagesmarsch weit entfernt«, behauptete Carl anklagend, während er flach atmete. Fritz und Gustav verabschiedeten sich gerade von dem Fuhrmann, der grüßend die Mütze lüpfte, bevor er sich auf den Bock schwang und die Peitsche knallen ließ, um zurück nach Herzebrock zu fahren. Am liebsten wäre Carl auf den schon fahrenden Wagen gesprungen. Er wurde den Eindruck nicht los, dass der Mann es eilig hatte, von hier zu verschwinden.

»Du wirst es überleben, Junge.« Gerhard legte Carl eine Hand auf die Schulter. »Wir bauen Bernhard Zumwinkel seinen Stall. Für die Bauzeit werden wir hier wohnen, mit dem Gesinde die Mahlzeiten einnehmen und uns ansonsten einen Kehricht darum scheren, was hier los ist. Und sobald der Neubau fertiggestellt ist, verschwinden wir auf Nimmerwiedersehen von diesem Ort.«

»Dein Wort in Gottes Ohr.« Carl seufzte. »Aber es nutzt wohl nichts, Arbeit ist Arbeit und keine Sommerfrische.«

»So ist es, Junge.« Gerhard Thiele nickte zustimmend. »Und jetzt lass uns reingehen, sonst schlagen wir hier Wurzeln.« Sein buschiger, von grauen Strähnen durchzogener Bart wippte bei jeder Silbe, die er sprach.

Carl seufzte. Es lag ihm fern, seinen Vater im Stich zu lassen.

»Dann mal los.«

Carl wollte sich gerade in Bewegung setzen, als er hinter sich schwere Schritte vernahm. Als er sich umwandte, blickte er in das wettergegerbte Gesicht eines Mannes im Alter seines Vaters. Die Kleidung war einfach, auf den Schuhen hatte sich eine Matschkruste gebildet. »Ihr müsst die Maurer sein.« Es war eine Feststellung, keine Frage.

»So ist es.« Gerhard Thiele nickte. Er betrachtete sein Gegenüber, dann deutete er auf Carl. »Mein Sohn Carl, er wird meinen Betrieb eines Tages übernehmen, und das da sind meine Gesellen Gustav und Fritz.«

»Mein Name ist Bernhard Zumwinkel, mir gehört der Hof.« Zumwinkel grinste schief. »Ich hoffe, ihr hattet eine gute Anreise?«

»So weit ist der Weg ja nicht«, erwiderte Gerhard mit einem breiten Grinsen.

Am liebsten wäre ich schon auf der Rückreise, dachte Carl, wagte diesen Gedanken aber nicht auszusprechen. Immerhin war dieser Mann ein Kunde seines Vaters.

»Ich habe euch Kammern im Wohnhaus herrichten lassen, in denen ihr für die Zeit des Baus wohnen könnt.«

»Sehr zuvorkommend.« Gerhard Thiele zwinkerte Carl unauffällig zu.

Carl war froh, dass er nicht im Stall beim Vieh schlafen musste. Obwohl Zumwinkel ihnen so eine recht komfortable Lösung vorgeschlagen hatte, fürchtete Carl, dass für ihn eine Zeit voller Entbehrungen begann. Sie würden von früh bis spät arbeiten, Freizeit würde es keine geben, und sie würden abends sicher todmüde in ihre Betten fallen. *Herrliche Aussichten*, dachte er in einem Anflug von Galgenhumor, als er sich zu Fritz und Gustav gesellte, um ihnen zur Hand zu gehen.

*

Vom Küchenfenster aus hatte Katharina die Ankunft der Handwerker aus Herzebrock beobachten können. Ihr Vater hatte den Maurertrupp mit dem Bau des neuen Stalls beauftragt. Auch aus der Entfernung war Katharina aufgefallen, dass der Jüngste der Truppe ein Gesicht zog wie sieben Tage Regenwetter. Die Aussicht auf die bevorstehende Zeit auf dem Zumwinkel-Hof schien ihm nicht sonderlich zu behagen. Sie vermutete, dass es irgendwo ein Mädchen gab, das er für eine unbestimmte Zeit nicht sehen würde. Es fiel ihr schwer, sich vorzustellen, dass ein Bursche wie er nicht vergeben war. Er war nicht nur groß und muskulös, immer wenn er lächelte, zeigte er zwei jungenhafte Grübchen, die ihr auch aus der Ferne auffielen.

»Das werden die Maurer sein«, hörte Katharina die Stimme ihrer Mutter, die mit schlurfenden Schritten hinter sie getreten war, um zu sehen, was das Interesse ihrer Tochter geweckt hatte. Theresa stand hinter ihr, um ebenfalls einen Blick auf die Neuankömmlinge erhaschen zu können. »Sie werden deinem Vater den Stall bauen, von dem er schon so lange träumt.«

»Und der uns noch mehr Arbeit machen wird, Mutter.«

»Allerdings.« Theresa nickte zustimmend. »Aber du kennst deinen Vater. Was er sich einmal in den Kopf gesetzt hat, das wird umgesetzt.« Sie zog eine vielsagende Grimasse.

»Ich fürchte, er muss weitere Arbeiter einstellen, die das zusätzliche Milchvieh versorgen werden.«

»Möglich.« Theresa wollte etwas hinzufügen, doch sie erlitt einen Hustenanfall und wandte sich keuchend vom Fenster ab, um sich zu setzen. Sorgenvoll betrachtete Katharina ihre Mutter. Eilig reichte sie ihr einen Becher mit Wasser. Theresas Hand zitterte leicht, als sie ihn dankend annahm und in kleinen Schlucken trank. »Es wird nicht mehr besser«, krächzte sie mit Tränen in den Augen.

»Du musst dich schonen«, bemerkte Katharina. »Ich helfe dir, damit du ein wenig Pause machen kannst.« Als sie sich an die Arbeit machte, erwischte sie sich dabei, dass ihre Gedanken immer wieder zu dem attraktiven Maurer abschweiften. Insgeheim fragte sie sich, warum der junge Mann ihr nicht mehr aus dem Kopf ging. Dass sich bei den Gedanken an den Unbekannten ihr Herzschlag erhöhte, war ihr ein wenig unheimlich.

*

Es war Carl aufgefallen, dass ihre Ankunft beobachtet worden war. Eine junge Frau lehnte auf einem der Fensterbretter im Erdgeschoss des Wohnhauses und blickte geradewegs in seine Richtung. *Sie ist neugierig wie ein altes Waschweib*, dachte Carl. Er redete sich ein, dass es hier auf dem Hof wohl nicht viel zu sehen gab und die Ankunft der Maurer an eine kleine Sensation grenzte.

Während sein Vater mit dem Bauern sprach, begegnete Carl dem Blick der jungen Frau am Fenster. Als sie ihm zulächelte, erwiderte er ihr warmes Lächeln. Sie war hübsch, daran bestand kein Zweifel. Von hier aus konnte er ihre Augenfarbe nicht erkennen, aber ihm gefielen ihr freundliches Gesicht und die vorwitzigen dunkelblonden Haarsträhnen, die sich unter der Haube hervorgestohlen hatten. Carl fragte sich, wer sie war, und nahm sich vor, das bei nächster Gelegenheit herauszufinden.

»Kommst du, Carl?« Die tiefe Stimme seines Vaters riss ihn aus seinen Gedanken. Carl fühlte sich ertappt, denn als Gerhard neben ihn trat, um seinem Blick zu folgen, grinste er wissend. »Kaum angekommen, verdrehst du den Mädchen schon den Kopf?« Sein Vater schüttelte schmunzelnd den Kopf. »Unmöglich.«

»Ich verdrehe niemandem den Kopf«, behauptete Carl. Dabei konnte er nicht verhindern, dass ihm das Blut in den Kopf schoss. »Sie stand einfach am Fenster und hat uns beobachtet.«

»Ich verstehe.« Das Grinsen seines Vaters wurde eine Spur breiter, dann deutete er auf die Kisten. »Komm schon«, sagte er. »Gustav und Fritz haben bereits angefangen, das Werkzeug aus dem Weg zu schaffen. Und danach zeigt uns der Bauer unsere Kammern.«

Carl half seinem Vater mit einer der Holzkisten, die sie in einen Schuppen am Rand des Hofes schleppten. Als er sich ein letztes Mal zum Fenster umwandte, in dem er das schöne Mädchen gesehen hatte, war sie verschwunden. »Äußerst schade«, murmelte Carl ein wenig enttäuscht. Doch er war sicher, dass er sie schon sehr bald wiedersehen würde. Vielleicht hatte er es doch gar nicht so schlecht getroffen mit diesem Auftrag.

*

Am Abend gab es ein großes Donnerwetter in der Küche des Zumwinkel-Hofes. Nachdem sich alle Arbeiter in den wohlverdienten Feierabend verabschiedet hatten, bat Bernhard Zumwinkel seine Tochter, ihm in der aufgeräumten Küche des Hofes noch etwas Gesellschaft zu leisten. Katharina ahnte sofort, was ihr nun blühen würde. Ein mulmiges Gefühl beschlich sie, als sie sich zu ihrem Vater an den Tisch setzte. Er kam gleich zum Thema. »Was hast du dir davon versprochen, Lina aufs Feld zu schicken?« Bernhards rundes Gesicht hatte eine tiefrote Färbung angenommen, und ihm war anzusehen, dass es in ihm brodelte. »Sie ist völlig unerfahren bei der Feldarbeit, der Knecht hat sich über sie beschwert – sie sei äußerst ungeschickt gewesen und hätte den Betrieb unnötig aufgehalten.«

»Ich habe Mutter heute in der Küche geholfen«, verteidigte sich Katharina. »Es war ihr anzusehen, dass ihr die Arbeit heute besonders schwer von der Hand ging, und ich wollte einfach bei ihr sein, ist das denn so schwer zu verstehen, Vater?«

Ihr Vater schüttelte langsam den Kopf. »Nein, das ist es nicht.« Bernhard Zumwinkel sprach leise. Er war sichtlich um seine Fassung bemüht. »Allerdings ist das nicht der wahre Grund – halt deinen alten Vater nicht zum Narren, Katharina.« Er fixierte sie mit strengem Blick und trommelte mit den Fingern auf der Tischplatte herum.

»Warum sollte ich das tun?«

»Weil ich eins und eins zusammenzählen kann. Du hast mir gestern klargemacht, dass du kein Interesse am Großknecht hast, die Magd hingegen scheint verliebt in ihn zu sein.« Bernhard Zumwinkel nahm einen Schluck Wein, bevor er fortfuhr. »Lina und du, ihr macht doch gemeinsame Sache.«

»Woher willst du das wissen?«

Bernhard Zumwinkel holte tief Luft, bevor er antwortete. »Du möchtest Thomas' Interesse von dir ablenken und Linas Glück auf die Sprünge helfen.«

»Was ist daran verwerflich?« Katharina ahnte, dass weitere Ausreden sinnlos waren. »Der richtige Mann für mich wird eines Tages kommen«, war sie sicher, »doch für mich steht fest, dass es nicht Thomas ist.« Der Sohn des Maurermeisters schlich sich in ihre Gedanken und ließ ihr Herz schneller schlagen.

»Thomas ist auf einem Gut aufgewachsen und hat die Landwirtschaft von der Pike auf gelernt, Kind. Er macht seine Arbeit gut, fleißig ist er zudem. Es wäre töricht, seine Fähigkeiten zu unterschätzen.«

»Es wäre töricht, nur aus diesem Grund einen Mann zu heiraten, den ich nicht liebe – ja, dessen Annäherungsversuche ich nur schwer ertragen kann, Vater.«

Bernhard Zumwinkel senkte den Blick und dachte einen Moment lang schweigend nach. Katharina wusste, wie sehr ihr Vater sie liebte, doch manchmal hatte sie den Eindruck, dass ihm der Hof mehr am Herzen lag als sein einziges Kind. Ihm war anzusehen, dass er sich in einem Interessenkonflikt befand, aus dem er keinen Ausweg sah.

»Lina und Thomas würden ein schönes Paar abgeben«, behauptete sie.

Der massige Schädel ihres Vaters ruckte hoch. Schwer lag sein Blick auf ihr, als er langsam nickte. »Also gut«, sagte er mit einem Seufzer auf den Lippen. »Ich kann meine geliebte Tochter nicht zu ihrem Glück zwingen, also werde ich Gnade vor Recht ergehen lassen.«

»Welches Recht?«, entfuhr es Katharina voller Trotz. »Es ist nicht dein Recht, den Mann für mich auszuwählen und mich zu einer Hochzeit zu zwingen, Vater.«

»Wir beide wissen, dass es anders ist«, brummte Bernhard verbittert. »Deine Eltern haben sehr wohl ein Mitbestimmungsrecht bei der Wahl deines Ehemannes.«

»Wie das klingt«, rief Katharina. »Du redest, als würde ich nächsten Monat schon heiraten – dabei habe ich weder Interesse an einem Mann noch Zeit dafür.« Als ihr Vater sich in betroffenes Schweigen hüllte, fuhr sie fort: »Aber sei beruhigt, eines Tages wird der richtige Mann dich natürlich um meine Hand bitten.« Kurz tauchte erneut das Gesicht des Maurers vor ihrem geistigen Auge auf, doch sie verscheuchte ihn sofort wieder aus ihrer Vorstellung. Schließlich kannte sie den Burschen ja nicht einmal richtig und hatte ihn heute auch nur flüchtig gesehen. Sie widmete sich wieder ihrem Vater, der sie nachdenklich betrachtete.

Seine Gesichtszüge entspannten sich gerade. Ein feines Lächeln umspielte seine Mundwinkel. »Vielleicht hast du recht, Kind. Es tut mir leid, wenn ich zu energisch war, doch meine Sorge um die Nachfolge auf dem Hof ist groß.« Er nahm einen Schluck aus seinem Glas. »Ich war engstirnig, das musst du mir nachsehen.«

»Schon gut.« Katharina war erleichtert. Sie hoffte, dass ihr Vater sie nicht mehr damit behelligen würde, sich für Thomas zu interessieren. »Sei unbesorgt. Irgendwann werde ich dem Mann schon noch begegnen, an dessen Seite ich mein Leben verbringen möchte.«

Bernhard erhob sich schwerfällig und brachte das leere Glas zum Spülstein. »Ich hoffe nur, dass sich dein Künftiger mit der Führung eines Hofes auskennen wird.« Der Bauer wünschte ihr eine gute Nacht, dann zog er sich mit schlurfenden Schritten zurück und ließ Katharina allein. Sie machte schnell Ordnung und sah zu, dass auch sie endlich Feierabend machen konnte.

Morgen würde Lina wieder mit ihrer Mutter in der Küche stehen, während Katharina sich um die Belange des Hofes kümmerte. Dann würden sich die Maurer an die Arbeit machen, da ihr Vater dringend eine Unterkunft für das Milchvieh benötigte, das er noch vor dem Winter kaufen wollte. Das Geschäft lief gut, und er kämpfte, um den Hof weiter voranzubringen. Im nächsten Jahr sollte das in die Jahre gekommene Wohnhaus des Zumwinkel-Hofes modernisiert werden, mit etwas Glück würde es dann auch Strom geben. Doch noch war es nicht so weit. Katharina gähnte. Es war spät geworden. Als sie sich vom Küchentisch erhob, schmerzte ihr Rücken von der Arbeit. Jetzt freute sie sich auf ihr Bett, und so löschte Katharina das Licht in der Küche, um sich in ihre Kammer zurückzuziehen.

Kapitel 7

Carl konnte in der ersten Nacht auf dem Hof nicht schlafen, was sicher nicht am gleichmäßigen Schnarchen seines Vaters lag, mit dem er sich eine Kammer teilte. Man hatte ihnen zwei Kammern im oberen Stockwerk des Hofes hergerichtet, jeweils mit zwei Betten ausgestattet. Hätte er gewusst, wie laut sein Vater nachts schnarchte, wäre er lieber mit Gustav oder Fritz in die Kammer gegangen. Im Zweifel hätte er auf dem Boden geschlafen und die Enge in der Kammer der Gesellen gern dafür in Kauf genommen. Doch jetzt war es zu spät, und Carl würde bleiben. Außerdem wusste er nicht, wie er seinem Vater erklären sollte, dass er zu den Angestellten ziehen wollte. Nein, das würde Gerhard sicher nicht verstehen. Also versuchte sich Carl, so gut es ging, mit der Situation zu arrangieren. Es half nichts, und so fügte er sich seinem Schicksal.

Die Einrichtung der kleinen Unterkunft war spartanisch, die Tapeten an den Wänden vergilbt, ihre Betten knarrten bei jeder Bewegung, auch die Bilder an den Wänden – sie zeigten wohl die nähere Umgebung des Hofes – wirkten farblos. Doch Carl konnte sich nicht beklagen, denn eigentlich hatten sie es recht gut getroffen. Immerhin mussten sie nicht im Stall beim Vieh schlafen.

Als Carl den Kopf zur Seite wandte, konnte er durch das Fenster den Mond am Himmel stehen sehen, der sein silbriges Licht auf den Dielenboden der Kammer warf. Im Haus war noch keine Ruhe eingekehrt. Stimmen drangen an seine Ohren. Eine Männerstimme, tief und bestimmend, und die einer offensichtlich jungen Frau. Es klang, als würden die beiden sich zu später Stunde streiten. Ihre Worte konnte Carl nicht verstehen, und so drehte er sich auf die Seite und versuchte zu schlafen. Bei jeder Bewegung knarrte das Bett so laut, dass er fürchten musste, dass sein Vater aufwachen würde. Doch Gerhard hatte einen tiefen Schlaf.

Im Erdgeschoss kehrte langsam Stille ein. Eine Tür klapperte, dann kamen schwere Schritte die Treppe hinauf. Jemand zog sich in seine Kammer zurück, die sich auf demselben Korridor befand wie ihr Zimmer. Carl konnte hören, wie Stiefel ausgezogen und in die Ecke geworfen wurden. Als er Durst verspürte, schob er die Bettdecke fort und setzte sich im Bett auf. Wieder knarrte der Holzrahmen. Mit einem Blick zu seinem Vater vergewisserte sich Carl, dass Gerhard nicht aufgewacht war. Barfuß schlich er über den Flickenteppich bis zur Tür. Die Hand bereits auf der Klinke, zögerte er. Schickte es sich, nachts alleine durch das Haus seiner Auftraggeber zu schleichen, um sich etwas zu trinken aus der Küche zu holen? Es half nichts, seine Kehle fühlte sich an wie ausgedörrt. Vorsichtig drückte er die Klinke nieder und öffnete die Tür einen Spalt. Gerade als er auf den Flur treten wollte, erkannte er den Lichtschein einer

Kerze, der sich zielstrebig näherte. Leise knarzten die Dielen des Fremden bei jedem Schritt, es war auffällig, dass die Gestalt vergeblich versuchte, keinen Lärm zu machen. Der Widerschein der zuckenden Flamme an den Wänden verriet die Person dennoch.

Einbrecher!, schoss es Carl durch den Kopf. Er hielt die Luft an und wich ins Zimmer zurück. Durch den Spalt warf er einen Blick nach draußen. Das Licht schien die Holztreppe hinaufzuschweben. Carl fragte sich, wer um diese Zeit noch durchs Haus geisterte.

Sollte es sich tatsächlich um einen Einbrecher handeln, so konnte er nicht tatenlos zusehen. Schnell durchquerte er die Kammer und angelte nach dem eisernen Kerzenhalter des Nachtlichts. Carl zog die Kerze aus dem Schaft und warf sie achtlos auf sein Bett. Das Nachtlicht war aus Messing gefertigt und lag schwer in seiner Hand. Damit würde er sich zur Wehr setzen, sollte es notwendig werden. *Na warte!*, rief Carl in Gedanken. *Komm nur, und du wirst es bereuen!*

Lauschend hielt er inne. Schritte näherten sich mit dem irrlichternden Kerzenschein. Leise, vorsichtige Schritte, so, als wolle der Einbrecher niemanden aufwecken. Carl umklammerte den Leuchter jetzt so fest, dass die Knöchel seiner Finger weiß unter der Haut hervortraten. Er hielt den Atem an, wartete, bis sich die Gestalt unmittelbar vor der Zimmertür befand, dann riss er die Tür auf und hechtete mit einem wilden Sprung hinaus auf den Korridor.

»Stehen bleiben!«, rief er so laut, dass ein spitzer Schrei über die Lippen seines Gegenübers kam. Große, verängstigte Augen starrten ihm voller Schreck entgegen. Und plötzlich war Carl sicher, dass von seinem Gegenüber keine Gefahr ausging.

*

Es war spät geworden. Nach der Unterredung mit ihrem Vater zog es Katharina ins Bett. Im Haus herrschte Stille, das Gesinde und ihre Eltern schienen zu schlafen. So zündete sie sich eine Kerze an, die ihr den Weg nach oben, in ihre Kammer, leuchten sollte. Nachdem sie die Küchentür leise hinter sich ins Schloss gezogen hatte, verharrte sie einen Moment lang auf dem verlassen daliegenden Korridor.

Ganz dunkel war es nicht, denn das fahle Licht des Mondes drang durch das halbrunde Oberlicht der verschlossenen Haustüre. Katharina begab sich zur Treppe. Sie beobachtete den geisterhaften Lichtschein der flackernden Kerze in ihrer Hand. Eigentlich, so dachte sie, benötigte sie gar kein Licht, denn sie war in diesem Haus aufgewachsen und würde den Weg notfalls auch mit verbundenen Augen finden. Doch mit der Kerze in der Hand war es eindeutig leichter. Das Licht verlieh ihr zusätzliche Sicherheit. Als sie die freie Hand auf den hölzernen Treppenlauf legte, knarzte das Holz leise. Ihr Fuß auf der ersten Stufe erzeugte ebenfalls ein Geräusch, das ihr in der nächtlichen Stille des Hauses überlaut erschien. Vorsichtig erklomm sie eine Stufe nach der anderen. Das Nachtlicht in ihrer Hand warf zuckende Schatten. Am oberen Treppenabsatz angekommen, drang ein leises Geräusch an ihre Ohren. Mit pochendem Herzen verharrte sie mitten in der Bewegung, um lauschend den Kopf schräg zu legen. War es eine Tür gewesen, die leise geknarrt hatte?

Wer schlich um diese Zeit noch durch das Haus?

Als nichts mehr zu hören war, setzte sie den Weg zu ihrer Kammer, die am Ende des Ganges lag, fort. Langsam beruhigte sich ihr Herzschlag. Plötzlich wurde eine der Türen zu ihrer rechten Seite aufgerissen und eine hochgewachsene Gestalt sprang in den Korridor, um sich in bedrohlicher Haltung vor ihr aufzubauen. »Wer da?«, rief ihr Gegenüber.

Katharina machte einen Sprung rückwärts, bei dem sie um ein Haar die brennende Kerze verloren hätte. Das Wachs tropfte auf ihre Hand und verursachte einen brennenden Schmerz. Sie fluchte leise.

Die unheimliche Gestalt, zu der eine tiefe Männerstimme gehörte, baute sich vor ihr auf. Katharina versuchte, sich zu beruhigen.

»Ich bin es, Katharina Zumwinkel«, sagte sie leise, um die anderen nicht zu wecken. »Und darf ich fragen, warum Sie hier zu nachtschlafender Stunde durch das Haus geistern?«

»Zumwinkel?« Fragte die Stimme überrascht. »Katharina?«

»So ist es. Und Sie sind …«

»Thiele, Carl Thiele.«

Erst jetzt erkannte Katharina, dass der Mann einen Kerzenhalter als Waffe in der erhobenen Hand hielt. Er folgte ihrem Blick und ließ langsam den Arm sinken. »Oh«, murmelte er ein wenig kleinlaut. »Das … das tut mir leid, ich wollte nicht … ich wollte Ihnen keinen Schrecken einjagen, aber ich dachte, dass Einbrecher durchs Haus schleichen und …«

Jetzt traf der flackernde Kerzenschein das Gesicht des Mannes, und Katharina erkannte den jungen Maurer, der ihr schon am Nachmittag aufgefallen war. Es war der mit den Grübchen, die immer auftauchten, wenn er lächelte. Gleich schlug ihr Herz wieder schneller. Doch diesmal war es ein äußerst angenehmes Herzklopfen. Neugierig betrachtete sie den hochgewachsenen jungen Mann, in dessen Gesicht sich trotz der eigenartigen Situation ein Schmunzeln ausbreitete.

Katharina musste lachen.

»Was … was ist denn?«, fragte er.

Obwohl er ihr einen Mordsschrecken eingejagt hatte, konnte sie ihm einfach nicht böse sein.

»Ich dachte, ein Einbrecher …«.

Darüber musste Katharina noch mehr lachen.

»Du hast mich für einen Einbrecher gehalten?« Wie selbstverständlich war sie zum vertrauten Du gewechselt. Ihre Anspannung löste sich.

Carl zuckte unbeholfen die Schultern. »Was soll ich sagen?«

»Die Wahrheit, Carl Thiele.« Katharina wunderte sich über den Klang ihrer Stimme. Sie hatte gesprochen wie ihre Mutter früher.

»Das ist die Wahrheit.« Jetzt rang er sich ein Lächeln ab. »Und offen gestanden habe ich Durst und wollte mir etwas zu trinken holen.«

»Gut.« Katharina nickte. Sie fürchtete immer noch, dass sie die anderen im Haus wecken könnten, und hielt den Moment für gekommen, die Unterhaltung zu beenden. »Den Weg zur Küche kennst du?«

»Ja.«

»Gut. Sei vorsichtig und mach keinen Lärm. Vater kann sehr ungehalten werden, wenn man ihn mitten in der Nacht weckt.«

»Ich werde leise sein«, versprach Carl Thiele.

»Gute Nacht.« Katharina setzte ihren Weg fort.

*

Die eigenartige Begegnung auf dem Korridor beschäftigte Katharina noch, als sie sich ausgekleidet hatte und unter die Bettdecke geschlüpft war. *Was sich dieser Maurer einbildet,* dachte sie amüsiert. *Schläft die erste Nacht in unserem Haus und glaubt schon, Einbrecher vertreiben zu müssen.* Als sie die Augen schloss, tauchte Carls Gesicht vor ihrem geistigen Auge auf. Das fast quadratische Gesicht mit dem markanten Kinn, die Wangen mit den jungenhaften Grübchen, die fein geschwungenen, schmalen Lippen und der feste Blick seiner grauen Augen gefielen ihr. Da war ein amüsiertes Funkeln in seinen Augen gewesen, ein vorwitzig erhobener Mundwinkel, trotz der skurrilen Situation, in der sie sich begegnet waren. Carl Thiele war durchaus attraktiv, fand Katharina.

Unwillkürlich erwischte sie sich dabei, wie sie Carl mit Thomas verglich. Thomas war ebenfalls groß und kräftig, doch er war in ihren Augen nicht halb so anziehend wie dieser Maurer. Sobald sie an Carl dachte, schlug ihr Herz ein paar Takte schneller, und sie war auf eine eigenartige Weise beschwingt, wenn sie an den warmen Klang seiner tiefen Stimme dachte. Da war ein Timbre, das eine bisher unbekannte Saite in ihr anklingen ließ.

Bin ich etwa verliebt?, fragte sie sich. Unsinn. *Nein, ich bin nicht verliebt. Oder wenn, dann höchstens ein ganz klein wenig.* So nahm Katharina den jungen Maurer mit in ihre Träume, und schon wenig später war sie mit einem glücklichen Lächeln auf den Lippen eingeschlafen.

Kapitel 8

Über Nacht hatte Regen eingesetzt, der sich bis zum Morgen hielt und dann zu einem leichten Nieselregen wurde, der die Landschaft mit seinem feuchten Netz überzog. Wind war aufgekommen, der über die sanften Hügel der Umgebung strich. Eine graue Wolkendecke lag schwer über dem Hof. Katharina sog den Duft des Sommerregens ein, als sie sich auf den Weg in die Küche machte, nachdem das Vieh versorgt war. Jeder Tag begann damit, dass sie im Morgengrauen im Stall verschwand, um die Kühe zu melken. Danach versorgte sie das Milchvieh mit Wasser und Futter. Später würde sie Aurora und zwei Kühe vor die Wagen spannen, damit die Landarbeiter die Fuhrwerke beladen konnten. Doch noch war es nicht so weit. Obwohl Katharina heute besonders müde war, ging ihr die Arbeit leicht von der Hand, und sie sang leise ein Lied vor sich hin, das sie vor Ewigkeiten in der Kirche gehört hatte. Sie sammelte im Gehege der Hühner die frischen Eier ein und sah zu, dass sie in die Küche kam, um Lina und ihrer Mutter zur Hand zu gehen. Um die Schweine würde sie sich später kümmern. Sie wurden über den Tag hinweg mit Küchenresten gefüttert und mussten sich noch ein wenig gedulden.

In der Küche saßen heute die Maurer mit am Tisch. Bei Carls Anblick schlug Katharinas Herz gleich ein paar Takte schneller. Ihm schien es ähnlich zu ergehen, denn als sie eintrat und freundlich in die Runde grüßte, lächelte er ihr zu. Nur sie wusste, was sein verschwörerisches Augenzwinkern zu bedeuten hatte. Sie verband ein Geheimnis, denn offenbar hatte niemand auf dem Hof etwas von ihrem nächtlichen Treffen mitbekommen. Beide hatten sie sich wohl vorgenommen, jeder für sich, niemandem etwas davon zu erzählen.

Rasch setzte sich Katharina auf ihren Platz gleich neben ihrem Vater.

Beim Frühstück verkündete Bernhard Zumwinkel, dass die Feldarbeit heute ausfiel und man sich um die Dinge auf dem Hof kümmern werde. Es gab genügend zu tun, einige Arbeit war in den letzten Tagen liegen geblieben. »Ich bin froh, dass wir die Heuernte gestern zu Ende gebracht haben«, verkündete er mit zufriedener Miene. »In ein paar Tagen können wir damit beginnen, das Getreide zu dreschen.«

Alle am Tisch wussten, dass jede helfende Hand gebraucht wurde. Lange würde es nicht mehr dauern, bis der Herbst Einzug hielt. Dann wurden die Tage kürzer und die Nächte kälter. Katharina betrachtete die Männer und Frauen am Tisch. Sie sah in größtenteils teilnahmslose, von Wind und Wetter gegerbte Gesichter und auf das mehr als ein Dutzend Paar Hände, die harte Arbeit gewohnt waren und nun auf der Tischplatte ruhten. Schräg gegenüber saßen die Maurer, die seit gestern auf dem Zumwinkel-Hof wohnten und heute mit dem Bau des neuen Stalls beginnen würden.

Lina und Theresa servierten frischen Malzkaffee und Tee, kurz darauf herrschte gefräßiges Schweigen am Tisch.

Neben Carl saß Thomas. Dem Knecht schienen die Blicke, die Katharina und Carl getauscht hatten, nicht entgangen zu sein. Mit versteinertem Blick biss er in sein Brot, kaute mit energischen Bewegungen und spülte mit einem Schluck Malzkaffee hinterher. Als Carl ihn unbeabsichtigt mit dem Ellenbogen anstieß, fing er sich gleich einen vernichtenden Blick von Thomas ein. Für jeden am Tisch war klar, dass der Knecht den Maurergesellen nicht leiden konnte.

Katharina vermutete, dass Thomas eifersüchtig war. *So ein aufgeblasener, eingebildeter Gockel*, dachte sie zornig, als sie die feindseligen Blicke des Knechts bemerkte. Auch Carl schien nicht mehr zu wagen, Katharina anzuschauen. Offensichtlich hatte ihm der mahnende Blick des Knechts genügt. Die Spannung zwischen den beiden Männern schien am Tisch spürbar zu sein, jedenfalls für Katharina, die ahnte, was in Thomas' Kopf vorging. Sie würde ihn bei passender Gelegenheit darauf ansprechen.

*

Thomas kochte einmal mehr vor Wut, während er sich nach dem Frühstück an die Arbeit machte. Nicht nur, dass ihn Katharina mit Nichtachtung strafte – jetzt hatte sie offenbar Interesse an dem dahergelaufenen Maurerburschen gefunden. Die Blicke, die sie eben am Tisch miteinander getauscht hatten, waren sehr eindeutig gewesen. Katharinas Wangen hatten geglüht wie

Bratäpfel im Winter, als er ihr Lächeln mit einem verschwörerischen Augenzwinkern erwidert hatte. Es war kaum zum Aushalten gewesen. So, wie Katharina Carl Thiele anschmachtete, hatte sie ihn noch nie angeschaut. Dabei war der Maurerbengel doch erst gestern auf dem Hof angekommen. Offenbar hatte er der schönen Bauerntochter vom ersten Moment an ganz gehörig den Kopf verdreht.

Was hat er, was ich nicht habe?, fragte sich Thomas, während er zwei Sensen auf das Fuhrwerk warf. Außer sich fasste er den Entschluss, sich diesen Carl vorzunehmen. Unter vier Augen, ohne Zeugen. In einem Gespräch von Mann zu Mann.

Für Thomas war es unerträglich, dass Katharinas sehnsüchtiger Blick nicht ihm gegolten hatte. Ein Plan musste her, sonst würde er im Kampf um Katharinas Gunst das Nachsehen haben, und allein die Vorstellung war unerträglich für ihn. Er war nicht gewillt, sich von einem einfachen Maurer die Butter vom Brot nehmen zu lassen, und würde kämpfen, wenn es sein musste.

⋆

Carl ahnte nichts von den düsteren Wolken, die sich über ihm zusammenbrauten. Er war sich keiner Schuld bewusst und hatte sich gleich nach dem Frühstück an die Arbeit gemacht. Der Tag verging wie im Fluge. Die vier Männer arbeiteten, ungeachtet des anhaltenden Regens, Hand in Hand und kamen gut voran. Irgendwann schweiften Carls Gedanken ab, zu seiner nächtlichen Begegnung mit Katharina. Ein Lächeln erhellte seine

Miene, als er an sie dachte. Dem Namen nach war sie die Tochter des Bauern und Auftraggebers.

Seinem Vater hatte er nichts von dem ungewöhnlichen Kennenlernen erzählt. Zu groß war seine Angst vor einer Standpauke, die ihn erwarten könnte.

Die erste Mauer stand schon schulterhoch, und die Kleidung der fleißigen Maurer war längst durchnässt. Das Wasser lief ihnen, jedes Mal, wenn sie sich nach vorn beugten, in breiten Bahnen von den Krempen ihrer Filzhüte. Obwohl sie gut in der Zeit lagen, erlaubten sie sich keine Pause. Der Bauer hatte sie zur Eile gemahnt, und Carls Vater war ebenfalls daran gelegen, den Auftrag schnellstmöglich und zur vollsten Zufriedenheit abzuschließen, um sich im heimischen Herzebrock auf den Winter vorbereiten zu können.

Plötzlich behagte Carl der Gedanke daran, dass sie schon bald wieder abreisen würden, nicht mehr. Er fragte sich, was dann aus ihm und Katharina werden würde. Vermutlich würden sie sich nie wieder begegnen. *Aus den Augen, aus dem Sinn.*

Die Vorstellung daran war betrüblich.

Carl fröstelte in seiner längst durchnässten Kleidung, doch er wollte sich keine Blöße geben. Die anderen arbeiteten unermüdlich und ließen sich vom Regen nicht abhalten. *Ist es zu Ende, bevor es begonnen hat?,* überlegte er.

Er nahm einen Stein und stieß dabei mit dem Ellenbogen gegen einen anderen Steinstapel, der unter lautem Poltern in sich zusammenstürzte. Wie angewurzelt stand Carl da und registrierte die Blicke der anderen. Kleinlaut murmelte er eine Entschuldigung.

»Carl«, rief sein Vater, »wo bist du denn mit deinen Gedanken?« Er eilte Carl zu Hilfe. »Was wir mit den Händen aufgeschichtet haben, reißt du mit dem Hintern um.«

Peinlich berührt blickte Carl zu den Gesellen, die so taten, als hätten sie von dem Zwischenfall nichts mitbekommen. Fritz und Gustav arbeiteten weiter. Ihre eisernen Kellen mit dem Mörtel kratzten über die Steine. »Konzentrier dich, Junge«, raunte Gerhard seinem Sohn zu, sodass es die Gesellen nicht mitbekamen.

Bevor Carl etwas erwidern konnte, näherten sich Schritte, die von einem rhythmischen Klimpern begleitet wurden. »Macht mal eine Pause, Männer.«

Carl drehte sich um und sah direkt in das lächelnde Gesicht von Katharina, die einen Korb vor sich hertrug. Die Schürze hatte sie abgelegt und gegen einen dünnen Mantel getauscht, auf dem Kopf trug sie einen etwas zu groß geratenen Hut, den sie sich offenbar von ihrem Vater geliehen hatte und der ihr Schutz vor dem Regen bot. Als sich ihre Blicke kurz trafen, lächelte auch er ihr zu, und Carl glaubte, zu sehen, dass sich ihre Wangen rot färbten. Er eilte herbei, um ihr den schweren Korb abzunehmen. »Was bringst du uns Schönes?«, fragte er und wagte einen Blick in den Korb. Darin befanden sich Tonflaschen, aus denen es herrlich dampfte. Der würzige Duft von frisch aufgebrühtem Malzkaffee stieg in Carls Nase.

»Eine Kleinigkeit zum Aufwärmen«, sagte Katharina, als sie seinen dankbaren Blick sah.

Täuschte er sich, oder lag ihr Blick länger, als es nötig gewesen wäre, auf ihm?

»Männer, wir bekommen eine Stärkung«, rief Carl, ohne sich

zu den anderen umzublicken. Seine ganze Aufmerksamkeit galt Katharina. Sie übte eine Anziehung aus, die er so noch nie zuvor bei einer Frau verspürt hatte. Womöglich lag das am Blick ihrer wunderschönen blauen Augen, vielleicht auch an den lustigen Grübchen auf ihren Wangen – oder an den vollen Lippen. Hätte man ihn gefragt, er hätte wohl nicht beschreiben können, was ihn an Katharina Zumwinkel derart faszinierte. »Danke«, hörte er sich sagen, »das ist äußerst zuvorkommend.«

Sie lachte, und in seinen Ohren klang es wie ein Glöckchen. »Mir ist daran gelegen, dass ihr bei Kräften bleibt, sonst wird es nichts mit dem neuen Stall.«

»Was gibt es?«

Unbemerkt von Carl und Katharina war Gerhard Thiele hinter sie getreten. Neugierig spähte er in den Korb. »Kaffee«, schwärmte er, »das nenne ich mal eine gute Sache.«

»Bedienen Sie sich.« Katharina trat zur Seite und machte eine einladende Geste. »Der Kaffee wird euch sicher wieder munter machen und euch von innen wärmen.«

»Wir haben uns längst warmgearbeitet«, behauptete Gerhard mit einem Augenzwinkern, dann bedachte er seinen Sohn mit einem Blick, den Carl nicht recht zu deuten vermochte. So schwieg er, rief die Maurergesellen herbei und ließ sich von Katharina eine Flasche reichen. Als sich für den Bruchteil einer Sekunde ihre Hände berührten, war es ihm, als würde ein Blitz durch seinen Körper jagen.

»Eigentlich haben wir gar keine Zeit für eine Pause«, bemerkte Gerhard schließlich. Er trank in kleinen Schlucken und genoss sichtlich den malzigen Geschmack.

»Ach was«, rief Katharina unbekümmert und zeigte auf den Grundriss des neuen Stalls, »das kann sich doch schon blicken lassen.« Sie lachte. »Und denkt daran – auch Rom wurde nicht an einem Tag erbaut, Männer.« Sie wandte sich zum Gehen. »Wenn die Flaschen geleert sind, stellt sie einfach in den Korb zurück. Ich muss dann wieder an die Arbeit – wir müssen heute buttern.«

»Ihr müsst … was?« Carl verstand nicht.

»Buttern«, wiederholte Katharina geduldig. »Aus Milch wird Butter gemacht, eine Knochenarbeit, aber es hilft nichts.«

»Na dann.« Carl legte zwei Finger an die Hutkrempe. Mit einem versonnenen Blick starrte er ihr hinterher und schien der Welt entrückt zu sein. Auf halbem Wege blieb sie stehen, um sich noch einmal zu ihm umzudrehen. »Aber wenn ihr mit dem Stall fertig seid, kannst du mir vielleicht etwas bauen, das mir die Arbeit erleichtert. Das kannst du doch, oder?«

»Na klar, das ist eine meiner leichtesten Übungen«, versicherte er ihr mit einem breiten Grinsen.

Im nächsten Augenblick war er verwundert, wie sie jetzt plötzlich auf eine derartige Idee kam. »Wie kommst du darauf?«

Katharina lachte. »Die Arbeit auf dem Land ist schwer genug«, fand sie. »Da braucht es die richtigen Maschinen und Werkzeuge.«

»Ich bin Maurer«, erinnerte er sie.

»Ich weiß.« Damit ließ sie ihn stehen.

»Was ist, Junge – du bist ja total durch den Wind.«

»Was?« Carl starrte seinen Vater an wie einen Geist.

»Du führst dich auf wie ein Esel«, rügte Gerhard ihn.

»Warum denn?«

»Weil du in die Tochter des Bauern verliebt bist.« Gerhard grinste seinen Sohn wissend an und leerte die Tonflasche.

»Unsinn, Vater.« Carl schüttelte halbherzig den Kopf. »Wie kommst du denn auf so etwas?«

Gerhard scheuchte seine Männer an die Arbeit, bevor er sich wieder seinem Sohn widmete. »Weil ich Augen im Kopf habe, Junge.« Damit ließ er Carl stehen und machte sich wieder an die Arbeit. Carl hing weiter seinen Gedanken nach. War er wirklich verliebt in Katharina? Sie übte eine bisher unbekannte Faszination auf ihn aus, das stimmte schon – aber es fiel ihm schwer, zu behaupten, dass er sich in die Tochter des Bauern verliebt hatte. Doch vielleicht, so dachte Carl weiter, hatte sein Vater sogar recht, denn bei ihrem Anblick vergaß er die Welt um sich herum, sein Herzschlag beschleunigte sich, und ein dümmliches Grinsen stahl sich auf sein Gesicht. So etwas hatte er bisher bei keiner Frau erlebt.

Kapitel 9

Katharina, kommst du mal zu mir?« Bernhard Zumwinkel hatte die Hände in die Hüften gestemmt, als er seine Tochter zu sich rief. Mit abwartender Miene stand er am Tor des Viehstalls. Katharina ahnte, dass das nichts Gutes zu bedeuten hatte. Dabei war sie sich keiner Schuld bewusst. Sie kannte diesen Tonfall ihres Vaters seit ihrer Kindheit. Meistens hatte er sie so zu sich zitiert, wenn sie als kleines Mädchen Blödsinn gemacht hatte. Doch das war in dieser Situation eindeutig nicht der Fall. Erst in zwei Stunden musste das Vieh gemolken werden, zu spät war sie also noch nicht dran. Sie hatte ihre Arbeit erledigt und den Maurern zwischenzeitlich einen heißen Kaffee gebracht, damit sie sich ein wenig aufwärmen konnten. Dass sie dabei diesen Carl wiedergesehen hatte, war ein angenehmer Nebeneffekt.

Bernhard zog seine Tochter am Ärmel des Mantels ins Halbdunkel des Stalls. Hier war es wärmer als auf dem Hof, die Luft war vom schweren Duft nach Mist geschwängert. Das Vieh im Stall muhte unruhig, die Eisenketten rasselten leise.

»Was willst du mit diesem Maurer?« Eine steile Zornesfalte stand auf seiner hohen Stirn.

»Wie bitte?«

»Was du von diesem dahergelaufenen Maurer willst, möchte ich wissen.«

Katharina fühlte sich ertappt. »Was soll das?«

»Er ist nicht gut für dich«, zischte Bernhard.

»Wer sagt, dass ich etwas von ihm will?« Katharina runzelte die Stirn.

Jetzt lachte ihr Vater. Doch es war kein warmes Lachen, es klang zynisch. »Dass du dich in ihn verguckt hast, sieht ein Blinder mit Krückstock.«

»Vater, das ist doch … Unsinn.« Es ärgerte Katharina, dass sie bei der Wahl ihrer Worte gezögert hatte.

»Halt dich fern von diesem Mann, er ist nicht gut für dich.«

»Woher willst du das wissen?«, entgegnete Katharina zornig. Sie hasste es, wenn ihr Vater sie maßregelte. Längst war sie eine erwachsene Frau und wusste selbst, was gut für sie war und was nicht. Dass er sie derart bevormundete, ärgerte sie. Da sie keinen Streit heraufbeschwören wollte, mahnte sie sich zur Ruhe.

»Als Maurer zieht er über das Land, Kind.«

»Und?«

»Überall, wo er seine Arbeit erledigt, lebt er ein paar Tage oder Wochen, und du kannst davon ausgehen, dass dieser Carl in jedem Ort eine andere Frau hat.«

»Vater, bitte.« Vorwurf lag in Katharinas Stimme. Warum unterstellte ihr Vater dem Sohn des Maurermeisters derart schlechte Manieren? »Carl weiß, was sich gehört.«

»Woher willst du das wissen?«

»Ich … ich weiß es eben.«

Katharina rollte mit den Augen. »Du kennst ihn nicht länger als ich. Und er ist kein dahergelaufener Maurer, sondern der Sohn des Meisters, den du mit dem Bau des Stalls beauftragt hast.«

»Und wenn schon.« Bernhard winkte ab. »Das hat nichts zu bedeuten. Er verdreht den Mädchen überall dort die Augen, wo er arbeitet. Ich möchte, dass du dich von ihm fernhältst.«

»Warum?«

»Weil ich euch beobachtet habe.« Er sog die Luft durch die Nase ein. »Heute Morgen beim Frühstück habt ihr so komische Blicke getauscht. Und jetzt versorgst du ihn und seine Männer mit dem teuren Malzkaffee.« Katharinas Vater schlug sich mit der flachen Hand vor die Stirn, dass es klatschte. »Ich bezahle die Männer für ihre Arbeit, nicht dafür, dass sie Pause machen. Außerdem«, fügte er etwas leiser hinzu, »außerdem habe ich beobachtet, wie ihr euch angesehen habt.« Bernhard grinste wissend.

»Ach das.« Katharina winkte ab. »Er ist ein netter Mann, und gute Manieren hat er, auch wenn du das bestreitest, Vater.« Katharina stieß sich von der Mauer ab, an der sie gelehnt hatte, und wandte sich zum Gehen. »Lass das also meine Sorge sein. Schließlich bin ich kein Kind mehr.« Ohne die Antwort ihres Vaters abzuwarten, ließ sie ihn stehen. Die Arbeit wartete auf sie, und sie wollte keine Zeit verlieren, um ihrer Mutter zu helfen.

⋆

»Was ist los mit dir?« Sorgenvoll betrachtete Theresa ihre Tochter, als sie die Küche betrat. Ihr war nicht entgangen, dass Katharina außer sich war. Die Wangen hatten eine tiefrote Färbung angenommen, ihre Hände zitterten leicht. Theresa wusste, dass das kein gutes Zeichen war. Doch Katharina war bemüht, sich nichts anmerken zu lassen. Mit gesenktem Blick schüttelte sie den Kopf.

»Es ist nichts, Mutter.«

Theresa lachte auf. »Wer soll das denn glauben?« Sie kannte ihre Tochter gut genug, um zu wissen, dass Katharina etwas beschäftigte.

Katharina sank auf die Bank am Fenster. Das Holz knarrte leise. »Ach Mutter.« Ein schweres Seufzen kam über ihre Lippen. »Vater denkt, ich mache dem Sohn des Maurermeisters schöne Augen.« Theresa legte das Tuch, mit dem sie gerade eine schwere Tonschüssel abgetrocknet hatte, zur Seite. Sie zog sich einen Stuhl heran und setzte sich zu ihrer Tochter. »Kind«, sagte sie sanft, »und selbst wenn es so wäre …« Aufmerksam las sie im Gesicht ihrer Tochter. Katharina war nicht nur ihr einziges Kind, sie waren einander sehr ähnlich, seelenverwandt. Und gerade empfand Theresa Kummer beim Anblick ihrer Tochter. »Dein Vater macht sich Sorgen um die Nachfolge des Hofes«, setzte sie vorsichtig an. »Er hat Angst, dass ich mich hier verausgabe und es nicht mehr lange aushalte.«

»Aber er hat Lina eingestellt, damit sie dir zur Hand gehen kann«, gab Katharina zu bedenken. »Außerdem helfe auch ich dir, wo ich kann.«

Theresa nahm die Hand ihrer Tochter und drückte sie mit

einem sanften Lächeln. »Du bist ein Engel«, sagte sie. »Aber meine Krankheit wird mich für den Rest meines Lebens begleiten, und die Anfälle, die mich heimsuchen, kommen immer öfter, und sie werden schlimmer.«

»Ich verstehe Vaters Angst ja«, erwiderte Katharina. Als sie ihre Mutter ansah, schimmerten ihre Augen feucht. »Aber ich werde doch nicht einen Knecht heiraten, den ich nicht liebe – nur, weil Thomas etwas von der Landwirtschaft versteht.«

»Das musst du auch nicht. Ich möchte, dass du glücklich bist, dass dir eines schönen Tages der Mann begegnet, an dessen Seite du alt werden möchtest.«

»Das wünsche ich mir auch, Mutter.«

»Oder …« Theresa zögerte und suchte sekundenlang nach den richtigen Worten. »Oder ist er dir bereits begegnet?«

»Mutter!«, rief Katharina. Offenbar lauter, als sie es beabsichtigt hatte. »Was denkst du von mir?« Ihre Wangen glühten tiefrot, als sie ihre Mutter ansah. Katharina fühlte sich ertappt.

»Ich denke gar nichts«, behauptete Theresa mit einem wissenden Lächeln auf den Lippen. »Aber ich bin auch nicht blind.« Sie sah zum Fenster hinaus auf den Hof. Der Regen hatte endlich nachgelassen, und zögerlich brach die Nachmittagssonne durch die tiefhängenden Wolken über Clarholz. »Und dass dir Carl Thiele gefällt, ist ziemlich offensichtlich.« Wieder achtete sie auf jede Regung im Gesicht ihrer Tochter. Diesmal lag der Ansatz eines Lächelns auf Katharinas Lippen.

*

»Was machst du?« Gerhard Thiele blickte von der Arbeit auf, als Carl die Tonflaschen einsammelte, um sie in den Korb zu legen, den Katharina ihnen vorhin gebracht hatte. Prompt fühlte sich Carl ertappt. »Aufräumen«, sagte er in einem möglichst gleichgültigen Tonfall. Die Sonne war durch die Wolken gebrochen und tauchte den Hof in ein goldenes Licht. Die Maurer arbeiteten seit Stunden, von der Kaffeepause abgesehen, ohne Unterbrechung. Sie waren gut vorangekommen, und Gerhard Thiele machte einen zufriedenen Eindruck. Jetzt stand er da, und betrachtete seinen Sohn mit einem wissenden Blick. »Soso.« Er lächelte. »Dann mal los.«

Carl schnappte sich den Korb und trug ihn quer über den Hof. Das Klimpern der Tonflaschen begleitete seine Schritte.

»Ich übernehme das.«

Carl erschrak, als wie aus dem Nichts ein hochgewachsener Mann mit grimmigem Gesichtsausdruck vor ihm auftauchte. »Wie bitte?« Wenn Carl sich nicht täuschte, dann war das hier der Großknecht. Sollte er sich nicht um das Vieh kümmern, anstatt ihm hier die Botengänge abzunehmen?

»Ich übernehme das«, wiederholte Carls Gegenüber und deutete mit dem kantigen Kinn auf den Korb in Carls Händen.

»Das wird nicht nötig sein, ich muss …« Bevor Carl es sich versehen konnte, riss ihm der Knecht den Korb aus den Händen.

»Wenn ich sage, dass ich die Flaschen in die Küche bringe, dann bringe ich die Flaschen in die Küche.«

Das war kein freundliches Angebot, das klang wie eine Drohung. Was bildete sich dieser Kerl ein, ihn wie einen dummen Jungen zu maßregeln? Wut stieg in Carl auf, doch er fand keine Gelegenheit, dem Hünen die Meinung zu sagen, denn er war mit weit ausholenden Schritten mitsamt dem Korb bereits in Richtung des Wohnhauses verschwunden.

Verdattert stand Carl da und blickte dem groben Kerl hinterher.

»Ärger dich nicht.« Unbemerkt war Carls Vater zu ihm getreten. »Aber du solltest auf der Hut sein.«

»Was?«

»Bist du wirklich so schwer von Begriff?« Sein Vater betrachtete ihn ungläubig, dann musste er lachen. »Thomas dürfte nicht entgangen sein, dass du die Tochter des Bauern … nett findest. Und dir ist sicher aufgefallen, dass auch er ein Auge auf sie geworfen hat.

Es ist ihm ein Dorn im Auge, dass du dich für sie interessierst.« Er seufzte. »Und dass sie dich offenbar auch, nun ja, anziehend findet.«

Gerhard Thiele grinste.

Carl war versucht, ihm von seinem nächtlichen Abenteuer zu berichten, doch er verzichtete darauf. Er besann sich, ein wenig vorsichtiger zu sein bei seinen Versuchen, in Katharinas Nähe zu kommen. Nachdem er einen letzten Blick in die Richtung geworfen hatte, in die Thomas mit dem Korb verschwunden war, wandte er sich enttäuscht um und folgte seinem Vater zurück zum Neubau. Während sich die Männer wieder an die Arbeit begaben, überlegte Carl fieberhaft, wie es ihm gelingen konnte, Katharina nahe zu sein, ohne von dem Knecht behelligt zu werden.

*

Erschrocken sah Katharina auf, als die Küchentür aufflog und mit einem lauten Poltern an die Wand stieß. Thomas erschien auf der Bildfläche, mit einem versteinerten Gesichtsausdruck auf den schmalen Lippen.

»Thomas«, entfuhr es Theresa entgeistert, als der Knecht den Korb mit den Flaschen unter lautem Poltern auf der Arbeitsfläche abstellte. »Was soll das denn?« Theresa war gerade damit beschäftigt, einen großen Berg von löchrigen Socken zu stopfen, während Katharina mit der Vorbereitung des Abendessens beschäftigt war. Eben hatte sie sich die Zutaten für die Buchweizenpfannkuchen zusammengesucht. Verwundert betrachtete sie den Korb, den er gebracht hatte. »Wie kommst du an die leeren Flaschen?«

Thomas bedachte sie mit einem seltsamen Blick. Am Mahlen seiner Kieferknochen erkannte Theresa, dass er außer sich war vor Wut. Das Grinsen, das er schnell aufsetzte, wirkte wie eine Grimasse.

»Ich dachte, du freust dich, wenn ich dir die Flaschen bringe.«

Theresa sah ihrer Tochter die Enttäuschung an. Vermutlich hatte sie gehofft, dass Carl ihr den Korb zurückbrachte. Es war offensichtlich, dass der Knecht in dem Sohn des Maurermeisters einen Konkurrenten sah.

»Es reicht«, rief Theresa aufgebracht. »Du sollst dich um deinen Kram kümmern, anstatt um meine Tochter herumzuscharwenzeln.«

Thomas betrachtete sie mit einem Blick, der ihr Angst bereitete. Doch die Bäuerin war keine Frau, die sich einschüchtern ließ. »Es hat sich angeboten«, antwortete er schließlich. »Und so konnte ich nach deiner Tochter sehen. Wir wollen ja nicht, dass sie sich heimlich mit dem Gesinde trifft, oder?« Er warf Katharina einen missachtenden Blick zu, dann rauschte er aus der Küche.

»Was sollte das denn?«, fragte Theresa fassungslos.

Katharina zuckte die Schultern. »Es hat den Anschein, als wäre er eifersüchtig auf Carl.«

Theresa schüttelte energisch den Kopf. »So geht das nicht. Unser Knecht wird übergriffig. Ich werde noch heute mit deinem Vater darüber reden.«

Sie war empört über Thomas' Auftreten.

»Dein Vater soll dafür Sorge tragen, dass sich der Knecht benimmt – oder ihn vor die Tür setzen«, erklärte sie, als sie den Blick ihrer Tochter sah. »So geht es ja nicht weiter, ich werde nicht zulassen, dass er dir Schwierigkeiten macht.« Ihre Hand zitterte, als sie den nächsten durchlöcherten Socken nahm, um ihn über den hölzernen Stopfpilz zu stülpen.

*

»Ich werde Thomas nicht kündigen.« Bernhard schüttelte stur den Kopf. »Er ist ein fleißiger Mann, und ich kann ihm blind vertrauen.«

»Ich leider nicht«, entgegnete Theresa. »Nicht so, wie er mit Katharina umspringt.« Sie hatte ihren Mann an seinem Lieblingsplatz gesucht und gefunden. Am Ende eines jeden Tages saß er auf der alten Bank beim Brunnen, der munter vor sich hin plätscherte. Hier rauchte er seine Pfeife, ein echtes Schmuckstück aus einst strahlend weißem Meerschaum. Der Pfeifenkopf war dem Konterfei eines brüllenden Löwen nachempfunden. Gedankenverloren paffte er den Rauch in den Abendhimmel über dem Zumwinkel-Hof. Nachdem alle die Küche verlassen hatten, stampfte Katharina dort die Butter. Theresa hatte sie gebeten, nicht allzu lange zu arbeiten. Es war ihr unangenehm, dass Katharina ihre Arbeit übernehmen musste, weil es ihr nicht gut ging.

»Er ist seltsam, und etwas scheint mit ihm nicht zu stimmen.«

»Woher willst du das wissen?« Bernhard Zumwinkel betrachtete seine Frau mit einem tiefsinnigen Blick.

»Ich weiß es einfach«, antwortete Theresa ihm. »Ein Bauchgefühl, kein Anhaltspunkt. Aber er benimmt sich eigenartig.«

Bernhard Zumwinkel paffte an seiner Pfeife und blickte ins Leere. »Was stört dich an ihm?«

»Das habe ich dir eben erklärt«, beharrte Theresa und rollte mit den Augen. »Er ist übergriffig geworden, und zwar in einer Form, die unserer Katharina Angst gemacht hat.« Sie hatte ihm vom Zwischenfall in der Küche berichtet, doch sehr zu ihrer Verwunderung empfand Bernhard das rüpelhafte Benehmen des Knechtes nicht als auffällig.

»Er ist auch nur ein Mann und sicher eifersüchtig auf den Maurer.« Ein Lächeln huschte um seine Mundwinkel.

»Er ist vor allem ein Angestellter, der keinerlei Anrecht auf unsere Tochter hat«, stellte Theresa klar. Sie spürte, wie sie das Sprechen anstrengte, und unterdrückte einen Hustenanfall. »Was er getan hat, ist nicht akzeptabel, Bernhard.«

»Vielleicht hat er ein wenig über die Stränge geschlagen, doch auch das ist kein Grund, ihn vom Hof zu werfen.« Bernhard paffte an seiner Pfeife und formte Kringel aus dem Rauch, die dem Himmel entgegenschwebten. »Ich werde mit ihm reden«, versprach er, als er den erbosten Gesichtsausdruck seiner Frau sah.

»Hast du verstanden, dass Katharina Angst vor ihm hatte?«, fragte sie. »Ich möchte nicht, dass sich unsere Tochter vor dem Personal fürchten muss, Bernhard.«

Bernhard seufzte und ließ die Pfeife sinken. Nachdenklich betrachtete er seine Frau. »Du hörst mir nicht zu«, rügte er sie in einem ruhigen Ton. »Ich sagte bereits, dass ich mit dem Knecht reden werde. Rauswerfen werde ich ihn aber nicht.«

Theresa sah ein, dass es keinen Sinn machte, ihren Mann weiter zu beknien. Enttäuscht erhob sie sich und stapfte wütend zurück zum Wohnhaus. An manchen Tagen war Bernhard Zumwinkel sturer als ein Esel.

Kapitel 10

In dieser Nacht fand Carl wieder keine Ruhe. Doch diesmal lag es nicht am Schnarchen seines Vaters. Katharina ging ihm nicht aus dem Kopf. Sie war eine schöne junge Frau und schien ebenfalls nicht abgeneigt zu sein. Doch wie sollte es ihm gelingen, näher an die Tochter des Bauern heranzukommen?

Ein eigenartiges Geräusch störte ihn in seinen Gedanken. Lauschend legte er den Kopf schief und versuchte, die Ursache zu erraten. Es handelte sich um ein gleichmäßiges, stampfendes Geräusch. Carl stellte fest, dass sein Vater im anderen Bett lag und tief und fest schlief. Von der Neugier getrieben, richtete sich Carl auf. Das Geräusch war immer noch da.

Barfuß stapfte er zu dem Stuhl am Fenster, der als provisorischer Herrendiener herhielt. Eilig schlüpfte er in die Hose und das Hemd, stets darauf bedacht, jeden unnötigen Lärm zu vermeiden. Umso mehr ärgerte er sich über das unvermeidliche Knarren der Dielen. Wenn sein Vater jetzt aufwachte, würde er ihn fragen, warum Carl nicht in seinem Bett lag. Doch Gerhard rührte sich nicht. Zufrieden legte Carl die Hand auf die Klinke des Kastenschlosses, hielt kurz inne, um die Tür dann zu öffnen. Jetzt war das Geräusch etwas lauter zu hören.

Was ist das nur?, fragte er sich und trat hinaus auf den dunklen Flur, der sich wie ein finsterer Schlund vor ihm erstreckte. Nachdem er die Tür leise hinter sich geschlossen hatte, lauschte er erneut. Da war wieder das gleichmäßige, stampfende, hölzerne Geräusch. Von seiner Neugier angetrieben, schlich Carl die Holztreppe ins Erdgeschoss hinunter. Mit jedem Schritt nach unten wurde das Geräusch lauter. Die Tonfliesen unter seinen Füßen fühlten sich kühl an. Plötzlich herrschte Stille im Haus, das Geräusch brach ab. Dafür glaubte Carl jetzt, ein Stöhnen zu hören. Verwundert stand er mitten auf dem Korridor. Was hatte das zu bedeuten? Regungslos stand er da und starrte auf das Oberlicht der massigen Haustür, die um diese Zeit verschlossen war. Fahl drang das Mondlicht durch die Scheiben und tauchte den Flur in ein kühles Licht.

Als das stampfende Geräusch erneut ertönte, zuckte er erschrocken zusammen. Es klang, als würde es aus der Küche kommen. Carl durchmaß den Flur und öffnete die Haustür. Er wollte zunächst versuchen, einen Blick durch das Küchenfenster ins Innere des Hauses zu werfen. Einfach in die Küche zu stürmen, erschien ihm unpassend. Carl setzte einen Fuß auf die steinerne Schwelle und atmete tief durch. Verlassen lag der Hof vor ihm. Die Stallungen zeichneten sich als schwarze, kantige Umrisse vom tiefen Blau des inzwischen sternklaren Nachthimmels ab. Verwundert stellte Carl fest, dass ihn der Geruch von Vieh und Mist nicht mehr störte. Vereinzelt drangen die Geräusche der Tiere an seine Ohren. Eigentlich, so dachte Carl, hatten es die Menschen auf dem Land gar nicht so schlecht. Es waren rechtschaffene Menschen, die mit sich und ihrem Leben zufrieden waren, obwohl sie von früh bis spät arbeiteten und kaum Freizeit hatten.

Das hölzerne Stampfen drang jetzt gedämpft an seine Ohren. Carl machte ein paar Schritte auf den Hof und sah sich zum Wohngebäude um. Ein paar vereinzelte Stalllaternen sorgten für die nötige Orientierung. Kein Mensch war weit und breit zu sehen, nur das leise Plätschern des Brunnens war zu hören.

Carl trat in die Mitte des Hofes und sah an der Fassade des Wohnhauses empor. In den Zimmern brannte kein Licht mehr, nur aus dem Küchenfenster drang ein warmer Lichtschein in die Nacht hinaus. Also hatte er sich nicht getäuscht. Carl näherte sich dem Fenster. Die Vorhänge waren zugezogen, dennoch konnte er einen Schatten erkennen, der sich gleichmäßig bewegte. Carl trat näher. Durch einen Spalt in den Gardinen sah er, was sich in der Küche abspielte. Im Licht der Petroleumlampe saß Katharina auf einem Stuhl am Tisch. Sie hatte ein hohes, schmales Holzfass zwischen die Beine geklemmt und hielt mit beiden Händen einen hölzernen Stiel fest, mit dem sie immer wieder in das Fass stieß. Ihr Gesicht wirkte konzentriert und angespannt. Immer wieder unterbrach sie die Arbeit, um sich die Schultern zu massieren. Es war offensichtlich, dass es ihr schwerfiel.

Katharina stampfte zu später Stunde noch Butter. Er schalt sich einen Narren. Dass er nicht eher darauf gekommen war!

Carl fragte sich, ob sie wohl niemals schlief. Am liebsten wäre er ihr zu Hilfe geeilt, doch wie würde das aussehen? Außerdem wäre das dann schon ihre zweite Begegnung zu nächtlicher Stunde.

Bevor Carl sich einen Plan zurechtlegen konnte, spürte er eine schwere Hand auf seiner Schulter. »Was schleichst du hier herum?«

Kurz dachte Carl, sein Herzschlag würde aussetzen, so sehr erschrak er. Am ganzen Leibe zitternd fuhr er herum und blickte in das finstere Gesicht des Großknechts. »Wenn sich hier einer angeschlichen hat, bist das wohl du!« Der Knecht grinste ihn an. Carl schüttelte den Kopf. »Du hast mich zu Tode erschreckt, was denkst du dir dabei?«

Der Ansatz eines zufriedenen Grinsens huschte um die schmalen Lippen des Knechts. »Das beantwortet meine Frage nicht«, flüsterte er. »Was schnüffelst du hier nachts herum?«

»Ich habe nicht herumgeschnüffelt«, verteidigte Carl sich, während er die Hand des Knechts abschüttelte. »Ein Geräusch ließ mich nicht einschlafen, und ich wollte nach dem Rechten sehen.«

»Schön.« Thomas nickte langsam. »Jetzt weißt du, was das Geräusch verursacht hat.

Dann kannst du jetzt beruhigt ins Bett gehen.«

»Ich glaube nicht, dass es dir obliegt, meine Schlafenszeiten zu bestimmen.« Carl spürte Unmut in sich aufsteigen. Was bildete sich dieser Knecht nur ein? »Solltest du nicht in deiner Kammer beim Vieh liegen?«, fragte er. »Bist du eifersüchtig?«, fügte Carl grinsend hinzu.

»So ein Unsinn«, herrschte Thomas ihn kopfschüttelnd an. Doch an seinem Gesichtsausdruck erkannte Carl, dass er den Nagel auf den Kopf getroffen hatte.

»Ich kann es nur nicht leiden, wenn Leute, die hier nicht

wohnen, nachts herumschleichen und spionieren«, erklärte Thomas.

»Davon werde ich dem Bauern berichten.«

»Tu, was du nicht lassen kannst.« Carl zuckte unbekümmert die Schultern.

»Lass die Hände von Katharina«, sagte Thomas dann. »Sie ist vergeben.«

»Ach ja?«, wunderte sich Carl. »An wen denn?«

»An mich«, behauptete Thomas im Brustton der Überzeugung. »Wir sind bereits verlobt.«

»Davon hat Katharina mir gar nichts erzählt.«

»Ihr sprecht darüber?« Das Gesicht des Knechts drückte Verwunderung aus. Zum ersten Mal entglitten ihm seine Gesichtszüge.

»Selbstverständlich.« Carl nickte eifrig. »Und wenn sie verlobt wäre, dann hätte Katharina mich das bestimmt wissen lassen. Und jetzt lass mich in Ruhe …«

»Sonst?« Thomas baute sich in bedrohlicher Haltung vor Carl auf. Er ballte die Hände zu Fäusten und schob kämpferisch das Kinn nach vorn.

»Sonst …« Carl ärgerte sich, dass ihm keine Antwort einfallen wollte. »Sonst frage ich Katharina, ob sie …«

»Was möchtest du mich fragen?«

Beide Männer erstarrten, als Katharina plötzlich neben ihnen stand. Die Hände hatte sie energisch in die Hüften gestemmt. »Also … was möchtest du mich fragen?«, wiederholte sie ihre Frage, als Carl betroffen schwieg.

»Nichts, Katharina, nichts«, sagte er ein wenig kleinlaut.

»Das stimmt nicht«, fuhr ihm Thomas in die Parade. »Der Maurer spioniert hinter dir her, Katharina.«

Die Tochter des Bauern neigte fragend den Kopf.

»Das stimmt so nicht«, beeilte sich Carl zu sagen. »Ich habe ein Geräusch gehört. Und da ich nicht wusste, was im Haus vorgeht, habe ich nach dem Rechten gesehen.«

»Er ist auf dem Hof herumgeschlichen wie ein Dieb und hat ins Küchenfenster geguckt«, stellte Thomas klar. Carl sah ihm an, dass dem Knecht die Begegnung mit Katharina nicht behagte.

»Stimmt das?«, fragte Katharina.

»Ja, aber ich habe mir Sorgen gemacht.«

Katharinas Gesichtszüge entspannten sich. »Schon wieder auf Jagd nach Einbrechern?«, fragte sie kokett und schenkte Carl ein warmes Lächeln. »Und dann?«

»Dann wurde ich von deinem … *Verlobten* auf frischer Tat ertappt.«

»Von meinem … was?« Katharina betrachtete ihn, als hätte Carl den Verstand verloren.

»Von deinem Verlobten«, wiederholte er beharrlich.

Erst jetzt schien Katharina zu begreifen, wovon er sprach. Sie betrachtete Thomas mit ernster Miene, dann musste sie lachen. Ihr Lachen schallte über den nächtlichen Hof. Es klang erfrischend und befreiend zugleich, fand Carl und registrierte, dass sich sein Herzschlag beschleunigte.

»Thomas soll mein Verlobter sein?«

»Das hat er jedenfalls behauptet.«

»Katharina, ich …«, setzte Thomas an, brach aber ab, als sie ihn mit einer einzigen Geste zum Schweigen brachte.

»Du bist sicher betrunken«, stellte Katharina kopfschüttelnd fest und tippte sich gegen die Schläfe.

»Ich habe nicht getrunken«, behauptete Thomas entrüstet. Katharina winkte ab. Offensichtlich hatte sie genug gehört. »Es ist besser, wenn du jetzt zu Bett gehst, in wenigen Stunden beginnt die Arbeit.«

»Aber ich …«

»Gute Nacht, Thomas.« Ihre Stimme duldete keinen Widerspruch.

Beleidigt zuckte der Knecht die Schultern. »Gute Nacht«, erwiderte er und wandte sich zum Gehen, nicht, ohne Carl einen letzten, vernichtenden Blick zuzuwerfen.

Kapitel 11

Von seiner Bank aus hatte Bernhard Zumwinkel das Handgemenge zwischen dem Sohn des Maurers und Thomas beobachten können. Inzwischen hatte sich die Dunkelheit über den Hof gesenkt, sodass die Streithähne ihn nicht gesehen hatten.

Kurz hatte er gefürchtet, es würde zu einer Schlägerei zwischen den Männern kommen, als seine Tochter aufgetaucht war, um die Sache zu klären. Während Katharina mit Carl im Haus verschwunden war, wollte sich Thomas in den Stall zurückziehen. Kurz bevor er im Dunkel des Gemäuers verschwinden konnte, rief Bernhard ihn zu sich.

»Thomas«, rief er, »hierher!« Er paffte an seiner Pfeife und amüsierte sich über das verwunderte Gesicht des Knechts, der vor dem Tor des Stalls wie angewurzelt stehen blieb und sich umschaute, um in der Dunkelheit etwas zu erkennen.

»Hier oben«, raunte Bernhard ihm zu. »Am Brunnen. Komm her!«

»Herr Zumwinkel«, sagte er zackig, als er den Bauern auf der Bank sitzen sah. »Sie sind noch wach?«

»Ja.« Zumwinkel nickte mit grimmiger Miene. Bewusst unterließ er es, dem jungen Mann einen Platz auf seiner Lieblingsbank anzubieten. »Und bevor du dich fragst – ich habe alles gesehen, ja.«

»Es tut mir leid, aber der Maurer hat herumgeschnüffelt.« Thomas nahm eine verteidigende Haltung ein. »Ich bin sicher, er macht auch krumme Sachen.«

»Nun, was den Neubau des Stalls betrifft, hat er bisher nur gerade Sachen abgeliefert.« Bernhard Zumwinkel sah mit verschlossener Miene zu seinem Knecht auf. Er dachte an die Worte seiner Frau.

»Wie findest du meine Tochter?«, fragte er ihn so unvermittelt, dass der Knecht für einen Augenblick sprachlos war.

Thomas stammelte herum, bevor er die passenden Worte fand. »Ihre Tochter ist … sehr attraktiv, Herr Zumwinkel.«

»Bist du in sie verliebt?«

»Ich … also wie soll ich …«

»Schon gut, schon gut. Jedenfalls stellst du ihr nach.«

Diesmal schwieg Thomas betroffen. »Ich wollte sie schützen«, entschuldigte er sich schließlich.

»Schweig«, herrschte Zumwinkel ihn mit harscher Stimme an. »Ich habe alles gesehen.« Jetzt deutete er doch auf den freien Platz neben sich. Dankend nahm der Knecht auf der Bank Platz.

»Ich schätze dich als einen fleißigen Knecht, einen starken jungen Mann, der die Arbeit sieht und der imstande ist, selbstständig zu arbeiten«, bemerkte Bernhard Zumwinkel in versöhnlichem Tonfall. »Und ich könnte mir gut vorstellen, dass du den Hof auch leiten könntest.«

Thomas nickte. Ein Lächeln stahl sich auf sein Gesicht. »Nun«, setzte er an, »ich traue es mir durchaus zu.«

»Du wärst eine gute Partie für meine Tochter.« Zumwinkel achtete auf jede Reaktion im Gesicht seines jungen Gegenübers. Als Thomas schwieg, fuhr er fort: »Und ich könnte mir durchaus vorstellen, euch meinen Segen für eine Hochzeit zu erteilen.«

»Daraus wird leider nichts«, entgegnete Thomas mit bedauernder Miene.

»Warum?«

»Weil Ihre Tochter sich nicht für mich interessiert. Trotz meiner Annäherungsversuche hat sie mich bisher immer zurückgewiesen.«

»Höchste Zeit, die Taktik zu ändern.« Bernhard Zumwinkel lächelte versonnen.

»Du sollst dezenter vorgehen«, empfahl Zumwinkel ihm. »Und wenn sie deine Qualitäten erkennt, wird sie dich schon noch zum Mann nehmen – dich, und nicht diesen Maurersohn.«

»Das wäre zu schön, um wahr zu sein«, seufzte Thomas.

»Überleg dir künftig gut, wie du meine Tochter behandelst.«

»Selbstverständlich.« Thomas erhob sich. Es gefiel ihm offensichtlich nicht, dass der Bauer ihm den Kopf gewaschen hatte. Zumwinkel betrachtete ihn nachdenklich, dann schickte er ihn zu Bett. Er hoffte inständig, dass der Knecht sich seine Worte zu Herzen nehmen würde.

Nein, dachte er, während er sich mit schlurfenden Schritten zum Wohnhaus begab, *ich werde diesem Carl eine Abfuhr er-*

teilen, wenn er eines Tages um die Hand meiner Katharina anhält. Sie braucht einen Mann, der ihr den Hof führen kann. Keinen Maurer. Nach einem letzten Blick hinüber zum Stall verschwand er im Haus. Es war schon wieder spät geworden, und sicher schlief Theresa längst.

*

»Konntest du wirklich nicht einschlafen, weil ich noch gebuttert habe?« Sorgenvoll betrachtete Katharina den jungen Maurer, der ihr in die Küche gefolgt war.

»Nein«, murmelte Carl, während sein Blick über die bereitstehenden Schüsseln auf dem Tisch wanderte. Katharina hatte die Fettmasse bereits von dem Wasser, das sich beim Stampfen abgesetzt hatte, getrennt und begann damit, die Butterstücke zu pressen und in Formen zu drücken. Carl zog sich einen Stuhl heran, um sich zu ihr zu setzen. Interessiert beobachtete er sie bei der Arbeit. Katharina fühlte sich wohl in seiner Gegenwart und hatte auf der Stelle sogar die von der beschwerlichen Arbeit schmerzenden Schultern vergessen.

»Warum arbeitest du bis spät in die Nacht hinein?«

Als sie von der Arbeit aufsah, bemerkte sie seinen sorgenvollen Blick. »Weil es meiner Mutter heute nicht gut ging, und weil ich Lina schon vor zwei Stunden ins Bett geschickt habe. Sie muss morgen mit Mutter das Frühstück zubereiten.«

»Darf ich fragen, was deine Mutter hat?« Carls Stimme klang einfühlsam. »Sie leidet an einer seltenen Lungenkrankheit«, erklärte Katharina ihm. »Atemnot, Schwäche und der Staub auf dem Hof machen ihr das Leben schwer, eine hilfreiche Medizin gibt es nicht.«

»Dann muss sie von hier fortziehen.«

Aus seinem Mund klang das so herrlich einfach und logisch zugleich. Katharina musste trotz der Sorge um ihre Mutter lachen. »Mutter ist mit dem Hof verwurzelt. Mein Vater hat ihn von seinen Eltern übernommen, der Hof ist sein Leben. Ein Umzug ist unmöglich.«

Carl nickte, doch Katharina konnte sich nicht vorstellen, dass er die Tragweite nachvollziehen konnte. »Dann musst du den Hof in seinem Sinne fortführen.«

»Ich?« Sie schüttelte den Kopf. »Alleine ist das unmöglich. Auch wenn es viele fleißige Bedienstete gibt, so brauche ich einen Mann an meiner Seite.«

»Thomas scheint sehr interessiert zu sein.«

»Allerdings.« Katharina nickte. »Und Vater will ihn mir schmackhaft machen.«

»Und?«

»Thomas kann zweifelsohne arbeiten, er ist fleißig und versteht etwas von Landwirtschaft.« Sie dachte kurz nach, bevor sie fortfuhr. »Aber er ist nicht der Mann, mit dem ich den Rest meines Lebens verbringen möchte.«

Carl betrachtete sie mit einem sanften Lächeln. »Wie stellst du dir denn den Mann vor, mit dem du den Rest deines Lebens verbringen möchtest?«

Katharina errötete. »Ich ... ich weiß es nicht«. Sie fühlte sich ertappt. »Der Knecht ist es jedenfalls nicht«, sagte sie schnell. Insgeheim wunderte sie sich, wie offen sie mit Carl sprechen konnte. Sie fühlte sich wohl in seiner Gesellschaft, und die Müdigkeit der letzten Stunden war wie verflogen. Ihr Herz klopfte vor Aufregung, und es kam ihr vor, als sei Carl ein alter Bekannter, dem sie sich anvertrauen konnte. »Ich will Thomas jedenfalls nicht heiraten, auch wenn Vater das gern sehen würde.« Ein tiefer Seufzer kam ihr über die Lippen, während sie unter Carls Blicken unablässig weiterarbeitete.

»Aber er kann dich nicht zwingen, einen Mann zu heiraten, den du nicht willst«, sagte er schließlich.

Sie erinnerte sich an das unangenehme Gespräch mit ihrem Vater und war versucht, Carl davon zu berichten. Doch irgendetwas hielt sie davon ab. »Das sagt sich so einfach«, murmelte sie betrübt. Als sie ihn ansah, spürte sie eine tiefe Verbundenheit zu ihm. Es war, als würden sie sich schon seit geraumer Zeit kennen. Sein Gesicht war ihr vertraut, sie liebte den Blick aus seinen stahlgrauen Augen, das schelmische Lächeln, das oft auf seinen Lippen lag, den wohltuenden Klang seiner Stimme. Sein weiser Blick ließ erahnen, dass er zu weitaus mehr Dingen fähig war, als Schornsteine und Ställe zu mauern. Da war ein verborgenes Talent in ihm, das nur darauf wartete, geweckt zu werden.

»Habe ich dich traurig gemacht?«, riss seine warme Stimme sie aus ihren Überlegungen. Katharina gelang es nicht, ein unbekümmertes Lächeln aufzusetzen.

»Nein«, sagte sie dennoch. »Alles in Ordnung.« Katharina seufzte. »Bis auf die Sorge um meine Mutter.«

»Uns wird schon etwas einfallen.« Carl lächelte ihr aufmunternd zu. Wie selbstverständlich nahm er ihre Hand und sah ihr tief in die Augen.

Er hat uns gesagt, dachte sie verwundert. *Uns wird schon etwas einfallen*. Es fühlte sich an, als könne er bis in den tiefsten Winkel ihrer Seele blicken. Doch seltsamerweise war es ihr nicht unangenehm, ganz im Gegenteil. Ihr war, als könnte sie sich ihm anvertrauen und ihm ihr Herz ausschütten.

»Uns?«, wiederholte sie leise, mehr, um sich zu vergewissern, dass sie sich nicht verhört hatte. »Uns wird schon etwas einfallen?«

Er nickte, als wäre es eine Selbstverständlichkeit. »Sicher, das habe ich so gesagt, ja. Uns wird schon etwas einfallen.« Carl unterdrückte ein Gähnen. »Aber heute sicher nicht mehr. Ich bin sehr müde und muss jetzt schlafen gehen.« Er erhob sich von seinem Stuhl und nickte ihr zu. »Und du«, fügte er mit Blick auf die Butterschüsseln hinzu, »solltest auch nicht mehr allzu lange machen.«

»Versprochen.« Jetzt gelang ihr ein Lächeln. Katharina spürte, wie ihr warm ums Herz wurde, als sie ihn betrachtete.

»Gute Nacht, Katharina.« Carl öffnete die Küchentür.

»Gute Nacht, Carl«, antwortete sie.

*

Thomas lag mit hinter dem Kopf verschränkten Händen auf seinem einfachen Lager im Stall und stierte zum Gebälk hinauf. In ihm kochte die Wut. Mit jedem Atemzug hob und senkte sich sein Brustkorb. Die nächtliche Begegnung mit dem Sohn des Maurermeisters ging ihm nicht aus dem Kopf. Was bildete sich dieser Kerl nur ein, seiner Liebe nachzuspionieren?

Es war offensichtlich, dass Carl Thiele ein Auge auf Katharina geworfen hatte. Und sie schien nicht einmal abgeneigt zu sein, denn zu Carl hatte sie freundlich gesprochen, während sie ihn nach dem Vorfall auf dem Hof wie einen kleinen Jungen zu Bett geschickt hatte.

Immer wieder tauchte die eigenartige Szene am Küchenfenster vor seinem geistigen Auge auf, immer wieder hörte er Katharinas vorwurfsvolle Stimme. Die hübsche Tochter des Bauern hatte ihn förmlich gemaßregelt und zurechtgewiesen. Einen solchen Ton war er von ihr nicht gewohnt. So durfte man nicht mit ihm sprechen! Das alles musste mit Carl Thiele zusammenhängen. Seitdem er auf dem Hof angekommen war, musste Thomas regelrecht um die Gunst der Bauerntochter kämpfen. Als wäre es vorher nicht schon schwer genug gewesen, so pfuschte ihm Carl jetzt auch noch ins Handwerk. Der Junge musste vom Hof verschwinden, bevor sich Katharina letzten Endes noch in ihn verliebte. In ihm reifte ein Plan. Morgen schon würde er damit beginnen, Carl das Leben auf dem Zumwinkel-Hof schwer zu machen. Thomas war zum Kampf bereit, und er war schon jetzt sicher, als Sieger aus diesem Kampf hervorzugehen. Mit einem zufriedenen Seufzer auf den Lippen sank er zurück auf sein Strohbett, zog sich die kratzige Decke bis zum Kinn und schloss die Augen. Sein letzter Gedanke, bevor er einschlief, galt Katharina. Sie gehörte ihm bereits, ohne davon zu wissen. Und daran würde auch dieser dahergelaufene Maurer nichts ändern.

Kapitel 12

Am nächsten Tag war Theresa gerade damit beschäftigt, eine kräftige Schmalzsuppe zu kochen. In der Küche hing beißender Rauch vom Herd, der durch das offenstehende Fenster nur langsam abzog und ihr zu schaffen machte. Als sie Carl erblickte, der ein wenig verunsichert den Raum betrat, lächelte sie. »Carl«, sagte sie freundlich und bedeutete dem jungen Mann, näher zu treten. Der Sohn des Maurermeisters war ihr sympathisch. Einen Mann wie ihn könnte sie sich gut als Schwiegersohn vorstellen, eher als Thomas. Doch Bernhard hatte andere Pläne mit ihrer Tochter.

Carl trat näher.

»Ich will dich gar nicht von der Arbeit abhalten«, murmelte er. »Nur ein paar Fragen beschäftigen mich.«

»Stell sie mir, und ich werde versuchen, dir zu antworten.« Theresa setzte ihre Arbeit am Herd fort, nachdem sie ihm bedeutet hatte, Platz zu nehmen. Carl sank auf den Stuhl und beobachtete sie mit nachdenklicher Miene. Vergeblich kämpfte Theresa gegen einen neuen Hustenanfall an. Sie brachte mühsam eine Entschuldigung hervor und unterbrach die Arbeit, um ein Glas Wasser zu trinken. Trotz des schweren Rauchs weigerte sich Bernhard, eine Küchenmagd einzustellen, die ihr das Kochen abnahm.

»Bitte erzähl mir von deinem Tagesablauf«, bat Carl sie, nachdem der Husten nachgelassen hatte. Er schob ihr ein Glas Wasser, das auf dem Tisch stand, hin. Mit zitternden Händen ergriff sie das Glas und leerte es in einem Zug. Theresa fiel auf, wie aufmerksam der Junge war.

»Was willst du wissen?«, fragte sie.

»Mich interessiert, was deine Aufgaben sind«, erklärte Carl ihr, ohne dabei allzu neugierig zu wirken. Er schien interessiert, deshalb gab sie ihm bereitwillig Auskunft.

»Nun, als Frau des Bauern bin ich für alle Belange, die den Haushalt betreffen zuständig. Mir obliegt es, die Arbeit der Mägde einzuteilen. Und dann bin ich für die Stallfütterung und die Milchwirtschaft zuständig.«

»Das ist ziemlich arbeitsaufwändig. Ich habe Katharina beim Buttern gesehen«, antwortete Carl.

»Allerdings. Da hilft mir meine Tochter, denn ich schaffe es nicht mehr, stundenlang im Fass zu stampfen. Das geht zu sehr auf den Rücken und auf die Schultern, musst du wissen.«

Carl nickte.

»Ansonsten gehören Kochen und die Handarbeit in meinen Bereich, denn ich könnte mir Bernhard nicht beim Sockenstopfen vorstellen.« Sie lachte leise, und Carl sah ihr förmlich an, wie das Bild des sockenstopfenden Bauern vor ihrem geistigen Auge auftauchte.

»Und dann muss ich kochen, putzen, Wäsche machen, stopfen und nähen, damit alle auf dem Hof vernünftige Kleidung haben.«

»Das klingt nach sehr viel Arbeit.«

»Vor allem das Waschen ist ein Kraftakt. Wenn wir Waschtag haben, sind wir zu dritt dabei, sonst würden wir der Wäsche gar nicht mehr Herr. Literweise Wasser muss geschleppt werden, die Wäsche muss mühsam von Hand geschrubbt werden, dann ausspülen, dann trocken wringen. Da geht schnell ein ganzer Tag drauf.«

»Und ausfallen darf auch niemand, nehme ich an?«

»Nein.« Ein wehmütiges Lächeln legte sich auf Theresas Lippen. »Ein kranker Bauernstand bringt bald die Not ins Land, so sagt man immer.« Sie holte tief Luft. »Da ist leider etwas Wahres dran.«

Plötzlich erinnerte sich Carl an das Gespräch mit Katharina. Sie hatte ihn gebeten, etwas zu erfinden, das ihr die Arbeit auf dem Hof erleichterte. Er fragte sich, ob sie das ernst gemeint hatte.

»Wie sieht es mit Maschinen auf dem Hof aus?«, fragte er Theresa und erntete einen fragenden Blick.

»Was meinst du?«

»Technik«, erklärte Carl. »Maschinen, Werkzeuge, die euch die Arbeit erleichtern.«

»Bernhard ist skeptisch, außerdem ist noch nicht genügend Geld für solche Anschaffungen vorhanden.« Theresa betrachtete ihn mit prüfendem Blick. »Hast du eine Idee?«

»Katharina erzählte mir vom Buttern und ob ich nicht etwas bauen könnte, das euch die Arbeit abnimmt.«

Theresa wirkte amüsiert. »Und?«

»Ich werde mir darüber Gedanken machen«, versprach Carl mit ernster Miene und erhob sich.

*

Katharina freute sich, als Carl im Stall erschien, um ihr ein wenig zur Hand zu gehen.

»Musst du nicht auf der Baustelle helfen?«, fragte sie. Sie wollte nicht, dass er Ärger mit seinem Vater bekam. Carl schüttelte unbekümmert den Kopf. »Mein Vater weiß Bescheid, er kommt gerade einen Moment ohne mich aus.«

Sie sah ihm an, dass er ihr nicht die Wahrheit sagte. Eigentlich trieb Gerhard Thiele seine Männer immer zur Eile an, denn je schneller der neue Stall auf dem Zumwinkel-Hof fertiggestellt wurde, desto schneller konnten sie den nächsten Auftrag annehmen. Doch Carl schien ihre Nähe zu suchen. Interessiert beobachtete er sie bei der Arbeit. Routiniert wieselte Katharina zwischen den Kälbern herum, die erst vor Kurzem das Licht der Welt erblickt hatten.

»Sind die nicht süß?«

Er nickte und wunderte sich ein wenig.

»Auch wenn ich auf dem Hof geboren wurde, so sind Tierkinder immer etwas ganz Besonderes«, erklärte sie ihm und streichelte eines der Kälbchen. »Ich werde wohl nie den nötigen Abstand haben können, um sie ausschließlich als Nutzvieh zu betrachten. Es sind Lebewesen wie du und ich.«

»Schlachtet ihr sie auch?«

»Nein, wir sind ein reiner Milchbetrieb. Vater verkauft ab und zu ein Rind an einen Viehhändler, und die Ochsen werden für die Feldarbeit genutzt. Was dann mit den Tieren geschieht, die Vater an den Händler verkauft, will ich gar nicht wissen.«

»Du bist ein guter Mensch.« Er lächelte sanft.

»Wieso?«

»Weil du das Herz am rechten Fleck hast. Du opferst dich für den Hof auf, arbeitest von früh bis spät und bist für Mensch und Tier da. Diese Gabe zeichnet dich aus und sie macht dich zu einem ganz besonderen Menschen, Katharina.«

Sie spürte, wie sie errötete. »Es gehört zur Aufgabe einer Bäuerin, Mensch und Tier zu verpflegen und sich überall dort zu kümmern, wo es nötig ist.« Katharina winkte ab. »Das ist doch nichts Besonderes.«

Carl fühlte sich plötzlich zu ihr hingezogen.

»Ich kenne durch meine Arbeit viele Menschen«, entgegnete er, »und du bist eine ganz besondere Frau.«

Katharinas Wangen nahmen eine tiefrote Färbung an. Bescheiden senkte sie den Blick, doch er sah ihr an, dass sie sich geschmeichelt fühlte. Als sie zu ihm aufsah, lag ein verzücktes Lächeln auf ihren Lippen. »Du bist sehr fürsorglich«, sagte sie leise.

»Inwiefern?«, fragte Carl und wunderte sich, dass Katharina ihm in der Kürze der Zeit schon so sehr ans Herz gewachsen war.

»Nun, du interessierst dich für die Menschen auf dem Hof und für die Arbeit, die hier gemacht wird«, stellte sie fest.

»Ich habe größten Respekt vor der Arbeit auf dem Hof«, eröffnete er ihr. »Und dabei suche ich ständig nach Möglichkeiten, die diese Arbeit erleichtern könnten.«

»Wovon redest du?«

»Nun, es muss doch Maschinen oder Geräte geben, die ihr nutzen könnt.« Carl fügte ohne zu zögern hinzu: »Das Buttern zum Beispiel. Warum hat dafür noch niemand eine Maschine erfunden?«

»Weil du mir eine solche Maschine bauen wirst, hast du das schon vergessen?« Katharina bedachte ihn mit einem Augenaufschlag.

»Das würde ich gern tun.«

»Aber?«

»Mein Vater wird mir etwas erzählen, wenn ich der Arbeit fernbleibe«, sagte er. »Aber ich finde es faszinierend, Dinge zu erfinden, die das Leben erleichtern.«

»Das klingt, als wärst du ein Erfinder«, lächelte sie.

»Leider nein.« Er seufzte. »Doch ich wäre gern einer, denn Technik fasziniert mich sehr. Es gibt so viele große Erfinder, sie sind Pioniere.«

»Dann solltest du den Beruf wechseln«, empfahl Katharina ihm, und er war sich nicht sicher, ob sie es ernst meinte.

»Leichter gesagt, als getan«, seufzte er. »Aber wer weiß – vielleicht wird mein Traum ja eines Tages wahr.«

»Bestimmt«, erwiderte Katharina. »Du musst nur ganz fest daran glauben!«

*

Beschwingt setzte Katharina wenig später die mühselige Arbeit im Halbdunkel des Stalls fort. Das Gespräch mit Carl ging ihr nicht mehr aus dem Kopf. Selten zuvor hatte ein Mann sie so fasziniert wie er. Carl war gescheit und attraktiv, dazu noch hilfsbereit und einfühlsam. Und er schien ihr gegenüber nicht abgeneigt zu sein, jedenfalls, so hatte sie den Eindruck, suchte er ihre Gegenwart bei jeder sich bietenden Gelegenheit.

Sie konnte sich Carl Thiele gut als Erfinder vorstellen, und auch das war eine Eigenschaft, die sie beide verband: Sie hatte sich in den letzten Monaten immer wieder Gedanken gemacht, wie man die Arbeit auf dem Hof durch den Einsatz von modernen Maschinen und Geräten erleichtern könnte. Auch ihr Vater war technikbegeistert, doch fehlte es ihm an der nötigen Zeit und dem passenden Kleingeld für Experimente. Carl hingegen schien völlig unbefangen an die Sorgen der Bauern heranzugehen. Immer wenn Katharina kurz die Arbeit unterbrach, um an ihn zu denken, hörte sie das warme Timbre seiner Stimme und sah sein offenes Lächeln vor ihrem geistigen Auge. Den sehnsuchtsvollen Seufzer, der über ihre Lippen kam, bemerkte sie gar nicht.

»Was ist denn so schwer?«, hörte sie plötzlich eine Stimme hinter sich erklingen. Als sie sich mit pochendem Herzen umwandte, erblickte sie ihre Mutter, die mit schweren Schritten in den Stall schlurfte.

»Hab ich dich erschreckt?«, fragte sie, als sie Katharinas Gesicht sah.

»Nein, nein, ich war nur in Gedanken«, beschwichtigte Katharina sie schnell. »Was kann ich für dich tun, Mutter?«

»Nichts, ich habe nur deinen Verehrer aus dem Stall kommen sehen«, sagte Theresa mit einem wissenden Blick.

»Carl ist nicht mein Verehrer«, entgegnete Katharina trotzig, doch das Lächeln der Mutter verriet ihr, dass sie Theresa nichts vormachen konnte.

»Es ist nicht zu übersehen, dass er ein Auge auf dich geworfen hat«, stellte Theresa fest.

»Jetzt fängst du schon an wie Thomas!« Energisch stemmte Katharina die Hände in die Hüften. »Carl und ich, wir sind …« mitten im Satz brach sie ab, weil sie nicht wusste, wie sie ihr Verhältnis beschreiben sollte.

Theresa winkte ab. »Mir kannst du nichts vormachen«, sagte sie sanft. »Und ehrlich gesagt, würde ich mich sogar freuen, wenn aus euch ein Paar werden würde. Carl ist ein hübscher Kerl, und er verfügt über gute Manieren.«

»Vater würde das nie erlauben«, fürchtete Katharina. »Er sucht jemanden, der ihm den Hof führen kann.«

»Auch das könnte Carl.«

»Nein.« Katharina schüttelte den Kopf. Sie unterbrach ihre Arbeit und betrachtete die Mutter mit nachdenklichem Blick. Sie erwischte sich dabei, noch gar nicht so weit gedacht zu haben. Carl war handwerklich begabt und er konnte anpacken, sonst wäre er kaum im Betrieb seines Vaters beschäftigt. Trotzdem fiel es Katharina schwer, ihn sich in der Rolle eines Bauern vorzustellen. Sie sah ihn in ihrer Phantasie Maschinen bauen, sah ihn mit angestrengtem Blick Schrauben befestigen und jauchzend die Hand in die Luft recken, wenn er eine neue Erkenntnis hatte.

»Möchte er denn nicht?«, riss sie die Stimme ihrer Mutter aus den Gedanken.

»Ich weiß es nicht«, erwiderte Katharina ehrlich. »So weit bin ich doch noch gar nicht. Außerdem hat Carl im Betrieb seines Vaters genug Arbeit, da wäre der Hof sicher nur eine Belastung für ihn.« Sie schüttelte den Kopf. »Zudem sind wir doch gar kein Paar.«

»Noch nicht«, wiederholte Theresa mit einem wissenden Blick. »Aber ich bin sicher, dass es eine Frage der Zeit ist, bis ihr zueinanderfindet.«

»Aber Mutter«, begehrte Katharina auf, wurde aber durch eine Handbewegung ihrer Mutter unterbrochen.

»Ich würde mich freuen«, lächelte Theresa. »Und meinen Segen hättet ihr.« Ohne die Antwort ihrer Tochter abzuwarten, ließ sie Katharina mit einem vor Staunen offenstehenden Mund im Stall zurück.

*

»So konzentrier dich doch auf die Arbeit.« Kopfschüttelnd war Gerhard Thiele neben seinem Sohn aufgetaucht. Eine steile Sorgenfalte stand auf seiner Stirn, als Carl sich zu ihm umwandte.

»Was ist denn los, Vater?«

»Du sollst dich konzentrieren«, wiederholte Gerhard geduldig. Er zeigte auf einen Eimer, in dem Carl Mörtel angerührt hatte. »Das ist kein Mörtel, sondern eine Suppe«, stellte er fest. »So halten die Steine nicht, und es wird Monate dauern, bis alles getrocknet ist.«

Betroffen blickte Carl in den Zinkeimer. Tatsächlich befand sich darin mehr Wasser als Mörtel. »Tut mir leid«, murmelte er und griff nach einer Schaufel, um etwas Masse hinzuzugeben. »Ich war in Gedanken«, fügte er schuldbewusst hinzu.

»Eben«, nickte sein Vater. »Eben.« Jetzt entspannte sich sein Gesichtsausdruck. »Die Tochter des Bauern hat es dir angetan.«

Carl fühlte sich erwischt. »Sieht man das?« Er grinste schief.

Gerhard nickte. »Ein Blinder würde sehen, wie du ihr nachstellst, Junge.«

»So schlimm?« Carl errötete.

»Schlimmer.« Gerhard seufzte. »Sie ist ein hübsches Mädchen, gar keine Frage. Und ich bin sicher, dass ihr zueinander passen würdet. Ich habe euch beobachtet. Dein Gesichtsausdruck, wenn du sie ansiehst, ihr Lächeln – da ist doch etwas im Busch, Junge.«

Carl schmunzelte verlegen. »Ich mag sie.«

»Du bist verliebt«, stellte Gerhard fest und nahm ihm den Eimer aus der Hand. »Du bist verliebt in Katharina Zumwinkel, und ich muss zugeben, dass ihr sicher ein hübsches Paar abgeben würdet.«

»Also bist du einverstanden?«

Gerhard, der sich eben zum Gehen wandte, blieb stehen und sah seinen Sohn an. »Willst du um ihre Hand anhalten?«

»Vater!«, rief Carl entrüstet. »Wir sind nicht einmal ein Paar. Und ich weiß auch nicht, ob wir ein Paar werden.«

Jetzt musste Gerhard lachen. »Das, mein Lieber, ist nur eine Frage der Zeit.« Er hielt den Eimer hoch. »Und jetzt konzentrier dich auf die Arbeit, Junge. Sonst wird das mit dem Stall nichts.«

»Versprochen.« Carl nickte und atmete ein paar Mal tief durch. Während er sich auf den Stiel der Schaufel stützte, blickte er seinem Vater nach, der Gustav und Fritz den Mörtel reichte, mit dem sie nun endlich arbeiten konnten. Dass Carls Gedanken bereits wieder um Katharina kreisten, bevor er zurück ans Werk ging, bemerkte er nicht.

Kapitel 13

Ein wenig erschrak Katharina, als Carl eine knappe Stunde später wieder bei ihr im Stall auftauchte. Sie erkannte seine Konturen im Gegenlicht des offenstehenden Tores.

»Hast du nichts zu tun?«, fragte sie herausfordernd, während sie das Heu am Boden zusammenkehrte.

Carl zuckte die Schultern. »Vater und die Gesellen kommen klar«, behauptete er mit lässig in den Hosentaschen versenkten Händen.

»Aber nett ist es nicht, sie allein bei der Arbeit zurückzulassen«, fand Katharina. Der Vorwurf in ihrer Stimme war halbherzig, denn mit einem wundervollen Kribbeln im Bauch stellte sie fest, dass sie ihn am liebsten auf der Stelle umarmt hätte, doch das verbot der Anstand. So beschränkte sie sich darauf, ihn anzusehen.

»Ich … ich wollte dich einfach noch einmal sehen«, räumte er kleinlaut ein. Neugierig betrachtete er sie. »Ist das unhöflich?«

»Nein«, antwortete sie ein wenig zu schnell. »Das ist nicht unhöflich. Wenn ich ehrlich bin, freue ich mich sogar, dass du wieder da bist.«

»Was, wenn Thomas uns erwischt?«

»Ich bin ihm keine Rechenschaft schuldig«, behauptete Katharina in einem Anflug von Wut. Der Knecht bedrängte sie nicht nur, jetzt hielt er Carl schon davon ab, ihre Nähe zu suchen. »Er ist ein Angestellter meines Vaters, mehr nicht«, stellte sie klar.

»Gut.« Er trat näher und sorgte dafür, dass sich Katharinas Herzschlag beschleunigte. »Können wir reden?«

»Reden?«, fragte sie und pustete sich eine widerspenstige Haarsträhne aus der Stirn. »Worüber denn?«

»Über dich, über dein Leben auf dem Hof, die Arbeit.« Er zuckte etwas unbeholfen die Schultern. »Erzähl mir von dir, ich weiß nicht viel über dich.«

»Mir ergeht es mit dir genauso«, erwiderte sie. »Aber gut, ich erzähle dir von mir. Was willst du wissen?« Sie stellte den Besen an das Gatter und widmete ihm ihre volle Aufmerksamkeit.

»Wie sieht dein Arbeitstag auf dem Hof aus?«

»Lang«, entfuhr es Katharina schnell. »Sehr lang.« Sie lächelte.

»Geht es auch etwas genauer?«

»Sicher.« Sie stand auf und richtete ihr Kleid. Ihre Wangen glühten. »Mein Tag beginnt mit dem ersten Hahnenschrei«, sagte Katharina. »Morgens werden die Kühe gemolken, danach wird der Stall gemistet, es werden Futter und Wasser herangeschafft, damit die Kühe ihre Nahrung bekommen.«

»Und dann wird die Milch zubereitet?« Er lehnte sich ans Gatter.

»Sie wird zentrifugiert«, nickte Katharina.

»Was ist das?«

»Eine körperlich anstrengende Aufgabe«, erklärte Katharina. »Und zeitraubend ebenfalls. Dabei wird der Rahm von der Magermilch getrennt und man kann aus dem Rahm die Butter herstellen. Oft vergehen aber zehn Tage, bis wir die Milch zentrifugieren können. Die Milch kann in dieser Zeit schlecht werden, dann war alles für die Katz.«

»Dann erfinde ich eine Maschine zum Zentrifugieren«, lächelte Carl. »Du meinst doch, dass ich ein Erfinder bin.«

»Da kommst du aber zu spät«, antwortete Katharina. »Vater hat schon vor einiger Zeit eine Milchzentrifuge gekauft. Ein Ingenieur aus dem Süddeutschen hat sie uns verkauft.«

»Aber?«

»Sie war ständig kaputt und nicht zu gebrauchen.« Jetzt erhellte sich Katharinas Miene. »Aber wenn du doch so ein guter Erfinder bist, dann erfinde doch mal eine Zentrifuge, die keine Probleme macht und zuverlässig funktioniert.«

Carl schien kurz nachzudenken. Dann nickte er. »Einverstanden«, sagte er. »Unter der Voraussetzung, dass du mir dabei hilfst.«

»Ich?«, fragte Katharina. »Ich habe von technischen Dingen keine Ahnung, fürchte ich.«

»Aber du hast Ahnung von der Landwirtschaft«, entgegnete Carl. »Deshalb benötige ich deine Expertise.«

»Darüber ließe sich reden.« Katharinas Wangen glühten vor Aufregung. Die Vorstellung, mit Carl an einer Maschine zu arbeiten, die die Arbeit auf dem Hof erleichterte, gefiel ihr.

»Gut«, nickte Carl und hielt ihr die Hand hin. »Abgemacht.«

»Abgemacht?« Katharina runzelte die Stirn.

»Ja, abgemacht, wir arbeiten zusammen an dem Ding.« Carl nickte zufrieden.

Katharina zögerte, dann ergriff sie seine Hand, fast so, als würden sie ein Geschäft mit diesem Händedruck besiegeln. Als sich ihre Handinnenflächen berührten, durchzuckten sie winzige Blitze. Das Kribbeln in ihrem Magen wurde stärker, doch es fühlte sich angenehm an. Ihre Blicke trafen sich, und am liebsten wäre sie in seinen wunderschönen, grauen Augen versunken.

»Was macht so eine Milchzentrifuge?«, fragte Carl nach einer gefühlten Ewigkeit und schien um einen sachlichen Tonfall bemüht.

Katharina brauchte einen Moment, bis sie wieder in der Wirklichkeit angelangt war. »Durch das Schleudern der Milch mit hoher Geschwindigkeit werden die Fettpartikel schneller in Bewegung gebracht, sie überwinden den Reibungswiderstand und ermöglichen so ein gründliches Entrahmen der Milch.«

Carl stieß einen anerkennenden Pfiff aus. »Und du behauptest, von technischen Dingen keine Ahnung zu haben?«

»Das hat Vater mir mal erklärt, als er die Maschine gekauft hat. Eine schreckliche Fehlinvestition.«

»Dann erfinden wir eine neue Maschine«, erwiderte Carl leichthin. »Das dürfte nicht so schwer sein.«

»Dein Wort in Gottes Ohr«, antwortete Katharina amüsiert.

Carl ging nicht auf ihre Bemerkung ein. »Und sonst?«, fragte er. »Wie geht dein Tag weiter?«

Katharina räusperte sich. Am liebsten hätte sie den kurzen Moment für immer konserviert. »Oft muss ich übrigens zentrifugieren, denn nicht immer ist jemand vom Gesinde für diese Arbeit abkömmlich.«

»Ein Grund mehr, die Maschine schnell zu bauen«, sagte Carl grinsend. »Und danach?«

»Danach müssen die Schweine, Hühner, der Ochse und Aurora, das Maultier, versorgt werden.«

»Und dann wird gefrühstückt.«

»Ja. Nach dem Frühstück teilt mein Vater die Arbeiter ein, der Knecht spannt das Fuhrwerk für die Feldarbeit an, und dann beginnt das eigentliche Tagewerk für uns. Die Felder werden bestellt, im Winter und Herbst wird das Stroh gedroschen und das Werkzeug repariert. Es geht immer etwas zu Bruch und muss ersetzt oder repariert werden.«

»Gibt es Maschinen auf dem Hof?«

»So weit ist Vater noch nicht, bis auf den Fehlkauf der Zentrifuge eben. Er misstraut technischen Neuerungen und vertritt die Meinung, dass Handarbeit immer noch am zuverlässigsten ist.«

»Aber die Technik würde Arbeitsschritte beschleunigen und die Arbeiter unterstützen.«

»Ich weiß das.« Katharina lachte. »Aber Vater ist noch nicht in der neuen Zeit angekommen.« Sie sah zu ihm auf. »Aber ich bin sicher, dass diese Zeit auch vor unserem Hof nicht haltmachen wird.«

»Deine Mutter ist krank, ich bin sicher, dass auch das Gesinde Blessuren von der Arbeit davonträgt.«

»Das ist leider wahr. Es gibt sogar feste Tage für den Dienstbotenwechsel, wie an Lichtmess oder dem Stephanstag. Niemand darf über einen längeren Zeitraum ausfallen, sonst bleibt die Arbeit liegen. Deshalb wechseln wir das Personal regelmäßig aus.«

Carl runzelte die Stirn. »Also nimmt es dein Vater billigend in Kauf, dass seine Angestellten von der Arbeit auf dem Hof krank werden?«

»So habe ich das noch nie betrachtet.« Katharina dachte einen Moment lang nach. »Aber das ist auf jedem Hof so üblich«, bemerkte sie schließlich. »Alle, die in der Landwirtschaft arbeiten, haben Rückenleiden.«

»Oder Lungenkrankheiten«, fügte Carl hinzu.

Katharina nickte. »Ob das Leiden meiner Mutter von der Arbeit auf dem Hof kommt, konnte der Arzt nicht bestätigen, aber sie steht von morgens bis abends in der Küche und atmet den beißenden Rauch des Ofens ein.« Sie seufzte, als ihr bewusst wurde, welches Arbeitspensum sie jeden Tag vollbrachte. »Wie dem auch sei – ich nehme meiner Mutter so viel Arbeit wie möglich ab.«

»Du bist ein Engel.«

Sie stutzte. »Wie bitte?«

»Du arbeitest bis zum Umfallen und hilfst deiner kranken Mutter – also bist du ein Engel.« Mit einem sanften Lächeln auf den Lippen trat er näher, blickte ihr tief in die Augen, und ein angenehmer Schauer rieselte ihr den Rücken hinunter.

»Es muss Arbeitserleichterungen geben«, sagte er schließlich.

»Was hast du vor?«

Er zuckte mit den Schultern. »Ich werde mir etwas einfallen lassen, deine Familie ist mir innerhalb kürzester Zeit zu sehr ans

Herz gewachsen, um tatenlos zuschauen zu können.« Seine Gesichtszüge entspannten sich ein wenig und strahlten wieder den Optimismus aus, den sie von ihm gewohnt war.

»Vater könnte mehr Arbeiter einstellen, doch das würde sich nicht rechnen«, vermutete Katharina.

»Das meine ich nicht mit Erleichterungen.« Carl schüttelte den Kopf und schien ernsthaft nachzudenken. »Die Arbeitsschritte an sich müssen verbessert werden, damit sie schneller und leichter von der Hand gehen.«

»Ach Carl«, seufzte Katharina, »mein lieber Carl. Wir Bauern sind einfache, rechtschaffene und trotzdem zufriedene Menschen. Ich selbst habe schon viel verändert, versuche, die Arbeit so einfach wie möglich zu gestalten, fürchte aber, dass Vater sie ohne den Einsatz von Technik bald nicht mehr leisten kann.« Sie schenkte ihm ein warmes Lächeln. »Aber jetzt bist du ja da und baust eine leistungsfähige Zentrifuge.«

»Ja«, nickte er, »mit deiner Hilfe.«

Katharina zweifelte daran, ob sie ihm eine große Hilfe sein würde, doch vielleicht würden sie gemeinsam etwas Großes erfinden können. »Die Milchverarbeitung ist mühsam«, stellte sie fest. »Da gibt es eine Menge zu tun, und eine Zentrifuge wäre wirklich hilfreich.«

»Was könnte dein Vater tun, um die Landwirtschaft effektiver zu machen?«, erkundigte sich Carl. »Wenn wir erst den neuen Stall fertig errichtet haben, wird er mehr Milchvieh anschaffen, das es zu versorgen gilt.«

Katharina schwieg. Sie wusste, dass er recht hatte. Und im Grunde hatte Carl ihre schlimmsten Befürchtungen ausgesprochen. Es würde bald schon zusätzliche Arbeit geben. Ihr Vater war wie besessen von dem Gedanken, den Hof auszubauen und zu vergrößern. Wie das alles bewirtschaftet werden sollte, davon sprach er nie. »Die Milchwirtschaft bringt gute Erträge«, sagte sie leise, »und deshalb strebt mein Vater nach Größerem.«

»Ich habe gerade gelernt, dass eben diese Milchwirtschaft auch viel Arbeit erfordert. Es ist für euch nicht möglich, den Hof für ein paar Tage zu verlassen. Krank werden darf auch niemand.«

»Leider hast du recht, mein lieber Carl.« Sie wunderte sich, wie intensiv Carl sich mit den Dingen auseinandersetzte, die sie seit geraumer Zeit bewegten. »Vielleicht schafft er Pferde für die Feldarbeit an.«

»Was soll das bringen?«

»Pferde sind zuverlässiger und fleißiger. Der Ochse ist eigensinnig, von dem Maultier ganz zu schweigen. Aber Pferde sind sehr teuer, deshalb haben wir nur ein einziges.«

Carl nickte. »Aber auch ein Pferd kann nicht zentrifugieren.«

Nun musste Katharina lachen. »Wie recht du hast«, sagte sie und nahm seine Hand. »Wer weiß – vielleicht kauft Vater ja ein Zirkuspferd und kann ihm beibringen, wie man zentrifugiert.«

»Das wäre wohl zu viel verlangt.« Carl schüttelte den Kopf.

»Wie willst du ihn von der Erfindung überzeugen?«, fragte Katharina. »Ich predige seit Langem, dass er mit der Technik gehen muss. Da wäre unsere Zentrifuge ein großer Fortschritt.«

»Dann wissen wir, was zu tun ist«, behauptete Carl mit einem siegessicheren Gesichtsausdruck.

Plötzlich überkamen Katharina Zweifel. »Du bist Maurer«, erinnerte sie ihn.

»Ich bin ein Erfinder«, behauptete er mit ernster Miene. »Und ich bin sicher, dass mir etwas Gescheites einfallen wird.«

Am liebsten hätte Katharina ihn umarmt. In der Kürze der Zeit, in der sie sich nun kannten, war er ihr ans Herz gewachsen. »Du bist auch ein ganz besonderer Mensch, Carl Thiele«, flüsterte sie und drohte, in seinem sehnsuchtsvollen Blick zu ertrinken. Da war ein angenehmes Kribbeln in ihrem Bauch, ein Gefühl, das sie noch nicht kannte. Sollte sie es wagen? Sie streckte die Hände nach ihm aus und gab dem Bedürfnis nach, ihn endlich zu berühren, legte ihre Hände auf seine Wangen, strich mit den Fingern über sein Gesicht. Er erschauerte, genoss ihre Liebkosungen, dann zog er sie an seine breite Brust. Ihr Herz klopfte wie verrückt, ihr wurde vor Sehnsucht heiß und kalt, dann stellte sie sich auf die Zehenspitzen und küsste ihn.

Es tat so gut, ihn zu spüren, ihm nahe zu sein. Zärtlich nahm er ihr Gesicht in beide Hände, und sie ließ es zu, dass er seinen Mund auf ihre Lippen senkte. Katharina schmolz unter den Zärtlichkeiten seiner Lippen dahin.

Dann umfasste er sie, hob sie hoch und trug sie auf seinen starken Armen in eine geschützte Nische des Stalls. Diese Zweisamkeit hatte etwas ungewohnt Verruchtes. In ihrem Versteck angekommen, schickte Katharina ihre Hände auf Wanderschaft. Sie begann, seinen Körper zu erkunden, während sie sich weiter küssten. Irgendwann sanken sie, von Begierde überwältigt, in das weiche Heu, wo sie sich leidenschaftlich liebten.

Kapitel 14

Du bist verliebt.« Lina betrachtete Katharina amüsiert. Die beiden waren im Haushaltsraum damit beschäftigt, körbeweise Wäsche zu falten.

»Sieht man mir das an?«

»Mehr noch«, behauptete Lina mit einem wissenden Gesichtsausdruck. »Man spürt es förmlich, wenn man in deiner Nähe ist.«

»Du hast mich ertappt«, lachte Katharina. Sie hatte begriffen, dass es keinen Sinn ergab, Lina anzulügen. Und einen Grund dafür gab es auch nicht. Außerdem fiel es ihr schon auf dem Hof schwer genug, ihre Liebe zu verheimlichen. Es ging niemanden etwas an, und sie war sicher, dass es vorerst gut war, wenn ihr Vater nichts von dem mitbekam, was zwischen ihr und Carl geschehen war.

»Darf man erfahren, wer der Glückliche ist?« fragte Lina überflüssigerweise und faltete ein Bettlaken, um es in einen der großen Wäschekörbe zu legen.

»Lass mich raten«, sagte sie unvermittelt, »Thomas ist es nicht?« Ihr Blick war ein wenig bange.

»Nein«, lachte Katharina. »Thomas kannst du haben.«

»Wenn er sich nur für mich interessieren würde.« Lina schmollte. »Aber er ist so abweisend zu mir.«

»Carl«, kam es über Katharinas Lippen, und es klang ein wenig, als hätte sie seinen Namen liebevoll gesäuselt. »Carl ist ein toller Mann.«

Lina pfiff durch die Zähne. »Der Sohn des Maurers also – hab ich's doch gewusst!«

»Du hast es gewusst?«

»Na ja – geahnt hab ich es schon.« Lina kicherte. »Schließlich bin ich nicht blind, und du strahlst immer, wenn ihr euch begegnet.«

»Du darfst aber niemandem davon erzählen, hörst du?«

Lina machte einen empörten Gesichtsausdruck. »Für wen hältst du mich? Natürlich werde ich schweigen wie ein Grab.« Sie wühlte sich durch einen Stapel Handtücher, die sie vorhin von der langen Wäscheleine auf der Wiese hinter dem Haus geholt hatte, und begann, sie nach und nach zu falten. »Ihr wärt sicher ein schönes Paar«, bemerkte sie nach einer kleinen Pause, in der Katharina sie von der Seite beobachtet hatte.

»Mein Vater wird das anders sehen«, stöhnte Katharina. »Er will, dass ich Thomas heirate.«

»Ich weiß.« Lina seufzte. Ihr schien es auch Sorgen zu bereiten, dass Bernhard Zumwinkel andere Pläne mit dem Mann hatte, den sie vergötterte. Umso schlimmer war es für sie, dass Thomas sie ignorierte und seine Bemühungen sich weiter auf Katharina konzentrierten.

»Aber du musst mit ihm reden, wenn es zwischen Carl und dir ernster werden sollte.«

Katharina nagte kurz auf der Unterlippe, dann sah sie Lina an. »Es ist bereits … ernster geworden«, eröffnete sie ihr dann.

»Ehrlich?« Lina machte große Augen. »Deshalb strahlst du die ganze Zeit wie ein Honigkuchenpferd.« Sie musste lachen, und ihr Lachen klang hell und erfrischend. »Ich freue mich für dich!«

»Ich wünschte mir, mein Vater würde sich auch so freuen können.«

»Ich sag es dir: Du musst mit ihm reden, sonst hört er nie auf, dir Thomas schmackhaft zu machen. Das wird nur Probleme bringen, glaub mir!«

»Du hast ja recht«, stimmte Katharina ihr zu. Tatsächlich sprach ihr Lina in ihrer liebevollen, aber naiven Art aus der Seele. Dennoch brachte sie es noch nicht übers Herz, ihrem Vater reinen Wein einzuschenken. Sie war sicher, dass Bernhard Zumwinkel maßlos von ihr enttäuscht sein würde.

»Nun guck doch nicht so traurig«, sagte Lina. »Freu dich an deiner Liebe und dass du geliebt wirst. Der Rest kommt dann auch noch.«

Katharina nickte und versuchte sich auf ihre Arbeit zu konzentrieren. *Das sagt sich so einfach*, dachte sie und bemühte sich, an etwas anderes zu denken.

Kapitel 15

Katharina und Carl ahnten nicht, dass sie bei ihrem Liebesspiel beobachtet worden waren. Die spartanisch eingerichtete Kammer des Großknechts lag in einem Zwischenboden des Stalls, gleich über dem Vieh. Von seinem Rückzugsort aus hatte er sie beobachten können, hatte jedes Wort verstanden, das sie gewechselt hatten und mitbekommen, wie sie wie ausgehungert übereinander hergefallen waren.

Beim Anblick des weltvergessenen Liebespaares hatte sich sein Magen zusammengezogen. Lange hatte er gegen die aufsteigende Übelkeit angekämpft, die jetzt einem flauen Gefühl in der Magengegend gewichen war.

Hätte er gewusst, was ihn hier erwartete, wäre er niemals in einem unbeobachteten Moment in seine Schlafstatt gegangen, um ein kleines Nickerchen zu machen. Es war nicht auszuhalten gewesen, und er hatte sich zurückhalten müssen, um die beiden nicht bei ihrem neckischen Spiel zu unterbrechen.

Wut auf diesen Maurersohn brandete in Thomas auf. Er musste sich schnellstens etwas einfallen lassen, um ihn loszuwerden. Schlimm genug, dass Katharina sich zu einem Schäferstündchen mit ihm hatte hinreißen lassen. Thomas war in der

Lage, ihr das zu verzeihen, wenn sie sich am Ende für ihn entschied. Doch noch war es nicht so weit, und es wurde höchste Zeit, seinen Konkurrenten mit allen Mitteln zu bekämpfen, sonst würde es ein böses Ende nehmen.

Kapitel 16

Das Gespräch mit Katharina hatte Carl beflügelt. Er wollte eine Maschine zur Milchverarbeitung konstruieren, die der einfachen Zentrifuge weit überlegen war. Ein Dauergrinsen lag auf seinem Gesicht, als er an Katharina dachte und an das, was zwischen ihnen geschehen war. Allein der Gedanke an sie ließ sein Herz schneller schlagen.

Seit sie ihm erklärt hatte, was beim Zentrifugieren der Milch geschah und worauf es ankam, war Carl wie besessen von der Idee, eine Maschine zu bauen, mit der sich die Fette in der Milch von der Flüssigkeit trennen ließen. Der Weg musste wegführen vom mühsamen Stampfen in einem Fass. Er musste nicht lange nachdenken, um auf die Zentrifugalkraft zu kommen. So ließen sich möglicherweise Magermilch und der Rahm bei schnellen Drehbewegungen voneinander lösen. Vielleicht war das machbar, indem man die Milch in eine Trommel gab, diese schleuderte und die Fette an den Innenwänden der Trommel haften blieben, während sich die Flüssigkeit am Unterboden sammelte. Er beschloss, seine Idee mit Katharina zu besprechen. Wenn man den Rahm von der Magermilch getrennt hatte, würde man die zur Herstellung von Sahne und Butter benötigte Molke sicher mit einer weiteren Apparatur weiterverarbeiten können. So würde es möglich sein, innerhalb kürzester Zeit große Mengen Milch zu verarbeiten.

Carl verbrachte die Mittagspause in der Kammer. Er hockte auf dem Bett und brachte seine Idee von einer Zentrifuge zu Papier. Schon während er die ersten Skizzen anfertigte, fragte er sich, was Katharina dazu wohl sagen würde. Sein Herz wurde warm. Nach ihrem kleinen Tête-à-Tête hatte er sich in die Arbeit gestürzt, und trotzdem ging ihm Katharina nicht aus dem Kopf. Allein der Gedanke an ihre samtweichen Lippen und ihre zarte Haut trieb ihn in den Wahnsinn. Sie waren sich so unglaublich nahe gewesen, es war ein so intensives Erlebnis gewesen, das ihn jetzt immer noch beschäftigte. Er mahnte sich zur Konzentration und betrachtete mit zufriedener Miene die erste Skizze seiner Milchverarbeitungsmaschine, rollte sie zusammen und erhob sich von dem unbequemen Stuhl. Hastig schlüpfte er in die dunkelblaue Arbeitsjacke und verließ die Kammer, um sich auf die Suche nach Katharina zu machen.

»Sie ist bei den Kühen«, erfuhr er von Lina, die im Haushaltsraum stand, um die Wäsche zu falten. Täuschte er sich, oder hatte da ein wissendes Lächeln auf ihren Lippen gelegen, als er sie nach Katharina gefragt hatte? Hastig überquerte Carl den Innenhof, der in der Mittagssonne dalag.

Er fand Katharina im Kuhstall, wo sie gerade den Gang fegte. Zunächst erschrak sie, als er sich ihr von hinten näherte, so tief war sie in der Arbeit versunken, dann erhellte sich ihre Miene.

»Carl«, sagte sie erfreut und hielt ihm die Schaufel hin. »Bist du gekommen, um mir bei der Arbeit zu helfen?«

Er schob lässig die Hände in die Hosentaschen und schüttelte den Kopf. »Nein«, antwortete er lächelnd, »wenn, dann eher indirekt.«

Er glaubte zu sehen, dass sie sich über seinen Besuch freute, und sie stellte die Schaufel am Gatter ab. »Ich fürchte, das verstehe ich nicht«, gestand sie ihm.

»Ganz einfach.« Er trat näher. »Wir bauen für deinen Vater den großen Stall, schon bald soll dort das neue Milchvieh Einzug halten. Wer, um Himmels willen, versorgt dann die Kühe? Ich meine, es geht deiner Mutter nicht gut, und die Angestellten arbeiten schon jetzt von früh bis spät.«

Katharina musste lachen. »Darüber machst du dir Gedanken?«

»Natürlich.« Carl nickte. Stundenlang konnte er in ihre wunderschönen Augen blicken, in denen stets ein unternehmungslustiges Funkeln lag.

»Vater wird mehr Arbeiter einstellen müssen, fürchte ich.«

»Das meine ich nicht.« Carl schüttelte den Kopf und trat näher. Sie ließ die Nähe zu und hielt seinem Blick stand.

»Du denkst über die Maschine nach, von der du mir vorhin erzählt hast?«

Wieder nickte er. »Ich habe mir Gedanken gemacht. Wie ich von dir weiß, füllt man die Milch in einen Behälter, der sich schnell dreht und so Milch und Rahm voneinander trennt.« Jetzt legte er die Stirn in Falten. »Ich fürchte aber, zu wenig über Milch zu wissen.«

»Da kann ich dir sicher helfen.« Katharina nahm spontan seine Hand und zog ihn weiter in den Stall. Hier herrschte schummriges Licht, und er spürte das angenehme Kribbeln, als sie ihn in eine Ecke führte, in der Strohballen lagerten. »Setz dich«, forderte sie ihn auf und deutete auf einen Ballen. Ein wenig verwundert nahm Carl Platz. Wie selbstverständlich setzte sie sich an seine Seite. »Es ist bewundernswert, welche Gedanken dich bewegen«, sagte sie in einem sanften Tonfall. »Und diese Fürsorge zeichnet dich aus, sie macht dich einzigartig, Carl.«

Er schwieg aus Verlegenheit und wusste nicht so recht, was er darauf antworten sollte.

»Deine Idee von einer Maschine zur Milchverarbeitung klingt interessant«, fuhr sie fort, »doch den Menschen, der dahintersteht, finde ich wesentlich interessanter.« Sie hatte einen Tonfall angeschlagen, der ihn auf angenehme Weise schwindelig werden ließ. »Carl, ich glaube, ich habe mich in dich verliebt.« Ihre Augen schimmerten feucht. Schnell nahm Carl ihre Hände, um sie fest zu drücken. »Du gehst mir nicht mehr aus dem Kopf, seitdem ich dich das erste Mal vom Fenster aus gesehen habe. Morgens bist du mein erster Gedanke, abends vor dem Schlafengehen der letzte. Und offen gestanden fühlt sich das gut an.« Sie lächelte mit vor Aufregung tiefroten Wangen.

Carl holte tief Luft, denn Katharina ging ihm ebenfalls nicht mehr aus dem Kopf. Er überlegte, was er sagen sollte. »Du«, begann er mit belegter Stimme, »bist unglaublich, Katharina. Und auch ich muss immer an dich denken. Es ist seltsam, weil wir uns erst seit ein paar Tagen kennen, und trotzdem bist du immer präsent. Ich sehne morgens den Moment herbei, wenn wir uns beim Frühstück treffen, mittags warte ich nur darauf, dass du uns das Essen zur Baustelle bringst, und abends, wenn wir mit den anderen zusammen in der Küche sitzen, kann ich die Augen nicht von dir lassen.«

Katharina rückte näher an ihn heran und nahm seine Hand, um sie um ihre Schultern zu legen. Als sie ihren Kopf an seine Schulter lehnte, fühlte es sich an, als müsse das so sein. So etwas hatte er nie zuvor bei einem Mädchen erlebt. Carl genoss den Moment der vertrauten Zweisamkeit, betrachtete sie von der Seite und verspürte den Wunsch, sie zu küssen.

Doch er wagte es nicht, und als sie den Kopf hob, um ihn anzuschauen, schien sie zu ahnen, was ihn bewegte. Leicht neigte sie den Kopf zur Seite, legte eine Hand in seinen Nacken und zog ihn zu sich. Sekundenlang sahen sie sich schweigend in die Augen, dann legte er seinen Mund auf ihre Lippen.

»Wolltest du mir nicht etwas über die Milch erzählen?«, flüsterte Carl an ihren Lippen, während er durch ihr Haar strich.

Sie öffnete die Augen und blickte zu ihm auf. »Irgendwie sind wir vom Thema abgekommen.«

»Allerdings.« Carl lachte leise. »Aber ich bereue nichts.«

»Ich auch nicht, Liebster.« Sie seufzte wohlig. »Ich liebe dich, Carl Thiele.« Wie selbstverständlich ihr diese Worte über die Lippen kamen!

»Und ich liebe dich, Katharina Zumwinkel.« Er hauchte einen Kuss auf ihr Haar.

»Werden wir eine Zukunft haben, Carl?« Trauer und Sehnsucht lagen in ihren Augen.

Er nickte. »Selbstverständlich – wenn wir beide es wollen.«

»Wollen wir es denn beide?«

Nun musste er lachen. »Ich für meinen Teil kann diese Frage ganz klar mit einem Ja beantworten.«

»Ich auch.« Sie strahlte überglücklich und richtete sich ein wenig auf, um ihn küssen zu können. »Wir müssen zurück an die Arbeit. Ich bin sicher, dass man uns schon vermisst.«

»Vermutlich hast du recht.« Carl atmete tief durch. »Also machen wir es kurz: Worum geht es bei der Verarbeitung von Milch?«

»Einen Teil der gewonnenen Milch verkaufen wir an Gastwirte, an Geschäfte und an Haushalte, während wir den anderen, weitaus größeren Teil weiterverarbeiten.«

»Zu Butter.«

»Und zu Käse und Quark.«

»Wie kann man so viele Lebensmittel aus einem Grundstoff gewinnen?« Carl musterte sie fragend.

»Es ist die Art und Weise, wie die Milch verarbeitet wird. Butter wird im Fass gestampft und zu kleinen Stücken gepresst, die dann auf dem Frühstückstisch landen«, erklärte Katharina. »Wie das geht, hast du ja schon gesehen.«

»Und Käse und Quark?«

»Von der Verarbeitung her ist es ähnlich. Die Milch wird geschlagen, bis sie Rahm bildet. Der wird dann weiterverarbeitet.«

»Es muss also Kuhmilch geschlagen werden«, schlussfolgerte Carl.

»Richtig. Und das nimmt viel Zeit in Anspruch – und es kostet viel Mühe.«

»Und trotzdem lässt dein Vater einen neuen, viel größeren Stall bauen und wird zusätzliches Milchvieh kaufen.«

Katharina nickte. Genau diese Überlegungen bereiteten ihr Bauchschmerzen, seitdem Vater ihr von seinen Plänen berichtet hatte. »Deshalb bin ich ratlos«, gestand sie ihm. Carl rieb sich den Nasenrücken. »Wenn man Wasser in einer Trommel dreht, dann wird es durch die Fliehkraft an die Innenwände der Trommel geschleudert«, murmelte er und dachte an den Entwurf seiner Maschine. »Und sie muss sich so leicht drehen lassen, dass die Maschine auch von zarten Frauenhänden bedient werden kann.«

Katharina betrachtete ihn gerührt. »Das mit der Fliehkraft funktioniert auch mit Milch.«

»Eben. Und was passiert dann?«

Katharina dachte nach. »Wie ich schon gesagt habe, setzt sich der Rahm an den Innenwänden ab, während die Magermilch in der Mitte der Trommel bleibt und nach unten fließt.«

»Wo sie dann aufgenommen wird.«

»Wovon redest du?« Katharina zog die Stirn in Falten.

Carl erhob sich und sah sich im Stall um. In den Nischen wurden alte Werkzeuge aufbewahrt. Als er ein ausrangiertes Holzfass fand, stieß er einen zufriedenen Pfiff aus. »Das könnte gehen.«

»Ich fürchte, ich kann dir nicht folgen.« Katharina ging zu ihm. Carl rollte das hüfthohe Fass aus der Nische hervor und stellte es in den Gang. »Ich fülle also hier oben«, er deutete auf den Deckel, »die Milch ein. Mittels einer Handkurbel, die als Welle in der Mitte läuft, bringe ich die Milch in Bewegung. An der Welle müssen sich Paddel befinden.« Mit beiden Armen vollführte er Drehbewegungen an einer imaginären Kurbel.

»Ich verstehe nicht«, gestand Katharina.

»Das macht nichts. Ich werde es dir zeigen.« Er klopfte auf das Holzfass. »Mit diesem alten Fass werde ich meine Idee in die Tat umsetzen.«

Katharina hatte keine Einwände. »Du kannst es sicher für deine Versuche benutzen.«

Carl war schon wieder in der Nische verschwunden. Sie hörte ihn herumhantieren, dann kam er mit Holzbalken und alten Brettern zurück, die er neben das Fass legte. »So«, sagte er, »das wäre der Anfang. Daraus baue ich dir eine Zentrifuge.« Zufrieden betrachtete er das Material. »Der Anfang wäre gemacht.«

»Was hast du vor?« Katharina legte die Stirn in Falten.

»Wir werden aus diesen Materialien eine Maschine bauen, die die Landwirtschaft revolutionieren wird.« Er grinste stolz. »Und mehr noch: Wenn unsere Idee aufgeht, baue ich die Maschine in großen Stückzahlen, um damit unseren Lebensunterhalt zu bestreiten.«

Katharina zweifelte nicht an seinen Worten. Sie hatte Carl Thiele als einen Mann der Tat kennengelernt und wusste, dass er es ernst meinte. Auch mit ihr schien er es ernst zu meinen, denn er hatte »unseren Lebensunterhalt« gesagt. Prompt schlug ihr Herz ein paar Takte schneller. Sie stellte sich auf die Zehenspitzen und hauchte ihm einen Kuss auf die Lippen.

»Ich liebe dich, Carl Thiele«, sagte sie mit rauer Stimme und spürte einen ganzen Schwarm Schmetterlinge in ihrem Bauch.

»Und ich liebe dich.« Carl wollte noch etwas hinzufügen, als sich vom Eingang des Stalls Schritte näherten. Jemand rief seinen Namen.

»Carl, verdammt nochmal, wo treibst du dich rum?« Schemenhaft tauchte eine große Gestalt auf. »Die Mittagspause ist längst vorbei.«

»Schnell, versteck dich«, raunte Carl Katharina zu. Er schob sie, als sie nicht gleich reagierte, in die dunkle Nische und legte den Zeigefinger auf die Lippen. »Leise«, flüsterte er ihr zu, dann trat er wieder zurück in den Gang. Gerade wurde sein Name erneut gerufen, diesmal klang die Stimme bedrohlicher.

»Ich bin hier, Vater.« Ein letztes Mal warf er ihr einen verliebten Blick zu, dann machte er, dass er dem Vater entgegenlief.

»Wo steckst du, Junge? Wir suchen dich überall.«

»Ich komme schon.«

»Das beantwortet meine Frage nicht.«

»Erkläre ich dir später, Vater.«

»Hast du etwa Geheimnisse vor mir?«

»Nein, wo denkst du hin?« Carl lachte, dann verschwand er an der Seite seines Vaters aus dem Halbdunkel des Stalls. Das Fass und die Hölzer standen noch im Gang. Katharina war sicher, dass daraus Carls Maschine entstehen würde. Deshalb ließ sie alles so stehen, wie er es sich zusammengestellt hatte.

Als sie allein war, atmete Katharina ein paar Mal tief durch. Sicherlich wurde auch sie schon längst vermisst. Hastig richtete sie ihre Kleidung, zupfte sich die Haare zurecht und ging zurück an die Arbeit.

*

Thomas zerquetschte einen Fluch auf den Lippen. Von seinem Versteck aus hatte er beobachtet, dass zuerst der Maurer an der Seite seines Vaters den alten Stall verließ, dann Katharina den Männern in kurzem Abstand folgte. Thomas war kein Idiot, er ahnte, was Carl und Katharina im Stall getrieben hatten. Er ballte die großen Hände zu Fäusten, bis die Knöchel weiß hervortraten. »Na wartet«, zischte er und stapfte wütend auf das offenstehende Tor des Stalls zu. Am Eingang blieb er einen Moment stehen, bis sich seine Augen an das schummrige Licht im Innern gewöhnt hatten. Der Knecht marschierte durch den Stall und ignorierte das ungeduldige Muhen der Kühe. Am Ende des Ganges entdeckte er ein Holzfass, daneben befanden sich Bretter und einige Vierkantbalken. Thomas wusste, dass er das Material erst vor wenigen Tagen in die Nische geräumt hatte. Dieser Carl hatte also herumgeschnüffelt und sich der Hölzer bedient. Er hätte den Knecht um Erlaubnis fragen sollen, denn Thomas verfügte über Werkzeuge und Material in dem Stall. Es war denkbar, dass Katharina ihm erlaubt hatte, sich zu bedienen. Kurz tauchte das Bild der beiden vor seinem geistigen Auge auf. Verliebt lagen sie sich in den Armen. Eifersucht brandete in ihm auf. Ihm war, als würde man ihm einen Dolch in die Brust rammen. Der Gedanke, dass Katharina allein mit diesem Maurergesellen im Stall gewesen war, brachte ihn um den Verstand. Die beiden planten etwas, von dem er nichts ahnte. Es machte ihn fast wahnsinnig, denn sosehr Thomas sich auch bemühte, er hatte keine Ahnung, was hier passiert war. Oder war der Maurermeister gerade rechtzeitig erschienen, bevor etwas zwischen Carl und seiner Katharina passiert war? Er wusste es nicht, und diese Ungewissheit brachte seine Wut zum Kochen.

Aufgebracht betrachtete er das eigenartige, hölzerne Sammelsurium und versuchte vergeblich, die Materialien in Zusammenhang zu bringen.

Thomas stampfte zurück auf den Gang. Als sein Blick auf das Holzfass fiel, nahm er das Ding mit beiden Händen und stemmte es in die Höhe. Einen Moment lang hielt er es über den Kopf, bevor er es wutentbrannt von sich warf. Polternd kam es auf dem Steinboden auf und zersprang in seine Bestandteile. Die gewölbten Bretter, die dem Fass seine bauchige Form gegeben hatten, barsten. Klimpernd rumpelten die rostigen Eisenbeschläge über den Steinboden.

Nachdem Thomas seine unbändige Wut an dem Fass ausgelassen hatte, machte er auf den Sohlen seiner schweren Stiefel kehrt und rannte aus dem Stall. Es war höchste Zeit, den Maurer vom Hof zu vertreiben.

Kapitel 17

Am Abend zog sich Carl früh zurück in die Kammer. Er gab vor, vom Arbeitstag müde zu sein, als er die fragenden Blicke seines Vaters sah. Die Männer hockten noch in der Stube zusammen, spielten Karten und tranken Schnaps und Bier. Carl war es recht, so hatte er die kleine Kammer für sich allein und konnte seinen Gedanken nachhängen. Ihm war nicht nach Gesellschaft. Katharina fehlte ihm, doch noch mussten sie ihre Liebe geheim halten. Er erwischte sich dabei, immer wieder an sie zu denken, an das, was sie im Strohlager getan hatten. Sie hatte sich so vertraut angefühlt, als würden sie sich schon seit einer Ewigkeit kennen.

Doch da war noch etwas, das Carl bewegte. Der Traum von einer Maschine, die imstande war, Milch zu verarbeiten. Eine erste Skizze hatte er vollendet, und heute hatte er bereits die Materialien für den Bau einer solchen Maschine zusammengesucht. Morgen schon würde er beginnen. Er freute sich auf die neue Aufgabe.

Carl hockte im Schein der Petroleumlaterne auf seinem Bett. Er nahm ein neues Blatt Papier und griff zu einem Stift, dachte nach, stützte das Kinn in die Hände, während er die Augen schloss und überlegte, wie eine solche Maschine aussehen könnte. Die erste Skizze war ihm eine große Hilfe, und jetzt konnte er die Zeichnung perfektionieren. Aufgeregt flog der Stift über das Papier. Wie im Fieber zeichnete er seine Konstruktion, die die Landwirtschaft revolutionieren sollte. Er war so versunken in die Arbeit, dass er nicht mitbekam, wie schnell die Zeit verging.

»Noch wach, Junge?«

Erschrocken fuhr Carl hoch, als sein Vater die Kammer betrat. Seine Zunge war ein wenig schwer, offensichtlich hatte er getrunken. Doch es wäre unfair, Gerhard Thiele als betrunken zu bezeichnen. Mit klopfendem Herzen beugte sich Carl über die Zeichnung, so dass sein Vater nicht sehen konnte, was er zu Papier gebracht hatte. Doch gerade seine verkrampfte Haltung erweckte Gerhards Interesse. Er trat hinter Carl und schaute ihm über die Schulter.

»Was malst du da?«

»Ich male nicht – ich zeichne.«

»Entschuldigung.« Gerhard setzte eine schuldbewusste Miene auf. »Was *zeichnest* du denn da?«

Carl seufzte. Er beobachtete seinen Vater, der schwerfällig auf sein Bett sank, um die Schuhe auszuziehen. Seine Socken hatten große Löcher. »Sag schon«, forderte er seinen Sohn auf. »Was hast du gezeichnet?« Er grinste. »Ein Mädchen etwa?«

»Nein, Vater, wo denkst du hin?« Vorwurf lag in Carls Stimme. »Ich habe etwas erfunden.« Stolz schwang nun in seiner Stimme mit.

»Soso. Was hast du denn erfunden?« Gerhard erhob sich von

dem Kastenbett und trat wieder zu seinem Sohn. Er versuchte, einen Blick auf Carls Zeichnung zu erhaschen, doch der hatte ein Blatt darübergelegt.

»Willst du das wirklich wissen?«

»Sonst würde ich nicht fragen, Junge.«

Carl nahm das Deckblatt fort und präsentierte seinem Vater die Skizze. »Und?«, fragte er aufgeregt. »Wie gefällt sie dir?«

Gerhard zog die buschigen Augenbrauen zusammen und schien angestrengt nachzudenken, während er die Zeichnung betrachtete. »Also«, sagte er schließlich und massierte sich den Nasenrücken. »Ich verstehe nicht, was das sein soll.«

Obwohl Gerhard Thiele über eine hohe Auffassungsgabe verfügte, schien er mit dem Entwurf seines Sohnes nichts anfangen zu können. »Hilf mir auf die Sprünge, Junge.«

»Das ist eine Milchzentrifuge«, erklärte Carl mit Stolz in der Stimme.

»Eine was?«

»Eine Milchzentrifuge«, wiederholte Carl geduldig. »In ihr wird die frische Milch weiterverarbeitet.« Er tippte mit der Miene des Stiftes auf die Öffnung der Maschine. »In ihr wird der Rahm von der Magermilch getrennt.«

»Das gibt es schon.« Gerhard winkte ab. »Im Süddeutschen hat das jemand erfunden, ist also leider nichts Neues.«

»Katharina hat das auch schon gesagt«, stellte Carl betrübt fest.

»Also verschwende deine Zeit nicht, Junge.«

»Das tu ich nicht, denn unsere Maschine wird besser als alles, was es bisher gab.«

»Unsere Maschine?«

»Ja, Katharina hilft mir mit ihrer Expertise.«

»Na dann«, lachte Gerhard und betrachtete die Zeichnungen seines Sohnes nachdenklich. »Was ist jetzt neu an dem Ding?«

»Der Antrieb zum Beispiel. Ich habe ihn so entwickelt, dass er sich leicht betätigen lässt. Außerdem habe ich die Zufuhr und den Abfluss komplett neu erfunden, damit die Handhabung sich leicht gestaltet.«

Gerhard lauschte den Ausführungen seines Sohnes, ohne ihn zu unterbrechen. Immer wieder nickte er verstehend und warf Blicke auf die Skizzen, die Carl ihm geduldig und aufgeregt zugleich erläuterte.

»So etwas«, sagte Carl abschließend, »gibt es bisher nicht, da bin ich ganz sicher.«

»Das stimmt, Junge.« Gerhard nickte zufrieden. Er klopfte seinem Sohn anerkennend auf die Schulter. »So etwas habe ich tatsächlich noch nirgendwo gesehen.« Er atmete tief durch. »Du solltest dir deine Erfindung patentieren lassen – bevor es ein anderer tut.«

*

Auch in dieser Nacht fand Katharina keinen Schlaf. Das Buch, in dem sie schon seit Tagen las, lag auf dem Kabinett ihrer Kammer, während sie sich in ihr Bett zurückgezogen hatte, wo sie seit einer guten Stunde lag, um ihren Gedanken nachzuhängen. Die Lampe auf dem Kabinett verbreitete einen warmen Lichtschein. Das Stimmengewirr der Männer in der Stube drang nur gedämpft an ihre Ohren. Immer wenn sie die Augen schloss, sah sie Carls gütiges Gesicht vor ihrem geistigen Auge auftauchen. Sah den warmen Blick seiner Augen, seine wunderschön geschwungenen Lippen und seine Hände, die harte Arbeit gewohnt waren. Der Mann, der erst vor wenigen Tagen in ihr Leben getreten war, lag ihr derart am Herzen, dass sie ständig an ihn denken musste. Zwar war sie noch nie verliebt gewesen, doch ahnte sie, dass es sich genauso anfühlte. Carl interessierte sich für sie, er machte sich Gedanken und sorgte sich um sie. So etwas hatte sie bisher bei keinem Mann erlebt. Er hatte sich fest vorgenommen, ihr eine Maschine zu bauen, die ihr die Arbeit erleichtern sollte.

Und er hatte von einer gemeinsamen Zukunft gesprochen.

Doch wie würde es sein, wenn der neue Stall von den Maurern fertiggestellt war? Der Trupp würde verschwinden und wahrscheinlich niemals wiederkommen. Ob Katharina ihn dann wiedersehen würde? Es war unwahrscheinlich. Sie spürte einen Stich im Herzen, als sie daran dachte.

Doch es würde so kommen, wie es kommen würde: Wenn die Arbeit getan war, würden die Maurer ihre Zelte in Clarholz wieder abbrechen und auf Nimmerwiedersehen verschwinden. Fast so, als hätte es sie nie gegeben. Katharina erwischte sich bei dem Gedanken, dass sie Carl am liebsten hierbehalten würde. Hier, auf dem Zumwinkel-Hof, hier und in ihrem Herzen. Die Vorstellung, dass er bald schon wieder aus ihrem Leben verschwinden würde, ließ es ihr schwer in der Brust werden.

»Carl«, murmelte sie sehnsüchtig, »ach mein lieber Carl, am liebsten würde ich dich nie wieder gehen lassen.« Ihren Worten folgte ein schwerer Seufzer. Sie nahm sich vor, die Zeit, die ihnen noch blieb, so gut wie möglich zu nutzen. Mit einem weiteren sehnsüchtigen Stöhnen auf den Lippen löschte sie das Licht, um auf das Kopfkissen zu sinken.

Kapitel 18

Die Männer mauerten wie besessen. Am Frühstückstisch hatte Bernhard davon gesprochen, dass in den nächsten Tagen Regen übers Land ziehen würde. Der Herbst kam, und bevor die Tage kürzer wurden, wollte Gerhard Thiele den Auftrag auf dem Zumwinkel-Hof abgeschlossen haben. Dem Maurermeister blieb nicht verborgen, dass sein Sohn von einer eigenartigen Schwermut befallen war. Er kannte Carl gut genug, um zu wissen, was ihn beschäftigte. Sein Sohn war verliebt in die Tochter des Bauern. Doch offenbar hatte der Großknecht ebenfalls ein Auge auf die schöne Katharina geworfen. Immer wieder machte Thomas merkwürdige Anmerkungen, wenn sich die beiden begegneten. Doch Carl war friedliebend und mied den Kontakt zu dem Knecht. Schon als Kind war er Ärger und Streit so gut es ging aus dem Weg gegangen. Daran hatte sich bis zum heutigen Tage nichts geändert.

Gerhard legte eine kleine Pause ein, um seine Männer zu beobachten. Carl arbeitete konzentriert und fleißig mit Gustav und Fritz zusammen. Aus Bohlen und Brettern hatten sie ein provisorisches Holzgerüst errichtet. Inzwischen waren sie im oberen Drittel des Stalls angelangt, bald würden die Schreiner eintreffen, um die Dachkonstruktion in Angriff zu nehmen. Spätestens wenn der Trupp der Schreiner auf dem Hof eintraf, waren ihre Tage in Clarholz gezählt. Gerhard fragte sich, ob die Liebe seines Sohnes zur Tochter des Bauern eine Zukunft hatte. So wie er es von Bernhard Zumwinkel erfahren hatte, wünschte sich der Bauer einen Schwiegersohn, der sich in der Landwirtschaft auskannte.

Nun, mit Wissen konnte Carl punkten, führten sie doch selbst einen kleinen Hof mit eigenem Vieh, allerdings war der Thiele-Hof nicht zu vergleichen mit dem, was Zumwinkel hier aufgebaut hat.

Gerhards größter Wunsch war es, seinen Sohn glücklich zu sehen. Und wenn er und seine Frau dafür den eigenen kleinen Hof aufgeben würden, dann würde er auch das hinnehmen. Ihr Einkommen konnten sie mit dem Maurerbetrieb bestreiten, denn bekanntlich hatte das Handwerk goldenen Boden. Ob Carl aber in der Lage war, einen großen Hof zu betreiben, das würde die Zeit zeigen.

»Ist alles in Ordnung?«

Gerhard wandte sich zu seinem Sohn um. Er war derart in Gedanken versunken gewesen, dass er nicht mitbekommen hatte, wie Carl die Arbeit unterbrochen hatte, um sich seinem in sich gekehrten Vater zu widmen.

Mit einem schwachen Lächeln auf den Lippen nickte Gerhard. »Alles in Ordnung, Junge, aber ja.« Er holte tief Luft und zog seinen Sohn am Arm. Als er sicher sein konnte, dass Gustav und Fritz ihnen nicht mehr zuhören konnten, ließ Gerhard ihn an den Gedanken, die ihn bewegten, teilhaben.

»Es war nicht geplant, dass ich einen Bauernhof führe«, eröffnete Carl ihm schließlich.

»Aber wie stellst du dir deine Zukunft vor?«

»Ich bin technikbegeistert, Vater. Erfindungen faszinieren mich. Die Städte werden nach und nach elektrifiziert.« Carl strahlte regelrecht vor Begeisterung. »Und Erfindungen werden unseren Alltag revolutionieren, das Leben erleichtern.«

»Aber was willst du mit dieser Erkenntnis anfangen?«

»Ich liebe es, Dinge zu erfinden«, schwärmte Carl weiter. Seine Wangen glühten.

»Also willst du Erfinder werden?«

Nun musste sein Vater lachen. »Ich fürchte, davon kann man nicht leben.«

»Da könntest du recht haben, Vater.« Carl lachte ebenfalls. »Es sei denn, ich erfinde etwas, auf das die ganze Welt gewartet hat.«

»So wie deine Zentrifuge?«

Carl nickte. »So wie die Zentrifuge.« Kurz verblasste sein Strahlen. »Wobei – so etwas gibt es wohl schon, wie du gesagt hast.«

»Aber du hast die Zentrifuge perfektioniert«, entgegnete Gerhard. »Du hast daraus eine Maschine gemacht, die nahezu alle Tätigkeiten allein ausführen kann und das Leben auf den Bauernhöfen im ganzen preußischen Reich verändern wird.«

»Stellt sich die Frage nach dem Antrieb.« Carl betrachtete seinen Vater nachdenklich. »In den Städten wäre es kein Problem – ich würde die Molkereimaschine mit einem Elektromotor ausstatten.«

»Auf dem Land wird es noch Jahre dauern, bis man Stromleitungen legt«, fürchtete Gerhard, »was willst du bis dahin machen?«

»Ich könnte mir vorstellen, dass einige Bauern eine Dampfmaschine kaufen, mit der sie ihren Strom selbst erzeugen können.«

»Du bist wahrlich ein Erfinder«, lachte Gerhard. »So kreativ und voller Ideen.«

»Ich bin immer auf der Suche nach Lösungen«, berichtigte Carl ihn. »Aber meinst du wirklich, dass ich mit der Erfindung einer Molkereimaschine reich werden kann?«

»Zumindest könnest du mit der ständigen Weiterentwicklung, der Herstellung und dem Vertrieb einer solchen Maschine genug Geld verdienen, um deinen Lebensunterhalt zu bestreiten.«

»Ich muss die Maschinen dann auch verkaufen«, murmelte Carl und wirkte plötzlich ein wenig in sich gekehrt.

»Natürlich, und wenn möglich sogar in großen Stückzahlen.«

»Wie du weißt, bin ich Praktiker, aber bedauerlicherweise kein guter Kaufmann«, seufzte Carl. Er sank auf einen Strohballen und stützte das Kinn in die Hände. Mit traurigen Augen blickte er zu seinem Vater auf. »Wie funktioniert Vertrieb?«

»Das ist sicherlich kein Hexenwerk«, behauptete Gerhard und rang sich ein aufmunterndes Lächeln ab. »Nichts also, was man nicht erlernen könnte.« Er legte eine kleine Pause ein, um seinen Sohn zu betrachten. »Oder du übernimmst doch den Maurerbetrieb.«

»Es wäre zumindest eine Möglichkeit, Geld zu verdienen.«

»Deine Begeisterung hält sich in Grenzen«, stellte Gerhard sachlich fest. Er konnte seinen Sohn gut verstehen. Carl war ein Visionär, hatte schon als Kind immer gute Ideen gehabt und mit typisch ostwestfälischer Sturheit seine Ziele verfolgt. Das würde ihm im Berufsleben zugutekommen.

»Du wirst deinen Weg gehen«, versicherte er seinem Sohn. »Aber was wird aus Katharina?«

»Was meinst du?«

Gerhard lächelte. »Ein Blinder sieht, was du für sie empfindest, Junge.«

»Ich weiß nicht, wie es mit uns weitergeht.«

»Wenn du sie liebst, dann werdet ihr auch eine Zukunft haben.«

»Aus deinem Mund klingt das so selbstverständlich«, murmelte Carl und erhob sich. »Aber ich weiß schon jetzt, dass ich sie schrecklich vermissen werde, wenn wir hier unsere Zelte abbrechen.«

Gerhard nickte. »Dann ist es an der Zeit, dass du über deine Zukunft nachdenkst, Junge. Ein paar Denkanstöße hast du ja nun.«

»Ich möchte Maschinen bauen.«

»Das klingt nach einem ernstzunehmenden Plan.«

»Aber was wird dann aus Katharina? Sie wird den Hof nicht zurücklassen können. Ihre Mutter ist sehr krank, und der Vater sorgt sich um die Nachfolge.«

»Und nun kommt der Knecht ins Spiel«, wandte Gerhard ein.

»So ist es.«

»Dann steh zu deiner Liebe, Carl. Ich bin sicher, dass sie, wenn sie ähnlich für dich empfindet, zu dir stehen wird. Und dass ihr euren Weg gemeinsam gehen werdet – wenn ihr es beide wollt.« Damit ließ Gerhard seinen Sohn zurück.

Kapitel 19

Katharina betrat den Stall, um nach dem Rechten zu sehen. Zwei Mägde waren heute für das Melken abgestellt worden. Ihr Vater hatte sie erst vor wenigen Tagen eingestellt, weil er sich schon jetzt darauf einrichtete, künftig mehr Personal zu beschäftigen.

Das Muhen der Kühe schallte durch den Stall, untermalt vom Klirren der eisernen Ketten, in denen man sie zum Melken fixiert hatte. Die jungen Mädchen, sie waren fast noch Kinder, beäugten die Tochter des Bauern ehrfürchtig. Katharina überprüfte ihre Arbeit und gab hier und da noch ein paar Ratschläge, dann ließ sie die Mägde allein. Sie dachte an das Tête-à-Tête vom Vortag mit Carl. Er hatte sich als ein sehr zärtlicher Liebhaber bewiesen, als ein Mann, in dessen Arme sie sich allzu gern hatte fallen lassen. Ihre Wangen glühten bei der Erinnerung, als sie dem Verlangen nachgab und die Stelle aufsuchte, an der sie sich heimlich geliebt hatten. Auf dem Weg zum Strohlager sah sie die Bescherung. Die Materialien, die sich Carl zum Bau seiner Maschine zusammengesucht hatte, lagen in Einzelteilen auf dem Boden. Das Fass war zerstört, einige Bretter durchgebrochen. Spitze Splitter ragten aus dem

Holz und unterstrichen das surreale Bild, das sich Katharina bot.

»O nein«, rief sie aufgeregt, während sie die Trümmerteile betrachtete. Sie fragte sich, wie das möglich war und hatte nur eine einzige Erklärung. Jemand hatte sich mutwillig an den Arbeitsmaterialien vergriffen und das Fass vorsätzlich zerstört. Und Katharina musste nicht lange überlegen, um zu wissen, wer zu so etwas fähig war. Ihr fiel nur ein Mensch ein. Schockiert und wütend zugleich machte sie kehrt und rannte aus dem Stall. Dabei ignorierte sie die fragenden Blicke der jungen Mädchen, die sich um die Tiere kümmerten. So blieb den Mägden nichts, außer sich zu wundern und sich wieder ihrer Arbeit zu widmen. Atemlos erreichte Katharina das große Tor des Stalls. Die grauen Wolken hatten sich zu einer tiefhängenden Decke zusammengezogen, die Landschaft am Rand des Hofes wirkte trist und farblos. Im Freien blieb Katharina einen Augenblick stehen. Sie atmete tief durch, dann rannte sie weiter. Sie ahnte, wo sich Thomas um diese Zeit herumtrieb und fand ihn im Schweinestall, wo er sich gerade daranmachte, das Korn zu dreschen. Hemdsärmelig stand er mit dem Dreschflegel in den Händen da und sah verwundert auf, als sie zu ihm stürmte.

»Katharina«, sagte er erfreut und ließ die Arme sinken. Im nächsten Moment schien er zu bemerken, dass etwas nicht stimmte. Seine Miene verfinsterte sich schlagartig, als er Katharinas wütendes Gesicht sah. Sie musste sich beherrschen, um ihre Wut zu kontrollieren.

»Was hat das zu bedeuten?«, schrie sie ihn an. Ihre Stimme überschlug sich förmlich.

»Wovon redest du?«

»Der Stall, der Kuhstall. Du warst dort, um …«

»Meine Kammer liegt dort«, rechtfertigte sich der Knecht und setzte eine friedfertige Miene auf, als könne ihn kein Wässerchen trüben.

»Du hast das Fass zertrümmert.«

»Ich habe … was?«

»Das Holzfass, das auf dem Gang stand. Und die Bretter sind auch zerbrochen.« Katharinas Augen blitzten. Wütend verschränkte sie die Arme vor der Brust. »Was soll das, Thomas?«

»Ich weiß nicht, wovon du sprichst.« Er zuckte die Schultern und schickte sich an, eine Arbeit fortzusetzen.

Katharinas Wut steigerte sich ins Unermessliche. Es war nicht nur der Umstand, dass sich der Knecht an fremdem Eigentum vergriffen hatte – jetzt log er sie auch noch kaltschnäuzig an. Sie gab dem Verlangen nach, ihm eine Backpfeife zu verpassen, holte mit dem rechten Arm aus und traf ihn mit der flachen Hand auf der Wange.

Ein gurgelnder Laut kam über seine Lippen. »Was soll das, verdammt nochmal?«

»Das geschieht dir recht«, rief Katharina. »Das kommt davon, dass du unser Eigentum zerstörst und dann auch noch die Frechheit besitzt, mich anzulügen.« Katharina bebte vor Wut. Sie stellte fest, dass sich dort, wo ihre Finger seine Wange getroffen hatten, längliche rote Flecken abzeichneten.

Thomas ließ den schweren Dreschflegel fallen und rieb sich die schmerzende Wange. Sein Blick wirkte gekränkt und erschrocken zugleich. Katharina hatte keine Lust, sich noch weitere Lügen anzuhören, und ließ ihn stehen. Wütend rauschte sie aus dem Schweinestall und blieb erst im Freien stehen, um tief durchzuatmen und um sich zu beruhigen.

*

Carl war gerade damit beschäftigt, neue Steine auf einen Handkarren zu laden, als er sah, wie Katharina aus dem Stall gerauscht kam. Ihr Gesicht war wutverzerrt. So hatte Carl sie noch nie erlebt. Etwas Schlimmes musste geschehen sein. Carl warf den Stein, den er gerade in der Hand hielt, auf den Karren und drückte den Rücken durch. Katharina schien ihn noch nicht bemerkt zu haben, denn ihr Blick war verschleiert. Die Hände hatte sie zu Fäusten geballt. Er hoffte, dass, was immer sie so aufgebracht hatte, nichts mit ihm zu tun hatte.

»Katharina«, rief er, »was ist denn los?«

Sie verlangsamte ihre Schritte und sah zu ihm herüber. Kurz erhellte sich ihr Gesicht. »Carl«, rief sie und näherte sich ihm. Das Tuscheln einiger Arbeiter, die gerade einen Ackerwagen mit Stroh abluden, ignorierte sie. »Oh, Carl«, rief Katharina aufgebracht, als sie bei ihm angelangt war. »Es ist so schrecklich!«

»Was ist denn so schlimm?« Carl verstand nicht, wovon sie redete. Er setzte sich auf die Ladekante des Karrens und war versucht, seine Hände nach ihr auszustrecken, um sie zu umarmen und sie so ein wenig zu beruhigen. Da sie von den Tagelöhnern beobachtet wurden, verkniff er es sich jedoch, Katharina zu berühren. Auch eine Magd, die gerade einen Eimer mit Küchenresten zum Schweinestall schleppte, beäugte das Paar mit neugierigem Blick.

Katharina war sichtlich um ihre Fassung bemüht. Ihr Brustkorb hob und senkte sich mit jedem Atemzug, ihr Gesicht hatte eine zornesrote Färbung. »Thomas ist so ein Schuft«, presste sie so leise wie möglich zwischen den Zähnen hindurch. Nun legte Carl doch seine Hände auf ihre Schultern. »Beruhig dich erst einmal«, raunte er ihr zu. »Und dann erzählst du mir, was passiert ist.«

Katharina nickte und holte ein paar Mal tief Luft.

»Was hat Thomas angerichtet?«, fragte Carl, dessen Neugier von Sekunde zu Sekunde wuchs. »War er zudringlich?« Ihn würde es nicht wundern, wenn der Knecht sie bedrängte. Sollte das der Fall sein, so würde er sein blaues Wunder erleben.

»Er hat unser Fass zerstört«, berichtete Katharina und erzählte Carl, was im Stall geschehen war. »Alles ist kaputt – und wie sollst du jetzt die Maschine bauen?«

Carl überlegte, ob Thomas sie möglicherweise belauscht hatte. Dann war ihm sicher daran gelegen, Carls Pläne zu zerstören. Doch er war sicher, dass sie allein im Stall gewesen waren und niemand mitgehört hatte. »Warum sollte er das tun?«

»Weil er eifersüchtig ist«, flüsterte Katharina, sodass niemand ihnen zuhören konnte. »Er glaubt immer noch, dass ich ihn zum Mann nehmen werde, obwohl das nicht der Fall sein wird. Und um dir Schaden zuzufügen, hat er dein Baumaterial vernichtet.«

»Er ist ein Idiot.« Carls Stimme klang sachlich, ein Zittern konnte jedoch auch er nicht vermeiden. »Aber so leicht lassen wir uns nicht unterkriegen, Katharina.« Sein aufmunterndes Lächeln verrutschte ein wenig. »Ist er dir gegenüber denn zudringlich geworden?«

»Nein.« Sie schüttelte den Kopf und lächelte matt. Es imponierte ihr anscheinend, dass Carl sie verteidigen würde. Er sah ihr an, dass sie ihn am liebsten geküsst hätte.

»Das wagt er wohl nicht … auf der anderen Seite würde ich die Hand nicht für ihn ins Feuer legen. Thomas ist unberechenbar und wenn es so weitergeht, wird er zur Gefahr für uns.«

»So weit wird es nicht kommen«, versprach Carl ihr. »Und was das Fass betrifft, so könnte ich mir gut vorstellen, dass es nicht das einzige ausrangierte Holzfass auf dem Zumwinkel-Hof ist. Wir werden bestimmt Ersatz finden.«

»Den wir dann aber gut verstecken werden.«

»Auf jeden Fall.« Er lächelte. Flüchtig sah er sich um. Die anderen Arbeiter und die Magd schienen das Interesse an ihnen verloren zu haben und widmeten sich ihrer Arbeit. Hastig beugte sich Carl zu Katharina herab und küsste sie. Erst, als hinter ihnen ein Pfiff ertönte, lösten sich ihre Lippen voneinander.

»Carl«, rief sein Vater sichtlich amüsiert, »hier steckst du also. Die Jungs und ich warten auf die Steine, sonst können wir nicht weitermauern.« Gerhard deutete auf den halb beladenen Handkarren. Er näherte sich und nickte Katharina, die vor Scham errötet war, freundlich zu. »Und was euch betrifft«, sagte er, als er Carl beim Aufladen der Steine half, »ich habe nichts gesehen.« Er zwinkerte ihnen zu und gab seinem Sohn ein Zeichen, ihm zu helfen. Carl atmete erleichtert auf, sah Katharina kurz in die Augen und machte sich dann an die Arbeit.

Kapitel 20

Was war denn vorhin mit deinem Vater los?«, fragte Katharina am späten Nachmittag, als sie ein paar ungestörte Minuten hatten. Carl war ihr in den Stall gefolgt und beobachtete sie bei der Arbeit. Von Lina hatte Katharina einen Eimer mit Kartoffelschalen bekommen, die sie nun an die Schweine verfütterte. Die Tiere machten sich mit gierigem Grunzen über das Futter her.

»Er ahnt, dass wir uns lieben«, erwiderte Carl. »Deshalb hat er auch nichts gesagt, als wir uns vorhin getroffen haben.«

»Das meine ich nicht.«

»Was denn?« Er zog die Stirn in Falten und lehnte sich über das Gatter, um die Schweine besser beobachten zu können.

»Vormittags, als ihr euch unterhalten habt. Ich habe gesehen, wie er auf dich eingeredet hat.« Mit sorgenvollem Blick betrachtete Katharina den Sohn des Maurers. »Gab es Streit?«

»Ach das«, machte Carl grinsend. »Wir haben über meine Pläne gesprochen.«

»Was sind das für Pläne?« Katharinas Neugier erwachte.

»Zukunftspläne.« Ich weiß nicht, ob ich seinen Maurerbetrieb übernehmen möchte.«

Katharina konnte ihn gut verstehen, erging es ihr doch ähnlich. Sie liebte den Zumwinkel-Hof über alles. Hier war ihre Heimat, hier war sie groß geworden. Und dennoch bezweifelte sie, ob sie den Hof irgendwann in der Zukunft übernehmen wollte – und konnte. Mit einem Mann wie Thomas an ihrer Seite auf gar keinen Fall. Nach dem, was er sich geleistet hatte, war er bei ihr endgültig unten durch. »Es ist nicht das, was dir gefällt«, stellte sie fest.

Carl schüttelte den Kopf. Er nahm ihr den leeren Futtereimer aus der Hand. »Nein, ich habe so viele Ideen im Kopf.«

»Ideen?«

»Ja, Einfälle. Wenn ich euch auf dem Hof beobachte, dann kommen mir viele Gedanken, wie man euch das Leben erleichtern kann.«

Katharina ahnte, wovon er sprach. An vielen Stellen hatte er ihr die Augen geöffnet, denn trotz der anstrengenden Arbeit waren sie und ihre Eltern mit ihrem bescheidenen Leben zufrieden. Nun fragte sich Katharina, wie er ihre Arbeit erleichtern konnte.

»Ich bin gespannt, wie es wird, wenn du die Zentrifuge erst einmal gebaut hast.«

»Es gibt noch viel mehr Ideen«, sagte Carl.

»Was stellst du dir vor?« Katharina runzelte die Stirn.

»Maschinen, die euch auf dem Hof bei der Arbeit helfen.«

Oft genug hatte Katharina in letzter Zeit davon gehört, dass die Maschinen auf Bauernhöfen Einzug hielten. Doch bei ihrem Vater war der Fortschritt bisher noch nicht angekommen.

»So wie eine Dampfmaschine zum Bestellen der Felder?«

Carl nickte. »Ja, aber das ist nicht alles. Es gibt unendlich viele Dinge, die man bauen könnte, um euch die Arbeit zu erleichtern.«

»Für solche Maschinen hat Vater kein Geld.«

»Ich möchte, dass sich jeder Bauer Maschinen und Geräte leisten kann«, widersprach Carl.

»Wie sollte das gelingen?«

»Indem Maschinen in großen Mengen hergestellt werden. Sie müssen stabil sein, zuverlässig funktionieren und ein Leben lang halten.«

Aus seinem Mund klingen diese Worte so einleuchtend, dachte Katharina. Doch oft scheiterten solche Visionen an der Umsetzung. »Dein Vater traut dir nicht zu, dass du solche Maschinen erfinden kannst?«

»Das ist es nicht, aber etwas zu erfinden, kostet viel Zeit und Geld. Dabei habe ich schon eine gute Idee.« Seine Augen leuchteten unternehmungslustig. »Ich habe einen Plan von der Zentrifuge gezeichnet.«

»Erzähl mir davon.« Katharina hing gebannt an seinen Lippen.

»Carl – kommst du?« Gerhard war zu ihnen getreten. Er hatte ein Gespür dafür, die beiden zu stören, wenn es interessant wurde. »Wir brauchen deine Hilfe.« Als er Katharina erblickte, erhellten sich seine Gesichtszüge. »Hallo, Katharina.«

»Guten Tag, Herr Thiele.«

»Ich fürchte, dass ich euer Gespräch beenden muss.« Er setzte eine bedauernde Miene auf. »Ich muss ihn dir entführen.«

»Ich wollte sowieso noch nach den Hühnern sehen.« Katharina nickte Carl mit roten Wangen zu, dann ließ sie die Männer allein zurück. Dabei musste sie sich eingestehen, dass Carl ihre Neugier geweckt hatte. Sie war auf seine Erfindung gespannt und freute sich schon auf ihr Wiedersehen. Und sie beschloss, ihren Vater zu bitten, Carl das für den Bau einer Zentrifuge benötigte Material bereitzustellen. Gut gelaunt stellte sie fest, dass ihr die Arbeit nach dem angenehmen Gespräch mit Carl leichter von der Hand ging.

*

Weder Carl noch Katharina hatten bemerkt, dass ihr Aufeinandertreffen beobachtet worden war. Thomas lehnte im Schatten des Schuppens und betrachtete die beiden voller Wut. Am liebsten wäre er dazwischengegangen, um Carl und Katharina auseinanderzureißen. Doch das wäre unklug gewesen. Er arbeitete an einem Racheplan, und wenn er sich jetzt aufführte wie ein Elefant im Porzellanladen, würde er gleich auffliegen. So blieb ihm nichts, als die Turteltauben aus seinem Versteck heraus zu beobachten. Heute Abend würde er sich Carl Thiele zur Brust nehmen. Doch noch war es nicht so weit. Als das Fuhrwerk des Bauern auf den Hof rumpelte, zog sich Thomas weiter zurück in den Schatten, um nicht gesehen zu werden. Er wartete ab, bis das Gespann zum Stillstand gekommen war. Lange dauerte es nicht, und die Bäuerin trat vor das Wohnhaus. Sie nahm dem Bauern die Aktentasche aus der Hand. »Hat alles geklappt?«, hörte Thomas sie fragen.

Bernhard Zumwinkel nickte. »Natürlich, Liebes. Jetzt können wir den Leuten ihren Lohn auszahlen.« Er zeigte auf die

Tasche in Theresa Zumwinkels Hand. Thomas zählte eins und eins zusammen. Für ihn war klar, dass der Bauer in der Stadt gewesen war, um Bargeld abzuholen. Die Angestellten erhielten neben freier Kost und Logis auch ein kleines Gehalt, um sich davon neue Kleider und Dinge des Alltags kaufen zu können. Morgen war es wieder so weit – auf dem Zumwinkel-Hof war Zahltag. Dem Knecht kam eine Idee. Ein diabolisches Grinsen huschte um seine Mundwinkel, als er das Ehepaar beobachtete, wie es im Haus verschwand. Thomas ahnte, dass der Bauer das Bargeld bis zur Auszahlung an das Gesinde in seinem Büro aufbewahrte. In ihm reifte ein Plan. Doch noch war es nicht so weit. Er musste den Schein wahren und wollte auf gar keinen Fall auffliegen. Also wandte er sich wieder seiner Arbeit zu. *Alles zu seiner Zeit*, dachte er mit grimmiger Miene, während er sich im Schuppen daranmachte, eine Sense zu schärfen.

Kapitel 21

Carl baut eine Zentrifuge.« Stolz schwang in Katharinas Stimme mit, als sie bei den Eltern im Büro auftauchte. Ihr Vater war eben aus der Stadt zurückgekehrt, wo er einige Erledigungen gemacht hatte. Gerade war Bernhard Zumwinkel damit beschäftigt, das Geld für die Angestellten in einem der hohen Schränke zu verstauen.

»Und?«, fragte Bernhard, ohne sich zu ihr umzudrehen. »Was habe ich damit zu tun?«

Katharina sank auf einen Stuhl und stöhnte. Manchmal war es anstrengend, mit ihrem Vater ein gutes Gespräch zu führen. »Er hat eine Idee, wie man große Mengen von Milch schnell verarbeiten kann, um daraus Butter, Quark oder Käse zu machen.«

»Da ist er nicht der Erste.« Schnaufend setzte sich der Bauer an den Schreibtisch. »Ein Erfinder im Süddeutschen hat längst eine Zentrifuge konstruiert.«

»Carls Maschine wird besser, viel besser.«

»Inwiefern?« Fragend hob der Bauer eine Augenbraue. Die Skepsis in seiner tiefen Stimme war unüberhörbar. »Auch das Rad kann man nicht neu erfinden, Kind.«

»Das nicht, aber Maschinen kann man verbessern.«

Bernhard Zumwinkel tauschte einen Blick mit seiner Frau.

»Hör dir doch erst einmal an, was Katharina uns erzählen möchte«, riet sie ihrem Mann.

»Also gut.« Bernhard Zumwinkel seufzte. »Schieß los.«

»Ich weiß nicht, was an Carls Maschine anders sein wird, aber er will uns helfen.«

»Und wie soll das funktionieren?«

»Er braucht unsere Hilfe beim Bau. Gestern haben wir Material zusammengesucht. Ein Fass, Bretter und Balken. Heute habe ich alles zerstört aufgefunden.«

»Wer macht so etwas?«

»Thomas«, kam es wie aus der Pistole geschossen. »Er ist eifersüchtig auf Carl und setzt alles daran, ihm zu schaden.«

»Bist du sicher?« Eine steile Sorgenfalte bildete sich auf der hohen Stirn des Bauern. »Warum sollte er das tun? Der Maurer ist bald mit dem Neubau fertig und wird verschwinden.«

Um ein Haar hätte Katharina gesagt, dass Carl ganz bestimmt nie wieder aus ihrem Leben verschwinden würde, doch sie riss sich zusammen. Noch war ihre Liebe geheim, ihr Vater durfte nicht wissen, dass sie und Carl bereits ein Paar waren. Umso mehr ärgerte es sie, dass Bernhard Zumwinkel den Knecht immer wieder in Schutz nahm. Offensichtlich hatte er die Hoffnung, dass aus ihnen doch noch ein Paar wurde, immer noch nicht aufgegeben. Er will uns auseinanderbringen und Carl in ein schlechtes Licht rücken, wäre die richtige Antwort gewesen. Doch so kehrte ein betroffenes Schweigen im Büro ein.

»Wir sollten Carl unterstützen«, meinte Theresa schließlich. Als der Bauer sie fragend musterte, fuhr sie fort: »Er will uns helfen, also sollten wir ihn bei seinem Anliegen nach allen Kräften unterstützen.«

Bernhard Zumwinkel stützte das Kinn in die Hände und dachte einen Augenblick lang angestrengt nach. Dann nickte er. »Ich kann meinen Frauen einfach keine Bitte abschlagen«, bemerkte Zumwinkel mit einem schiefen Grinsen. »Also – was ist zu tun?«

Katharina sprang von ihrem Platz auf und trat vor ihren Vater, um ihn zu umarmen. »Danke«, sagte sie, »Carl wird dich nicht enttäuschen, versprochen.«

»Woher willst du das wissen?«

»Ich … ich weiß es einfach.« Katharina setzte sich wieder.

»Jetzt weiß ich aber immer noch nicht, wie wir deinen Verehrer unterstützen können«, brummte Bernhard Zumwinkel und betonte das Wort *Verehrer*.

»Er benötigt ein Fass, Bretter und Balken.«

»Mehr nicht?«

»Nicht, dass ich wüsste. Vielleicht fällt ihm noch etwas ein.«

»Dann soll er zu mir kommen.« Bernhard Zumwinkels Miene erhellte sich. »Ich gebe ihm eine Chance. Und ein altes Holzfass finden wir ganz sicher auf dem Hof, alles andere dürfte ebenfalls vorhanden sein.«

»Perfekt«, freute sich Theresa. »Wenn alles funktioniert, dann haben wir schon bald den Prototyp von Carls Zentrifuge im Einsatz.«

»So ist es.« Zumwinkel nickte. »Und ehrlich gesagt bin ich für jede Erfindung offen, die uns, ganz besonders aber dir, Liebes, die Arbeit erleichtert.«

»Dann sage ich ihm Bescheid, dass er in Kürze mit dem Bau beginnen kann«, sagte Katharina glücklich und erhob sich.

»Warte«, rief ihr Vater, als sie die Türklinke schon in der Hand hielt. Mit fragendem Blick wandte sie sich zu Bernhard Zumwinkel um. »Ist noch etwas?«

Der Bauer nickte. »Richte Thomas aus, er soll sich bei mir blicken lassen.«

Kapitel 22

Freudestrahlend betrat Katharina den Rohbau des neuen Stalls. Die Männer waren in ihre Arbeit vertieft und bemerkten sie nicht gleich. Erst, als sie Carls Unterarm berührte, blickte er sich zu ihr um. Die anderen Maurer taten, als würden sie Katharinas Anwesenheit nicht bemerken. Sie mauerten weiter.

»Katharina«, sagte er mit einem sanften Lächeln auf den Lippen. Seine Augen leuchteten bei ihrem Anblick. »Was gibt es?«

»Gute Nachrichten«, antwortete sie ihm. »Vater hat versprochen, dir das Material für den Bau einer Zentrifuge zu beschaffen.«

»Wirklich?«

»Wirklich.« Sie nickte stolz. »Er gibt dir eine Chance.«

»Was ist mit Thomas?«

»Ich habe ihn bereits zu meinem Vater geschickt.«

»Hoffentlich kehrt dann endlich Ruhe ein«, murmelte Carl.

»Das wäre zu schön, um wahr zu sein.« Kurz schmiegte sich Katharina an seinen muskulösen Oberkörper.

Carl schloss sie in den Arm und strich ihr durch das Haar. »Wann soll ich mit der Arbeit beginnen?«

»Sobald er das Material zusammengestellt hat.«

»Das klingt gut«, musste Carl zugeben.

»Du fängst erst mit der neumodischen Maschine an, wenn der Stall fertig gemauert ist«, mischte sich jetzt sein Vater ein.

»Selbstverständlich, Vater.«

Katharina überlegte. Wenn Gerhard Thiele seinen Sohn nicht für den Bau der Zentrifuge freistellte, würde er damit erst beginnen, wenn die Maurer ihre Arbeit fertiggestellt hatten. Das wiederum bedeutete, dass Carl auch nach der Abreise seines Vaters und der beiden Gesellen auf dem Zumwinkel-Hof bleiben würde. Eine durchaus verlockende Vorstellung.

»Wann wird das sein?«, fragte sie den Maurermeister interessiert.

Gerhard Thiele sah sich im Innern des Neubaus um. Seine Gesellen waren gerade damit beschäftigt, die Wände grob zu verputzen. »Ein paar Tage, denke ich.«

Katharina fiel ein Stein vom Herzen. Würde Carl nicht an der neuen Zentrifuge arbeiten dürfen, würde er schon bald wieder abreisen müssen. Nun blieb ihnen noch etwas Zeit. Am liebsten hätte sie Gerhard Thiele umarmt.

»Einverstanden«, nickte sie und war um einen sachlichen Tonfall bemüht. Sie wandte sich an Carl. »Du solltest mit meinem Vater besprechen, was du für deinen Prototypen benötigst.«

»Ein paar Dinge werde ich noch kaufen müssen«, vermutete er. »Schrauben, Beschläge und Handgriffe, vielleicht eine Kurbel, die die Welle im Innern antreibt – solange euer Hof nicht elektrifiziert ist.«

»Das ist sicher kein Problem.« Katharina strahlte. »Du solltest mit meinem Vater sprechen.«

»Das werde ich tun.«

Sie umarmten sich flüchtig, dann ließ Katharina die Männer arbeiten. Erst, als sie draußen auf dem Hof angelangt war, kam ein Freudenschrei über ihre Lippen.

*

»Du musst vorsichtiger sein.« Bernhard Zumwinkel redete mit gesenkter Stimme auf Thomas ein. Er hockte auf seinem Bürostuhl und sah zu seinem Großknecht auf. »Es erfüllt mich mit Stolz, dass dir meine Tochter gefällt. Und es imponiert mir, dass du bereit bist, um sie zu kämpfen. Aber bitte geh bei deinen Annäherungsversuchen dezenter vor.«

Thomas musste ein gequältes Stöhnen unterdrücken. Er verschränkte die Arme vor der breiten Brust und ließ die Standpauke des Bauern über sich ergehen. Er durfte nicht daran denken, dass Katharina gerade wahrscheinlich wieder mit diesem Maurer ihre Zeit verbrachte. Voller Ungeduld trat er von einem Fuß auf den anderen. »War es das dann?«

»Nein.« Bernhard Zumwinkel schüttelte den kantigen Schädel. »Ich will, dass du meine Worte ernst nimmst, Junge.« Schwerfällig erhob er sich von seinem Platz. Jetzt waren die Männer auf Augenhöhe.

Thomas nickte. Er war es leid, dass er ständig zurückgewiesen wurde. Für ihn galt es, keine Zeit zu verlieren. Solange der Maurerbengel sich noch auf dem Zumwinkel-Hof herumtrieb, musste er um Katharinas Gunst kämpfen. Es scherte ihn einen Kehricht, dass sie ihm schon klargemacht hatte, kein Interesse an ihm zu haben. Ganz im Gegenteil, das erhöhte für ihn den Reiz. Einen Korb würde er sich von ihr nicht noch einmal einfangen, ein weiteres Nein würde er nicht akzeptieren.

Inzwischen hatte der Bauer weiter auf ihn eingeredet. Seine Worte waren an ihm abgeprallt, ohne ihn zu erreichen. Thomas ließ sich von dem Bauern keine Vorschriften machen. Er würde seinen Kampf fortsetzen, vielleicht sogar aggressiver um Katharina kämpfen. Während der alte Zumwinkel weiter auf ihn einredete, sah sich Thomas im Büro um. Einer der Schränke stand offen. Darin befanden sich Ordner und Papierstapel.

»Hörst du mir überhaupt zu?«, riss ihn die energische Stimme des Bauern aus den Beobachtungen.

»Aber klar«, nickte Thomas und mahnte sich zur Konzentration. »Sie haben recht, ich werde es langsamer angehen lassen.«

»Ich bitte darum.« Zumwinkel nickte. »So, und jetzt an die Arbeit, Junge.«

»Ich bin schon weg.« Thomas drückte den Rücken durch, nickte dem alten Zumwinkel zu und machte, dass er aus dem Büro kam. Ihm qualmte der Kopf. Thomas verschwand im Stall, ohne die Angestellten, die auf dem Hof ihren Dienst verrichteten, zu beachten. Auch als der Hufschmied, ein kahlköpfiger Hüne, ihn ansprach, reagierte Thomas nicht. Der Knecht kochte vor Wut. Wenn Katharina sich nicht – noch nicht – für ihn interessierte, dann musste sein Erzfeind verschwinden. Im Halbdunkel des Stalls angekommen, stellte Thomas die Werkzeuge bereit, die er gleich benötigen würde.

»So«, sagte Thomas leise zu sich selbst, »jetzt schlägt deine Stunde. Jetzt oder nie.« Ein diabolisches Grinsen huschte um seine Mundwinkel. Er hatte einen Plan und bald würde er Carl los sein.

*

Am Abend saß Carl wieder in der Kammer und zeichnete an seinem Entwurf für eine moderne Zentrifuge, eine Maschine, wie sie die Welt noch nicht gesehen hatte. Doch zunächst galt es, den Bauern von der Erfindung zu überzeugen. Sein Vater saß mit den anderen Maurern in der Stube zusammen. Ihr Lachen war bis hier oben zu hören. Carl schmunzelte. Er gönnte seinem Vater und den Jungs ihren Spaß, doch er hatte andere Pläne. So schnell wie möglich wollte er Katharina seine Entwürfe zeigen.

Der Bleistift flog förmlich über das Papier. Immer wieder hielt Carl inne, betrachtete sein Werk und radierte, was ihm nicht gefiel.

»So könnte es funktionieren, sagte er schließlich und betrachtete sein Werk. Es folgten Detailskizzen, die den Antrieb und die Handkurbel zeigten, sowie eine Zeichnung, auf der er den hölzernen Rahmen darstellte.

Carl war derart in seine Arbeit vertieft, dass erst ein spitzer Schrei ihn jäh in die Wirklichkeit zurückholte. Eine Frau war es gewesen, die gerufen hatte. Etwas Schlimmes musste geschehen sein. Carl war sofort in Alarmbereitschaft. Er ließ den Stift fallen und sprang so schnell von seinem Platz auf, dass der Stuhl nach hinten kippte und polternd auf den Dielen landete. Mit einem Satz erreichte er so, wie er war – barfuß, in Hose und Unterhemd – die Tür der Kammer und riss sie auf.

Hatte er zunächst vermutet, dass es sich bei der Frauenstimme um Katharina gehandelt hatte, so erkannte er schnell, dass es ihre Mutter war. Sie stand starr vor Schreck am unteren Treppenabsatz.

»Bernhard«, kreischte sie, »das Geld ist verschwunden.«

Carl hetzte die Treppe herunter. »Wovon redest du?«

Theresa betrachtete ihn wie einen Geist. Sie selbst war kreidebleich und zitterte am ganzen Körper. »Unser Bargeld wurde gestohlen. Morgen müssen wir die Angestellten bezahlen.« Theresa umklammerte den hölzernen Treppenlauf. Ihre Fingernägel gruben sich in den roten Lack.

»Was ist da los, Weib?«

Bernhard Zumwinkel polterte ins Haus. Der Hut saß ihm tief in der Stirn, an seiner Arbeitsjacke war Dreck. Offenbar hatte auch er seine Arbeit sofort stehen und liegen gelassen, als er den Hilferuf seiner Frau gehört hatte. Mit den schweren Stiefeln verteilte er Lehm auf den großen Fliesen im Schachbrettmuster.

»Das Geld«, jammerte Theresa und schnappte nach Luft, »es wurde geklaut, Bernhard.« Sie sah ihren Mann mit großen Augen an.

»Kann ich irgendwie helfen?«, mischte sich Carl ein. Die Bäuerin war mit ihren Kräften am Ende. Der Schreck hatte ihr übel mitgespielt. Doch niemand in der Stube schien mitbekommen zu haben, was passiert war. Jemand spielte Akkordeon, andere sangen dazu. Der Schrei der Bäuerin war im Lärm der Stube untergegangen.

»Ein Glas Wasser wäre gut«, nickte sie.

Carl setzte sich in Richtung Küche in Bewegung. Auf dem Weg dorthin hörte er die Bäuerin sprechen. »Ich war in deinem Büro, um etwas zu suchen. Dabei fiel mir auf, dass der Umschlag mit dem Lohn fehlt.«

»Ist nicht möglich«, brummte Zumwinkel mit belegter Stimme.

»Doch, Bernhard«, beharrte seine Frau. »Ich habe noch danach gesucht, er ist und bleibt verschwunden.«

Carl hatte die Küchentür erreicht. Er schämte sich ein wenig, das Gespräch der beiden mitgehört zu haben, und machte, dass er ein Glas Wasser für Katharinas Mutter besorgte. Unwillkürlich fragte er sich, wo Katharina steckte. Nachdem er ein Glas aus dem Holzregal genommen und mit Wasser befüllt hatte, kehrte er in den Flur zurück. Inzwischen war auch Katharina bei ihren Eltern.

»Unter uns befindet sich ein Dieb«, raunte Zumwinkel gerade. Er wirkte niedergeschlagen und enttäuscht. Als Carl Theresa das Glas reichte, bedachte Zumwinkel ihn mit einem misstrauischen Blick. »So etwas hat es in der Geschichte unseres Hofes noch nie gegeben.« Er schüttelte den Kopf. »Niemand hat es bisher gewagt, uns zu beklauen.«

Katharina warf Carl einen hilfesuchenden Blick zu. »Ich war oben und habe gezeichnet«, murmelte er betroffen.

»Und die anderen sitzen in der Stube in geselliger Runde beieinander«, krächzte Theresa, nachdem sie einen großen

Schluck Wasser genommen hatte. »Ich weiß nicht, wer als Dieb infrage kommt.«

»Wer auch immer es war – er muss das geheime Versteck kennen«, überlegte Katharina.

»Außer uns«, der Bauer zeigte auf Katharina, Theresa und auf sich selbst, »kennt niemand das Versteck.«

»Mein Gott, was sollen wir denn jetzt machen? Unsere Leute warten doch auf ihren Lohn.« Theresa war völlig aufgelöst. Tränen standen in ihren Augen und Carl befürchtete, dass sie gleich ohnmächtig werden könnte.

»Können Sie kurz ein Auge auf meine Frau haben?«, fragte Zumwinkel an Carl gewandt. Er nickte. »Gehen Sie nur.«

Bernhard murmelte eine Entschuldigung und suchte sein Büro auf. Carl hörte ihn darin herumhantieren. Der Bauer stieß einen Fluch aus.

»So eine verdammte Sauerei«, rief er ungehalten.

Carl mutmaßte, dass er sich vergewissert hatte, dass seine Frau sich nicht getäuscht hatte. Es dauerte nur einen kurzen Augenblick, dann stand er wieder auf dem Flur. »Wir sollten die Polizei rufen«, brummte er. »Die Diebe dürfen nicht ungestraft davonkommen.«

»Ich werde einen Knecht losschicken«, nickte Katharina.

»Schick Thomas«, empfahl Zumwinkel ihr.

Carl blieb nicht verborgen, wie sich Katharinas Miene verfinsterte. Sie schien keine große Lust zu haben, den Knecht um einen Gefallen zu bitten.

»Ich wollte Erich bitten, ins Dorf zu gehen«, antwortete sie. »Auch er ist ein äußerst zuverlässiger Knecht.«

Bernhard Zumwinkel lächelte. »Ich verstehe«, sagte er. »Du möchtest den Großknecht nicht mit Botengängen beauftragen.«

»So war das nicht gemeint«, beeilte sich Katharina zu sagen. »Ich dachte nur …«

»Schon gut, schon gut.«

»Ich werde Thomas beauftragen.«

»Wie du meinst.« Zumwinkel lächelte. »Ich werde mich derweil um deine Mutter kümmern.« Er beugte sich zu Theresa. »Wie geht es dir, mein Engel?«

Er hat Engel gesagt, durchzuckte es Carl. Dass der Bauer seine Frau nach all den Jahren voller Entbehrungen noch beim Kosenamen ansprach, machte Zumwinkel noch sympathischer. In diesem Augenblick war Bernhard Zumwinkel wie ein Vorbild für ihn. Carl nahm sich vor, seine Liebe auch nach vielen Jahren noch respekt- und liebevoll zu behandeln. Prompt erwischte er sich dabei, Katharina sehnsuchtsvoll zu betrachten. Vielleicht war sie die Frau, mit der er den Rest seines noch jungen Lebens teilen würde.

Theresa zuckte die Schultern. »Dr. Benthien würde sagen, es geht mir den Umständen entsprechend.« Sie nahm einen weiteren Schluck Wasser. Carl bemerkte, dass ihre Hand noch zitterte. Immerhin war zwischenzeitlich die Farbe in ihr Gesicht zurückgekehrt.

»Ich werde zur Polizei gehen«, schlug Carl vor.

Alle drei musterten ihn mit überraschten Mienen. »Warum das?«

»Nun, wenn ich etwas Sinnvolles machen kann … ich übernehme das gern.«

Zumwinkel nickte. Er wirkte erleichtert. »Meinetwegen«, brummte er. »Dann haben wir einen zuverlässigen jungen Mann, der dem Wachtmeister gleich den Vorfall aus erster Hand schildern kann.«

»So ist es.« Carl nickte. »Ich gehe nur kurz hoch und ziehe mir etwas an.«

»Selbstverständlich.«

Carl nickte den dreien zu und stieg die Treppe hinauf. Während er sich nach oben begab, hörte er die Stimme von Katharinas Mutter. »Er ist so ein zuvorkommender junger Mann«, raunte sie ihrem Mann und Katharina zu.

»Trotzdem ist er kein Bauer«, brummte Zumwinkel ein wenig missmutig.

*

Wenig später machte sich Carl auf den Weg nach Clarholz. Zuvor hatte der Bauer ihm den Weg zur Polizeiwache erklärt. »Sollte die Tür verschlossen sein, gibt es einen Hintereingang, dort können Sie klopfen. Der Hauptwachtmeister bewohnt ein paar Kammern über der Wache und ist rund um die Uhr erreichbar.«

Mit diesem Wissen stapfte Carl los. Er war froh, den dicken Mantel seines Vaters übergezogen zu haben, denn es war eine frische und sternklare Nacht. Vor seinem Mund bildeten sich bei jedem Atemzug winzige Wölkchen. Fröstelnd schob er die Hände in die Manteltaschen. Nachdem er die Einfahrt des Zumwinkel-Hofes passiert hatte, stand er am Straßenrand.

Die Chaussee zwischen Münster und Paderborn war von alten Bäumen gesäumt, die sich in der Dunkelheit über ihm zu verneigen schienen. Tiefhängende Äste bildeten ein natürliches Dach über der Straße. Es hatte den Anschein, als läge der Anfang eines nicht enden wollenden Tunnels vor ihm.

Im Unterholz raschelte es unheilvoll. Wahrscheinlich trieben sich um diese Zeit Tiere in den Büschen jenseits der Straße herum. Ab und zu glaubte er, leuchtende Augen durch das Gehölz irrlichtern zu sehen. Ein unheimlicher Anblick, der jedoch eine natürliche Ursache hatte. *Gut, dass ich nicht ängstlich bin*, dachte er bei dem bizarren Anblick, denn es drang nur an einzelnen Stellen das fahle Licht des Mondes durch die Zweige. Das einzige Geräusch war jetzt das Plätschern des Axtbaches, der an dieser Stelle parallel zur Straße verlief und den Verlauf der Chaussee ein Stück weit begleitete.

Am Ufer gluckste es, einige Kröten quakten am Wasser. Als Carl den Blick nach vorn richtete, erstarrte er: Blitzartig sprang eine schwarze Gestalt vor ihm auf die Straße. Carls Herzschlag drohte einen Moment auszusetzen. Er fürchtete, ausgeraubt zu werden.

»Stehen bleiben«, rief die dunkle Erscheinung ihm entgegen und breitete die Arme aus. Wie angewurzelt blieb Carl stehen und blickte dem Etwas mit schreckgeweiteten Augen entgegen. »Ich komme mit nach Clarholz.« Es war eine Frauenstimme, die zu ihm gesprochen hatte.

Carls Puls beruhigte sich nur langsam, als er Katharinas Stimme erkannte, die offensichtlich hinter einem der dicken Baumstämme auf ihn gewartet hatte. Als sie seine erschrockene Miene sah, murmelte sie eine Entschuldigung. »Ich wollte dich nicht erschrecken«, sagte sie schnell und fiel ihm in die Arme.

»Was treibt dich hierher?«

»Ich habe meinem Vater Bescheid gesagt, dass ich dich begleite.«

»Und?«

»Er war einverstanden.«

»Na gut.« Carl holte tief Luft. Der Schreck saß ihm noch in den Knochen. »Ich hätte beinahe einen Herzinfarkt bekommen.«

»Das tut mir wirklich leid.«

»Schon gut, schon gut.« Er lächelte. »Dann mal los«, sagte er und deutete nach vorn. »Ich möchte heute noch ein paar Stunden schlafen, damit ich morgen frisch ans Werk gehen kann.«

»Also los«, nickte sie und nahm wie selbstverständlich seine Hand.

★

Die Schreckensnachricht verbreitete sich auf dem Hof wie ein Lauffeuer. Auch Lina war unruhig. Da sie nicht schlafen konnte, trat sie noch einmal vor das Haus, um frische Luft zu schnappen. Dort sah sie eine hochgewachsene Gestalt stehen, die ihr den Rücken zukehrte. Ihr Herz schlug schneller vor Aufregung, als sie den Knecht erkannte.

»Kannst du auch nicht schlafen?« Lina war zu Thomas getreten, der auf dem Hof stand und rauchte. Eine ganze Zeit lang schon hatte sie im Hauseingang gestanden, um ihn zu beobachten. Sie musste sich eingestehen, trotz seiner abweisenden Art immer noch für den Großknecht zu schwärmen. Seine herablassende Art hatte es nicht geschafft, sie auf Distanz zu halten. Und Lina gab die Hoffnung nicht auf. Jetzt, wo Katharina ihm mehrfach klargemacht hatte, kein Interesse an ihm zu haben, war er schließlich frei. Selbst wenn er sich jetzt für sie entscheiden würde, so würde sie sich nicht fühlen wie eine Notlösung. *Kommt Zeit, kommt Liebe*, dachte Lina immer, wenn Zweifel in ihr aufkeimten, ob es richtig war, Thomas anzuhimmeln.

»Nee, es lässt mir keine Ruhe.« Er schüttelte den Kopf und deutete ein Lächeln an. Gedankenverloren paffte er den Rauch in den Nachthimmel. Lina betrachtete ihn von der Seite. Sein markantes Gesicht wirkte ernst. Sekundenlang betrachtete er sie mit regungsloser Miene. »So was hat es noch nie gegeben auf dem Hof.« Empört schüttelte er den Kopf.

»Ist das nicht schrecklich?« Lina freute sich, ein Gesprächsthema gefunden zu haben. Bei der Feldarbeit war er streng und abweisend zu ihr gewesen. Jetzt wirkte er betroffen über die Ereignisse im Bauernhaus.

»Tragisch, nicht nur für Zumwinkel«, nickte Thomas. »Er hat lange für das Geld arbeiten müssen, und wir werden wohl keinen Lohn bekommen.«

Darüber hatte sich Lina noch keine Gedanken gemacht. Obwohl sie eigentlich kein Geld brauchte, so stopfte sie ihren Lohn fast komplett in das Futter ihres Kopfkissens, um es für ihre arme Mutter zu sparen, die in der Nähe von Gütersloh lebte. Carla war Witwe und musste jeden Groschen dreimal umdrehen, bevor sie ihn ausgab. Immer wenn sie die Miete nicht zahlen konnte, half Lina ihr mit dem Ersparten. Sie hatte ein großes Herz und den dringenden Wunsch, ihrer Mutter etwas Gutes zu tun.

»Weiß man denn schon, wer dahinterstecken könnte?«, wagte sie einen zaghaften Vorstoß. Der Knecht war die rechte Hand des Bauern und er war meistens in alle Geschehnisse eingeweiht. Wenn jemand auf dem Hof Details wusste, dann er.

»Ich verrate niemandem etwas«, versprach Lina, als sie sein Zögern bemerkte. Sie sah ihm förmlich an, dass er etwas wusste.

Thomas nahm einen Zug an seiner Zigarette und schien nachzudenken. Vermutlich war er sich nicht sicher, ob er ihr vertrauen konnte. »Man hat einen Verdacht«, äußerte er schließlich leise. Dabei sah er sich um, so, als fürchte er, belauscht zu werden.

»Es kann nur jemand von den Maurern infrage kommen.«

Lina machte große Augen. Mit dieser Antwort hatte sie am wenigsten gerechnet. »Du meinst, die Maurer haben das Geld gestohlen?«

Er nickte und betrachtete sie mit einem intensiven Blick. Die Zigarette klemmte dabei lässig in seinem Mundwinkel. »Wer sonst?«

»Ich weiß es nicht.«

»Die Maurer sind nicht mehr lange auf dem Hof. In wenigen Tagen schon ist der neue Stall fertiggestellt, und sie werden abreisen – vermutlich auf Nimmerwiedersehen.«

»Aber der Maurermeister wird das nicht nötig haben, ihm gehört ein gut laufendes Baugeschäft.«

»Ob es gut läuft, weiß man nicht. Und als Geschäftsmann ist man immer auf Geld angewiesen.« Thomas lachte. »Und mal ehrlich: Wem von den Arbeitern, den Knechten und Mägden auf dem Hof traust du so etwas zu?«

Lina dachte nach. Im Geiste ging sie die ganze Belegschaft durch. Niemand fiel ihr ein, dem sie so etwas zutrauen würde.

»Siehst du.« Thomas nahm einen letzten Zug an der Zigarette, dann schnippte er den Stummel auf den Boden. Er betrachtete die Glut, die langsam verlosch, dann widmete er Lina wieder seine ganze Aufmerksamkeit. »Mich würde es nicht wundern, wenn es der Filius des Maurers war«, raunte ihr Thomas ins Ohr.

»Carl?«, fragte sie. »Du meinst, dass es Carl war, der …«

»Wer sonst?« Thomas nickte. »Denk doch mal nach, Lina. Er hat Flausen im Kopf, spinnt ständig davon herum, Erfinder werden zu wollen. Dafür braucht es Geld, viel Geld. Wer Maschinen konstruieren will, der braucht Material, womöglich auch viel Geld, um ein Patent anmelden zu können.« Er atmete tief durch, ohne Lina aus den Augen zu lassen. »Wenn jemand auf dem Hof Geld braucht, dann der junge Maurergeselle.«

»Ist das nicht ein bisschen weit hergeholt?«, fragte Lina ein wenig zu laut.

»Ach wo.« Er winkte ab. »Es ist ein Leichtes, ins Haus zu huschen, während alle bei der Arbeit sind, um sich in einem unbeobachteten Moment am Schrank im Büro des Bauern das Geld zu holen und damit zu verschwinden. Den Umschlag kann er sich ganz leicht unter die Arbeitsjacke schieben.«

»Ich glaube das nicht.« Lina schüttelte ungläubig den Kopf. Katharina schwärmte ihr bei jeder sich bietenden Gelegenheit vor, wie höflich und rücksichtsvoll, ja schon einfühlsam Carl Thiele war. Er war schlau und hatte gute Manieren, und jetzt wurde er von Thomas als Dieb bezichtigt. »Ich werde …« *Katharina fragen*, wollte sie sagen, doch Thomas unterbrach sie mit einer herrischen Geste. Er legte ihr den Zeigefinger auf die Lippen und stieß einen zischenden Laut aus. »Psst«, machte er warnend. »Niemand muss etwas von unserem Gespräch mitbekommen.« Wieder blickte er sich um. Sie waren allein auf dem Hof, alle anderen schienen sich in ihre Kammern verkrochen zu haben. Der Bauer hatte alle zu Bett geschickt. Morgen stand ein langer Arbeitstag auf dem Programm, bei dem alle helfenden Hände gebraucht wurden, um das Korn zu dreschen. Der Bauer hatte sogar Tagelöhner aus der Stadt eingestellt.

»Die Polizei wird schon alle der Reihe nach befragen«, hatte Bernhard Zumwinkel gesagt, nachdem sich alle in der Stube versammelt hatten. »Und solange ihr nicht gebraucht werdet, solltet ihr euch ausruhen.« Sicherlich hatte der Bauer auch den Hintergedanken gehabt, dass sich so niemand vom Hof schleichen konnte. Irgendjemand hatte vorgeschlagen, eine Wache einzurichten, war damit jedoch auf wenig Gegenliebe gestoßen. »Was nicht mehr da ist, muss auch nicht bewacht werden«, hatte der Bauer lakonisch geantwortet, bevor sich alle zurückgezogen hatten.

»Aber die Maurer sind nicht die einzigen Männer, die nicht ständig auf dem Hof sind«, gab Lina zu bedenken. »Die Radmacher, die Korbmacher, der Schmied, die Scherenschleifer, die

Küfer – alle gehen ein und aus und genießen Tag für Tag das Vertrauen des Bauern.«

»Das sind rechtschaffene Leute, ich kenne sie alle.« Seine Wangenknochen mahlten. »Nein, nein, von denen kommt niemand infrage, Lina.«

Sie gab es auf. Thomas war sicher, dass die Maurer hinter dem Raub steckten. Und je länger sie über seine Argumente nachdachte, umso mehr musste sie ihm recht geben. Niemals wäre ihr Verdacht auf die Maurer gefallen. Alle waren nette Gesellen, sie lachten gern und arbeiteten wie besessen an der Fertigstellung des neuen Stalls. Aber dass Thomas ausgerechnet Carl in Verdacht hatte ... Lina wusste, dass Katharina sich in Carl verguckt hatte. Sie turtelten seit ein paar Tagen wie die verliebten Täubchen. Ob die Tochter des Bauern ihn auch in die Geheimnisse des Hofes eingeführt hatte? Ob er wusste, wo Zumwinkel das Bargeld für die Löhnung versteckte? Sie wusste es nicht. Aber sicher konnte es nicht schaden, Katharina über den Verdacht des Knechts zu informieren.

»Ich werde mich hinlegen«, behauptete sie und täuschte ein Gähnen vor. »Es war ein langer Tag, und ich bin sehr müde.«

Thomas musterte sie misstrauisch. »Ich dachte, du findest keine Ruhe.«

»Jetzt vielleicht schon. Die frische Luft tat gut.« Lina schenkte ihm ein Lächeln und verabschiedete sich von Thomas, der es vorzog, sich noch einen Moment im Freien aufzuhalten. »Bist du denn nicht müde?«

Er schüttelte den Kopf. »Ich warte auf die Ankunft des Hauptwachtmeisters aus Clarholz.«

»Wie du meinst.« Lina blickte ihm tief in die Augen. Dass das ungewohnt freundliche Lächeln seiner Lippen die Augen nicht erreichte, bemerkte sie nicht. So blieb ihr nichts, als sich zu verabschieden. Im Haus angekommen, überlegte Lina fieberhaft, was zu tun war. Thomas hatte keinen Hehl daraus gemacht, wen er in Verdacht hatte. Doch sie konnte sich beim besten Willen nicht vorstellen, dass Carl etwas damit zu tun hatte. Und wenn doch, dann musste Katharina auf der Hut vor ihm sein. Sie musste Katharina warnen. Hastig huschte sie die Treppe ins obere Stockwerk hinauf, dabei wäre sie um ein Haar gestolpert. Im letzten Moment bekam sie das Treppengeländer zu packen und konnte Schlimmeres vermeiden. Atemlos hielt sie inne und lauschte ins Haus. Gott sei Dank schien niemand aufgewacht zu sein. So leise wie möglich schlich Lina weiter bis zum Ende des Korridors. Hier lag Katharinas Stube. Sicherlich schlief sie schon. Kurz zögerte Lina, doch es nutzte nichts, es war wichtig. Zaghaft klopfte sie an die Tür. Als sich drinnen nichts tat, klopfte sie noch einmal, diesmal etwas energischer. »Katharina«, flüsterte sie und legte lauschend ein Ohr gegen das Türblatt. »Schläfst du schon?«

Jenseits der Tür herrschte völlige Stille. Wieder klopfte Lina. Wieder tat sich nichts und Lina drückte die Türklinke nieder. Das Quietschen des einfachen Kastenschlosses klang in der nächtlichen Stille des Hauses überlaut. Mit einer fließenden Bewegung huschte Lina in die enge Kammer. Der Mond warf sein silbriges Licht durch das Fenster in den Raum und ließ das einfache Mobiliar surreal erscheinen. Ein Windstoß fegte durch eine Ritze im Fensterrahmen und blähte die Gardinen wie von

Geisterhand auf. Obwohl Lina nicht sonderlich ängstlich war, rieselte nun doch ein Schauer ihren Rücken herunter. Es war eine unheimliche und beklemmende Situation. Die Türen des Kleiderschranks standen ebenfalls einen Spaltbreit offen. Das Bett hingegen war unberührt. Die selbstgestrickte Tagesdecke lag faltenfrei auf der Bettwäsche. Vor dem Bett standen graue Filzpantoffeln und ein Nachttopf aus Porzellan. Katharina war also noch nicht zu Bett gegangen. Aber wo, um Himmels willen, hielt sie sich zu dieser späten Stunde auf?

Lina dachte angestrengt nach, doch ihr wollte keine Erklärung für Katharinas Abwesenheit einfallen. Enttäuscht machte sie kehrt. Jetzt fühlte sie sich wie eine Schnüfflerin und hoffte, nicht gesehen worden zu sein. So schnell wie möglich machte sie, dass sie zu ihrem Zimmer kam. Nicht, dass der Verdacht noch auf sie fiel. Wer sich nachts in fremden Kammern herumtrieb, dem traute man sicher auch einen Diebstahl zu.

Kapitel 23

Dumpf hallten die Glocken von Sankt Laurentius durch die Nacht. Es klang wie eine Begrüßung Gottes, als Katharina und Carl ihr Ziel erreichten. Irgendwo in der Nacht bellte ein Hund, ein Mann fluchte. Im benachbarten Wirtshaus herrschte längst Stille. Zwar brannte noch Licht in der Gaststube, aber Katharina vermutete, dass dort geputzt wurde und die unzähligen benutzten Gläser der Gäste gespült wurden. Sie beide ahnten nicht, dass Lina sie händeringend auf dem Hof gesucht hatte, weil es Neuigkeiten gab.

Die Polizeiwache war nur einen Steinwurf weit von der Propstei in der Dorfmitte von Clarholz entfernt. Alte Kastanienbäume rahmten einen Platz ein, der irgendwann einmal zum Kloster gehört hatte. Jetzt gab es Ziegel- und Fachwerkhäuser, die sich hier angesiedelt hatten, einen Gasthof, ein Geschäft und das Schulgebäude, in dem Katharina zur Schule gegangen war. Gleich nebenan lag das Backsteingebäude mit dem dunkelblauen Polizeiwappen über dem Eingang. *Ortspolizei-Behörde Clarholz* las Katharina die schwungvollen Lettern auf dem Schild neben der Tür. Eine Treppe führte hinauf. Entschlossen erklomm Carl die Stufen und betätigte den Türklopfer, einen eisernen Ring, der im Maul eines Löwen klemmte. Hohl klang das Klopfen durch die Nacht.

»Dann mal los, wecken wir den Gesetzeshüter«, sagte Carl gut gelaunt. Er schien sich zu freuen, dass nun Bewegung in die Geschichte kam.

»Sei vorsichtig«, warnte Katharina ihn. »Mit dem Vorsteher der Wache ist nicht gut Kirschen essen. Er hat lange Zeit als Soldat bei den Preußen gedient, bevor er sich in den Polizeidienst versetzen lassen hat. Ein strenger Zeitgenosse ist er.«

»Wir haben wohl nichts zu befürchten«, entgegnete Carl, während er erneut auf das Holz der Tür hämmerte.

»Es brennt kein Licht mehr«, stellte Katharina flüsternd fest. Sie fragte sich, warum sie überhaupt die Stimme senkte. Um diese Zeit befand sich niemand mehr auf der Straße. Die Menschen im Dorf lagen in ihren Betten und schliefen tief und fest.

Carl brummte etwas Unverständliches, dann klopfte er erneut. Auch diesmal rührte sich in der Wache nichts. »Sicherlich schläft der Wachtmeister längst.«

»Ich kann es ihm nicht verdenken«, bemerkte Katharina, die sich plötzlich danach sehnte, mit Carl in einem warmen, weichen Bett zu liegen und seine Nähe und Geborgenheit zu spüren. Doch der Anlass für ihren nächtlichen Ausflug war ernst und ließ den Wunsch nach Zweisamkeit in weite Ferne rücken. Für Zärtlichkeiten war es gerade nicht der rechte Zeitpunkt.

»Dein Vater hat gesagt, dass der Polizist über der Wache wohnt«, erinnerte Carl sie mit gedämpfter Stimme. »Wir müssen von hinten ans Haus kommen.«

Katharina nickte. »Lass es uns versuchen.« Diesmal ging sie voran. Sie suchte die Häuserzeile nach einem Durchgang ab und wurde schnell fündig. Seite an Seite durchschritten sie die Hofeinfahrt und wurden von der Dunkelheit verschluckt. »Links«, raunte Carl ihr zu, »wir müssen uns links halten.« Wenige Schritte weiter standen sie in einem fast quadratischen Innenhof. Auch hier waren alle Fenster dunkel.

Carl nahm Katharinas Hand. »Komm schon.« Nachdem sie sich orientiert hatten, entdeckten sie die Rückseite des Hauses, in dem sich die Polizeiwache befand. »Da muss es sein.«

»Auch alles dunkel.« Katharina war enttäuscht, doch was erwartete sie? So blieb ihr nichts, als Carl zu folgen. Er war bereits am Hintereingang angelangt. Einen Türklopfer suchte man hier vergebens. So ballte er die große Hand zu einer Faust und hämmerte gegen das Holz. »Wie heißt der Wachtmeister?«, fragte er Katharina.

»Petermann, Wilhelm Petermann«, antwortete sie ihm. »Er sorgt hier seit vielen Jahren für Recht und Ordnung.«

»Herr Petermann?«, rief Carl, nachdem er erneut geklopft hatte. »Hauptwachtmeister Petermann, sind Sie zu Hause?«

Es dauerte einen Moment, dann tat sich endlich etwas im Innern des Hauses. Oben wurde eine Laterne angezündet. Der Lichtschein geisterte über die Wände, schließlich ertönten schwere Schritte. Dann wurde die Tür geöffnet.

Katharina hatte Hauptwachtmeister Petermann schon lange nicht mehr gesehen. Er war alt geworden, strahlte aber trotz seiner zu dieser Stunde nachlässigen Kleiderwahl immer noch Strenge und Autorität aus. Sein Blick war durchdringend, vor dem rechten Auge klemmte ein Monokel, der prächtige Kaiserbart war frisch gestriegelt, die schmale Nase leicht angehoben.

»Entschuldigen Sie die Störung zu später Stunde«, bat Katharina ihn, bevor er etwas sagen konnte, »mein Name ist Katharina Zumwinkel, ich bin die Tochter vom Zumwinkel-Hof.«

Der Hauptwachtmeister musterte sie mit zusammengekniffenen Augen. »Ich erinnere mich an dich«, nickte er schließlich und betrachtete Carl voller Misstrauen. »Und Sie sind?«

»Mein Name ist Thiele, Carl Thiele. Ich bin Maurer und arbeite derzeit auf dem Hof.«

»Was treibt Sie um diese Zeit hierher?« Er zog eine Taschenuhr hervor und klappte sie auf. Mit dem Zwicker auf der Nase warf er einen Blick auf das Zifferblatt.

»Diebe«, sagte Carl schnell. »Es hat einen Diebstahl auf dem Hof gegeben heute Abend. Dem Bauern wurden die Löhne seiner Angestellten geklaut.«

»Ich verstehe.« Hauptwachtmeister Petermann nickte. »Schrecklich ist das.«

Carl warf Katharina einen Blick zu. Er schien nicht viel von dem Polizisten zu halten, doch es gab nur diesen einen Staatsdiener in Clarholz, also würden sie mit Petermann vorliebnehmen müssen.

»Begleiten Sie uns zum Hof?«, fragte Carl.

Der Hauptwachtmeister dachte nur kurz nach, dann nickte er energisch. »Selbstredend. Ich bin gleich startklar. Und Sie«, er deutete mit dem ausgestreckten Zeigefinger erst auf Carl, dann auf Katharina, »bewegen sich nicht von der Stelle. Wir werden

den Dieb schon noch dingfest machen, darauf können Sie sich verlassen.« Ohne die Antwort seiner nächtlichen Besucher abzuwarten, schlug er ihnen die Tür vor der Nase zu.

»Und jetzt?«

Katharina musste lachen, als sie Carls hilfloses Gesicht sah. »Warten wir«, sagte sie. »Eine andere Wahl haben wir wohl nicht.« Sie fröstelte, die Temperatur war weiter gesunken, und von Tag zu Tag wurde es herbstlicher. Carl bemerkte, dass ihr kalt war, und legte einen Arm um sie, um ihr Wärme zu spenden. Kaum, dass sie sich einander genähert hatten, flog die Tür auf, und ein uniformierter Hauptwachtmeister Petermann stand vor ihnen. Am Gürtel trug er einen Schlagstock und eine Trillerpfeife, auf dem Kopf ragte eine Pickelhaube in die Höhe. Petermann legte großen Wert auf sein Äußeres. Er hakte die Hände hinter sein Koppel und musterte das Paar. »Was wird das?«

»Ich wärme sie«, erklärte Carl ein wenig verunsichert. »Ist das verboten?«

»Nicht, wenn Sie verheiratet sind«, erwiderte der Hauptwachtmeister in strengem Ton und schüttelte den Kopf. »Sie sind doch verheiratet, richtig?«

Katharina und Carl tauschten einen flüchtigen Blick, bei dem Katharina sich das Lachen verkneifen musste.

»Bald«, beeilte sich Carl zu sagen. »Bald sind wir verheiratet.«

Am liebsten hätte Katharina ihn auf der Stelle geküsst, so glücklich war sie über die eher scherzhaft gemeinte Aussage. Er lächelte, als er ihren verzückten Gesichtsausdruck sah, dann trieb er den Wachtmeister zur Eile an. »Können wir dann los?«

»Selbstredend, worauf warten Sie denn noch?«, schnarrte der Polizist. Er schritt voran und sah sich nicht mehr zu den beiden um. Der Hauptwachtmeister hatte ein Verbrechen aufzuklären, ein Umstand, der ihm offensichtlich große Freude bereitete. »Moment«, rief Carl ihm hinterher. »Wo steht Ihre Kutsche?«

»Kutsche?« Wilhelm Petermann blieb stehen. »Sie machen wohl Witze. Mir wurde noch kein Fuhrwerk zur Verfügung gestellt. In diesem Jahr noch soll ich ein Dienstfahrrad bekommen, aber selbst, wenn ich es schon hätte, würden wir da nicht alle draufpassen.«

»Wie kommen wir zum Hof zurück?« Carl machte große Augen. Offenbar war er nicht auf einen weiteren Fußmarsch eingestellt gewesen.

»So wie Sie hergekommen sind, fürchte ich.« Der Vorsteher der Polizeiwache zuckte die Schultern. »Und nun Abmarsch, ich möchte keine Zeit verlieren.«

*

Lina erwachte eine Stunde später, als es an ihrer Tür klopfte. Sie war sofort hellwach. Ihr Herz raste vor Aufregung, als sie sich mit einem Ruck aufrichtete. Da sie darauf verzichtet hatte, die Gardinen zu schließen, genügte ihr das einfallende Mondlicht, um sich in der Kammer zu orientieren. Nachdem der Bauer den Angestellten verkündet hatte, dass der Wachtmeister sie unter Umständen noch zu einer Befragung wecken würde, war Lina bekleidet unter die Decke geschlüpft.

»Ich komme«, rief sie mit vor Aufregung zitternder Stimme, als es erneut klopfte. Hastig öffnete sie die Tür und blickte in drei Gesichter. Zwei von ihnen kannte sie – Carl und Katharina, der Dritte musste der Wachtmeister aus dem Dorf sein. Er trug eine dunkelblaue Uniform, eine Pickelhaube auf dem Kopf und sah sehr streng aus. Ein Monokel klemmte vor seinem linken Auge. Der Mann betrachtete sie argwöhnisch mit auf dem Rücken gekreuzten Armen.

»Was kann ich tun?«, fragte sie.

Katharina lächelte ihr zu. »Das ist Hauptwachtmeister Petermann. Er hat ein paar Fragen an dich.«

Der Polizist nickte mit grimmiger Miene. »Und Sie sind?«

»Lina, ich bin die Küchenmagd.« Sie gab den Eingang frei. »Bitte kommt herein.«

»Ich übernehme das allein«, sagte der Hauptwachtmeister mit Blick auf Katharina und Carl. Die beiden zuckten die Schultern und ließen ihn mit Lina allein.

»Haben Sie schon einen Verdacht, Herr Wachtmeister?«

»Hauptwachtmeister – so viel Zeit muss sein.«

»Herr Hauptwachtmeister«, korrigierte sich die Magd hastig. Der uniformierte Gesetzeshüter hatte sie eingeschüchtert. Linas Neugier war jedoch größer. »Wissen Sie schon, wer hinter dem schrecklichen Diebstahl steckt?«

»Ich stecke noch mitten in den Befragungen«, erwiderte Petermann ausweichend, während er sie mit wachsamem Blick betrachtete. »Als Küchenmagd arbeiten Sie eng mit der Bäuerin zusammen, richtig?«

»Ja, das stimmt.« Lina überlegte fieberhaft, ob es richtig war, dem Hauptwachtmeister von Thomas' Verdacht zu berichten. Von ihrer Mutter hatte sie schon als Kind gelernt, dass Ehrlichkeit immer siegte.

»Ich möchte Ihnen etwas erzählen«, sagte sie an den Hauptwachtmeister gewandt. »Nehmen Sie Platz.« Sie zeigte auf den klapprigen Stuhl am Fenster.

»Nicht nötig.«

Lina sank schulterzuckend auf die Bettkante. »Also gut.«

»Was wollen Sie mir erzählen?« Fragend hatte Petermann eine Braue gehoben. Mit zackigen Bewegungen zog er ein kleines, in Leder gebundenes Notizbuch und einen Stift aus der Tasche.

»Es geht um einen Verdacht«, eröffnete Lina ihm kleinlaut.

*

»Ist dir aufgefallen, dass Lina mich wie einen Geist angesehen hat?« Carl hatte Katharina in ihre Kammer begleitet. Eigentlich war das nicht erlaubt, doch in dieser eigenartigen Nacht war das ohnehin nebensächlich. Katharina hatte die kleine Petroleumlaterne angezündet, die nun einen behaglichen Lichtschein in der Kammer verbreitete. Der Docht knisterte leise. Carl betrachtete gedankenverloren das florale Muster auf dem Lampenschirm aus Milchglas. Er hatte sich verkehrt herum auf den Stuhl gehockt, während Katharina auf dem knarrenden Kastenbett saß. »Allerdings.« Als sie zu ihm aufblickte, nickte sie. »Vielleicht war sie wegen der Befragung einfach aufgeregt«, vermutete Katharina. »Man wird ja schließlich nicht jeden Tag von der Polizei vernommen.«

»Weiß sie von uns?«

Katharinas Wangen röteten sich. »Ich habe ihr von uns erzählt – nicht alles, aber sie kann sich den Rest sicher denken.« Kurz erhellte sich ihre Miene, dann wurde sie wieder ernst.

Carl nickte.

»Ihr seid befreundet?«

»Ja, ich kann ihr vertrauen.« Katharina seufzte. »Sie ist in Thomas verliebt, aber er lässt sie ständig abblitzen, während er immerzu um mich herumschwänzelt.«

Carls Miene verfinsterte sich. Gestenreich krempelte er sich die Hemdsärmel hoch. »Soll ich mal mit ihm reden?«

»Nein, lass nur.« Trotz der Situation musste Katharina lachen. Carls Eifersucht gefiel ihr. Das zeigte ihr, wie sehr er sie liebte. Und einen Nebenbuhler würde er nicht akzeptieren, so viel stand fest. »Ich weiß mich schon zu wehren, wenn er zudringlich wird. Wobei er sich ein wenig zurückhält, nachdem ich ihm eine Backpfeife verpasst habe.« Als sie kurz die Augen schloss, tauchte schlaglichtartig die Erinnerung an das zerstörte Fass auf. Thomas schien ein schlechter Verlierer zu sein.

»Ist Lina integer?«

»Aber sicher.« Katharina hatte bisher keinen Gedanken daran verschwendet, ob die Magd möglicherweise etwas mit dem Diebstahl zu tun haben könnte – etwas Derartiges traute sie dem braven Mädchen einfach nicht zu. Zwar hatte Lina ihr immer wieder von ihrer armen Mutter berichtet, die sie mit ihrem gesparten Lohn unterstütze, so gut es ging, doch Diebstahl passte nicht zu ihr. Fast schämte sie sich bei dem Gedanken, die Magd mit dem Diebstahl in Zusammenhang zu bringen. »Ich vertraue ihr, auch wenn sie sicherlich weiß, wo Vater den Lohn versteckt hat. Sie hätte wohl viel zu viel Angst, dass man sie erwischen könnte – ach nein, wahrscheinlich käme sie gar nicht erst auf die Idee, uns zu beklauen. Und es ist …«

Das Klopfen an der Tür ließ sie aufschrecken.

Carl holte tief Luft. »Das wird der Polizist sein«, vermutete er und erhob sich vom Stuhl. Er machte Katharina Platz, der es oblag, die Tür ihrer Kammer zu öffnen.

Auf dem Korridor stand tatsächlich der Hauptwachtmeister, in Begleitung von Lina. Sie zitterte und war kreidebleich. Katharina fiel auf, dass die Magd es vermied, ihr oder Carl in die Augen zu blicken. Mit ihrem eigenartigen Verhalten erhärtete sich Katharinas Verdacht, dass irgendetwas nicht stimmte. Ein seltsames Gefühl beschlich sie.

»Dürfen wir eintreten?«, fragte der Polizist.

»Selbstverständlich.« Das möglichst unbekümmerte Lächeln fiel Katharina schwer. »Treten Sie ein.«

»Schlechtes Gewissen?« Der Hauptwachtmeister schien bemerkt zu haben, dass Katharina gerade tausend Gedanken durch den Kopf gingen.

»Ich wüsste nicht warum«, log Katharina. Ihr fiel auf, dass Lina dem Polizisten auf dem Fuß folgte. Noch immer mied sie den Blickkontakt zu ihr und zu Carl.

»Warum sollten wir ein schlechtes Gewissen haben?« Carl runzelte die Stirn und schüttelte den Kopf.

»Weil Sie nicht verheiratet sind und zur nachtschlafenden Zeit gemeinsam in einer Kammer anzutreffen sind. So etwas schickt sich nicht.«

»Na hören Sie mal«, rief Carl erbost. »Das geht Sie nichts an, Herr Hauptwachtmeister.«

»Was können wir für Sie tun?«, fragte Katharina, bevor die Situation eskalierte. Ihr Bedarf an Ärger war für heute bereits gedeckt.

»Es liegt ein Verdacht vor«, knurrte der Hauptwachtmeister und bedachte Carl mit einem seltsamen Blick, den Katharina nicht recht zu deuten wusste.

»Sie wissen, wer der Dieb ist?«, rief Katharina. »Aber das ist doch großartig!«

»Das liegt im Auge des Betrachters.«

»Wovon sprechen Sie?« Katharina spürte, wie sich ein Bleigürtel um ihren Brustkorb legte.

»Dass ich nicht weiß, ob Ihnen meine Hinweise auf den Täter gefallen werden.« Petermanns Stimme hatte einen eigenartigen Tonfall, den Katharina nicht recht zu deuten wusste. Sie sah an dem Staatsdiener vorbei auf ihre Freundin. Lina mied noch immer den direkten Blickkontakt.

»Erzählen Sie es«, forderte Wilhelm Petermann die Magd jetzt auf. Offenbar wollte er jedem Verdacht nachgehen, um den Fall möglichst schnell abschließen zu können.

»Ich weiß nicht …«

»Haben Sie keine Angst, wenn Sie einen sachdienlichen Hinweis liefern können, der zur Ergreifung des Täters führt, dann müssen Sie ihn jetzt aussprechen.«

»Du stehst unter Verdacht«, sagte Lina so forsch an Carl gewandt, dass Katharina glaubte, sich verhört zu haben.

»Wie bitte?«, fragte sie.

»Thomas ist sicher, dass du hinter dem Diebstahl steckst, weil du viel Geld für deine Erfindung brauchst.«

»Das ist doch Unsinn«, keuchte Carl.

»Carl bekommt das Material für den Bau seiner Maschine von meinem Vater gestellt, das kostet ihn keinen einzigen Taler.« Katharina baute sich vor Lina auf. »Wie kommst du dazu, dem Knecht zu glauben?«

»Hier wird ein teuflisches Spiel gespielt«, murmelte Carl und barg das Gesicht in den Händen. Seine Stimme klang hohl. »Man möchte mir eins auswischen.« Er blickte auf und sah dem Hauptwachtmeister in die Augen. »Glauben Sie ernsthaft, was der Knecht behauptet?«

Bevor Petermann antworten konnte, ging Katharina dazwischen. »Er ist eifersüchtig auf Carl. Thomas ist in mich verliebt, Herr Wachtmeister.«

»Hauptwachtmeister!«, mahnte er sie mit erhobenem Zeigefinger.

»Entschuldigen Sie, Herr Hauptwachtmeister. Der Knecht ist verliebt in mich, er stellt mir nach, und er bedrängt mich. Ich will aber nichts von ihm.« Mit Tränen in den Augen betrachtete sie Carl. »Ich bin verliebt, aber nicht in Thomas. Carl ist der Mann meiner Träume.«

»Das ist nicht zu übersehen«, murmelte der Polizist und klang plötzlich gar nicht so streng, wie sie es von ihm gewohnt waren. Dann wurde er wieder ernst. »Was unterstellen Sie dem Knecht? Bezichtigen Sie ihn, er würde Carl Thiele ans Messer liefern, damit er freie Bahn hat?«

»Ich weiß es doch nicht«, gestand Katharina ihm mit tränenerstickter Stimme. Sie fühlte sich wie in einem Alptraum. Warum, um Himmels willen, sollte Carl ihrem Vater das Geld gestohlen haben?

»Mit solchen Behauptungen sollten Sie vorsichtig sein«, warnte Petermann sie. »So etwas kann schnell eine Beleidigungsklage nach sich ziehen.« Die Hand, mit der er Stift und Notizbuch festhielt, ließ er sinken. Der Staatsdiener wandte sich zu Lina um, die kleinlaut dastand. »Erzählen Sie«, forderte er die Magd auf.

»Thomas ist sicher, dass du das Geld genommen hast«, sagte sie, ohne Carl anzusehen.

»Das ist doch Unsinn!«, wetterte Carl außer sich. »Ich war die ganze Zeit mit den anderen Maurern und meinem Vater zusammen. Und mit …« kurz entspannten sich seine Gesichtszüge, »und mit Katharina. Es gab keinen Moment, in dem ich allein war.«

»Soso.« Petermann schrieb mit. »Das können die Personen, die Sie eben benannt haben, sicher auch bezeugen?«

»Aber selbstverständlich – jedenfalls, was meine Person betrifft«, sagte Katharina aufgebracht.

»Dieser Knecht behauptet weiterhin, Sie beobachtet zu haben, wie Sie mit Ihrer Beute in Ihrer Kammer verschwunden sind.«

»Das ist eine Frechheit!«, rief Carl außer sich. Sein Gesicht hatte eine tiefrote Färbung angenommen. Obwohl sie ihn als einen friedliebenden Menschen kennengelernt hatte, war ihm anzusehen, dass er Thomas am liebsten verprügelt hätte. »Wie kommt dieser Kerl dazu?«

»Er wird es wissen«, wiederholte Petermann.

Katharina rang um Fassung. »Der Wahrheitsgehalt lässt sich doch ganz leicht herausfinden, indem wir in Carls Kammer nach dem Rechten sehen«, sagte sie. »Wenn dieser Knecht die Wahrheit gesagt hat, dann befindet sich die Beute vielleicht bei Carl im Zimmer.«

»Gute Idee«, nickte Carl und sprang auf. »Kommt schon, worauf wartet ihr?« Ihm war anzusehen, dass er sich sehnlichst wünschte, der Alptraum möge bald enden. »Sie werden nichts finden, Herr Wacht… Herr Hauptwachtmeister!«, rief er und riss die Zimmertür auf. Ohne auf die anderen zu warten, ging er eiligen Schrittes voran. Seine Schuhe polterten auf dem Boden des dunklen Korridors. Petermann, Lina und Katharina folgten ihm auf dem Fuß. Nach wenigen Metern standen sie vor Carls Zimmertür. Carl verharrte einen Augenblick und wandte sich um. »Sind alle da?«

»Selbstredend«, nickte Petermann mit entschlossener Miene. »Los, sperren Sie schon auf, junger Mann!«

Das ließ sich Carl nicht zweimal sagen. Er drückte mit einem energischen Ruck die Klinke nach unten und stieß die Tür auf. Den Angeln entwich ein schauerliches Quietschen. Kühle Luft strömte ihnen entgegen.

»Mach bitte Licht, Katharina«, bat er sie. Katharina nickte und entzündete die Laterne auf seiner Kommode. Dort lagen die Skizzen seiner neuen Maschine.

»Was soll das denn?«, meldete sich eine verschlafene Stimme aus dem Dunkel. Im zweiten Bett lag Gerhard Thiele. Er hatte bereits geschlafen und räkelte sich jetzt. Mit einem herzhaften

Gähnen richtete er sich auf. »Polizei?«, fragte er und schüttelte die Müdigkeit ab. »Was hat das zu bedeuten?«

»Vater, man bezichtigt mich, hinter dem Diebstahl zu stecken«, erklärte Carl ihm.

»Dich?« Thiele senior rieb sich den Schlaf aus den Augen, schüttelte den Kopf, dann lachte er. »Der ist gut«, prustete Thiele, »ernsthaft?«

»Ich beliebe nicht zu scherzen«, schnarrte Petermann. »Und Sie sind?«

»Thiele, Gerhard Thiele. Ich bin der Vater von … Ihres Verdächtigen.« Wieder musste er lachen. »Ein schlechter Scherz ist das.«

»Bedauerlicherweise nicht.« Petermann schüttelte den Kopf und sah sich in der Kammer um. Wie selbstverständlich trat er an den Schrank. »Ich darf doch?« Ohne Carls Antwort abzuwarten, öffnete er die Schranktüren, warf einen Blick hinein und durchstöberte den Inhalt, der größtenteils aus Kleidungsstücken bestand.

»Ja, nur zu«, sagte Carl. »Ich habe nichts zu verbergen.«

»Dann ist das ja kein Problem.«

»Morgen ist Waschtag«, bemerkte Katharina entschuldigend, als sie die Schmutzwäsche im Schrank entdeckte.

»Das interessiert mich nicht«, erwiderte Petermann und riss alle Kleidungsstücke aus dem Schrank, um sie achtlos auf den Boden zu werfen. Er ging vor dem Schrank in die Hocke. Ein eigenartiger Anblick, denn er versuchte trotzdem, eine würdevolle Haltung einzunehmen, während er sich weiterhin um den Schrankinhalt kümmerte. Er ließ kein Kleidungsstück auf dem anderen liegen und durchsuchte alles, was ihm zwischen die Finger kam. »Irgendwo hier muss doch …«

»Sie werden nichts finden«, behauptete Carl. Er konnte es kaum erwarten, dass er seine Unschuld beweisen konnte.

»Das sagen Sie.« Der Hauptwachtmeister wandte sich kurz zu ihm um, dann langte er in den Schrank. Als er die Hand zurückzog, lag ein Umschlag darin. »Und wie können Sie mir das hier erklären?« Mit einem triumphierenden Gesichtsausdruck musterte er Carl. Dabei hielt er ein Päckchen in die Höhe.

»Ich … das glaube ich nicht, das kann doch nicht möglich sein!« Carl wurde auf der Stelle leichenblass. Starr vor Schreck sank er auf seine Bettkante. Ihm war, als hätte man ihm einen kräftigen Hieb in den Magen versetzt.

Petermann nahm den prall gefüllten Umschlag mit beiden Händen und versuchte, ihn mit spitzen Fingern zu öffnen.

Dabei hielt er das Kuvert so, dass Carl und Katharina einen Blick hineinwerfen konnten. Darin befand sich ein dickes Bündel Banknoten. »Der Lohn«, kam es über Katharinas Lippen. Sie konnte nicht glauben, was sie sah. Es war unmöglich, dass Carl hinter dem Diebstahl steckte. So etwas traute sie ihm einfach nicht zu. »Wie um Himmels willen kommt das Geld in deinen Schrank?«

»Carl war es nicht«, ließ sich Gerhard Thiele von seinem Bett aus vernehmen. Während er von einem zum anderen blickte, schien es ihm nicht im Geringsten unangenehm zu sein, dass er im geblümten Pyjama auf dem Bett hockte. »Er kann es nicht gewesen sein, weil die beiden Turteltauben jede freie Minute zusammen verbringen.«

Katharina errötete bei den ehrlichen Worten des Maurermeisters. »Außerdem«, fuhr er fort, »war ich die ganze Zeit hier im Zimmer. Hätte mein Sohn also den Umschlag hier versteckt, hätte er sich ein paar unangenehme Fragen von seinem alten Herrn gefallen lassen müssen.« Er lachte, als wäre dies eine spaßige Veranstaltung.

Katharina blieb das Lachen in der Kehle stecken. In ihr rangen Zweifel mit dem blinden Vertrauen in Carl. Sie war sicher, dass er mit dem Diebstahl nichts zu tun hatte, auf der anderen Seite hatte der Wachtmeister die Beute in Carls Schrank gefunden. Wie, um Himmels willen, war sie dorthin gelangt? Die Gedanken rasten durch ihren Kopf. Immer wieder betrachtete sie Carl von der Seite.

»Ich kann das nicht gewesen sein«, schwor er immer wieder. »Ich war das nicht, ihr müsst mir glauben!«

»Aber die Beweislage ist erdrückend, junger Mann«, entgegnete Hauptwachtmeister Petermann. »Oder können Sie mir das hier«, er hob den Arm mit der Beute, »erklären?«

»Nein, das kann ich nicht«, antwortete Carl aufgebracht. »Aber ich bin sicher, dass es eine plausible Erklärung gibt.«

»Ich bin gespannt.«

»Hören Sie, Wachtmeister …«

»Hauptwachtmeister«, fuhr Petermann ihm mahnend in die Parade.

»Hauptwachtmeister Petermann, es ist Ihre Aufgabe, den Dieb zu stellen. Nicht den, bei dem die Beute versteckt wurde. Möglicherweise, um von sich selbst abzulenken.«

»Was wollen Sie damit andeuten?«

»Dass ich nicht der bin, den Sie suchen«, rief Carl. »Also suchen Sie gefälligst weiter!«

Petermann war für einen Augenblick sprachlos. Er hob die Augenbrauen, betrachtete erst Carl, dann die anderen im Raum und schüttelte den Kopf. »Ich denke, dass die Beweislage gegen Sie nahezu erdrückend ist, junger Mann.«

»Er kann es nicht gewesen sein«, stieß Katharina hervor. »Hören Sie denn nicht zu, was Carls Vater gesagt hat? Carl und ich waren die ganze Zeit beisammen. Wenn Sie also gedenken, Carl zu verhaften, dann müssten Sie mich auch verhaften.« Katharina konnte nicht ruhig dastehen. Trotz der Enge der Kammer wanderte sie auf und ab. »Und dann fehlt Ihnen noch das Motiv. Wenn ich an der Tat beteiligt war, dann erzählen Sie mir mal, warum ich meinen Vater beklauen sollte. Die Beute war der Lohn der Angestellten. Was hätte ich davon, wenn die Belegschaft keinen Lohn erhält und den Dienst quittiert?«

Sekundenlang herrschte Stille im Raum. »Nichts«, fuhr Katharina dann fort. »Im Gegenteil: Die ganze Arbeit wäre allein nicht zu schaffen.«

Petermann dachte nach, und in Katharina keimte Hoffnung auf, dass sie ihn zum Umdenken bewegt hatte.

»Was weiß ich«, rief der Polizist nach einer gefühlten Ewigkeit. »Es ist spät, wir sollten alle schlafen gehen – den Dieb habe ich ja jetzt überführt.«

»Carl ist kein Dieb«, behauptete Katharina.

»Dann ist er der Hauptverdächtige in diesem rätselhaften Fall«, konterte Petermann. »Für eine Verhaftung reicht es aber allemal.«

Katharina glaubte, sich verhört zu haben. »Verhaftung?«, wiederholte sie. »Was glauben Sie denn …«

»Ich glaube, dass es für heute reicht.« Petermann nickte Carl zu. »Kommen Sie freiwillig mit, oder muss ich Sie unter Zwang aufs Revier bringen?«

Carl erhob sich seufzend. Er warf Katharina einen herzerweichenden Blick zu. »Ich komme freiwillig mit«, sagte er an den Schutzmann gewandt.

»Das darfst du nicht«, schrie Katharina. »Wenn du jetzt mit ihm gehst, dann ist das so, als würdest du die Tat zugeben.«

»Ich bin sicher, es wird sich alles klären«, antwortete Carl resigniert. Er warf seinem Vater einen Blick zu. »Ich war es nicht, Vater.«

»Ich weiß, mein Junge, ich weiß.« Gerhard Thieles Stimme war belegt. Katharina sah ihm an, dass er um seine Fassung bemüht war. Carl trat vor Katharina. Mit ernster Miene blickte er ihr in die Augen. »Wichtig ist, dass du an mich glaubst.«

»Das werde ich, Liebling.« Tränen sammelten sich in ihren Augen. »Das werde ich.« Fassungslos sah sie zu, wie Carl in eine Jacke schlüpfte. »Bestellen Sie die Kutsche«, sagte er an den Hauptwachtmeister gewandt. »Den Weg ins Dorf möchte ich um diese Zeit und bei dieser Kälte nur ungern noch einmal laufen müssen, wenn Sie mich schon ins Zuchthaus bringen wollen.«

Ein flaues Gefühl breitete sich in Katharinas Magengegend aus, sie spürte kalten Schweiß, der auf ihrer Stirn stand. Sie fühlte sich machtlos und der Willkür des Gesetzeshüters ausgeliefert.

Mit Tränen in den Augen sah sie zu, wie Hauptwachtmeister Petermann ihren geliebten Carl aus dem Zimmer führte. An der Tür angekommen, verabschiedete er sich formvollendet, bevor er mit Carl die Treppe ins Erdgeschoss nahm. Die Haustüre schlug mit einem lauten Knall zu, dann kehrte eine bedrückende Stille ein. Auch der Umstand, dass das Geld wieder aufgetaucht war, machte die Sache nicht besser.

*

Der Bauer hatte ihnen seinen Einspänner zur Verfügung gestellt, um zurück nach Clarholz zu kommen. Dabei handelte es sich um einen modernen, offenen Wagen, der auf zwei gegenüberliegenden Bänken Platz für vier Personen bot. Auf dem Bock saß ein junger Knecht namens Robert, den Carl bis jetzt nur vom Sehen kannte. Er hatte von Zumwinkel den Auftrag bekommen, den Hauptwachtmeister und Carl zur Polizeiwache nach Clarholz zu bringen. Während der Fahrt über die holprige Chaussee herrschte zwischen den Männern eisiges Schweigen. Carl wunderte sich insgeheim, wie nachlässig der strenge Hauptwachtmeister ihn behandelte. Es wäre ein Leichtes für Carl gewesen, während der Fahrt vom Wagen zu springen, um über die umliegenden Felder zu flüchten. Im Schutz der Dunkelheit würde es ihm nicht schwerfallen, unterzutauchen. Er war sicher, dass der Schutzmann ihm körperlich unterlegen war, und ob der junge Knecht mit ihm mithalten konnte, wagte er ebenfalls zu bezweifeln. Der Junge war ein blasser Hering mit spindeldürren Armen. Nein, gegen ihn würde niemand ankommen.

Kurz war Carl versucht, sich der ungerechtfertigten Verhaftung zu entziehen. Doch was würde das bringen? Er würde sich einen Unterschlupf suchen, aus dem er sich in den nächsten Wochen nicht hervortrauen konnte, ohne einem Polizisten in die Arme zu laufen. Und dass Wilhelm Petermann nach ihm suchen lassen würde, war so sicher wie das Amen in der Kirche. Außerdem war sein Vater in Herzebrock ein angesehener Handwerksmeister, der einen guten Ruf zu verlieren hatte.

Schließlich überwog die Vernunft. Mit verkniffenem Gesicht fügte Carl sich seinem Schicksal. Langsam kamen die ersten Häuser von Clarholz in Sicht. In den Fenstern der umliegenden Behausungen brannte zu dieser späten Stunde kein Licht mehr. Auch die Straßen waren wie ausgestorben. Carl fröstelte. Als er den Blick zum Nachthimmel richtete, schälte sich gerade die blasse Sichel des Mondes aus den tiefsitzenden Wolken hervor.

»Ich verstehe das alles nicht«, murmelte er leise.

»Wie belieben?« Petermann zog prüfend eine Augenbraue in die Höhe.

»Ich verstehe nicht, dass ich verhaftet werde, weil Sie mich für den Dieb halten.«

»Ich habe die Beute in Ihrem Schrank gefunden, haben Sie das schon vergessen?« Petermann holte tief Luft. »Ein denkbar schlechtes Versteck, wenn mir diese Bemerkung gestattet ist.«

»Ich bin kein Dieb«, beharrte Carl. »Und ich will nicht ins Zuchthaus.«

»Dann präsentieren Sie mir die Person, die Sie für den Dieb halten.«

»Das wird schwer sein, wenn ich erst in der Zelle sitze«, seufzte Carl, der sich so langsam bewusst wurde, was es bedeutete, für Diebstahl eingebuchtet zu werden.

»Ich bin der Vorsteher der Ortspolizeibehörde. Und glauben Sie mir, junger Freund, dass ich durchaus beurteilen kann, wer für eine Straftat infrage kommt und wer nicht.«

Der Einspänner näherte sich der Dorfmitte von Clarholz. Auch hier war weit und breit niemand zu sehen. So war nur das rhythmische Klappern der Hufe und das metallische Rattern der Radreifen zu hören.

»Ich würde mir Gedanken machen, wer dafür verantwortlich ist«, versuchte es Carl erneut, dem langsam flau im Magen wurde. »Wenn Sie mich ließen.«

»Erst einmal kommen Sie in die Zelle.« Petermann schüttelte den Kopf. Als die Wache in Sicht kam, klopfte er Robert auf die Schulter. »Sie können vorn halten«, wies Hauptwachtmeister Petermann den Knecht an.

»Jawoll«, nickte der Knecht militärisch-zackig und lenkte die kleine Kutsche an das Trottoir vor der Wache. Das Pferd, ein prächtiger Kaltblüter, kam schnaufend zum Stehen. Der Knecht zog die Bremse an, dann schwang er sich vom Bock, um Petermann und Carl die kleine Tür auf der rechten Seite des Wagens zu öffnen.

»Erst einmal werden Sie jetzt der rechtskräftigen Strafe für Diebstahl zugeführt«, erklärte Wilhelm Petermann. »Kommen Sie.« Er schob Carl unsanft über den Bürgersteig zum Eingang der Wache. Es fühlte sich seltsam an. Als er vorhin hergekommen war, um die Polizei wegen des Diebstahls zu alarmieren, hatte er nicht im Traum daran gedacht, als ein Verbrecher hierher zurückgebracht zu werden.

Der Hauptwachtmeister bedankte sich bei dem Knecht, der das kleine Fuhrwerk in Bewegung brachte, um sich auf den Rückweg zum Zumwinkel-Hof zu machen. Wie gern wäre Carl wieder zurück zum Hof gefahren. Doch jetzt war er auf sich allein gestellt. Ein ungutes Gefühl machte sich in ihm breit. Für den Polizisten stand fest, dass er der Dieb war. Es interessierte Petermann auch nicht im Geringsten, dass er einen Unschuldigen verhaftet hatte, der wohl schon morgen dem zuständigen Richter vorgeführt wurde. So blieb nur die Hoffnung auf einen milden und einsichtigen Richter. Doch was die heutige Nacht betraf, so hatte Carl die Hoffnung aufgegeben.

»Dann mal hereinspaziert«, riss ihn Petermanns Stimme aus den trüben Überlegungen. Der Hauptwachtmeister hatte die schwere Tür der Wache aufgeschlossen und bat ihn herein. Jetzt gibt es kein Zurück mehr, geisterte es durch Carls Kopf. Das Gefühl der Ohnmacht zermürbte ihn. Er durfte sich jetzt nicht aufgeben, er musste einen klaren Kopf bewahren. Vielleicht setzte Katharina auf dem Hof die Suche nach dem wahren Täter fort. Nur, wenn es ihr gelang, den Dieb zu überführen, hatte Carl eine Chance, die Wache morgen als freier Mann zu verlassen.

*

Gerhard Thiele konnte es nicht glauben. Er war außer sich. Mit einer Mischung aus Wut und Verzweiflung machte er sich auf die Suche nach dem Bauern. Für Thiele stand es außer Frage, dass sein Sohn mit dem Diebstahl nichts zu tun hatte.

Wütend stapfte er durch das Wohnhaus, sah in jedes Zimmer, bis er den Bauern in der Stube antraf. Er hockte in einem Sessel am Fenster und stierte ins Leere. Als Thiele in die Stube platzte, sah er erschrocken auf. »Herr Thiele«, rief er und setzte sich gerade hin.

»Zumwinkel, was soll das?«

Bernhard Zumwinkel wusste, wovon Gerhard Thiele sprach. Er konnte eins und eins zusammenzählen. »Für Sie steht fest, dass Ihr Sohn unschuldig ist.«

»Natürlich. Carl ist kein Dieb. Er bezieht seinen geregelten Lohn in meinem Betrieb und er nagt nicht am Hungertuch. Deshalb gibt es keinen Grund für ihn, das Geld zu klauen.«

»Die Polizei sieht das anders.«

»Ich weiß. Und ich sehe Sie in der Pflicht, die Sache richtigzustellen. Es kann nicht sein, dass mein Junge zum Opfer der Behördenwillkür wird, weil Sie Ihre Leute nicht unter Kontrolle haben.« Thiele hatte sich in bedrohlicher Haltung vor dem Bauern aufgebaut.

Zumwinkel sah zu ihm auf. Offenbar wusste er nicht recht, was er dem Maurermeister sagen konnte. »Ich werde alles tun, um Ihren Sohn aus der Schusslinie zu holen.«

»Tun Sie das.« Thiele wusste nicht, ob er den Worten des Bauern Glauben schenken konnte. Doch ihm blieb nur die Hoffnung, dass sich alles noch zum Guten wendete. »Ich verlasse mich auf Sie.« Ohne eine Antwort abzuwarten, begab er sich zur Tür. Dort angekommen, wandte er sich ein letztes Mal um. »Und wenn ich Ihnen irgendwie helfen kann, dann lassen Sie es mich wissen.«

»Das mache ich.« Zumwinkel nickte. Ihm war anzusehen, dass ihn die Situation überforderte. Er wirkte müde und schien um Jahre gealtert zu sein. Dunkle Ringe lagen unter seinen Augen, seine Bewegungen waren fahrig und wirkten unsicher.

Kapitel 24

Carl hat damit nichts zu tun, und er ist kein Dieb«, beschwor Katharina ihren Vater. Sie hatte ihn gesucht, um mit ihm zu sprechen, und war in der Stube fündig geworden. Hier hockte ihr Vater in einem Sessel am Fenster. Gedankenverloren starrte er nach draußen. Wenn jemand Carl aus dem Zuchthaus holen konnte, dann er. Dafür mussten sie dem engstirnigen Hauptwachtmeister jedoch den wahren Dieb präsentieren. »Du hast ihn jetzt doch auch kennengelernt. Und du müsstest wissen, dass Carl so etwas nicht zuzutrauen ist, Vater.« Tränen sammelten sich in ihren Augen.

»Wem man was zutrauen kann … ach Kind.« Der Vater seufzte schwer, als würde eine große Last auf seinen Schultern liegen. »Man kann den Leuten doch nur vor den Kopf gucken. Was ich aber gesehen habe, ist, dass er in dich verliebt ist.«

Als Katharina ihn ansah, musste er lachen.

»Ich kenne dich, Kind, auch du hast dein Herz an ihn verloren. Und jetzt diese Enttäuschung.« Er senkte den Blick und schüttelte den Kopf.

Nachdem Carl abgeführt worden war, wollte Katharina nicht allein sein. In der Kammer war ihr die Decke auf den Kopf gefallen. »Eigentlich«, murmelte Bernhard Zumwinkel, »müsste ich zu deiner Mutter ins Bett, sie war ganz aufgelöst und hat sich hingelegt.«

»Wie geht es ihr?«

»Nicht so gut. Die Aufregung der letzten Stunden hat sie sehr mitgenommen.«

»Du solltest gleich nach ihr sehen.«

Ihr Vater nickte. »Hier«, sagte er und hielt ihr ein Glas hin. »Trink das, es wird dich ein wenig beruhigen, Kind.«

»Was ist das?« Katharina nahm ihm das Glas aus der Hand und roch an dessen Inhalt. Darin befand sich eine dunkelrote Flüssigkeit. Der strenge Duft nach Kräutern und Hochprozentigem stieg ihr in die Atemwege.

»Ein selbstgebrannter Kräuterschnaps mit Baldrianwurzel.«

Angewidert rümpfte Katharina die Nase und schüttelte den Kopf. »Auf gar keinen Fall werde ich das trinken.«

»Schon der alte Kneipp sagte: ›alle Formen von nervösen Zuständen, ob im Krampf oder im Schmerz, verlangen Baldrian‹. Also – weg damit, und du wirst schlafen wie ein Stein.« Er zwinkerte ihr vergnügt zu und schenkte sich ein Glas ein. Er hob es an, um seiner Tochter zuzuprosten. »Jetzt zier dich nicht so, Kind. Es wird dich ein wenig beruhigen nach all der Aufregung.«

Katharina zögerte, kam dann aber zu dem Schluss, dass sie in ihrem aufgewühlten Zustand wohl tatsächlich kein Auge zutun würde. Gleichzeitig setzten sie die Gläser an die Lippen und tranken. Katharina leerte das kleine Glas in einem Zug. Der Alkohol brannte in ihrer Kehle, sie schüttelte sich und schnappte nach Luft, war sie doch keinen starken Alkohol gewohnt.

»Igitt«, rief sie und stellte das Glas auf den Tisch. Ihr Vater lachte. »Wenn du im Bett liegst, wirst du deinem alten Vater dankbar sein.« Er griff zu Flasche und schenkte sich nach. »Du auch noch?«

»Bloß nicht!« Katharina hob abwehrend die Hände und schüttelte den Kopf. Nachdem das Brennen in ihrer Kehle ein wenig nachgelassen hatte, kreisten ihre Gedanken wieder um die Geschehnisse des Tages. An Schlaf war nicht zu denken, nicht, solange der wahre Dieb noch auf freiem Fuß war. Plötzlich bereute sie es, den Schnaps angenommen zu haben. Betrunken und müde würde sie keine Verbrecher mehr jagen können.

Nun hockten sie im heimeligen Lichtschein der kleinen Laterne beisammen und dachten angestrengt darüber nach, wie sie weiter vorgehen konnten. »Vater – Carl war es wirklich nicht.«

»Wenn er es nicht war …«, Bernhard Zumwinkel seufzte schwer, »wer soll das Geld denn dann gestohlen haben?« Er stellte das kleine Glas auf die Fensterbank. Die Flasche stand auf dem Boden neben dem Sessel.

»Wer wusste davon, dass du heute nach Clarholz zur Bank gefahren bist, um das Geld abzuholen?«

Unbeholfen zuckte ihr Vater die Schultern. Die Ereignisse hatten ihn mitgenommen, denn er setzte auf die Ehrlichkeit aller auf seinem Hof. Aufrichtigkeit und Ehrlichkeit waren die oberen Gesetze für ihn, das war schon in Katharinas Kindheit so gewesen. Nun waren diese Werte erschüttert worden, er war nicht nur bestohlen, sondern auch enttäuscht worden.

»Einige wussten, dass ich ins Dorf fahren wollte«, brummte er nachdenklich.

Katharina sah ihm an, dass er im Geiste die Namen aller durchging, denen er davon erzählt hatte, eine größere Menge Geld abzuheben. »Allen voran deine Mutter«, bemerkte er schließlich, »aber die kommt als Diebin nicht in Betracht.« Er versank wieder ins Brüten, bevor er fortfuhr. Offenbar war ihm gerade eingefallen, dass er nach ihr sehen wollte. »Robert, der junge Knecht«, zählte er dann weiter auf. »Thomas. Ich habe ihn gebeten, die Kutsche anzuspannen. Und Lina, sie hat, glaube ich, ein Gespräch mit deiner Mutter mitgehört. Vielleicht noch einige andere Bedienstete, ich bin mir nicht sicher.«

»Wer von denen, die du mir genannt hast, weiß von deinem Versteck im Büro?« Katharina schöpfte Hoffnung. Der Kreis derer, die in Frage kamen, würde sich gleich verkleinern. Sie spürte, wie ihre Wangen vor Aufregung glühten, und wanderte ruhelos in der Stube herum. Inzwischen hatte Regen eingesetzt, kein leichter Schauer war es, sondern ein ausgewachsener Landregen. Dicke Tropfen an den Scheiben rannen in Bahnen das Fenster hinunter. Das Fallrohr der Dachrinne gluckste laut, der Wind heulte unheimlich um die dicken Mauern des Hauses. Normalerweise konnte Katharina bei einem solchen gleichmäßigen Prasseln des Regens herrlich schlafen. Doch an Schlaf war gerade nicht zu denken. Katharina wandte ihren Blick vom Fenster ab und drehte sich um. Eingesunken hockte ihr Vater in seinem Sessel und stierte ins Leere. »Von dem Versteck wussten …«, fuhr er fort. »eigentlich nur deine Mutter, du natürlich und ich.« Er rang sich ein müdes Lächeln ab. »Aber ich glaube, das hilft uns nicht weiter.«

»Wohl wahr.« Katharina seufzte und setzte ihre Wanderung durch den Raum fort. Nachdenklich nagte sie auf der Unterlippe. Es war zum Verrücktwerden. »Hat dich jemand beobachtet, als du nach deiner Rückkehr mit dem Umschlag in dein Büro zurückgekehrt bist?«

Er sah sie an und schüttelte nach einigem Überlegen den Kopf. »Nein«, brummte er, »ich versichere mich immer, dass die Bürotür verschlossen ist, wenn ich die Löhne im Schrank deponiere.«

»Gut.« Katharina nickte. *Gut ist maßlos übertrieben*, fügte sie in Gedanken dazu. »Also niemand. War in der letzten Zeit jemand bei dir, als du Geld aus dem Versteck genommen hast? Hast du einem der Arbeiter Geld ausgezahlt, als er dich darum gebeten hat?«

Bernhard schüttelte erneut den Kopf. »Jochen hat mich neulich um einen Vorschuss gebeten, weil sein Vater in Schwierigkeiten steckt.«

Bei Jochen handelte es sich um den Stallburschen, der nicht besonders schlau war, aber dem Hof seit Jahren treue Dienste leistete. Und fleißig war er noch dazu. Eigentlich würde Katharina ihn ausschließen. Doch nach den heutigen Ereignissen dachte sie anders über das Vertrauen zu der Belegschaft.

»Wenn sein Vater in finanzieller Not steckt, wäre es doch möglich, dass er …«, setzte sie an, brach aber ab, als ihr Vater eine wegwerfende Handbewegung machte. »Ihn kannst du vergessen.«

»Warum?«

»Weil er seit vorgestern in der Stadt ist, um nach seinem Vater zu sehen, der im Krankenhaus liegt und mit dem Tode ringt.«

»Er war also heute nicht auf dem Hof?«

»Nein, warum sollte er?« Bernhard zuckte die Schultern. »Jochen ist ein guter Junge. Er hat mir sein Leid geklagt und mich um den Vorschuss gebeten, den ich ihm natürlich ausgezahlt habe. Und ich habe ihm vier Tage Urlaub gegeben, obwohl wir hier mit dem Dreschen beginnen müssen und auf jede helfende Hand dringend angewiesen sind.«

Katharina nickte stumm. Ihr Vater war ein guter Mensch, er verlangte viel von seinen Angestellten, doch wenn jemand private Probleme hatte, dann tat er alles, um zu helfen. Bernhard Zumwinkel betrachtete die Belegschaft wie seine große Familie. Alle lebten unter einem Dach, und alle waren fast rund um die Uhr zusammen, um zum Erfolg des Hofes beizutragen. Sie fragte sich, ob sich die Einstellung ihres Vaters mit dem heutigen Tage ändern würde.

»Also kommt er nicht in Frage.«

»Nein. Und offen gestanden bin ich froh darüber.«

»Wir drehen uns im Kreis«, stöhnte Katharina. Vor dem gemauerten Kamin, dessen Rückseite in die angrenzende Küche ragte, war sie stehen geblieben. Lange würde es nicht mehr dauern, und die Tage würden kälter werden. Dann prasselte im Kaminofen ein munteres Feuer, das nicht nur wärmte, sondern auch zur Gemütlichkeit in der Stube beitrug. Doch noch war es nicht so weit. Jetzt war ihr kalt, und sie fragte sich, ob das an den Temperaturen lag oder an dem Umstand, dass Carl in der Zelle der Polizeiwache von Clarholz saß. Sie vermisste ihn. Seine Nähe, seine Zärtlichkeiten, die verliebten Blicke, den angenehmen Klang seiner Stimme, das unternehmungslustige Funkeln seiner Augen. Es war, als hätte man ihr ein Stück ihres Herzens aus der Brust gerissen. Sie fühlte sich elend.

»Lass uns zu Bett gehen«, hörte sie ihren Vater hinter sich sprechen. Er war aufgestanden und lächelte sie müde an. »Morgen wird ein harter Tag, und heute finden wir keine Lösung mehr.«

»Ich werde kein Auge zutun können«, fürchtete Katharina.

»Das wirst du, Kind.« Bernhard nickte ihr zu. »Der Tag war ereignisreich, und wir haben uns ein wenig Ruhe verdient. Außerdem wirst du schon gleich die Wirkung der Baldrian-Wurzel spüren und schlafen wie ein Stein.«

»Vielleicht hast du recht.« Katharina konnte nichts daran ändern, dass es ihren Vater ins Bett zog. Dort wartete Mutter vermutlich schon längst auf ihn. »Dann gehen wir morgen in neuer Frische auf Verbrecherjagd.«

»Ja«, stimmte Bernhard ihr zu. »Das klingt vernünftig. Morgen ist ein neuer Tag, und wir sehen die Dinge vielleicht etwas klarer.« Bevor Katharina ihm antworten konnte, wünschte Vater ihr eine gute Nacht und schlurfte aus dem Raum.

*

Durch das winzige vergitterte Fenster seiner Gefängniszelle drang kaum Mondlicht, zumal sich die Wolken wieder zugezogen hatten und er den Mond nur erahnen konnte. Carl lag mit dem Rücken auf der harten Pritsche und stierte im Halbdunkel zur gewölbeartigen Decke hinauf.

Sein enges Gefängnis roch muffig, die feuchte Kälte der Wände kroch langsam an seinem Körper hoch und ließ ihn zu der kratzigen grauen Decke greifen, die am Fußende der Schlafstatt bereitlag. Nachdem er sich wieder hingelegt hatte, verschränkte Carl die Hände hinter dem Kopf. Unzählige Dinge gingen ihm durch den Kopf. Das Gefühl, als der Vorsteher der Polizeiwache die vergitterte Eisentür hinter ihm geschlossen und abgesperrt hatte, war unbeschreiblich gewesen. Carl fühlte sich wie in einer Mausefalle. Hier drinnen war es düster, eng und kalt. Sicherlich würde er sich eine Lungenentzündung holen.

»Sie können noch immer ein Geständnis ablegen«, hatte Petermann ihm durch das Gitter der massiven Tür zugerufen, bevor er das Licht gelöscht hatte. Carl ließ sich nicht einschüchtern, denn er wusste, dass er zu Unrecht in der Zelle saß. »Einen Teufel werde ich«, hatte er entgegnet. »Sie bekommen von mir eine Beleidigungsklage, wenn Sie den richtigen Dieb gestellt haben.« Ohne eine Antwort wurde auch die schwere Eisentür des Gefängnistraktes zugeworfen. Ein Schlüssel wurde ins Schloss geschoben und gedreht, anschließend ertönte das Quietschen eines großen Riegels, den Petermann von außen vorlegte.

Unwillkürlich fragte sich Carl, was wohl geschah, wenn es im Gefängnis brannte. Wenn ein Feuer ausbrach, würde sicher jede Hilfe für ihn zu spät kommen. So schnell wie möglich verdrängte er den Gedanken und besann sich auf den Grund seines

Aufenthaltes in der Zelle. Petermann würde sich keine Mühe geben, den wahren Dieb zu schnappen. Er hatte seine Arbeit gemacht und den Fall gelöst. Ob er damit einen unschuldigen Menschen hinter Gitter brachte, schien ihn nicht sonderlich zu interessieren. Carls Gedanken kreisten um Katharina. Was sie wohl gerade tat, fragte er sich. Schläft sie wohl schon? Allein die Vorstellung, dass er in dieser schweren Zeit nicht bei ihr sein konnte, brachte ihn an den Rand des Wahnsinns. Als er die Augen schloss, war sie ihm ganz nah. Er bildete sich ein, ihr Gesicht zu sehen, ihr verliebtes Lächeln, einen aufmunternden Blick. *Hab keine Angst, hörte er sie in seiner Vorstellung sagen, egal was auch passiert, ich halte zu dir, ich glaube und vertraue dir. Und ich hole dich da raus.* Eine wunderschöne Vorstellung, und Carl hoffte inständig, dass Katharina ihm auch in der Realität noch vertraute. Das Gefühl der Ohnmacht zermürbte ihn. Schnell dachte er wieder an seine geliebte Katharina. Im Traum war sie ihm so nahe, als wäre sie tatsächlich bei ihm gewesen. Irgendwann war Carl eingeschlafen.

*

Auch Thomas fand in dieser Nacht keinen Schlaf. Mit weit geöffneten Augen lag er in seiner bescheidenen Kammer im hinteren Bereich des Stalls. Sein armseliges Lager war nicht zu vergleichen mit den Gästezimmern, die man der Maurerkolonne zur Verfügung gestellt hatte. Sein Bett war einfach und aus Stroh, die Wände nicht tapeziert, und Licht gab es auch nicht wegen der Brandgefahr im Stall. Man hatte ihn wie einen Bettler einquartiert. Dabei schuftete er von früh bis spät, er übernahm Verantwortung für den Hof, hatte einen guten Draht zum Bauern und seiner Frau. Er hatte etwas Besseres verdient.

Es ist es gut, so dachte er, *dass dieser Maurerbengel jetzt im Kittchen sitzt.* Ein Grinsen legte sich um seine Mundwinkel. *Dann besinnt Katharina sich auf das, was sie hat, und das, was sie im Leben weiterbringt: Einen Mann, der ihren Hof führt.* Er atmete ein paar Mal tief durch. Die Vorstellung, dass er jetzt endlich ihr Interesse wecken konnte, war verführerisch. *Ja,* dachte er, es ist gut, *dass dieser Carl mir nicht mehr ins Handwerk pfuscht.* Katharina war felsenfest überzeugt davon, dass Carl mit dem Diebstahl nichts zu tun hatte. *Nun, vielleicht sollte ich ihr meine Hilfe anbieten, um den Dieb zu jagen. Wenn Carl es nicht ist, dann wird ein anderer hinter dem Diebstahl stecken. Und ich werde ihr dabei helfen, den anderen zu überführen.* Eine schöne Vorstellung. So konnte er vielleicht endlich einen Platz in Katharinas Herzen gewinnen. Er würde für all seine Bemühungen den verdienten Lohn erhalten.

Kapitel 25

Der nächste Morgen begann mit einer Überraschung. Trotz des Baldrianschnapses hatte Katharina schlecht geschlafen und fühlte sich wie gerädert, als sie aus dem Bett kroch, um sich an der Schüssel zu waschen. Die Nacht war kalt gewesen, es hatte sich eingeregnet, und der Herbst stand nun wohl unmittelbar bevor. Mit einem Blick aus dem Fenster stellte Katharina fest, dass die Landschaft heute trist und grau erschien. Das Bild, das sich ihr bot, passte immerhin zu ihrer Stimmung.

Es klopfte an der Tür. Katharina riss sich von dem trostlosen Anblick los und wandte sich um. Das Trommeln an der Zimmertür wurde lauter und dringlicher.

»Katharina«, rief eine Frauenstimme, »bist du schon wach?«

»Aber ja«, antwortete Katharina, als sie Linas Stimme erkannt hatte. »Ich zieh mir nur schnell was an, dann mache ich auf.«

»Beeil dich!«

»Aber ja doch.« Das kalte Wasser in ihrem Gesicht vertrieb die Müdigkeit. Katharina wusste nicht mehr, wie oft sie in der letzten Nacht sehnsüchtig und sorgenvoll an Carl gedacht hatte. Sie hoffte, dass man ihm heute noch nicht den Prozess machte.

»Es gibt Neuigkeiten!«

»Ich beeile mich.«

»Mach voran!«

Trotz der ernsten Lage musste Katharina schmunzeln. Eigentlich war es nicht üblich, dass Angestellte so mit der Tochter des Bauern sprachen, doch zwischen Lina und ihr war ein freundschaftliches Band. Hastig frottierte sich Katharina ab und schlüpfte in ihr dunkelblaues Arbeitskleid. Nachdem sie die Strickjacke übergezogen hatte, sperrte sie die Tür auf.

Lina schien außer sich zu sein. »Kann ich reinkommen?«

»Musst du nicht meiner Mutter in der Küche helfen?«

»Es gibt Wichtigeres.« Ungeduldig drückte sich Lina an ihr vorbei. Sie marschierte zum Fenster, um es zu öffnen und frische Luft hereinzulassen. Katharina hatte ihr Haar gekämmt und war gerade damit beschäftigt, sich ein Tuch umzubinden.

»Ich weiß, wer es war.«

»Wie bitte?«

»Ich weiß, wer deinem Vater das Geld gestohlen hat.«

»Mach es nicht so spannend, Lina!«, rief Katharina voller Ungeduld. »Erzähl schon!«

»Thomas war es.«

»Thomas?« Katharina runzelte die Stirn. »Wie kommst du denn darauf?«

»Erzähl ich dir.« Lina hockte sich auf die Fensterbank. »Es ist mir heute Nacht eingefallen, weil ich nicht schlafen konnte. Das Gespräch, das ich gestern mit Thomas geführt habe, ist mir nicht mehr aus dem Kopf gegangen.«

Katharina erinnerte sich schwach daran, dass Lina ihr von einem Treffen vor dem Haus erzählt hatte. Doch sie hatte keinen Kopf für die Schwärmereien der Magd und musste das schnell verdrängt haben.

»Jetzt schieß schon los«, forderte Katharina sie auf.

»Also, es war so …« Lina holte tief Luft. »Wir haben uns auf dem Hof getroffen und natürlich über den Vorfall geredet.«

»Mach es nicht so spannend!«, Katharina war plötzlich ganz hibbelig. Sie war Lina nicht böse, dass die Magd ihren Carl der Polizei ans Messer geliefert hatte. Vermutlich hatte Lina nicht über die Folgen nachgedacht – vor allem nicht damit gerechnet, dass der Hauptwachtmeister Carl aufgrund eines Verdachts verhaftete.

»Er hat mir gesagt, dass es ein Leichtes ist, einen mit Geld gefüllten Umschlag aus dem Schrank zu nehmen, um sich damit unbemerkt aus dem Staub zu machen.«

»Und?« Katharina sah all ihre Hoffnungen auf einen brauchbaren Hinweis dahinschmelzen wie Butter in der Sonne.

»Denk doch mal nach!«

Katharina schüttelte den Kopf. »Ich habe schlecht geschlafen, und mein Schädel brummt wie ein Hornissennest.« Sie massierte sich die Schläfen.

»Zwei Dinge sind mir heute Nacht durch den Kopf gegangen: Erstens: Woher weiß Thomas, dass dein Vater das Geld in einem Umschlag aufbewahrt?«

»Das hat er vielleicht vermutet«, überlegte Katharina.

»Und woher weiß Thomas, wo dein Vater die Löhne aufbewahrt?« Lina grinste. »Na – fällt dir etwas auf?«

»Jetzt hab ich's!« Katharina schlug sich mit der flachen Hand vor die Stirn, dass es klatschte, verzog das Gesicht und bereute die impulsive Bewegung sofort. »Vater hat mir die Personen genannt, die von dem Versteck wissen. Und es sind nicht viele.«

»Und Thomas gehört nicht zu ihnen, nehme ich an?«

»Nein, Thomas weiß nicht davon.«

Aufgeregt sprang Lina vom Fensterbrett. Dabei stieß sie an den Waschtisch, und das Wasser in der Schüssel schlug kleine Wellen. »Siehst du?«, rief sie aufgeregt. »Jetzt haben wir ihn.«

»Thomas?«, fragte Katharina zweifelnd. »Ausgerechnet deinen Thomas lieferst du jetzt ans Messer?«

»Er ist nicht mein Thomas«, murrte die Magd pikiert. »Er straft mich mit Nichtachtung. Er ist in dich verliebt.«

»Genau – jetzt kennen wir auch den Grund!«

»Wie bitte?«

»Das könnte der Grund für sein Handeln sein«, half Katharina ihr auf die Sprünge. »Er ist in mich verliebt, und er sieht nicht nur, dass ich mich nicht für ihn interessiere, sondern es dürfte ihm auch nicht entgangen sein, dass Carl und ich … nun ja, ein Paar sind.« Katharina errötete bei diesen Worten. »Er betrachtet Carl als seinen Nebenbuhler und würde wahrscheinlich alles dafür tun, ihn vom Hof zu jagen.«

»Oder ihn ins Zuchthaus zu bringen«, überlegte Lina weiter. »Er hat sich Carl zum Erzfeind gemacht.«

Katharina dachte angestrengt nach. Auch wenn ihr der Knecht in den vergangenen Tagen mehrmals zu nahe gekommen war, wusste sie nicht, ob sie ihm so etwas zutrauen konnte. Sicherlich kämpfte er mit seiner gekränkten Eitelkeit und hatte Probleme mit ihrer Zurückweisung, aber ob er so weit ging, dass er seinen Rivalen ins Gefängnis brachte, konnte sie nur schwer einschätzen. Immerhin schien er jähzornig zu sein, denn er hatte Carls Materialien zerstört.

»Ich muss zu meinem Vater«, stieß Katharina hervor. Hastig schlüpfte sie in die Schuhe und schnürte sie flüchtig, dann sprang sie von der Bettkante hoch und rauschte an Lina vorbei aus der Kammer – um vor der Tür mit Thomas zusammenzustoßen.

*

»Thomas«, rief sie entsetzt, als er sie an den Schultern packte und zur Seite drehte. Schnell schüttelte sie seine Hände ab und betrachtete ihn mit forschendem Blick. *Er hat gelauscht*, schrie alles in ihr. *Er ist Lina gefolgt, um unser Gespräch zu belauschen.* »Was hast du hier oben zu suchen?«, fragte sie ihn mit fester Stimme. »Deine Kammer liegt doch im Stall, oder hat mein Vater dir ein besseres Quartier zur Verfügung gestellt?«

»Noch nicht«, grinste er mit einem überheblichen Ton in der Stimme, der ihr nicht gefiel. »Ich muss mich verlaufen haben.«

Dass der Knecht sie zum Narren hielt, ärgerte sie. »Es ist keine Zeit zum Scherzen, wies sie ihn zurecht. »Hast du nichts zu tun? Kümmer dich ums Vieh, bevor andere deine Arbeit machen.«

»So schlecht geschlafen?« Sein Grinsen wurde eine Spur breiter.

»Das geht dich nichts an«, zischte Katharina aufgebracht.

Er lachte leise. »Wohl keine Ruhe gefunden, weil der Liebste im Kittchen sitzt?«

Fast hätte sie ihm ein weiteres Mal eine Ohrfeige verpasst, doch sie hielt sich zurück. »Was geht dich das an?«, zischte sie.

Bevor er etwas sagen konnte, rauschte sie an ihm vorbei die Treppe hinunter.

In der Küche traf sie auf ihre Eltern. Vater saß mit einer Tasse Malzkaffee auf der Bank am Fenster, die Mutter mit einem dampfenden Tee auf einem der Stühle.

»Thomas«, rief Katharina aufgebracht. »Es war Thomas.«

»Guten Morgen, mein Kind«, lächelte Theresa und rückte ihr einen Stuhl zurecht. »Setz dich erst einmal zu uns.«

»Moment«, sagte Katharinas Vater. Er ließ die zitternde Hand, mit der er die Tasse festhielt, sinken. »Was heißt das: ›es war Thomas‹?«

»Thomas hat das Geld an sich genommen, um Carl zu diskreditieren.« Ihre Kopfschmerzen waren jetzt stärker. Nie wieder werde ich dieses Teufelszeug trinken, nahm sie sich vor. Stöhnend sank Katharina auf einen Stuhl.

»Das wäre ja schrecklich«, seufzte ihre Mutter.

»Mutter – es ist schrecklich. Thomas hat in seiner blinden Wut auf Carl über die Stränge geschlagen.«

»Das wird Lina nicht gefallen, wenn du ihren Schwarm ans Messer lieferst«, vermutete Theresa.

»Mutter – bitte!«, kam es über Katharinas Lippen. »Lina hat Carl ans Messer geliefert, und das nur aus einer Vermutung heraus. Deshalb sitzt er jetzt in der Zelle.« Es fiel ihr schwer, sich zu beruhigen. »Abgesehen davon habe ich die Information, mit der wir Thomas überführen können, von niemandem anders als von Lina selbst.«

Bernhard Zumwinkel pfiff anerkennend durch die Zähne. »Da versteh einer die Frauenzimmer.«

»Wie bitte?«

»Na ja, erst haut sie deinen Carl in die Pfanne, und heute Morgen ist es ihr peinlich und sie liefert dir ihren Thomas ans Messer.« Er gluckste. »Das muss erstmal ein Mann verstehen.«

Katharina schüttelte den Kopf. »Wichtig ist doch, dass der wahre Dieb gefasst wird.«

»Wohl wahr.« Bernhard Zumwinkel nickte zustimmend.

»Wie kommt Lina denn darauf, dass Thomas hinter dem Diebstahl steckt?« Theresa atmete flach und versuchte, einen aufkommenden Hustenanfall zu unterdrücken.

Geduldig berichtete Katharina den Eltern von ihrem Gespräch mit der Magd. »Wir müssen sofort zur Polizei«, schloss sie ihre Ausführungen.

»Ja, wohl wahr«, nickte ihre Mutter. »Es wäre dramatisch, wenn Carl zu Unrecht im Zuchthaus sitzt.«

»Und wir müssen ihn befreien, bevor er dem Richter vorgeführt wird, denn solange er noch in Polizeihaft sitzt, hat Petermann das Sagen.«

»Recht hast du, Kind.« Bernhard Zumwinkel hob die Tasse und leerte sie in einem Zug. Dann stand er auf. »Du kommst allein zurecht?«, fragte er Theresa. Katharinas Mutter nickte. »Tut, was getan werden muss, damit endlich Ruhe einkehrt auf dem Zumwinkel-Hof.«

*

»Er ist weg.« Katharina war fassungslos, als sie die bescheidene Unterkunft des Knechts im Stall aufsuchten.

»Wie – weg?« Bernhard, der schräg hinter ihr stand, konnte keinen Blick auf das verwaiste Lager des Knechts werfen. Er drängte sich an seiner Tochter vorbei, um etwas sehen zu können. Das Bett war gemacht, wer nicht genau hinsah, konnte davon ausgehen, dass der Knecht seine Kammer in einem aufgeräumten Zustand zurückgelassen hatte. Doch Katharina hatte einen Blick in die Kommode und in den Schrank geworfen. Die Fächer waren leer, auch die Reisetasche, mit der Thomas auf dem Hof angekommen war, fehlte. »Er hat seine Sachen gepackt und ist verschwunden.«

»Und was jetzt?« Ihr Vater war fassungslos.

»Immerhin beweist uns das, dass er Angst vor seiner Strafe hat«, überlegte Katharina. »Und wenn wir mit Wilhelm Petermann sprechen, wird er nach Thomas suchen lassen. Er kann sich ja nicht in Luft aufgelöst haben.«

»Worauf warten wir dann noch?« Ihr Vater schien es plötzlich eilig zu haben. Er stürmte aus dem Stall und rief nach Robert. Jetzt, wo Thomas nicht mehr auf dem Hof war, musste der junge Knecht die Kutsche anspannen.

Kapitel 26

Sie sind frei.« Hauptwachtmeister Wilhelm Petermann war mit regungsloser Miene in der Zelle aufgetaucht, um Carl die frohe Botschaft zu überbringen. Nach einer viel zu kurzen Nacht war Carl geschwächt. Er hatte kaum ein Auge zugetan und war erst irgendwann kurz vor dem Morgengrauen in einen unruhigen, traumlosen Schlaf gefallen. Entsprechend überrascht war er, als er durch das Klappern der Eisentüren im Zellentrakt der Polizeiwache geweckt wurde. In der Nacht hatte es zu regnen begonnen. Auch jetzt noch drang das Trommeln der dicken Tropfen an seine Ohren. Als er einen flüchtigen Blick aus dem vergitterten Fenster riskierte, fröstelte er auf der Stelle.

»Wie bitte?«, fragte er gähnend und rieb sich den Schlaf aus den Augen. »Sagen Sie das noch mal.«

»Sie können gehen.« Petermann rang sich ein Lächeln ab.

Langsam verstand Carl, was er da sagte. Schlagartig war er hellwach. Er reckte sich und sprang von der unbequemen Pritsche, auf der er die Nacht verbracht hatte. »Wie komme ich zu dieser Ehre?«

»Bedanken Sie sich bei ihren Leuten.« Der Hauptwachtmeister trat einen Schritt zur Seite und machte die Sicht frei. Hinter ihm standen Katharina und ihr Vater, der alte Zumwinkel höchstpersönlich. Der Bauer grinste jovial, für Katharina gab es kein Halten mehr.

»Carl!«, rief sie überglücklich und sprang förmlich in seine Arme. Freudentränen glänzten in ihren Augen. Er drückte sie fest an sich. »Katharina, Liebes, was ist passiert?«

»Es war so schlimm, dich hier in der Zelle zu wissen heute Nacht – und die Vorstellung, dass du heute dem Richter vorgeführt wirst, war unerträglich.« Sie schluchzte, dann lächelte sie glücklich. »Aber nun wird alles wieder gut.«

Bernhard Zumwinkel räusperte sich vernehmlich. »Du hast seine Frage nicht beantwortet«, stellte er mit einem Blick auf seine Tochter fest.

»Das erzähle ich dir alles später«, strahlte Katharina. »Jetzt komm erst einmal raus aus dieser Zelle.« Sie rümpfte die Nase.

Carl musste sich kneifen, um sicherzugehen, dass er nicht träumte, dann setzte er sich auf die Pritsche, schlüpfte in seine Stiefel und erhob sich wieder. Die Tatsache, dass er die Wache jetzt als ein freier Mann verlassen durfte, hatte er immer noch nicht recht realisiert. Wilhelm Petermann führte das Trio zum Ausgang.

»Sie wissen, was zu tun ist«, erinnerte Katharina ihn mit einem finsteren Blick.

»Selbstredend«, nickte Petermann und salutierte. »Ich werde keine Zeit verschwenden, um den flüchtigen Dieb zu jagen.«

»Das will ich hoffen«, sagte sie.

Bernhard Zumwinkel nickte dem Wachtmeister mit grimmiger Miene zu. »Ich hoffe, dass Sie künftig nicht den erstbesten Verdächtigen verhaften, um einen Fall so schnell wie möglich abschließen zu können.«

Der Vorsteher machte ein betroffenes Gesicht. Offenbar fühlte er sich schuldig. Carl, der die Zusammenhänge noch immer nicht verstand, hoffte auf Erklärungen, sobald sie hier raus waren.

Als sie ins Freie traten, hatte der Regen nachgelassen. Gerade kämpfte sich die Sonne durch die Wolken. Dunstschwaden waberten über dem Pflaster und kündigten einen sonnigen Tag an. Carl stand einfach da und atmete tief durch. Die Luft war klar nach der regnerischen Nacht.

»Nichts wie weg«, rief Katharina überglücklich. Sie ergriff Carls Hand.

»Ja.« Er beugte sich zu ihr hinab und küsste sie. Dabei war es ihm gleichgültig, ob Katharinas Vater zusah. »Nichts wie weg von hier.« Die Kutsche des Bauern stand ein wenig abseits. Robert wartete geduldig. Als die drei die Kutsche erreichten, nickte er ihnen zu, sprang vom Bock und hielt ihnen die Tür auf.

Carl half Katharina in die Kutsche, danach kletterte Bernhard Zumwinkel ins Innere, um auf der gegenüberliegenden Bank Platz zu nehmen. Als Letzter stieg Carl ein. Er musste nicht lange überlegen und setzte sich zu Katharina. Wie selbstverständlich ergriff sie seine Hand.

»Bring uns nach Hause«, rief Bernhard dem Knecht zu.

»Jawohl.« Robert brachte die Fuhre in Fahrt. Das Gespann rumpelte über das Pflaster der Straßen von Clarholz. Carl konnte das Gefühl der Freiheit gar nicht in Worte fassen. Er legte den Kopf in den Nacken, blinzelte genießerisch in die Morgensonne und genoss die Wärme von Katharinas Hand in seiner. »So«, sagte er mit Blick auf Katharina. »Und jetzt möchte ich wissen, warum ich gehen durfte.«

»Weil wir den wahren Täter überführt haben«, antwortete der Bauer mit einem zufriedenen Gesichtsausdruck.

»Wer war es denn nun?«

»Thomas«, kam es wie aus der Pistole geschossen von Katharina. »Er hat das Geld an sich genommen und in deiner Kammer versteckt, um dir eins auszuwischen.«

Carl war fassungslos. Ihm war klar gewesen, dass er dem Knecht ein Dorn im Auge war. Doch dass er zu solchen Maßnahmen griff, machte ihn wütend. Um ein Haar wäre er für eine ganze Zeitlang hinter Gittern gelandet. Und Thomas hätte freie Fahrt gehabt, um Katharina von sich zu überzeugen. Carl ballte die Hände zu Fäusten. »Wo ist er jetzt?«

»Wenn wir das nur wüssten«, seufzte Bernhard Zumwinkel. »Er hat den Hof fluchtartig verlassen. Ich habe mit Petermann gesprochen und ihm klargemacht, dass er dafür Sorge zu tragen hat, dass der Knecht seiner Strafe zugeführt wird. Ansonsten kann ich für nichts garantieren, wenn er mir zwischen die Finger kommt.«

Sie ließen Clarholz hinter sich zurück, die Bebauung machte weiten Feldern Platz. Dann hatten sie die Chaussee erreicht, die nach Beelen führte.

»Wie dem auch sei«, sagte Katharina, »Hauptsache, du bist wieder auf freiem Fuß.«

»Ja, wobei ich auch nicht weiß, was passiert, wenn er mir begegnet.« Carl sog die Luft durch die Nase ein.

»Darüber wird sich Thomas im Klaren sein.«

*

Der Junge hatte es wirklich übertrieben. Bernhard hatte sich vieles anders ausgemalt. In Thomas hatte er bereits seinen Schwiegersohn gesehen, den Mann, der seine einzige Tochter schon bald heiraten würde. Dass er aus blinder Wut und Verzweiflung die Bauteile für eine Thiele-Zentrifuge zerstört hatte, war schlimm. Dass er aber dafür gesorgt hatte, dass Carl verhaftet wurde, schlug dem Fass den Boden aus.

Thomas hatte mit harten Bandagen gekämpft, und jetzt war er wie vom Erdboden verschluckt.

Rauchend saß Bernhard Zumwinkel auf seiner Bank und beobachtete das muntere Treiben auf dem Hof. Es war wieder Normalität eingekehrt, jeder ging seiner Arbeit nach, die Handwerker verrichteten ihre Aufgaben, und der Hufschmied versorgte die Pferde. Das metallische Klimpern des Hammers, der auf den Amboss schlug, schallte über den Hof. Nun würde Katharina ihm wohl bald Carl als ihren Auserwählten vorstellen.

Carl war ein patenter junger Mann, das musste Bernhard ihm lassen. Aber er würde mit größter Sicherheit nicht in der Lage sein, den Hof zu führen. Schweren Herzens beschloss der Bauer, die Dinge laufen zu lassen. Ändern konnte er sie sowieso nicht. Vielleicht war alles gut, so wie es gekommen war. Und für ihn zählte am Ende des Tages, dass seine Tochter glücklich war und sie den Mann heiraten konnte, den sie über alles liebte. Zumwinkel ahnte, dass es sich dabei um Carl Thiele handelte. Er war nicht blind, hatte die beiden immer wieder beobachtet, und nun baute Carl sogar eine Zentrifuge für den Hof. Vielleicht war es gut, wie es lief. Der Bauer benötigte einfach noch ein wenig Zeit, um sich mit dem Gedanken anzufreunden, dass Katharina einen Maurer heiraten wollte. Immerhin hatte er ihn noch nicht um die Hand seiner Tochter gebeten.

Kapitel 27

»Wie willst du einen Automaten bauen, der allein zentrifugiert?« Katharina war Carl in den Stall gefolgt, der um diese Zeit leer war. Die Arbeiter hatten das Vieh aufs Feld geführt.

»Ich müsste mir etwas überlegen«, murmelte Carl, während er sich gedankenverloren im Zwielicht umsah. »Wenn ihr schon ans Stromnetz angeschlossen wärt, dann wäre es ein Leichtes.«

»Ich fürchte, ich verstehe dich nicht«, entgegnete Katharina.

»Nun, mit Elektrizität wird vieles leichter«, erklärte Carl geduldig. »Sie dient nicht nur den Reichen, um elektrisches Licht in ihre Villen zu bringen.«

»Sondern?« Eine Falte stand auf Katharinas Stirn.

»Die Industrie in den Städten erlebt gerade einen enormen Aufschwung mit der Elektrizität. Man baut Maschinen in den Fabriken, die die Arbeitsprozesse beschleunigen.«

»Aber Clarholz ist alles andere als eine Stadt«, erwiderte Katharina lachend.

»Das ist wohl wahr.« Carl seufzte, als er ihr fragendes Gesicht sah. »In einigen kleineren Städten helfen sich Fabriken, indem sie Strom mit ihren eigenen Dampfmaschinen erzeugen.«

»Eine Dampfmaschine besitzen wir auch nicht.«

»Es wäre eine sinnvolle Investition«, behauptete Carl voller Überzeugung. »Denk mal nach, dein Vater lässt gerade einen großen Stall für das Milchvieh von uns bauen. Viele Kühe machen Mühe.« Er lachte über seinen eigenen Witz. »Aber ganz im Ernst, Katharina: Es werden unzählige Liter Milch zusätzlich verarbeitet werden müssen. Zu Käse, zu Butter … du weißt sicher mehr darüber als ich. Aber wer soll diese Arbeit denn machen?«

»Wir werden zusätzliche Mägde einstellen müssen.«

»Oder eine Dampfmaschine anschaffen, mit der meine Maschine betrieben werden kann.«

»Du willst eine Zentrifuge mit Dampfkraft antreiben?« Katharinas Stimme klang ungläubig.

»Am liebsten schon, aber ich fürchte, die Anschaffung einer Dampfmaschine wäre eine nicht tragbare Investition für deinen Vater. Und auf die Elektrifizierung zu warten, würde bedeuten, wertvolle Zeit zu verlieren.«

»Dann muss eine handbetriebene Zentrifuge her«, fürchtete Katharina. Sie dachte angestrengt nach. »Wie wäre es«, überlegte sie schließlich, »wenn wir die Maschine so konstruieren, dass man sie zunächst manuell betreiben kann, sie aber zu einem späteren Zeitpunkt mit einem Elektromotor nachrüsten kann?«

Carl musste nicht lange überlegen. Katharinas Vorschlag gefiel ihm, allerdings musste er eine Umrüstung beim Bau der Maschine schon jetzt berücksichtigen. »Ich habe mir vorgenommen, Maschinen zu bauen, die viele Jahre lang problemlos funktionieren«, grübelte er.

»Umso wichtiger, dass man sie umbauen kann«, fand Katharina und klatschte begeistert in die Hände. »Damit hätten wir zugleich eine elektrifizierte Zentrifuge.«

Carl schien zu gefallen, dass sie beim Bau der Erfindung von »wir« sprach. Er grinste breit. »Dann sollten wir mit dem Bau eines Prototyps beginnen.«

»Aber wie soll das gehen? Thomas hat alles zerstört.«

»Wir nehmen das, was noch vorhanden ist.« Carl schritt durch den Stall und inspizierte die vorhandenen Werkzeuge und Materialien. Mit hochgezogener Augenbraue blieb er vor einem alten Holzfass stehen. »Wie ist es hiermit? Es ähnelt dem alten Fass.«

»Mit dem Fass?« Katharina betrachtete das wurmstichige Gebinde. Die eisernen Beschläge waren rostig, auf dem gewölbten Holz hatte sich eine dicke Staubschicht gebildet.

Carl machte Anstalten, das Fass zur Seite zu kippen, um es ins Licht zu rollen. Zufrieden klopfte er sich den Staub von den Händen. »Das könnte funktionieren«, sagte er und trommelte zufrieden auf dem alten Holzfass herum.

»Ist das nicht viel zu groß für ein paar Liter Milch?«

»Nicht, wenn ihr das zusätzliche Milchvieh angeschafft habt«, sagte Carl. »Im Gegenteil – dann wird dein Vater sogar mehrere Zentrifugen benötigen.«

»Aber es wird viel Kraft kosten, die Unmengen von Milch darin zu beschleunigen«, fürchtete Katharina. Es fiel ihr schwer, das Fass als Herzstück von Carls Erfindung zu sehen.

»Meine Maschine wird stark genug sein, um die Massen zu beschleunigen.«

Katharina runzelte ungläubig die Stirn. »Bei allem Respekt: Du spinnst, Carl Thiele.«

»Nein.« Er schüttelte den Kopf, beugte sich zu ihr herab und hauchte ihr einen Kuss auf die Stirn. »Ich spinne nicht, Katharina. Ich bin ein Visionär.«

»Du bist ein Träumer«, entgegnete sie lächelnd und schüttelte den Kopf. »Bis es so weit ist, werden noch Jahrzehnte vergehen.«

»Lass mich mal machen, Katharina, lass mich mal machen.« Carl rollte das alte Fass aus der dunklen Ecke. Danach suchte er einige Holzbalken zusammen, die er vor dem Fass aufschichtete. »Das ist das Grundmaterial«, sagte er an Katharina gewandt, die ihn zweifelnd beobachtete. »Gib mir ein paar Tage Zeit, dann kannst du deinem Vater meine Maschine präsentieren.«

Kapitel 28

Die Nacht hatte sich über den Zumwinkel-Hof gesenkt, und die Männer und Frauen saßen in der großen Stube beisammen, um die Ereignisse des Tages noch einmal Revue passieren zu lassen. Das rätselhafte Verschwinden von Thomas war Thema des Tages. Es gab Arbeiter, die sich darüber freuten, nicht länger von dem Großknecht herumkommandiert zu werden, andere fragten sich, wie es jetzt wohl weiterging.

Katharina hatte an diesem Abend keine Lust auf Gesellschaft. Von der Arbeit müde, hatte sie sich recht früh in ihre Kammer zurückgezogen. Nachdem sie sich ausgekleidet hatte, bürstete sie ihr Haar, während sie sich nachdenklich im Spiegel über dem Waschkabinett betrachtete. Sie fragte sich, warum Carl sie so anziehend fand, sah sie doch eine ganz normale junge Frau mit langem dunkelblondem Haar, graublauen Augen und einer etwas zu dicken Nase. Er hatte ihr heute gestanden, ihren Mund zu lieben. »Deine Lippen fühlen sich so göttlich an«, hatte er gesagt, und sie war prompt vor Scham errötet. So etwas hatte ihr noch nie zuvor ein Mann gesagt. Sie spürte, wie sich ihr Herzschlag beschleunigte, sobald sie an Carl dachte. Unwillkürlich fragte sie sich, ob er gerade damit beschäftigt war, die

Zentrifuge zu bauen. Vor ihrem geistigen Auge sah sie, wie er eifrig werkelte, um die Erfindung bald schon ihrem Vater vorstellen zu können.

Schnell versuchte sie, die Gedanken an den hübschen Maurer zu verdrängen, wusste sie doch, dass ihr Vater nicht einverstanden sein würde, wenn er um ihre Hand anhielt. Doch noch war es nicht so weit. Noch war es eine Schwärmerei, die sie miteinander verband. Und dennoch konnte sich Katharina schon jetzt gut vorstellen, an Carls Seite alt zu werden. Es fühlte sich eigenartig an, und für gemeinsame Zukunftspläne war es auch noch viel zu früh. Dennoch verfolgte sie dieser Gedanke in letzter Zeit immer öfter. Wie würde es sein, wenn sie eines Tages heirateten? Sicher würde Carl seinen Vater nicht im Stich lassen. Gerhard Thiele war fest davon überzeugt, dass sein Sohn eines Tages den Maurerbetrieb übernehmen würde. Und Carl schien kein ernsthaftes Interesse an der Landwirtschaft zu haben. Zwar interessierte er sich für die Abläufe und dachte über Verbesserungen nach, die allen Beteiligten die Arbeit erleichtern würden. Doch war er kein Bauer, und er würde wohl auch nie ein Bauer sein.

Nachdem sie sich das Gesicht und die Hände gewaschen hatte, machte sie, dass sie in die Federn kam. Das einfache Kastenbett knarrte ohrenbetäubend, und Katharina verzog das Gesicht zu einer Grimasse. Schnell zupfte sie das Kopfkissen zurecht und stopfte es sich in den Rücken, dann griff sie zu dem Buch auf dem Nachtschrank. Sie drehte die Lampe so, dass der Lichtschein auf die Seiten fiel, und versuchte, sich mit Lesen abzulenken. Doch schon nach ein paar Minuten gab sie es auf.

Immer wieder kreisten ihre Gedanken um Carl. Sicher lag er jetzt auch schon in seiner Kammer, die er mit seinem Vater teilte. Sie konnte sich nicht vorstellen, dass er den Feierabend mit dem Gesinde in der Stube verbrachte. Katharina stellte sich vor, wie er in seinem Bett lag. Ob er schon schlief? Und wenn er nicht schlafen konnte, dachte er dann auch gerade in diesem Moment an sie?

Allein der Gedanke daran zauberte ihr ein Lächeln ins Gesicht. Schon jetzt freute sich Katharina darauf, Carl morgen beim Frühstück zu sehen. Sie überlegte fieberhaft, ob es tagsüber eine Gelegenheit gab, sich mit ihm zu treffen. Und wenn es auch nur ein kurzer Moment der Zweisamkeit war, so sehnte sie sich schon jetzt danach. Mit einem wohligen Seufzen auf den Lippen schlug sie das Buch zu und löschte das Licht. Der Duft des Petroleums hing einen Moment lang in der Kammer und verflüchtigte sich schließlich. Katharina lag auf dem Rücken und starrte mit vor der Brust verschränkten Armen zur Decke hinauf. Sie stellte sich vor, wie es wäre, wenn er jetzt bei ihr sein könnte. Wenn sie in seine wundervollen Augen blicken und dem Klang seiner Stimme lauschen könnte. Es dauerte nicht lange, bis sie in einen tiefen, wohltuenden Schlaf fiel.

*

Carl war nicht müde. Auch ihm lag es fern, zu später Stunde in der Stube mit dem Gesinde den Feierabend zu verbringen. Er war froh, dass er heute wieder in der Kammer des Zumwinkel-Hofes sein durfte. So freute er sich schon auf sein Bett, das um einiges gemütlicher war als die harte Pritsche in der Zelle, auf der er die letzte Nacht hatte verbringen müssen. Doch noch war es nicht so weit. Von unten drangen Stimmengewirr und Gelächter gedämpft an seine Ohren. Das Gespräch mit Katharina im Stall war ihm nicht aus dem Kopf gegangen. Der Alltag auf dem Land bedeutete unglaublich schwere Handarbeit. Es war an der Zeit, moderne Technik in die Landwirtschaft zu bringen.

Während sein Vater bereits müde vom Tagwerk im Bett lag und leise schnarchte, tüftelte Carl an seiner Erfindung. Der Rücken schmerzte ihm vom langen Sitzen auf dem unbequemen Stuhl, die Augen brannten, als er den Stift zur Seite legte, um seine Erfindung zu betrachten. Die Zeichnung zeigte seine erste Milchzentrifuge und war weitaus ausgereifter als der erste Entwurf.

Das zentrale Instrument der Maschine war eine hölzerne Trommel, gelagert auf einer Eisenwelle, die am unteren Ende mit einem Holzrahmen verbunden war. Oben konnte die Milch eingefüllt werden. Die Welle, an der sich im Fass hölzerne Paddel befanden, ragte oben aus dem schwenkbaren Deckel, darüber gab es eine Vorrichtung, in die man eine Handkurbel stecken konnte. Über einen eisernen Schneckenantrieb konnten mithilfe der Kurbel schnelle Drehungen vollführt werden, die für die Fliehkraft im Inneren sorgte und so den Rahm von der Magermilch trennte. Die Magermilch sammelte sich am Boden der Trommel und konnte über einen Sperrhahn ablaufen. Dafür hatte Carl extra eine Halterung konstruiert, in die man einen Eimer oder eine Schüssel stellen konnte. Rechts und links von der Trommel gab es ebenfalls Ablasshähne, auch hier wieder mit Aufnahmen für Eimer oder Schüsseln, in die man den Rahm geben konnte.

In seiner Skizze ruhte das Fass auf Holzböcken. Rechts neben dem ausrangierten Fass befanden sich ein Getriebe mit verschieden großen Zahnrädern und zwei Riemenscheiben, deren Aufgabe es war, die Trommel anzutreiben und zum Drehen zu bringen. Hier würde irgendwann ein Elektromotor sitzen, der für die Drehungen sorgte. Den Deckel des Fasses hatte Carl durch eine ebenfalls hölzerne Klappe ersetzt, die nun durch einen eisernen Sperrriegel verschlossen werden konnte.

Die Erfindung war nahezu perfekt – jedenfalls auf dem Papier. Jetzt fehlte es nur noch an dem nötigen Antrieb für die Zentrifuge. Ein Seufzen kam über Carls Lippen. Er überlegte, ob man die Maschine mittels eines Fußpedals antreiben konnte, so, wie es bei Nähmaschinen üblich war. Doch er wagte zu bezweifeln, dass man ein derart großes Fass voller Milch mit den Füßen zum Drehen bringen konnte. Carl dachte noch ein paar Minuten nach, dann spürte er, wie sich Müdigkeit in ihm breitmachte. Er beschloss, sich morgen über den Antrieb seiner Erfindung Gedanken zu machen, löschte das Licht und kroch ins Bett. Die Bettwäsche duftete wunderbar nach Lavendel. Carl fragte sich, ob wohl Lina und Katharina die auf dem Hof anfallende Wäsche erledigten. Er konnte sich gut vorstellen, dass es viel zu tun gab – die Wäsche musste genäht, Löcher gestopft und bergeweise Kleidung gewaschen werden.

*

Irgendwann in der Nacht erwachte er mit klopfendem Herzen. Carl schlug die Augen auf und überlegte, warum er nicht mehr schlafen konnte. Seine Gedanken kreisten um die Zentrifuge, die ihn offenbar in die Träume begleitet hatten. Er wandte den Kopf zur Seite und sah seinen Vater, der tief schlief.

Carl gab dem Verlangen nach, an der Zentrifuge zu arbeiten. Seine innere Unruhe war zu groß, um sich umzudrehen und wieder einschlafen zu können. So leise wie möglich erhob er sich und schlüpfte im fahlen Licht des Mondes, das durch den Spalt in der Gardine in die Kammer fiel, in seine Kleidung. Dabei versuchte er keinen Lärm zu machen. Wenige Minuten später stand Carl vor dem Wohnhaus. Kurz zögerte er. Sollte er mitten in der Nacht zum Stall gehen, um an der Zentrifuge zu arbeiten? Die Unruhe trieb ihn voran. Still lag der Hof vor ihm. Aus den Stallungen war nur ab und an ein verschlafenes Schnaufen zu hören. Im silbrigen Licht stand die blasse Scheibe des Mondes am Nachthimmel. Die Gebäude des Hofes wirkten wie geisterhafte Kulissen, die erst wieder im Morgengrauen zum Leben erwachten.

Auch als er sich zum Wohnhaus umwandte, brannte in keinem der Fenster mehr Licht. Obwohl er nichts Unrechtes tat, fühlte sich Carl wie ein Dieb, so, wie er um diese nachtschlafende Zeit hier herumschlich. Während er den Hof überquerte, nutzte er die Schatten der umliegenden Gebäude, um möglichst unbemerkt zum Stall zu gelangen. Das Knarren des schweren Holztores klang überlaut in seinen Ohren und er hoffte, dass von dem Lärm niemand aufwachte. Im Stall angekommen, nahm er eine der Laternen vom Haken. Wenig später stand er vor dem, was schon bald die Milchwirtschaft revolutionieren sollte.

Vorhin hatte er die Bauteile mit einer Decke verhüllt. Nachdem er die Laterne an einem hochhängenden Haken befestigt hatte, zog er die Decke fort. Mit verzückter Miene betrachtete er sein Kunstwerk, das noch in Einzelteilen vor ihm lag. Carl nahm eine kleine Ölkanne und machte sich daran, die mechanischen Teile abzuschmieren. Wenig später war er derart in seine Arbeit vertieft, dass er die Welt um sich herum vergessen hatte.

Umso mehr erschrak er, als sich hinter ihm Schritte näherten. Zitternd fuhr er herum und fürchtete schon, dass Thomas aufgetaucht war. Erleichtert stellte er fest, dass es sich bei seinem Gegenüber um eine zierliche Person handelte. »Du?«, fragte er erstaunt und konnte nicht verhindern, dass seine Stimme vibrierte.

»Das Gleiche könnte ich dich fragen«, antwortete Katharina. Sie trug einen Mantel, darunter nur ihr Nachthemd, und Stiefel. »Was treibst du hier mitten in der Nacht?«

»Ich konnte nicht schlafen«, räumte er zerknirscht ein.

»Und ich dachte, es wären wieder Einbrecher am Werk«, antwortete Katharina, dann musste sie lachen. »Aber das Gefühl, nachts aufzuwachen und zu glauben, Einbrecher schleichen auf dem Hof herum, kennst du ja bereits.«

»Allerdings.« Er stimmte in ihr leises Lachen ein, dann wurde er ernst. »Ich wollte dich nicht erschrecken.«

»Schon gut«, sagte Katharina schnell. »Ich freue mich ja, dass du es bist, der nicht schlafen konnte.« Sie betrachtete die Zentrifuge voller Interesse. »Was machst du?«

»Ich öle gerade die Verschlussgelenke.«

»Magst du mir erzählen, wie die Zentrifuge funktioniert?«

»Aber gern.« Er stellte das Ölkännchen ab und trat auf sie zu, hauchte ihr mit einem glücklichen Lächeln einen Kuss auf die Lippen und beantwortete Katharinas Fragen.

»Gut«, sagte sie schließlich und betrachtete die Einzelteile. »Wo fangen wir an?«

★

Eine knappe Stunde später fiel sie todmüde, aber überglücklich in ihr Bett. Katharina hatte Carls Gesellschaft auch in der völlig unromantischen Umgebung, zwischen Werkzeugen und Ölgeruch, genossen, hatte wie gebannt an seinen Lippen gehangen, als er ihr die Maschine erklärt hatte, und dabei kaum ein Wort wirklich wahrgenommen. Inzwischen war Katharina sicher: Sie war in Carl verliebt und konnte sich schon jetzt ein Leben ohne ihn gar nicht mehr vorstellen. Sie war fasziniert von seinem Ehrgeiz. Gemeinsam hatten sie ihre Ideen besprochen, Katharina hatte ihm vom Buttern berichtet und dann hatten sie die Idee einer ganzen Molkerei entwickelt, die den Bauern schon bald das Leben erleichtern sollte. Sie würden die Milchwirtschaft revolutionieren, doch noch schien Carl nicht gänzlich überzeugt vom Erfolg ihrer Erfindung, denn er zögerte, wusste nicht, ob er das nötige kaufmännische Geschick mitbrachte, um eine Fabrik führen zu können. Aber es war noch nicht so weit, zunächst musste es ihnen gelingen, die Maschine so weiterzuentwickeln, dass sie zuverlässig funktionierte und schließlich reif war, um in Serie produziert zu werden. Katharina sah das Potenzial, das sich hinter Carls Erfindung verbarg und war sicher, dass er das Zeug zu etwas Großem mitbrachte.

Sie hatte sich vorgenommen, ihn nach allen Kräften zu unterstützen, denn sie glaubte fest an Carl und an seinen Erfolg. Mit Grauen dachte Katharina daran, dass sie gleich bereits wieder aufstehen musste, um ihrer Mutter beim Zubereiten des Frühstücks zu helfen.

Katharina zog die Decke bis zum Kinn und stierte aufgeregt mit großen Augen zur Zimmerdecke, die sich als graues Rechteck über ihrem Bett abzeichnete. Ihr Herz schlug schneller, als sie an Carl und die gemeinsame Zukunft dachte, die ihnen bevorstand. Der angenehme Gedanke, an seiner Seite alt zu werden, beruhigte sie. Irgendwann wurde sie vom Schlaf übermannt und fühlte sich wie gerädert, als zwei Stunden später der Hahn krähte und sie aufstehen musste, um sich an die Arbeit zu machen.

Kapitel 29

Das Gesicht von Bernhard Zumwinkel hatte durch die Aufregung eine tiefrote Farbe angenommen. Er konnte nicht glauben, was Katharina ihm da anvertraute. Als er sich in seinem Bürostuhl nach hinten lehnte, um die Hände hinter dem Kopf zu verschränken, knarrte das Holz leise. »Dieser Carl ist ein Maurergeselle«, stöhnte er, während er seine Tochter mit zweifelndem Blick betrachtete.

»Vater«, rief Katharina aufgebracht. Sie lehnte mit vor der Brust verschränkten Armen im Türrahmen des kleinen Büros. »Carl ist nicht nur Maurer. Seine Eltern betreiben einen kleinen Hof, und er ist technisch versiert und unglaublich kreativ.«

»Sooooso«, machte Bernhard Zumwinkel gedehnt. »Kreativ ist er. Was macht der denn? Musiziert er? Spielt er ein Instrument?« Er lachte trocken auf und schüttelte den Kopf. »Malt er? Ist er der neue Carl Spitzweg? Der Meister hört ja auf den gleichen Vornamen wie dein Verehrer, Kind.« Katharinas Vater stieß ein gequältes Stöhnen aus. »Oder schreibt er Novellen wie Theodor Fontane?«

Katharina spürte, wie die Wut in ihr aufstieg. Es ärgerte sie, dass ihr Vater sich auf Carls Kosten amüsierte. »Vater bitte!«, rief sie so aufgebracht, wie sie sich selbst nicht kannte. »Carl ist technikbegeistert und in der Lage, Dinge zu erfinden, die die Landwirtschaft revolutionieren werden!«

»Was sollen das für Dinge sein?« Fragend hob Bernhard Zumwinkel eine Augenbraue. »Kühe, die sich selbst melken? Schweine, die ihr Futter von einer Maschine gereicht bekommen? Hühner, Schafe, die ihre Ställe von einem Automaten gemistet bekommen?« Wieder lachte er, als hätte er einen köstlichen Witz gemacht.

»Du nimmst mich nicht ernst«, stellte Katharina wütend fest. »Vater, Carl hat eine Maschine gebaut, mit der man Milch weiterverarbeiten kann – zu Butter, zu Käse, wozu auch immer.«

»Die gibt es doch schon«, erwiderte Bernhard Zumwinkel und winkte gelangweilt ab. »Das Ding nennt sich Zentrifuge und wurde von einem gewissen Wilhelm Lefeldt vor mehr als zwanzig Jahren erfunden.«

»Das ist es nicht …«

»Wenn die Milch-Trommelzentrifuge etwas taugen würde, hätten wir so ein Gerät längst auf dem Hof, Kind.« Bernhard hielt dem Blick seiner Tochter stand. »Also, dein Carl ist ein Hochstapler.«

»Das ist Thomas, nicht Carl«, rief Katharina aufgebracht.

»Wie dem auch sei.«

»Carls Zentrifuge kann mehr als das Ding von diesem Leiheld.«

»Lefeldt«, verbesserte ihr Vater sie. »Was kann die Maschine von deinem Carl denn besser?«

»Das kann er dir am besten persönlich erklären.

In seiner Zentrifuge kann man bis zu hundert Liter Milch in einer Stunde verarbeiten, das müsste dich doch interessieren, wenn bald das neue Milchvieh einzieht.« Sie hatte sich gemerkt, was Carl ihr in der letzten Nacht über seine Erfindung berichtet hatte, und zählte nun die Vorteile auf. »Wir arbeiten an einer Molkereimaschine, das ist viel mehr als nur eine Zentrifuge.«

»An einer Molkereimaschine?« Bernhard Zumwinkel zog die Augenbrauen hoch. »Was um Himmels willen ist das?« Mit einem schwer zu deutenden Blick betrachtete er seine Tochter. »Und außerdem – was heißt denn wir?«

»Wir bedeutet, dass Carl und ich gemeinsam an der Maschine arbeiten.« Trotz schwang in ihrer Stimme mit. Bernhard Zumwinkel ersparte sich die kritischen Worte, die ihm offensichtlich auf der Zunge lagen, und antwortete mit einem Kopfschütteln. »Er ist kein Mann für dich, Katharina.«

»Woher willst du das wissen?«

»Weil er kein Bauer ist.«

»So leicht ist das nicht, Vater.« Katharina stieß sich vom Türrahmen ab und begann eine rastlose Wanderung durch das zugestellte Büro. Am Fenster blieb sie stehen, um hinaus auf den Hof zu blicken. Von hier aus konnte man den neuen Stall sehen, der unmittelbar vor der Fertigstellung stand. Lange würden die Maurer nicht mehr auf dem Zumwinkel-Hof bleiben. Der Tag von Carls Abreise stand unmittelbar bevor und der Gedanke daran bereitete Katharina Herzschmerzen. Sie wollte ihn nicht mehr missen. »Carl ist gut für mich, ich weiß es einfach.« Sie seufzte sehnsüchtig.

Am Quietschen des Stuhls erkannte Katharina, dass sich ihr Vater von seinem Platz erhob. Die Dielen knarzten leise unter seinen Sohlen, als er hinter sie trat und ihrem Blick hinaus auf den Hof folgte. Im Fensterglas spiegelte sich sein Gesicht. Ohne sich zu ihm umzuwenden, betrachtete Katharina das Spiegelbild ihres Vaters. Alt war er geworden, fand sie. Alt und verbittert. So kannte sie ihren geliebten Vater nicht, und es bereitete ihr Qualen, ihn so sehen zu müssen. Lag es wirklich an seiner Sorge um Theresa?

»Ich will nur das Beste für uns alle«, sagte sie leise.

»Das will ich auch, Kind.« Seine Stimme klang versöhnlich. Bernhard legte eine Hand auf ihre Schulter. Ein versonnenes Lächeln erhellte sein Gesicht. »Aber ich bleibe dabei, dass ein Bauer besser für dich wäre. Und für den Hof.«

»Wer sagt überhaupt, dass ich den Hof fortführen möchte?« Jetzt war es raus. Kaum ausgesprochen, ahnte Katharina, was sie mit dieser Frage in ihrem Vater ausgelöst haben musste. Schlagartig verfinsterte sich seine Miene wieder.

»Was soll das heißen?«

»Ich weiß nicht, ob ich mein Leben für den Hof geben möchte.«

»Aber der Hof ist unser aller Leben.«

»Wie lange geht das noch gut? Die Industrialisierung in den Städten schreitet mit riesigen Schritten voran, bald wird es große Fabriken geben, Maschinen, die unseren Alltag bestimmen. Wer braucht dann noch Bauernhöfe?«

»Die Menschen in den Städten. Sie sind auf uns angewiesen«, fand Bernhard. »Wir versorgen sie mit Milch, Butter und Käse, aber auch mit Fleisch, Eiern und allem, was auf den Tisch gehört.«

»Auch das wird sich bald ändern.«

»Wie soll das funktionieren?« Er runzelte die Stirn. »Hat dir dieser Carl einen Floh ins Ohr gesetzt, oder was ist los mit dir?«

»Carl hat mir die Augen geöffnet«, behauptete Katharina. »Er ist ein weiser Mann, ein Visionär, der schon heute an die kommenden Jahre denkt.«

»Dein Carl ist ein verrückter Spinner!«, rief Bernhard wütend und winkte ab. »Ich möchte nicht, dass du dich weiterhin mit ihm triffst, um an seiner verrückten Maschine zu tüfteln.«

Als Katharina herumwirbelte und ihn mit entsetztem Blick ansah, wich er einen Schritt zurück.

»Hast du verstanden?«

»Ja, Vater.« Katharina sah ein, dass es keinen Sinn hatte, sich weiterhin mit ihm zu streiten. Sie würde das Gespräch zu einem späteren Zeitpunkt fortführen müssen. Die Wut und Enttäuschung trieb ihr die Tränen in die Augen. Sie wollte nicht, dass ihr Vater sie weinen sah, und stürmte aus dem Büro. Erst, als sie im Korridor stand, ließ sie den Tränen freien Lauf.

»Was ist denn los?«

Katharina hörte die besorgte Stimme wie durch Watte. Sie benötigte einen Augenblick, um zu realisieren, dass ihre Mutter vor ihr stand. Durch den Tränenschleier konnte sie Theresa kaum erkennen, nur der warme Klang ihrer Stimme war ihr vertraut. »Du schluchzt ja, dass es einem das Herz erweicht«, befand Theresa. Die beiden Frauen fielen sich in die Arme. Für einen Moment fühlte sich Katharina wieder wie ein kleines Mädchen.

»Geht es wieder?« Sorge lag in Theresas Blick.

»Ja«, antwortete Katharina und war sich darüber im Klaren, dass das nicht stimmte. Doch sie wollte ihre Mutter nicht mit ihren Problemen belästigen, denn sie hatte mit ihrer angeschlagenen Gesundheit genug zu tun. Wortlos reichte Theresa ihr ein Taschentuch. Katharina nahm es dankend an und schnäuzte sich geräuschvoll die Nase.

»Kind, so rede doch – was ist geschehen?« Theresa betrachtete sie besorgt.

»Vater, ach Vater …« Katharina schüttelte den Kopf. »Er gönnt mir mein Glück nicht.«

»Komm erst einmal in die Stube, da können wir ungestört reden.« Theresa nahm ihre Tochter an der Hand und zog sie in die gemütliche Stube des Wohnhauses. Hier gab es eine Eckbank am Fenster, einen großen Tisch und einige Sessel und Stühle, auf denen die Angestellten des Hofes abends saßen, um sich von der harten Arbeit zu erholen. In gemütlicher Runde genossen die Männer und Frauen ihren wohlverdienten Feierabend.

Jetzt, wo alle bei der Arbeit waren, konnten die beiden Frauen ungestört sprechen. Eigentlich war Katharina gar nicht zum Reden zumute. Dennoch ließ sie sich widerstandslos zur Bank führen. »Setz dich«, forderte ihre Mutter sie auf.

Mit einem dankbaren Nicken sank Katharina auf das dünne Polster und stützte die Ellenbogen auf den Tisch. »Es ist so schrecklich«, jammerte sie mit tränenerstickter Stimme. »Wenn es nach Vater geht, dann soll ich diesen Knecht heiraten.«

»Aber er ist weg.« Theresa nickte.

»Und – wie geht es dir damit?«

Schulterzucken. »Du kennst deinen Vater. Wenn er sich einmal etwas in den Kopf gesetzt hat, ist es schwer, ihn wieder davon abzubringen.«

»Aber ich kann keinen Mann heiraten, den ich nicht liebe – und diesen Thomas erst recht nicht, Mutter, das musst du doch verstehen! Er ist ein Krimineller!«

»Ich kann dich sehr gut verstehen, Kind.« Theresa lächelte sanft. »Deinem Vater geht es um die Nachfolge des Hofes. Ich mache ihm Schwierigkeiten, weil ich nicht mehr so viel arbeiten kann. Er ist in größter Sorge.«

Katharina nickte. »Trotzdem kann er mich nicht verheiraten.«

»Er könnte schon«, murmelte Theresa und unterdrückte einen Hustenanfall. »Aber ich kenne deinen Vater gut genug, um zu wissen, dass er nicht glücklich sein würde, wenn du es nicht bist, Kind.«

»Und jetzt?«

»Ich werde mit ihm reden«, versprach Theresa. Das Gespräch strengte sie an, sie senkte den Blick. Ihr Atem ging rasselnd. Als sie Katharina ansah, lächelte sie wieder. »Also ist das mit dir und Carl inzwischen etwas Ernstes.« Es war eine Feststellung, keine Frage.

Katharina überlegte, was sie darauf antworten sollte, und entschied sich für die Wahrheit. Ihrer Mutter konnte sie nichts vormachen, und es lag ihr fern, sie anzulügen, das brachte sie nicht übers Herz.

»Ja.« Katharina senkte den Blick. Der Gedanke an Carl genügte, um ihre Laune zu heben. Einmal mehr spürte sie, wie sehr sie Carl Thiele liebte.

»Dein Vater ist nicht einverstanden mit Carl, nehme ich an.«

»Nein.«

»Verständlich, denn Bernhard geht wohl davon aus, dass Carl eher den Betrieb seines Vaters als unseren Bauernhof übernehmen möchte.«

»Aber deshalb kann er mich doch nicht zu einer Hochzeit mit einem Mann zwingen, den ich nicht liebe, Mutter.« Katharina ballte die Hände zu Fäusten. »Er hält Carl für einen Spinner. Dabei macht er sich Gedanken, wie man den Landwirten in Zukunft die Arbeit erleichtern kann. Er erfindet Maschinen, und er …«

»Pssst.« Theresa legte ihr den Zeigefinger auf die Lippen und bedeutete ihr so, zu schweigen. »Ich werde mit deinem Vater reden. Wenn er keinen anderen Ausweg sieht, müssen wir eben mehr Personal einstellen. Oder wir verkaufen den Hof, was ihm sicher das Herz brechen würde. Aber wenn es nicht anders geht, müssen wir es einfach tun.«

»Das brächte ich auch nicht übers Herz«, gestand Katharina ihr voller Verzweiflung. »Mutter … es muss doch einen anderen Weg geben, eine Lösung, mit der wir alle glücklich sein können.«

»Den gibt es bestimmt.« Theresa nickte mit einem versonnenen Blick. »Und nun hör auf zu weinen, oder willst du, dass dich dein Carl mit verheulten Augen sieht?«

»Nein, natürlich nicht.« Nun musste Katharina lachen. Sie genoss Theresas Zuversicht. In ihren Augen wurde immer alles gut. Niemals hatte sie den Mut verloren. Und ein wenig wollte Katharina sein wie ihre Mutter. »Recht hast du«, sagte sie energisch und wischte sich die Tränen aus den Augen, bevor sie sich von ihr verabschiedete. An der Tür der Stube angekommen, wandte sie sich zu Theresa um. »Danke, Mutter.« Als Theresa fragend den Kopf schief legte, fügte sie hinzu: »Danke, dass es dich in meinem Leben gibt, dich, die du mir immer Mut machst.«

★

»Ich werde mit deinem Vater reden«, versprach Carl wenig später. Natürlich war ihm nicht entgangen, dass Katharina geweint hatte. Sie war in sich gekehrt und wortkarg gewesen, eine Art, die er so nicht von ihr kannte. Carl hatte sie zur Seite genommen und gefragt, welche Laus ihr über die Leber gelaufen war.

»Es steht ihm nicht zu, dass er dich zu einer Hochzeit mit einem anderen Mann zwingt.« Eine Zornesfalte stand steil auf Carls hoher Stirn. »Als dein Vater muss ihm doch daran gelegen sein, dass seine Tochter glücklich wird.«

»Als Bauer in dritter Generation ist ihm aber auch daran gelegen, den Hof schon bald an die nächste Generation zu übergeben«, bemerkte Katharina. Langsam rückte das unerfreuliche Gespräch mit ihrem Vater in weite Ferne. Carl war bei ihr, sie konnte ihm ihr Herz ausschütten und sich ihm anvertrauen. Er war für sie da, er schützte sie und er hörte ihr aufmerksam zu. Allein das genügte, um ihren Mut zurückkehren zu lassen. Wie automatisch sank sie in seine Arme und schloss die Augen. Er küsste ihr Haar und strich ihr beruhigend über den Rücken.

»Ich bin sicher, dass er ein gutes Herz hat und dass es ihm wehtun würde, dich unglücklich zu sehen.«

»Er ist sicher nicht unglücklich, wenn er den Hof nach der Übernahme in guten Händen weiß«, mutmaßte Katharina trotzig. »Und ich weiß, dass ich den Hof nicht fortführen möchte, wenn er sich aus dem Geschäft zurückzieht.« Sie wunderte sich ein wenig über ihre eigene Entschlossenheit.

»Wir wissen doch alle noch nicht, welcher Weg uns vorgegeben ist«, erwiderte Carl mit sanfter Stimme. »Aber wenn wir den Weg gemeinsam gehen, werden sich alle unsere Wünsche erfüllen, Katharina, du wirst sehen.«

»Das sagt sich so leicht.«

»Ich habe nicht gesagt, dass es leicht wird, aber am Ende werden wir alle glücklich sein.«

Aus seinem Munde klangen diese Worte so logisch und selbstverständlich. Katharinas Gesichtszüge entspannten sich und sie atmete tief durch. Sie schlug die Augen auf und blickte zu ihm hoch. »Du tust mir so gut, Carl.«

»Du tust mir gut, Katharina. Und ich liebe dich.« Er beugte sich zu ihr herab. Sekundenlang ertranken sie in ihren Blicken, dann küssten sie sich leidenschaftlich. In diesem Augenblick wurde ihr klar, dass sie ihn wie die Luft zum Atmen brauchte. Und sie nahm sich vor, Carl nie wieder gehen zu lassen. Doch das musste ihr Vater noch in seinen schrecklichen Dickschädel hineinbekommen.

Kapitel 30

Der nächste Tag auf dem Zumwinkel-Hof war überschattet von einer seltsam bedrückenden Stimmung. Bernhard Zumwinkel war wortkarg und wich Carls Blicken aus, wenn sie sich zufällig begegneten. Auch Katharina schien etwas mit sich herumzutragen, was sie schwer belastete. Und Carl ahnte, dass es das unerfreuliche Gespräch mit ihrem Vater gewesen war. Katharina war verzweifelt und traurig über die Einstellung ihres Vaters. Für Carl war es an der Zeit, zu handeln. Er hatte seinen ganzen Mut zusammengenommen, um eine Überraschung für Katharina vorzubereiten. Er hoffte, dass es für diese Überraschung nicht der falsche Zeitpunkt war, doch länger wollte er mit seiner womöglich alles entscheidenden Frage nicht warten. Die letzte Nacht hatte er schlaflos verbracht. Tausend Dinge waren ihm durch den Kopf gegangen. Und nun sollte es endlich so weit sein. Er atmete ein paar Mal tief durch und hoffte, dass am Ende alles gut werden würde, so wie er es selbst gesagt hatte.

Mit einem letzten prüfenden Blick überzeugte sich Carl davon, dass alles gut vorbereitet war. Über das mitunter kratzige Heu hatte er eine große Decke ausgebreitet, eine kleine Laterne am Haken an der Wand sorgte für ein anheimelndes Licht im

Halbdunkel des Lagers. In einem Korb lag eine Flasche Wein, daneben zwei Gläser. Auch an Brot und eine Wurst hatte er gedacht, sollten sie später hungrig sein. Carls Herz klopfte wie wild vor Aufregung, als er sich umwandte, um Katharina zu suchen. Bis er sie fand, hoffte er, dass niemand sein geheimes Lager im Stall entdeckte. Denn dann wäre nicht nur die Überraschung verdorben, sondern er würde sich auch zum Gespött der anderen machen, davon war er überzeugt. Als er vor den Stall trat und sich seine Augen an die Sonne gewöhnt hatten, sah er Katharina im goldenen Spätsommerlicht. Eine Weile stand er einfach da, um sie voller Liebe zu betrachten. Sie war eine Schönheit, und er konnte es kaum erwarten, dass sie seine Frau wurde.

*

Katharina traute ihren Augen nicht, als Carl plötzlich vor ihr niederkniete und mit ernstem Blick zu ihr aufsah.

Er hatte sie vom Stall aus beobachtet, als sie einen Eimer Wasser holen wollte, und sie schnell zu sich gebeten. Dabei schien ihm wichtig gewesen zu sein, dass niemand vom Gesinde sie dabei beobachtete, wie sie ihm ins Innere des Stalls folgte. An der Hand hatte er sie unter leidenschaftlichen Küssen in die hintere Ecke gezogen. Nun staunte sie nicht schlecht, als er ihre rechte Hand nahm und vor ihr auf die Knie ging.

Sie ahnte, was das zu bedeuten hatte, wagte aber nicht, den Gedanken zu Ende zu denken. Ein ganzer Schwarm Schmetterlinge tanzte in ihrem Bauch, sie spürte, dass sie weiche Knie bekam vor Aufregung.

Sehnsuchtsvoll schaute Carl zu ihr auf. »Katharina«, sagte er mit zeremoniösem Ton in der Stimme, »nun ist es so weit.«

Katharina fühlte sich wie in einem Traum. Nun ist es so weit, hat er gesagt, dachte sie aufgeregt. Mit einem angenehmen Zittern in der Stimme sprach er zu ihr. »Katharina Zumwinkel«, sagte er. »Seitdem wir uns das erste Mal im Flur begegnet sind, gehst du mir nicht mehr aus dem Kopf. Dir gilt mein erster Gedanke, wenn ich morgens erwache, tagsüber sehne ich mich immer nach dir, wenn du nicht in meiner Nähe sein kannst, und vor dem Schlafengehen sehe ich dein Gesicht vor meinen Augen. Ich nehme dich an jedem Abend seit unserem Kennenlernen mit in meine Träume. Ich möchte dich fragen, ob du meine Frau werden möchtest.«

Nun war es raus.

Katharina brauchte einen Moment, bis sie die Bedeutung seiner Worte und deren Tragweite verstanden hatte. Ihr Herz vollführte einen Freudensprung, dann fühlte sie, wie sich Freudentränen in ihren Augen sammelten. »Ja«, hauchte sie mit belegter Stimme und nickte. Verstohlen wischte sie sich die Tränen fort. »Ja, mein geliebter Carl, ich möchte deine Frau werden.« Die Gedanken fuhren Karussell in ihrem Kopf. Wie oft hatte sie in den vergangenen Tagen von diesem Moment, der ihr Leben verändern würde, geträumt? Sie wusste es schon gar nicht mehr. Jetzt war dieser Augenblick also gekommen, und sie konnte ihr Glück kaum fassen. Sie würden heiraten!

Überglücklich erhob sich Carl, nahm sie liebevoll in den Arm und sah ihr tief in die Augen. Lange standen sie einfach schweigend da und sahen sich an. Carls Nähe fühlte sich so vertraut an, wie sie es nie zuvor bei einem Mann empfunden hatte – von ihrem Vater mal abgesehen, aber das war etwas anderes. Mit Carl konnte sie lachen, sie selbst sein. Dabei scheute sie sich nicht, ihm ihre geheimsten Ängste und Nöte anzuvertrauen. Er hatte stets ein offenes Ohr für sie und stand ihr unterstützend zur Seite. Bei Carl fühlte sie sich sicher und geborgen.

Ab sofort gab es keinen Grund mehr, ihre Liebe geheim zu halten. Stundenlang konnte sie einfach in seine wunderschönen blauen Augen blicken.

»Ich liebe dich, Katharina Zumwinkel«, hörte sie ihn nun mit sanfter Stimme sagen. Sein Gesicht strahlte vor Glück, als sie sich auf die Zehenspitzen stellte, um ihn zu küssen. Sanft senkte Carl seine wundervoll weichen Lippen auf ihren Mund, sein Kuss war zunächst zaghaft, dann aber wurde er forschend und löste ein tiefes und angenehmes Kribbeln in ihr aus. Sie schloss die Augen, um ihn noch intensiver spüren zu können, und begann zu zittern. Er schien es zu fühlen und hielt sie noch fester. Nach einer gefühlten Ewigkeit, in der sie jede Sekunde ausgekostet hatten, war die Welt um sie herum verschwunden. Es gab nur sie beide und ihre Liebe.

»Und ich liebe dich, Carl Thiele«, hörte sie sich sagen, nachdem sich ihre Lippen voneinander gelöst hatten. »Ich kann mein Glück kaum in Worte fassen«, gestand sie ihm.

»Ich bin so froh, dass ich endlich den Mut hatte, dich zu fragen«, erwiderte er leise und lächelte beseelt. »Seit Tagen schon trage ich den Gedanken mit mir herum, doch es wollte mir nicht in den Sinn kommen, wann ein geeigneter Moment ist, in dem ich um deine Hand anhalten kann.«

»Nun ist der Moment gekommen«, sagte sie leise und ließ sich von ihm in eine Ecke im hinteren Bereich des Stalls führen, die er für den feierlichen Augenblick vorbereitet hatte. Katharina staunte über das kleine Lager. Er hatte sich unendlich viel Mühe gegeben, aus dem schlichten Stall einen unvergesslichen Ort der Liebe und Romantik zu machen.

»Wir müssen anstoßen«, hörte sie ihn sagen.

»Ja.«

Katharina war sprachlos. Sie sank auf das Lager und atmete tief ein. Er setzte sich zu ihr, küsste sie sanft auf die Wange und machte sich daran, die Weinflasche zu entkorken. Sie sah ihm zu und stellte fest, wie geschickt seine Hände arbeiteten. Nachdem er den Wein eingeschenkt hatte, reichte er ihr ein Glas. Sie stießen an und blickten sich tief in die Augen. Der Wein schmeckte wunderbar samtig und fruchtig, Katharina benetzte ihre Zunge und genoss den Augenblick der trauten Zweisamkeit.

»Hast du Hunger?«

Sie nickte, und er machte sich daran, ihr eine Scheibe Salami mit dem Taschenmesser abzuschneiden, ebenso eine Scheibe frisch duftendes Brot. Sie aßen schweigend.

»Ich kann es kaum erwarten, dich in deinem Hochzeitskleid zu sehen«, gestand er ihr kauend. »Du wirst aussehen wie eine Prinzessin.« Im Schein der Laterne wirkte sein Gesicht geheimnisvoll. Seine Augen strahlten förmlich vor Glück.

Trotz des romantischen Augenblicks musste Katharina lachen. »Ich bin die Tochter eines Bauern, ich hoffe, das hast du nicht vergessen.«

Er schüttelte mit seinem sinnigen Lächeln den Kopf. »Für mich bist du eine Prinzessin.«

»Prinzessin«, wiederholte sie stolz. *Wie wundervoll diese Worte aus seinem Mund klingen*, dachte Katharina glückselig. Sie legte das Brot und die Wurst in den Korb, trank einen Schluck Wein und stellte auch das Glas fort, um sich an ihren künftigen Mann zu schmiegen. Seine Nähe tat ihr unendlich gut. Zärtlich legte er den Arm um sie und küsste ihr Haar. Sie genoss es, als er sie sanft streichelte, und fühlte sich zu ihm hingezogen. Da war es wieder, das angenehme Kribbeln im Bauch. Katharina gab dem Verlangen nach, ihn zu küssen. Sie sah zu ihm auf, nahm sein Kinn und küsste ihn. Mit einem angenehmen Seufzen auf den Lippen erwiderte er den Kuss. Wieder schien die Welt um sie herum zu versinken. Es gab nur sie beide auf der Welt, sie und ihr frisches Glück. Carl zog sie fester an sich. Auch, als sie in das weiche Lager sanken, lösten sie sich nicht voneinander.

»Treffen wir uns später, um …«

»Leider nicht«, antwortete Katharina betrübt. »Ich habe heute Waschtag und es wird sicher spät.«

Waschtag, dachte Katharina, als sie die blauweiß-gemusterte Schürze überzog. *Heute Abend wird mir der Rücken schmerzen und ich werde völlig erschöpft in mein Bett fallen.*

»Das klingt nach langer, harter Arbeit.« Zärtlich strich Carl ihr eine Haarsträhne hinters Ohr.

»Das ist es in der Tat«, nickte Katharina. »Ich hasse den Waschtag.«

»Offen gestanden habe ich mir nie Gedanken darüber gemacht, wie anstrengend es ist, Wäsche zu waschen«, gestand Carl ihr. »Aber ich werde mir das ansehen.«

Verwundert blickte sie zu ihm auf. »Was soll das bringen, willst du uns helfen?«

»Vielleicht.« Carl lachte leise. »Ich weiß nicht, ob mein Vater einverstanden ist, wenn ich statt am Stall zu bauen, Wäsche wasche, aber vielleicht habe ich eine gute Idee, wie man dir die Arbeit erleichtern kann.«

Katharina lachte. »Manchmal glaube ich, du bist ein Zauberer«, sagte sie.

»Warum?«

»Weil es in deinem Leben keine Probleme zu geben scheint. Alles, was mir schwer erscheint, nimmst du in Angriff, um es mir zu erleichtern.«

»So wie mit der Zentrifuge?« Er lachte leise.

»So wie die Zentrifuge.« Katharina nickte. »Was willst du erfinden, um mir die Wäsche zu erleichtern?«

»Ich weiß es noch nicht«, gestand er ihr. »Aber ich verspreche dir hiermit, dass ich mir etwas einfallen lasse.«

Wieder lachte Katharina. »Also baust du mir eine Waschmaschine?«

Carl legte nachdenklich den Kopf schief. »Darüber habe ich offen gestanden noch nie nachgedacht«, entgegnete er. »Aber das Wort gefällt mir.« Er holte tief Luft. »Waschmaschine. Ich werde darüber nachdenken, das verspreche ich dir, so wahr ich Carl Thiele heiße.«

*

Die Maurerkolonne machte gerade eine kleine Mittagspause auf der Baustelle. Während sich Gustav, Fritz und Gerhard über die belegten Brote hermachten, die Theresa ihnen gebracht hatte, und dazu dampfenden Tee tranken, nutzte Carl die Gelegenheit, sich ein wenig die Beine zu vertreten.

Das Gespräch mit Katharina hatte seine Neugier geweckt. Und er hatte ihr ein Versprechen gegeben, von dem er selbst nicht wusste, ob und wie er es halten konnte. *Höchste Zeit also, sich einen Eindruck vom Waschtag zu machen*, dachte er. Sein Weg führte ihn an den Rand des Hofes, an die Stelle, an der sich ein Brunnen befand. Carl betrachtete die jungen Frauen nachdenklich beim Wäschewaschen. Ihm war nie zuvor klargewesen, wie viel Wäsche auf einem Hof mit so vielen Angestellten innerhalb weniger Tage anfiel. Unablässig schrubbten Lina und Katharina die Kleidungsstücke im Waschzuber, schlugen sie anschließend aus und legten sie in einen der bereitstehenden Körbe. Immer wieder mussten sie Pausen einlegen, in denen sie sich mit schmerzverzerrten Mienen streckten und reckten. Es war keine Frage für Carl, dass der Waschtag für die beiden körperliche Schwerstarbeit darstellte, doch wie sollte es anders gelingen?

Er wunderte sich, dass die jungen Frauen ihr Schicksal so klaglos ertrugen und unermüdlich bei der Arbeit waren. Obwohl er schon eine ganze Weile dastand, um sie zu beobachten, hatten sie ihn noch nicht bemerkt. So nutzte Carl die Gelegenheit, sich den Waschvorgang einzuprägen. Zu Hause wusch seine Mutter Anna seine Kleidung, doch er hatte sich nie zuvor Gedanken darüber gemacht, welche Mühen dahintersteckten.

Von der Neugier getrieben, begab er sich zu den jungen Frauen, die derart in ihre Arbeit vertieft waren, dass sie ihn erst bemerkten, als er vor ihnen stand.

»Carl«, rief Katharina erfreut. Sie legte das Hemd, das sie gerade schrubbte, über den Rand des Waschbretts und wischte sich mit dem Handrücken den Schweiß von der Stirn.

»Waschtag«, stellte Carl fest und versenkte die Hände lässig in den Hosentaschen. »Keine leichte Arbeit, wie ich sehe.«

Lina sah zu ihm auf und schüttelte den Kopf. »Eine elende Plackerei ist das.« Gerade wrang sie eine blaue Arbeitshose mit großen tiefroten Flecken an den Knien aus.

»Bei uns auf dem Hof fällt eben viel Wäsche an«, kommentierte Katharina und drücke den offensichtlich schmerzenden Rücken durch. »Nicht nur das Wäschewaschen selbst ist anstrengend, sondern auch das Herantragen des Wassers in großen Mengen.«

Carl nickte stumm. Er fragte sich, warum noch niemand eine Lösung geschaffen hatte, um den Waschfrauen die Arbeit zu erleichtern.

»An einem Waschtag brauchen wir bestimmt vierzig Eimer, die wir heranschleppen müssen«, kommentierte Lina mit einem gequälten Gesichtsausdruck.

»Und du bist sicher gekommen, um uns zu helfen?«, neckte Katharina ihn.

»Leider nicht, mein Vater würde mir die Flötentöne beibringen, wenn ich ihn bei der Baustelle allein ließe, ansonsten gern.« Carl zwinkerte ihr zu. »Dann verbringt ihr den ganzen Tag damit, die Wäsche für alle auf dem Hof zu waschen?«

»So ist es.« Katharina seufzte. »Aber irgendjemand muss die Arbeit ja machen, und meiner kranken Mutter kann ich es nicht mehr zumuten.«

»Eigentlich schleppen Kinder das Wasser heran«, erklärte Lina, während sie sich aufrichtete. »Aber auf dem Hof gibt es keine Kinder, deshalb bleibt auch das an uns hängen.« Sie stöhnte theatralisch. »Und die Wäscheberge müssen wir ja auch noch schleppen.«

Katharina stand nun auch auf und blickte Carl tief in die Augen. Sie schien zu ahnen, was ihn beschäftigte. »Worüber denkst du nach?«, fragte sie dennoch.

Carl zuckte die Schultern. »Dass ihr viel Zeit mit dem Waschen verbringen müsst. Zeit, die man anders sinnvoller und angenehmer verbringen könnte.«

Katharina nickte. Nachdenklich betrachtete sie den Wäscheberg, der noch vor ihnen lag. »Die Stunden, die ich im Jahr mit dem Waschen verbringe, möchte ich mir lieber nicht ausrechnen.«

»Verständlich«, erwiderte Carl gedankenverloren. Er prägte sich die Arbeitsschritte ein, betrachtete die bereitstehenden und mit Wasser gefüllten Eimer, die Kleidungsstücke, die noch bearbeitet werden mussten, die beiden hölzernen Waschzuber und die Körbe mit der Wäsche, die auf den Leinen hinter dem Haus aufgehangen werden mussten.

»Ich ahne etwas«, riss ihn Katharina aus den Überlegungen.

»Mein Erfinder erfindet etwas, damit wir nicht den lieben langen Tag Wäsche waschen müssen.«

Waschmaschine, erinnerte er sich an das Wort, das sie im Stall zu ihm gesagt hatte. *Katharina hat es Waschmaschine genannt.* Carl, der sich auf eine eigenartige Weise ertappt fühlte, schüttelte den Kopf, dann lächelte er. »Wie gesagt, ich werde mir Gedanken machen«, versprach er Katharina, dann hauchte er ihr einen flüchtigen Kuss auf die Lippen und wandte sich ab. Die Männer warteten sicher auf ihn, und sein Vater setzte alles daran, den Stall schnell fertigzustellen.

Kapitel 31

Der Abend war hereingebrochen, langsam senkte sich die Dunkelheit über den Zumwinkel-Hof und es kehrte eine friedliche Stille ein, die nur unterbrochen wurde von den leisen Tiergeräuschen aus den Stallungen. Erste Sterne zeigten sich am tiefblauen Himmel und funkelten wie Diamanten.

Bernhard hatte sich zurückgezogen, um nachzudenken. So war er mit seiner geliebten Meerschaumpfeife zur Bank beim Brunnen geschlurft. Das Plätschern des Wassers half ihm dabei, seine Gedanken zu ordnen.

Nach dem wenig erfreulichen Gespräch mit seiner Tochter musste Bernhard Zumwinkel sich eingestehen, dass er sein einziges Kind loslassen musste, wenn er es nicht ganz verlieren wollte. Katharina hatte sich für ein Leben an der Seite von Carl Thiele entschieden, einem Mann, der mit Landwirtschaft nicht viel zu tun hatte, einem Visionär, wie sie ihn nannte, der immer nach dem Neuen und Moderneren strebte.

Wenn er Katharina Vertrauen schenken konnte, dann war sein künftiger Schwiegersohn ein Tüftler, ein Nichtsnutz, der immer wieder mit neuen Ideen kam, um die Welt zu verbessern. Er hatte Katharina einen Floh ins Ohr gesetzt, hatte mit ihr an einer Maschine getüftelt, mit der sich angeblich die Milchwirtschaft revolutionieren ließ. Alles Dinge, von denen der Junge keine Ahnung hatte. Bei diesen Gedanken stahl sich ein missbilligendes Schnaufen über Bernhards Lippen.

Als Landwirt war sich Bernhard durchaus darüber im Klaren, dass die Technik rasant voranschritt und dass Maschinen immer mehr Arbeiten auf den Bauernhöfen übernehmen würden. Und das war gut so, man musste mit der Zeit gehen, um auch in Zukunft überleben zu können. Doch Bernhard wusste nicht, ob er der neuen Technik trauen konnte. Die Welt war im Umbruch, in den Fabriken, in der Stadt und seit einiger Zeit auch auf den Bauernhöfen. Ob das eine Entwicklung war, die er begrüßen sollte?

Momentan sah die Zukunft des Zumwinkel-Hofes düster aus, denn so, wie es den Anschein hatte, zeigte Katharina kein großes Interesse daran, den Hof eines Tages zu übernehmen. Sie hatte sich nun endgültig gegen eine Zweckhochzeit mit Thomas, dem fleißigen Knecht, ausgesprochen. Und hatte sie sich nicht auch gegen ihn ausgesprochen? Ihren Vater?

»Was beschäftigt dich, Bernhard?«

Erschrocken fuhr der Bauer hoch und wandte sich um. Er hatte nicht gehört, dass Theresa sich zu ihm gesellt hatte. Lächelnd stand sie hinter der Bank und legte eine Hand auf seine Schulter.

Bernhard Zumwinkel sog an seiner Meerschaumpfeife und paffte den Rauch in die Luft. »Ach, meine gute Frau«, seufzte er, »was soll ich dir sagen? Unser Kind hat sich in einen Maurer verliebt.«

Theresa umrundete die Bank und setzte sich zu ihrem Mann. Sie lachte. »Das hast du erst jetzt bemerkt?« Amüsiert legte sie eine Hand auf sein Knie.

»Ja«, brummte er und stierte ins Leere. »Vielleicht bin ich ein ignoranter Trottel und habe es schlichtweg übersehen.« Bernhard atmete tief durch.

Theresa nahm seine Hand und drückte sie. »Katharina ist sehr glücklich mit ihrem Carl.«

Bernhard hielt ihrem forschenden Blick stand. »Ich hätte es lieber gesehen, wenn sie jemanden aus der Landwirtschaft zum Mann nimmt.«

»Sie kann Thomas nicht ausstehen. Er ist ein Verbrecher und wir wissen nicht einmal, ob er zurückkommt. Und wenn er sich wirklich noch einmal hierher wagt, jage ich ihn fort.«

»Hör mir auf mit Thomas.« Bernhard wandte den Kopf zur Seite und betrachtete seine Frau. Sie war, obwohl von der Krankheit gezeichnet, immer noch schön. Zwar durchzogen erste graue Strähnen ihr einst dunkelblondes Haar, doch das Leuchten in ihren Augen war geblieben und erinnerte ihn an bessere Zeiten. Er liebte Theresa über alles, und er konnte sich nicht vorstellen, sie zu verlieren. Dann, so dachte er, würde sein Leben keinen Sinn mehr haben. Sie hatten sich auf dem Scheunenfest eines benachbarten Bauern kennengelernt. Es war Liebe auf den ersten Blick gewesen, Theresas wundervolle und lebensfrohe Art hatten ihn fasziniert, ihre Erscheinung hatte ihn vom ersten Moment an in den Bann genommen. Mehr als zwanzig Jahre waren seitdem vergangen, sie hatten gemeinsam gute und schlechte Zeiten erlebt und sich zusammen allen Herausforderungen gestellt. Bernhard bezweifelte, dass er das alles mit einer anderen Frau hätte meistern können. Mit einer Frau, die ihm seine Eltern ans Herz gelegt hätten. Nein, er hatte Theresa aus Überzeugung geheiratet, als ein krönendes Bekenntnis ihrer Liebe. Und seine Eltern hatten nichts gegen die Heirat einzuwenden gehabt. Offenherzig hatten sie die neue Schwiegertochter auf dem Zumwinkel-Hof aufgenommen, hatten Theresa vom ersten Augenblick an geliebt wie ihr leibliches Kind. Das war lange her, erst war Vater von ihnen gegangen, bevor auch Mutter starb, ein knappes halbes Jahr später. Seine Eltern waren wundervolle Menschen gewesen, die ihm alles ermöglicht hatten. So war es auch Bernhards alleinige Entscheidung gewesen, den Hof seiner Eltern, inzwischen in dritter Generation, fortzuführen. Für Bernhard hingegen hatte es völlig außer Frage gestanden, dass er den Zumwinkel-Hof übernahm. Der Hof war sein Leben, und er hatte auch in früheren Jahren nie darüber nachgedacht, sich einen anderen Beruf zu suchen.

»Nun guck doch nicht so traurig«, sagte Theresa. Sie schien seine trüben Gedanken erraten zu können. »Das Leben geht weiter, Bauer Zumwinkel. Und wir sollten zusehen, dass unser einziges Kind glücklich wird.«

»Mit einem … Spinner?« Er sog an der Pfeife, die Augen brannten ihm vom Rauch.

»Carl Thiele ist kein Spinner«, berichtigte Theresa ihn energisch. »Er hat viele gute Ideen, aus denen man Geld machen kann. Katharina hat mir davon erzählt.«

»Wenn er es geschickt angeht, vielleicht.«

»Er ist ein Mann der Tat«, fand Theresa. »Und ich bin sicher, dass er seinen Weg gehen wird, um Katharina glücklich zu machen.«

»Aber er ist sicher kein guter Kaufmann.«

»Wie kommst du denn darauf?«

»Er ist Maurer, mit Zahlen hat er nichts zu tun. Wie soll er da mit seinen Erfindungen Geld verdienen können?«

»Kaufmännisches Geschick kann man sich aneignen, Bernhard.«

»Und wenn nicht, landen sie beide im Armenhaus.«

»Unsinn.« Theresa schüttelte den Kopf. »Sieh nicht immer alles schwarz, Bernhard.«

»Sie hätte den Knecht zum Mann nehmen sollen.«

»Einen Verbrecher? Einen Dieb, der Unschuldige ins Zuchthaus bringt?« Theresa stöhnte auf. »Hättest du eine Frau geheiratet, an der dir nichts liegt, die deine Eltern für dich ausgesucht haben?« Sie fixierte ihn.

Nun musste Bernhard doch lachen. Sie kannte ihn lange und gut genug, um zu wissen, was ihn bewegte. Fast schien es so, als hätte sie seine Gedanken gelesen.

»Du kennst die Antwort«, sagte er nachdenklich. Bei jeder Silbe wippte die Pfeife in seinem Mundwinkel auf und ab. Lächelnd erwiderte er den Druck ihrer Hand. »Vater und Mutter war es eine Herzensangelegenheit, dass ich glücklich bin. Glücklich mit der Frau, die ich über alles liebe.« Er seufzte wehmütig. »Und dafür bin ich ihnen dankbar.«

»Siehst du, du alter Sturkopf«, antwortete Theresa. »Und genauso sollten wir es auch handhaben. Wir wollen doch, dass unsere Tochter glücklich ist, oder?«

»Ja.« Er nickte mit ernster Miene. »Das wollen wir.« Bernhard wusste, dass er noch etwas Zeit brauchte, um sich mit dem Gedanken anzufreunden, für wen sich Katharina entschieden hatte. Dass sie sich damit auch gegen den Hof ihrer Eltern und Großeltern entschieden hatte und wohl schon bald in ein gänzlich anderes Leben aufbrechen würde. Er brauchte einfach noch Zeit.

»Komm«, riss ihn die warme Stimme seiner Frau aus den Überlegungen. »Wir sollten jetzt zu Bett gehen, es ist spät geworden.«

Er nahm einen letzten Zug an seiner Pfeife und erhob sich schwerfällig wie ein alter Mann. »Es ist spät geworden, und morgen wird wieder ein langer Tag.« Seite an Seite überquerten sie den Hof. Als aus dem neuen Stall ein Lachen ertönte, blieb Bernhard wie angewurzelt stehen. Das Tor stand offen, drinnen brannte schummriges Licht.

»Sie arbeiten wieder an der Molkereianlage«, vermutete Theresa, als sie seinen zweifelnden Blick sah. Der flackernde Schein drang in die Nacht. Schatten geisterten über die noch unverputzten Wände. Es war die Stimme seiner Tochter, die leise und für ihn unverständliche Worte sagte. Eine Männerstimme antwortete, ebenfalls nicht zu verstehen. Katharina kicherte.

»Nun komm schon«, mahnte Theresa ihn und nahm seine Hand. »Oder willst du unser frisch verliebtes Paar etwa belauschen?«

»Nein.« Bernhard schüttelte den Kopf. »Der Lauscher an der Wand hört oft seine eig'ne Schand'«, zitierte er ein altes Sprichwort. Es gelang ihm, sich ein schiefes Grinsen abzuringen, obwohl ihm die Situation nicht behagte.

»Eben«, nickte Theresa und zog ihn weiter zum Wohnhaus. »Dann komm jetzt und lass die beiden Turteltauben allein.«

Er wagte nicht, zu widersprechen, und folgte seiner Frau ins Haus. Ändern konnte er ja sowieso nichts mehr.

Kapitel 32

Sagen Sie das nochmal.« Bernhard Zumwinkel betrachtete Carl mit einem feindseligen Blick. Er saß auf seinem Bürostuhl am Schreibtisch und hatte gearbeitet, als Carl nach einem energischen Anklopfen in seinem Arbeitszimmer erschienen war. Er hatte die Hände zu Fäusten geballt und rang um seine Fassung.

»Ich halte hiermit um die Hand Ihrer Tochter an«, sagte Carl mit fester Stimme. Es war Katharinas Wunsch gewesen, dass er ihren Vater förmlich um ihre Hand anhielt. Und das, was Carl gestern von ihr gehört hatte, gab dem Gespräch eine ganz neue Note. Zumwinkel mochte ihn nicht, und er hätte es gern gesehen, wenn sie einen jungen Bauern zum Mann nehmen würde.

»Auf so etwas legt Vater großen Wert«, hatte sie ihm mit auf den Weg gegeben. Als Carl daran dachte, wie verzweifelt Katharina gestern Abend gewesen war, keimte in ihm erneut Zorn auf Bernhard Zumwinkel auf. So durfte niemand mit der Frau umspringen, die er bald heiraten würde. Und der Vater seiner Braut erst recht nicht. Carl hatte größte Mühe, seinen Zorn zu kontrollieren. Er atmete ein paar Mal tief durch, während er auf

Bernhard Zumwinkel herabschaute, der auf seinem Stuhl saß, als wäre es der Thron eines Königs.

Jetzt bohrte er sich theatralisch mit dem Zeigefinger der rechten Hand im Ohr. »Ich hör wohl nicht richtig«, brummte Zumwinkel schließlich. »Sie wollen meine Katharina zur Frau nehmen?«

»Wenn es Ihnen recht ist.« Carl nickte. Er hielt dem Blick von Bernhard Zumwinkel stand.

»Ob es mir … recht ist?« Bernhard Zumwinkel wiegte den massigen Schädel, ohne seinen Gast aus den Augen zu lassen. Carl hätte eine Menge dafür gegeben, wenn er jetzt die Gedanken seines Gegenübers hätte lesen können. Doch er verfügte über keinerlei seherische Fähigkeiten. So blieb ihm nichts, als die Antwort abzuwarten. Das monotone Ticken der Wanduhr war für einen langen Augenblick das einzige Geräusch in dem stickigen, muffig riechenden Büro.

Bernhard Zumwinkel versank in dumpfes Brüten. Sein Blick glitt ins Leere, er stierte auf eine Stelle im löchrigen Dielenboden und schien angestrengt nachzudenken. Der Moment erschien Carl wie eine Ewigkeit, und es fiel ihm immer schwerer, seine Nervosität zu unterdrücken.

»Können Sie Katharina denn ernähren?«, fragte Bernhard Zumwinkel schließlich, ohne aufzublicken.

»Selbstredend – darüber habe ich mir bereits Gedanken gemacht«, antwortete Carl eifrig und schöpfte Mut, dass sein Antrag nicht abgelehnt wurde.

»Soso.« Der Bauer blickte auf. »Setzen Sie sich.« Er wies auf einen der freien Stühle. Carl kam der Aufforderung nickend nach und nahm Platz, während Bernhard Zumwinkel ihn ansah. »Wie stellen Sie sich denn Ihre berufliche Zukunft vor?«

»Nun, wie Sie wissen, führt mein Vater ein gut laufendes Baugewerbe, das ich in einiger Zeit übernehmen könnte.«

»Könnte?«, unterbrach Zumwinkel ihn. »Was wollen Sie mir damit sagen? Ist das nur eine Option?«

»Eine Option, um Katharinas und meinen Lebensunterhalt zu verdienen, sicherlich.«

»Das klingt nicht, als würden Sie das Maurerhandwerk mit viel Herzblut ausüben«, stellte der Bauer fest. Er lehnte sich zurück und verschränkte die Hände hinter dem Kopf.

»Es ist nicht das, was ich mir langfristig vorstelle«, räumte Carl ein. »Ich will Erfinder sein.«

Zumwinkel schien seine Ehrlichkeit zu gefallen.

»Erfinder?« Aus dem Mund des Bauern klang es wie ein Schimpfwort. »Ist das Ihr Ernst?«

»Ich werde Dinge erfinden, während ich im Hauptberuf das Geld verdiene«, versicherte Carl ihm, bevor die Bedenken und Zweifel bei Zumwinkel die Überhand gewinnen konnten.

Ein missmutiges Brummen kam über seine Lippen. »Was sollen das denn für … Erfindungen sein?«

Carl spürte, dass Bernhard Zumwinkel mehr über seine Arbeit wusste, als er zugab. Katharina hatte sicher schon mit ihm darüber gesprochen.

»Maschinen, die den Menschen die Arbeit abnehmen«, erklärte Carl ausweichend.

»Ich bin gespannt.« Spott klang in Zumwinkels Stimme mit.

»Wobei ich sicher bin, dass das Baugeschäft Ihres Vaters mehr Gewinn abwirft.« Zumwinkel seufzte theatralisch. »Der Betrieb Ihres Vaters wurde mir empfohlen, und damit weiß ich, dass er über einen guten Ruf verfügt. Ich denke, Sie werden mit dem Betrieb ein gutes Einkommen erwirtschaften. Wenn Sie mir versprechen, dass Sie für Katharina sorgen …«

»Das werde ich«, rief Carl ihm ins Wort. »Sie können sich darauf verlassen, dass ich …«

»Ich war noch nicht fertig«, unterbrach Zumwinkel ihn jetzt. »Des Weiteren mache ich mir Sorge um meine Nachfolge. Bald werde ich mich zurückziehen müssen, meine Frau ist krank und benötigt meine Hilfe.« Der Bauer fixierte Carl mit seinem Blick, und ihm war, als würde Zumwinkel tief in seine Seele vordringen. »Was wird dann aus dem Hof? Ahnung von der Landwirtschaft scheinen Sie ja nicht mitzubringen.«

»Das ist ein Irrtum, mit Verlaub«, antwortete Carl. »Meinen Eltern gehört ebenfalls ein Hof. Nicht so groß wie Ihrer selbstverständlich, doch genügt es, um uns damit versorgen zu können.« Er holte tief Luft, bevor er fortfuhr. »Was ich aber damit sagen möchte, ist, dass ich durchaus weiß, welche Arbeiten auf einem Bauernhof anfallen.«

»Es besteht Hoffnung.« Ein Schmunzeln kam über Zumwinkels Lippen. »Ob Sie meinen Hof eines Tages übernehmen und führen können, ist aber noch fraglich, oder irre ich?«

Carl kaute auf der Unterlippe und überlegte fieberhaft, was er antworten konnte. »Nun«, setzte er zögerlich an, »vielleicht können wir den Zumwinkel-Hof und den Betrieb meines Vaters eines Tages zusammenführen und …«

»Das wird nicht funktionieren.« Bernhard Zumwinkel winkte ab. »Sie werden sich auf eines der Gewerke konzentrieren müssen.« Er seufzte schwer und betrachtete Carl nachdenklich. »Vermutlich muss ich mich damit abfinden, dass ich meine Tochter bereits an Sie verloren habe. Wer weiß, vielleicht sollte ich mir Gedanken um den Verkauf des Hofes machen und mit Theresa in die Stadt ziehen.« Schwer hob und senkte sich sein Brustkorb bei jedem Atemzug.

»Das vermag ich nicht zu beurteilen.«

»Wohl wahr.« Zumwinkel nickte zustimmend. »Hier geht es aber nicht um mein Wohl, sondern um das meiner Tochter.« Wieder seufzte er. Carl sah ihm an, dass er um eine Antwort auf seinen Antrag rang. »Das Glück meiner Tochter liegt mir am Herzen«, bemerkte er schließlich. »Und wer Sie beide in der letzten Zeit zusammen gesehen hat, der müsste schon blind sein, um das Strahlen in Katharinas Augen nicht zu sehen. Sie ist offenbar glücklich an Ihrer Seite, junger Mann.«

»Ohne anmaßend klingen zu wollen, aber ja, das ist tatsächlich der Fall.« Carl nickte. »Und ich bin glücklich an der Seite Ihrer Tochter. Ich werde sie beschützen, sie gut behandeln und dafür Sorge tragen, dass sie keine Not leiden muss.«

»Sie verfügen über ein gesundes Selbstbewusstsein.« Zumwinkel nickte. »Und auch wenn es mir das Herz brechen wird, dass Katharina wohl niemals den Hof meiner Vorfahren übernehmen wird, so haben Sie meinen Segen.« Als er Carl anlächelte, schimmerten die Augen des Bauern feucht. »Über die Mitgift müssen wir aber noch reden.«

»Vielen Dank, Herr Zumwinkel.« Carl war die Mitgift egal.

»Hm.« Zumwinkel brummte etwas Unverständliches. Als er aufblickte, um Carl anzusehen, nickte er. »Ich werde mir etwas für die Mitgift überlegen. Solange Sie meine Tochter nur gut behandeln.«

»Worauf Sie sich verlassen können.« Carl hatte ihm zugehört, wollte sich aber noch einmal vergewissern, ob Katharinas Vater ihnen seinen Segen gab. »Also sind Sie mit der Hochzeit einverstanden?«

Zumwinkel nickte langsam. »Ja«, brummte er. »Ich bin einverstanden, wenngleich auch mit einem unguten Gefühl, vor allem, wenn ich an die ungeklärte Übernahme des Hofes denke. Aber das soll nicht Ihre Sorge sein, junger Mann.«

Carl sprang euphorisch von seinem Stuhl hoch, der um ein Haar nach hinten gekippt wäre, und ergriff überglücklich die Pranke des Bauern. »Vielen Dank, Herr Zumwinkel.« Ein zentnerschwerer Stein fiel ihm vom Herzen. »Ich werde alles daransetzen, dass Ihre Tochter jeden Tag an meiner Seite glücklich sein wird.«

»Das will ich hoffen.« Zumwinkel rang sich ein schwaches Lächeln ab und machte eine ausladende Geste. »Und nun verschwinden Sie und teilen Sie meiner Tochter mit, wie ich mich entschieden habe. Und zwar schnell, bevor ich es mir anders überlege.«

Das ließ Carl sich nicht zweimal sagen. »Danke!«, rief er und verabschiedete sich. Aufgeregt verließ er das Büro, um nach seiner Geliebten zu suchen. Sie sollte so schnell wie möglich erfahren, dass sie heiraten durften und ihr Vater ihnen seinen Segen erteilt hatte. Doch dann kam Carl eine Idee. Ein schelmisches Grinsen huschte um seine Mundwinkel, als er auf den Hof trat, um Katharina zu suchen.

⋆

Nachdem Lina in der Küche das Essen vorbereitet hatte, gesellte sie sich zu Katharina, um ihr beim Misten im Schweinestall zu helfen. Katharina hatte der jungen Magd von Carls Antrag vorgeschwärmt. »Es war so romantisch«, sagte sie, während sie einen Eimer Wasser in den Waschzuber leerte. »Carl ist einfühlsam und aufmerksam, er ist schlau, und er hat gute Manieren.«

»Ich freue mich für dich.« Lina hatte sichtlich Freude an Katharinas Glück. »Und ich wünsche euch alles Gute.« Dann verfinsterte sich ihre Miene. Sie unterbrach das Schrubben und sah zu Katharina auf. »Aber dann wirst du den Zumwinkel-Hof sicher schon bald verlassen, oder?«

Katharina seufzte. Obwohl sie sich immer ein freieres Leben gewünscht, von Reisen geträumt hatte und etwas von der Welt sehen wollte, so schnürte sich ihre Kehle bei dem Gedanken zu, ihre Eltern im Stich lassen zu müssen. »Wir haben das Thema bisher immer umgangen«, murmelte sie mit belegter Stimme. »Aber es könnte durchaus sein, dass ich Carl nach Herzebrock begleite.«

»Ich würde mich wahrscheinlich genauso entscheiden«, antwortete Lina. »Was gibt es Schöneres, als an der Seite des Zukünftigen in ein neues, aufregendes Leben zu starten?«

»Sicher hast du recht.« Katharinas Lächeln wirkte ein wenig wehmütig, doch sie versuchte, ihre dunklen Gedanken so schnell wie möglich zu verdrängen.

»Was sagen deine Eltern dazu?«

»Offen gestanden weiß ich es nicht.« Katharina kaute nervös auf der Unterlippe herum. »Carl hält gerade in diesem Augenblick bei Vater um meine Hand an.«

»Dann wird dein Vater sicher sehr überrascht sein«, vermutete Lina.

»Es könnte auch sein, dass er sich vor vollendete Tatsachen gestellt fühlt und Carls Antrag ablehnt. Was soll ich dann nur machen?«

Lina schüttelte den Kopf. »Es wird schon alles gut gehen«, sprach sie der Freundin Mut zu.

»Ich hoffe es so sehr, denn wenn Vater gegen unsere Hochzeit ist, weiß ich nicht, was ich tun kann, um mein Glück zu finden.«

»Das Glück hängt nicht an diesem Ort hier, sondern an dem Menschen, mit dem du künftig durchs Leben gehen wirst.«

»Weise Worte.« Katharina nickte. »Genauso ist es. Und ich weiß nicht, ob ich meinen Vater noch so lieben könnte, wie ich es tue, wenn er sich gegen unsere Heirat entscheidet.«

Kapitel 33

Katharina konnte sich kaum auf die Arbeit konzentrieren. Zu sehr kreisten ihre Gedanken um Carl, der in diesem Augenblick mit ihrem Vater sprach. Der im Büro gerade um ihre Hand anhielt. Ihr war ganz flau im Magen, wenn sie daran dachte, dass ihr Vater ablehnen konnte.

Die Minuten dehnten sich wie Stunden. Vergeblich versuchte Katharina, sich mit der Arbeit abzulenken. Immer wieder schickte sie ihre Gedanken auf Wanderschaft, um nicht an das Gespräch zwischen Carl und ihren Vater denken zu müssen.

Einen Teil des Umsatzes erwirtschaftete der Zumwinkel-Hof mit der Schweinemast. Der Bauer legte größten Wert auf eine vernünftige Haltung des Borstenviehs. Vor allem in diesen Tagen richtete er ein besonderes Augenmerk auf den Schweinestall – in der kommenden Woche war Markt in Gütersloh. Dann würden die kleinen Schweine in Körben zum Wochenmarkt gebracht, um dort verkauft zu werden. Dazu wurden sie geputzt und gestriegelt, damit sie besonders prächtig aussahen und das Interesse der Käufer weckten. Auch die Viehhändler nutzten den Markt, um frische Ware in Augenschein zu nehmen.

Neben den Schweinen wurden außerdem Obst aus eigenem Anbau, Hühner und Eier auf dem Markt angeboten. Von dem Geld konnte neue Kleidung für das Gesinde gekauft werden, aber auch Salz und Zucker.

Katharina hoffte sehnlichst, mit auf den Markt zu dürfen. Die Fahrten nach Gütersloh waren immer eine willkommene Abwechslung und die Möglichkeit, mit Menschen in Kontakt zu kommen. Sie liebte das bunte Treiben und sah den Händlern gern beim Feilschen zu. Doch noch war es nicht so weit. Jetzt galt es, den Schweinestall auf Hochglanz zu bringen. Seit dem Frühstück war Katharina damit beschäftigt gewesen. Erst, als sie mit dem Ergebnis ihrer Arbeit zufrieden war, gab sie dem Borstenvieh Futter und kippte Wasser in den Trog. Grunzend machten sich die großen wie die kleinen Schweine darüber her.

Anschließend führte Katharinas Weg in den Hühnerstall, der gleich nebenan lag. Das Federvieh schlug aufgebracht mit den Flügeln, als sie das Gehege betrat. Zunächst streute sie Futter auf den Boden und wartete, bis die Hühner eifrig pickten. Erst dann machte sie sich daran, die frischen Eier einzusammeln. Sie war derart in die Arbeit vertieft, dass sie um ein Haar den Korb fallen gelassen hätte, als Carl hinter ihr auftauchte. Er stand außerhalb des Geheges und sah ihr bei der Arbeit zu.

»Carl«, rief sie und war um einen festen Klang ihrer Stimme bemüht. Das Herz schlug ihr bis zum Hals, als sie seine regungslose Miene betrachtete. »Und?«, fragte sie. »Wie war es? Was hat Vater gesagt?«

Carl seufzte und presste die Lippen zu einem schmalen Strich zusammen. er stieß sich vom Zaun ab und betrat das Gehege. Langsam schloss er das Gatter hinter sich. Seine Miene wirkte verschlossen und ernst.

Das hat sicher nichts Gutes zu bedeuten, durchzuckte es Katharina.

»Nun sag schon!« Katharina stellte den Eierkorb ab und rüttelte Carl an der Schulter, um ihn zum Reden zu bringen. »Mach es doch nicht so spannend!«

Langsam entspannten sich Carls Gesichtszüge. Ein schelmisches Lächeln legte sich auf seine Lippen. »Nun«, begann er gedehnt. »Ich bin nicht der Schwiegersohn, den er sich für die Übernahme des Hofes gewünscht hat«, begann er.

»Was hat er gesagt?«, wiederholte Katharina ihre Frage voller Ungeduld. »Sag schon!«

Wieder seufzte Carl, es klang theatralisch. »Er ist … nun, wie soll ich sagen, er ist …«

»Carl!«, unterbrach sie ihn. »Mach es nicht so spannend!« Wild trommelte sie mit ihren kleinen Fäusten auf seiner Brust herum.

Er musste lachen.

»Ich falle gleich in Ohnmacht, wenn du mich weiter auf die Folter spannst«, warnte sie ihn.

Carl betrachtete sie mit verliebtem Blick. »Wir haben seinen Segen.«

Katharina glaubte, sich verhört zu haben. »Was?«, fragte sie. »Sag das noch mal.«

»Dein Vater ist mit der Hochzeit einverstanden. Er hat zugestimmt«, wiederholte Carl. Jetzt grinste er über beide Ohren.

Er schien einen diebischen Spaß daran zu haben, es spannend zu machen. Er zog sie an sich.

Ein erleichterter Freudenschrei kam über Katharinas Lippen. Die Spannung fiel schlagartig von ihr ab. Sie küsste Carl lachend und jubelte wie ein Kind an Weihnachten. Die Hühner gackerten aufgeregt wegen des plötzlichen Trubels im Gehege. Matthias, der liebestolle Hahn, fühlte sich berufen, gleich zwei Mal zu krähen. »Und er hat einfach so zugestimmt?«, fragte Katharina gespannt.

»Einfach so nun nicht gerade.«

»Nun lass dir nicht jedes Wort aus der Nase ziehen!«

»Du kennst deinen Vater.« Carl machte eine gespielt ernste Miene. »Er hat Bedingungen gestellt.«

Katharina runzelte die Stirn. Sie war gespannt, welche Bedingungen ihr Vater genannt hatte, bevor er Carl seinen Segen erteilt hatte, und rechnete schon mit dem Schlimmsten. Carl hüllte sich in Schweigen.

»Jetzt sag schon!«, forderte sie ihn voller Ungeduld auf.

Carl grinste sie an. »Eigentlich eine schöne Bedingung«, bemerkte er. »Dein Vater möchte ausdrücklich, dass du an meiner Seite immer glücklich bist.«

»Das hat er gesagt?«

»Wortwörtlich.« Carl nickte.

»Kriegst du das hin?«, fragte Katharina mit gespieltem Ernst und versuchte so, zu vertuschen, dass ihr ein Stein vom Herzen fiel.

»Ich werde es versuchen.« Carl beugte sich zu ihr herab. Dann zog er sie fest an sich und küsste sie leidenschaftlich. Katharina gab sich seinen Zärtlichkeiten hin. Hatte ein Kribbeln im Magen und weiche Knie. Und sie betete, dass dieser Moment niemals aufhörte.

Kapitel 34

Bernhard Zumwinkel hatte schlecht geschlafen. Entsprechend mürrisch war er heute, als er die Knechte und Mägde einteilte. Erschwerend kam hinzu, dass der Großknecht fehlte, der ihm eine Menge Arbeit abgenommen hatte. Doch Verbrecher hatten auf seinem Hof nichts zu suchen, und selbst wenn Thomas wieder hier aufgetaucht wäre, hätte er ihn vermutlich zum Teufel geschickt.

Gestern war das geschehen, was er schon lange befürchtet hatte – der Sohn des Maurermeisters hatte um Katharinas Hand angehalten. Erfreut war er über den Lauf der Dinge wahrlich nicht. Doch das Glück seines einzigen Kindes lag ihm mehr am Herzen als seine eigenen Interessen. Auch das Gespräch, das Theresa am späten Abend mit ihm geführt hatte, hallte in ihm nach. Gegen die Gefühle seiner Tochter wollte er nicht ankämpfen, und es war offensichtlich, dass sie diesen Carl Thiele über alles liebte.

»Wo gehst du hin?«, fragte Theresa, als sie sich im Flur begegneten.

»Zu unserem zukünftigen Schwiegersohn«, brummte er missmutig.

»Warum?« Theresa ahnte, dass ihr Mann etwas im Schilde führte.

Bernhard fühlte sich ertappt. Er seufzte genervt. »Weil ich etwas mit ihm zu besprechen habe, Frau.«

»Darf ich fragen, was?« Theresa hob eine Augenbraue.

»Es geht um die Mitgift zur Hochzeit«, antwortete er ausweichend.

»Und?«

»Und – was?« Bernhard gab sich Mühe, ruhig zu bleiben.

»Und was willst du mit ihm besprechen? Hast du etwa vor, die Hochzeit im letzten Moment noch zu verhindern?«

»Ach was.« Er winkte kopfschüttelnd ab. »Wo denkst du hin?«

»Ich kenne dich.«

»Also gut«, sagte er. »Ich werde Carl einen Vorschlag machen, von dem wir alle profitieren werden.«

»Hüte dich, Bernhard Zumwinkel.« Sie hob drohend den Zeigefinger. »Stell dich dem Glück unserer Tochter nicht in den Weg, sonst bekommst du es mit mir zu tun!«

»Das habe ich verstanden.« Er nickte und ließ seine Frau stehen. Als er auf dem Hof stand, schickte er einen Fluch zum Himmel. Warum war das Leben nur so kompliziert?

*

Carl schob eine mit Steinen beladene Karre über den Hof, als in seinem Augenwinkel der Bauer auftauchte.

»Thiele«, rief er in herrischem Ton und winkte ihn herbei. Als

Carl sich zu ihm umsah, stand Bernhard Zumwinkel dort wie ein Feldmarschall, der ihn zum Appell zitierte.

Ein ungutes Gefühl beschlich Carl, als er den hölzernen Handkarren abstellte und sich den Schweiß von der Stirn wischte. Sicher hatte es nichts Gutes zu bedeuten, dass der Bauer ihn sprechen wollte. Carl würde sich die Hochzeit jetzt nicht mehr von ihm verbieten lassen, komme, was wolle. Er war wild entschlossen, seine geliebte Katharina zu heiraten. Carl unterdrückte den aufkommenden Zorn und versuchte, freundlich zu bleiben. »Was kann ich für Sie tun?«

»Du«, brummte Zumwinkel. »Du kannst mich duzen.«

»Schön, Herr … Bernhard.«

»Carl«, sagte Zumwinkel gedehnt. »Ich habe nachgedacht.«

Oh nein, schrie alles in Carls Kopf. *Er macht einen Rückzieher und will die Hochzeit doch noch verhindern.* »Worüber?«, fragte er mit bangem Blick.

»Über euch beide habe ich nachgedacht«, antwortete Zumwinkel. »Über meine Tochter und über dich.«

»Und zu welchem Schluss sind Sie … bist du gekommen?«

»Dass ich die Hochzeit wohl nicht verhindern kann.«

»Das ist wahr«, antwortete Carl selbstbewusst.

»Nun mal nicht so vorlaut, wertester Schwiegersohn«, warnte Zumwinkel ihn. »Es geht um die Mitgift.« Er betrachtete Carl wie ein lästiges Insekt. »Wir haben noch nicht darüber gesprochen.«

Carl fiel ein Stein vom Herzen.

»Sicher werden wir uns einig«, entgegnete er mit einem gewinnenden Grinsen. »Also – schieß los.«

»Diese Maschine«, brummte Zumwinkel. »Bau sie.«

»Die Maschine?« Carl musste nicht lange überlegen. »Du meinst die Zentrifuge?«

»Ja, genau.« Wieder nickte er mit finsterer Miene. »Bau mir dieses Ding.«

»Das mache ich gern. Und dann?«

»Wenn sie funktioniert und ich sie nutzen kann, darfst du meine Tochter heiraten.«

Carls Grinsen wurde breiter. »Ich fürchte, ich muss dich enttäuschen, Schwiegervater. Sie wird funktionieren, du wirst schon sehen.«

Zumwinkel dachte nach. »Wenn sie funktioniert, dann …«

»Dann gehört sie dir«, beendete Carl den von ihm begonnenen Satz. »Dir wird der Prototyp meiner Milchzentrifuge gehören, das verspreche ich dir.« Er war sicher, Zumwinkel spätestens jetzt von sich überzeugt zu haben.

Die Miene des Bauern hellte sich ein wenig auf. »Gut«, sagte er. »Ich verlasse mich auf dich. Und sollte das Ding wirklich etwas taugen, dann wirst du es von mir erfahren.«

»Davon gehe ich aber ganz stark aus«, nickte Carl. »Denn wenn sie deinen Erwartungen nicht gerecht wird, dann werde ich das schließlich auch erfahren. Und ich werde sie so lange verbessern, bis du zufrieden bist.«

»Du nimmst den Mund ganz schön voll«, behauptete Zumwinkel.

»Weil ich weiß, was in meiner Maschine steckt«, nickte Carl von sich selbst überzeugt. Ihm konnte nichts mehr passieren, denn sollte die Maschine Mängel in Bezug auf die Rahmherstellung aufweisen, würde Katharina ihn darauf aufmerksam machen. Und so lange mit ihm daran arbeiten, bis die Zentrifuge problemlos funktionierte.

»Also gut«, nickte Zumwinkel. »Dann los.«

»Wann soll ich mit dem Bau beginnen?«

»Gleich morgen.«

»Aber der Stall … mein Vater wird …«

»Ich werde mit ihm reden«, entgegnete Zumwinkel. »Ich werde ihn bitten, dich freizustellen, damit wir keine Zeit verlieren. Und das Material für den Bau deiner Zaubertrommel stelle ich dir auch zur Verfügung.«

»Perfekt«, freute sich Carl. »Dann kann es schon morgen losgehen.«

Zumwinkel nickte. »So ist es. Bau mir eine Zentrifuge, und du bist ein verheirateter Mann.«

»Du wirst begeistert sein«, versicherte Carl seinem Schwiegervater, bevor er den Handkarren weiter zur Baustelle schob. Wenn sein Vater ihn ab morgen freistellen sollte, musste er heute noch einmal alle Kräfte in den Neubau stecken. Seinen Vater wollte er nicht vergrämen.

Kapitel 35

Schon am folgenden Tag konnte Carl mit dem Bau seiner Maschine beginnen. Das, was bisher nur eine Ansammlung von ausrangierten Ersatzteilen gewesen war, würde schon bald eine neuartige Maschine sein, die er seinem künftigen Schwiegervater voller Stolz präsentieren konnte. Der Bau schritt gut voran, was nicht zuletzt an Katharinas Hilfe lag. Sie war bei ihm, wann immer sie auf dem Hof abkömmlich war.

Bernhard Zumwinkel hatte Wort gehalten, auch Carls Vater war einverstanden mit dem Vorhaben des Bauern. Zumwinkel hatte seinem zukünftigen Schwiegersohn zu diesem Zweck eine Ecke in dem Schuppen, in dem Maschinen und Werkzeuge eingelagert waren, freiräumen lassen. So standen ihm alle Werkzeuge zur Verfügung. Verwundert stellte Carl fest, dass über Nacht ein eigenartiger Sinneswandel in Bernhard Zumwinkel stattgefunden haben musste. Er war bei Weitem nicht mehr so harsch in seiner Wortwahl, wenn er mit ihm redete, im Gegenteil: Er war offen und zugewandt. »Ich werde dich natürlich unterstützen, also lass es mich wissen, wenn du mein Zutun beim Bau deiner Erfindung benötigst«, hatte er ihm mit auf den Weg gegeben. Und der einst mürrische Bauer hatte

Wort gehalten. Seine beiden jungen Knechte wurden abgestellt, um Carl zu helfen. Sie trugen die Materialien zusammen und schleppten sie in den Schuppen, der fortan als Werkstatt herhielt.

»Geh deinen Weg, ich schaffe den Rest auch allein mit den Gesellen«, hatte Gerhard Thiele gesagt. »Bau dem Bauer seine Zentrifuge, damit er weiß, was er an dir hat.« Von Anfang an stand Gerhard hinter dem Erfindergeist seines Sohns. Die Zweifel des Bauern, dass es sich dabei nur um Hirngespinste handeln könne, hatte er nie geteilt.

Voller Tatendrang stürzte Carl sich in die Arbeit. Eine freudige Erregung ergriff ihn, als er sich daranmachte, das Holzgestell für die Zentrifuge zu zimmern. Carl sägte, bohrte und schraubte und vergaß über seiner Arbeit die Zeit. Mit der eigens für diesen Zweck beschafften Farbe strich er den Rahmen an. Gleichmäßig ließ er den Pinsel über die miteinander verschraubten Holzbalken gleiten. Im Schuppen duftete es bald schon nach frischer Farbe. Während die Farbe trocknete, nahm sich Carl das Fass vor. Es war etwas größer und stabiler als das, das sie ursprünglich dafür verwenden wollten. Carl war sicher, dass diese Trommel fast nicht zu zerstören war. Um den Deckel abzusägen, benötigte er wieder die Hilfe eines Knechts. Erwin half ihm gern dabei. Er war ein untersetzter, aber kräftiger junger Knabe von Anfang zwanzig. Bereitwillig packte er mit an und half Carl dabei, das große Fass für seinen künftigen Einsatzzweck vorzubereiten. Gemeinsam trennten sie das Oberteil ab. Während er sich die Sägespäne von der blauen Arbeitsjacke klopfte, fragte Erwin höflich, ob er noch etwas tun könne, und zog sich erst zurück, als Carl sich bei ihm bedankt hatte. »Vielleicht brauche ich deine Hilfe später noch einmal.«

»Sehr gern.« Erwin deutete eine Verbeugung an, die Carl zum Lachen brachte, dann verschwand er. Während Carl überlegte, wie er die eiserne Antriebswelle in den Deckel der Holztrommel treiben konnte, hörte er Schritte hinter sich. Als er aufblickte, sah er in Katharinas verliebt lächelndes Gesicht.

»Hallo, mein Erfinder«, sagte sie und trat näher. Voller Neugier betrachtete sie die Einzelteile der Maschine auf dem Tisch. »Kommst du gut voran?«

»Aber ja.« Carl nickte. Er nahm die Welle in die Hand und zeigte sie Katharina. »Das hier wird das Herzstück der Zentrifuge werden. Daran befestige ich die Paddel, die dafür sorgen, dass die Milch beim Drehen geschlagen wird. Und hier«, er klopfte auf das obere Ende der Welle, »wird eine Kurbel befestigt, mit der die Fuhre dann in Drehung gebracht werden kann.« Er legte die Welle fort und zeigte ihr den abgetrennten Deckel des Fasses. »Und hier werde ich …«

»Den Elektromotor befestigen?«

»Ja«, nickte Carl glücklich über das technische Verständnis seiner Verlobten. »Damit können wir die Maschine zu einem späteren Zeitpunkt mit wenig Aufwand umrüsten.« Er seufzte. »Allerdings weiß ich noch nicht, wie ich das so einfach bewerkstelligen kann«, fügte er zerknirscht hinzu.

Katharina betrachtete das Werk und überlegte einen Augenblick. »Wie wäre es mit einem Antriebsriemen, so, wie man sie in großen Fabriken oft sieht?«

»Du bist ein Genie«, strahlte Carl und zog sie an sich, um ihr einen Kuss auf die Lippen zu hauchen. »Genauso machen wir es!«

»Ich freue mich, dass ich deine Muse bin«, schmunzelte Katharina in Carls Umarmung.

Kurz blendete Carl die Arbeit aus und schlang die Arme um ihren zierlichen Körper. Sie fühlte sich so gut an, dass er am liebsten Feierabend gemacht und den Rest des Tages mit ihr verbracht hätte. Doch er hatte dem Bauern etwas versprochen. Sollte die Zentrifuge fertig werden und funktionstüchtig sein, würde er Zumwinkel die Maschine kostenlos überlassen. Das sollte dann die Mitgift für die bevorstehende Hochzeit werden. So hatten sie es besprochen. Katharina wusste freilich nichts von dem Geschäft der beiden Männer.

»In einer halben Stunde habe ich Pause«, sagte sie mit einem lasziven Augenaufschlag. »Wenn du auch etwas Zeit hast, könnten wir die Mittagspause ja zusammen verbringen.«

Auf der Stelle spürte Carl ein Verlangen nach seiner Verlobten in sich aufsteigen. Ihre Nähe zu spüren, tat ihm nicht nur gut – es verlieh ihm auch ungeahnte Kräfte. »Das lässt sich einrichten«, sagte er mit einem schmachtenden Blick. »Ich kann es kaum erwarten.«

»Ich auch nicht.« Sie küssten sich ein letztes Mal, dann wandte sich Katharina zum Gehen. »Jetzt muss ich wieder an die Arbeit, sonst vermisst mein Vater mich.«

»Dann los, nicht, dass du Ärger mit ihm bekommst.« Er grinste jungenhaft und blickte ihr nach, bis sie seinem Sichtfeld entschwunden war. Mit einem sehnsuchtsvollen Seufzer auf den Lippen machte er sich wieder an die Arbeit. Es galt, keine Zeit zu verlieren, um den Bauern zufriedenzustellen.

*

Längst hatte es sich auf dem Zumwinkel-Hof herumgesprochen, dass Carl und Katharina verlobt waren. So wagte auch niemand mehr, hinter ihrem Rücken zu lästern oder abfällige Bemerkungen zu machen. Allerdings wurden bereits Wetten abgeschlossen, wann sich denn Nachwuchs einstellte. Und ob es dann ein Junge oder ein Mädchen sein würde.

Doch so weit waren die beiden noch lange nicht. Während die drei noch verbliebenen Maurer die Arbeiten am neuen Stall des Hofes fast abgeschlossen hatten, näherte sich auch der Prototyp der Zentrifuge der Fertigstellung. Bisher war alles bestens verlaufen, und Carl war gut vorangekommen. Wer jetzt einen neugierigen Blick in den Schuppen am Rande des Hofes warf, der konnte schon erahnen, was für eine Maschine es war, die Carl da konstruierte. Von Zentrifugen hatte der eine oder andere zwar schon mal gehört, aber diese Maschine unterschied sich in zahlreichen Punkten von dem Bekannten. Im Grunde genommen hatte Carl die Milchzentrifuge neu erfunden.

Inzwischen hatte sich auch Bernhard Zumwinkel mit dem Gedanken angefreundet, dass er keinen Bauern zum Schwiegersohn bekommen würde. Die Männer hatten nach ihren anfänglichen Schwierigkeiten ein gutes Auskommen miteinander. Von Thomas hörte man nichts mehr in Clarholz. So wie es aussah, war ihm die Flucht vom Hof und vor der Polizei tatsächlich gelungen, und er war untergetaucht. Lina hatte sich endlich damit abgefunden, dass sie die nächste Zeit keinen Mann finden würde. Doch inzwischen war auch das kein Grund zur Trauer für das junge Mädchen. Sie war sicher, dass ihr eines Tages der Richtige begegnen würde. So, wie sie es bei Katharina erlebt hatte.

Katharina war überglücklich an Carls Seite, und sie konnte es kaum erwarten, mit ihm gemeinsam in ihr neues Leben zu starten. Nur der Gedanke daran, dass sie den Hof bald verlassen würde, machte ihr immer wieder zu schaffen.

»Gräm dich nicht, Mädchen«, pflegte ihr Vater in solchen Situationen zu sagen, »ich tu es auch nicht. Jetzt steht dein Leben im Vordergrund – wichtig ist, dass du mit Carl glücklich wirst.«

Und glücklich war sie mit ihrem Carl, daran gab es nichts zu rütteln. Nur der Umstand, dass sie immer noch in getrennten Betten schlafen mussten, war unerfreulich. Doch Theresa hatte großen Wert darauf gelegt, dass sie beide weiterhin in ihren Kammern nächtigten. Sie fügten sich ihrem auferlegten Schicksal, stand ihnen ja schon bald der Start in das gemeinsame Leben bevor. Niemand konnte ihnen dann noch Vorschriften machen, wer wann und wo zu schlafen hatte.

Inzwischen hatten sie beschlossen, nach Herzebrock zu ziehen. Im Haus des Vaters gab es noch ein paar Zimmer, die man schnell für das junge Paar herrichten konnte, und die Baufirma hatte ihren Sitz auf dem Gelände. Katharina hatte beschlossen, so oft wie möglich nach Clarholz zurückzukommen, um ihrer kranken Mutter bei der Arbeit auf dem Hof zu helfen. Dafür war es von Vorteil, dass es eine Zugverbindung zwischen den beiden Ortschaften gab. Mit der Eisenbahn war es zum Zumwinkel-Hof wahrlich keine Weltreise.

Kapitel 36

»Ich bin gespannt, was deine Maschine leistet.« Bernhard Zumwinkel betrachtete die Zentrifuge, die Carl im Kuhstall aufgebaut hatte. Das Gerät bestand aus einem hölzernen Trichter, der sich unterhalb der Trommel befand, die das Kernstück der Maschine darstellte. Seitlich gab es einen Antrieb, bei dem schwarze Zahnräder ineinandergriffen.

Heute sollte die Milchzentrifuge zum ersten Mal ausprobiert werden. Carl hatte den Bauern dazu in den Stall gebeten, wo er seine Konstruktion aufgebaut hatte. Auch Katharina war dabei. Sie war eben erst mit dem Melken fertig geworden. »Das sind jetzt beste Voraussetzungen für einen Probelauf«, freute sich Carl, als sie den letzten Eimer neben der Zentrifuge abstellte. Sie tauschten einen sehnsüchtigen Blick, während Bernhard interessiert näher trat, um die Erfindung seines künftigen Schwiegersohns in Augenschein zu nehmen. Im Innern der Trommel befand sich eine Welle, auf der mehrere hölzerne Schneideteller montiert waren. Seitlich war ein Getriebe mit Zahnrädern und Wellen befestigt, die miteinander verbunden waren. »Durch die Rotation der Trommel werden Fett und Wasser voneinander getrennt«, versprach Carl seinem Schwiegervater. »Beide Stoffe fließen über die Separatoren hier unten«, er deutete auf zwei Abflüsse, unter denen sich jeweils ein hölzerner Kübel befand, »aus der Maschine und können getrennt voneinander weiterverarbeitet werden. »Und schon gewinnen wir Magermilch und Rahm, säuberlich voneinander getrennt.«

»Die Maschine schafft es, fünfzig Liter Milch in der Stunde zu verarbeiten«, sagte Katharina stolz. »Sie ist sehr einfach zu bedienen, weil Carl einen passenden Antrieb gebaut hat, der die Arbeit erleichtert, auch wenn die Holztrommel bis zur Füllmarke voll ist.«

»Und die Maschine wird viele Jahre zuverlässig ihren Dienst verrichten«, fügte Carl voller Überzeugung hinzu. »Die Komponenten sind so ausgelegt, dass sie von höchster Zuverlässigkeit und Stabilität sind.«

»Bald arbeiten wir mit elektrischen Maschinen«, brummte Zumwinkel skeptisch. »Wer macht sich da noch die Mühe und kurbelt an so einem Ding herum?«

»Nicht so ungeduldig, Bernhard«, grinste Carl, der sich nicht von seinem Schwiegervater in spe einschüchtern ließ. Er nickte Katharina zu.

»Siehst du den Halteblock hier unten?«, fragte sie und deutete auf einen Rahmen unterhalb der Trommel.

Bernhard Zumwinkel ging in die Hocke und nickte. »Und?«

»Da kann später ohne viel Aufwand ein elektrischer Motor nachgerüstet werden, der über einen Riemen die Trommel antreiben wird. Du bist also für viele Jahre ausgestattet, wertester Schwiegervater.«

»So viel zur Theorie«, nickte Zumwinkel und gab sich sichtlich Mühe, unbeeindruckt zu erscheinen. »Jetzt will ich sehen, was die Zaubertrommel kann.«

»Gern.« Carl nickte. »Du wirst nicht enttäuscht werden«, behauptete er.

Katharina reichte Carl einen Eimer mit noch kuhwarmer Rohmilch, die er in die Trommel schüttete. Danach verschloss er den Deckel. »Und nun kann es losgehen«, erklärte er und betätigte die Handkurbel an der Oberseite. »Wichtig ist, beim Schleudern die richtige Drehzahl beizubehalten.«

»Wie merke ich, dass es die richtige Drehzahl ist?«, fragte Bernhard Zumwinkel. Ihm war anzusehen, dass ihm das Ergebnis von Carls Arbeit gefiel.

»Hier oben«, antwortete Carl, »befindet sich eine Glocke. Ich habe sie von einem Fahrrad genommen und zweckentfremdet, aber an der Zentrifuge leistet sie gute Dienste.« Carl zwinkerte Katharina zu. »Übrigens war das Katharinas Idee, denn sie wusste, dass die Milch eine bestimmte Umdrehung benötigt.«

Ein zustimmendes Brummen kam über Bernhards Lippen.

Carl ergriff die Handkurbel und brachte die Welle im Innern in Bewegung. Das Rauschen der Milch war zu hören. »Da passiert schon etwas, hörst du es?«, fragte Carl nach einigen Minuten, als sich der erste Schwall Magermilch aus dem Ausguss in den sich darunter befindlichen Bottich ergoss. »Das Fett braucht natürlich aufgrund seiner Beschaffenheit etwas länger«, kommentierte er. »Aber das weißt du besser als ich.« Nach wenigen Minuten rann auch die Fettmasse aus der etwas größeren Öffnung an der Seite der Trommel.

»Ich möchte das selbst ausprobieren«, verlangte Zumwinkel.

»Gern.« Carl ließ die Trommel ausrollen und machte einen Schritt zur Seite. »Nur zu.«

Zumwinkel trat näher, bedachte seine Tochter mit einem nicht zu deutenden Blick, ergriff die Handkurbel und setzte die Zentrifuge in Gang.

»Siehst du, Vater, es ist kinderleicht«, sagte Katharina. »Das können auch zarte Frauenhände leicht bedienen.«

»Aber sie müssen lange kurbeln«, fand Bernhard. Die Zahnräder des Getriebes surrten leise, im Innern schwappte die Milch und über die Ausgüsse rannen die beiden Flüssigkeiten in die dafür vorgesehenen Behälter.

»Mit dem Elektromotor wird die Arbeit noch effektiver, denn dann arbeitet die Zentrifuge fast von allein«, erwiderte Katharina.

Nachdem einer der beiden Kübel so gut wie voll war, ließ Zumwinkel die Handkurbel los. Er ging vor der Maschine in die Hocke und nahm die Mechanik in Augenschein. »Sie funktioniert tadellos«, sagte er zufrieden. »Das ist eine präzise und solide Milchtrennung«, kommentierte er das Ergebnis. Erstmals hatte er ein anerkennendes Nicken parat. »Gut gemacht, Kinder.«

Katharina und Carl tauschten einen Blick.

»Was hast du anders gemacht als deine Konkurrenz?«, wollte Bernhard Zumwinkel von seinem künftigen Schwiegersohn wissen.

»Nahezu alles«, sprudelte es aus Katharina heraus.

»Nun ja«, relativierte Carl mit einem gütigen Lächeln.

»Wir haben die Zentrifuge neu erfunden, ohne uns an den Modellen der Konkurrenz zu orientieren. Und das ist das Ergebnis unserer Arbeit.«

»Ich bin begeistert«, gab Zumwinkel zu.

»Und sie ist garantiert schneller und langlebiger als alles, was es bisher gab«, fügte Carl hinzu. »Die Öffnungen der Auslässe sind angepasst worden, und ich habe mir erlaubt, ein entsprechendes Getriebe zu konstruieren, das die richtige Umdrehung ohne große Kraftanstrengung erlaubt.«

»Wie geht es jetzt weiter?«, wollte Zumwinkel wissen.

»Ich werde die Maschine weiterentwickeln und versuchen, sie in großen Mengen herzustellen«, erklärte Carl.

»Und die nächste Erfindung hat er auch schon im Hinterkopf«, fügte Katharina stolz hinzu. Als sie den fragenden Blick ihres Vaters bemerkte, erklärte sie: »Eine Buttertrommel, mit der sich aus dem in der Zentrifuge gewonnenen Rahm im Handumdrehen Butter gewinnen lässt.«

»Das Grundprinzip bleibt das gleiche«, sagte Carl. »Ich arbeite mit einem Fass oder einer Trommel, in der Substanzen durch schnelle Drehung verändert und bearbeitet werden können.«

»Und so etwas gab es meines Wissens noch nicht«, behauptete Zumwinkel. Er war beeindruckt und schämte sich ein wenig dafür, dass er Carl immer als einen Spinner bezeichnet hatte, der in einer stillen Kammer und völlig weltvergessen vor sich hin tüftelte. Doch das, was sein künftiger Schwiegersohn ihm hier präsentiert hatte, stellte alle bisher bekannten Zentrifugen weit in den Schatten. Carls Maschine hatte das Zeug, schon bald einen Siegeszug in der Landwirtschaft anzutreten. Damit hatte

Bernhard Zumwinkel wahrlich nicht gerechnet, und ihm kam die Idee, der Maschine seines künftigen Schwiegersohnes so schnell wie möglich zu ihrer verdienten Bekanntheit zu verhelfen. »Sobald sich die Maschine bewährt hat, sollten wir ein Fest veranstalten und Leute aus der Landwirtschaft einladen«, fand er.

»Was hast du vor?«, fragte Katharina.

»Ich glaube, dass Carls Erfindung sehr erfolgreich sein wird. Und weil ich möchte, dass ihr in den nächsten Jahren ein gutes Auskommen habt, werde ich illustre Gäste einladen, um ihnen eure Erfindung zu präsentieren.« Bernhard Zumwinkel nickte den jungen Leuten zu. »So«, sagte er an seine Tochter gewandt, »dann testet die Maschine mal ausgiebig – ich möchte, dass sämtliche Milch von heute mit dem Ding hier«, er klopfte auf die Zentrifuge, »verarbeitet wird.«

»Danke für dein Vertrauen in mich und meine Arbeit«, sagte Carl voller Dankbarkeit.

»Schon gut, Junge. Ich hatte nicht gedacht, dass du zu solchen Leistungen fähig bist. Entschuldige, dass ich dich falsch eingeschätzt habe.« Es war ihm nicht schwergefallen, sich bei Carl Thiele zu entschuldigen. Nicht nach dem, was der Junge ihm hier präsentiert hatte. »Und noch etwas«, sagte er, bevor er sich zum Gehen wandte. »Du hast mehr geleistet, als ich für möglich gehalten hätte. Wenn ich diese Maschine behalten darf, dann kann ich wohl sagen: Meinen Glückwunsch zur Verlobung.« Damit wandte er sich ab. Es war nicht seine Art, sich zu großen Gefühlsausbrüchen hinreißen zu lassen.

*

Die nächsten Wochen waren arbeitsreich für Carl und Katharina. Sie werkelten fast Tag und Nacht, um weitere Zentrifugen zu bauen. Bernhard war ihnen bei der Beschaffung des nötigen Materials behilflich, er selbst fuhr mit der Kutsche los, um bei Tischlern, Drehern und Schlossern in der Umgebung die Teile zusammenzutragen, die Carl und Katharina für den Bau der zusätzlichen Maschinen benötigten. Dafür reiste er oft genug durch ganz Westfalen. Bald gingen auch die drei weiteren Zentrifugen in Betrieb. Carls Erwartungen wurden übertroffen, denn alle vier Anlagen liefen problemlos und mussten nur regelmäßig gewartet und gereinigt werden, um beste Ergebnisse zu liefern. Bernhard zeigte sich bei seinen Besuchen im Schuppen sichtlich beeindruckt vom Ehrgeiz der jungen Leute. Carl schien tatsächlich Großes vorzuhaben und legte alles daran, sein Ziel so schnell wie möglich zu erreichen.

So waren es inzwischen gleich drei Mägde, die unter den prüfenden Blicken von Katharina, die eine der Zentrifugen selbst bediente, an den Maschinen arbeiteten. Alle zeigten sich begeistert von der neuen Technik, die auf dem Zumwinkel-Hof zum Einsatz kam. Carl schritt wie ein dozierender Professor durch den Stall und betrachtete den Einsatz der Zentrifugen. Zwischenzeitlich hatten Katharina und er es zur Serienreife geschafft, denn die drei Maschinen, die nach dem Prototyp entstanden waren, glichen sich wie ein Ei dem anderen. Carls Einsätze beschränkten sich darauf, dass hier und da ein wenig geölt werden musste oder dass er eine Schraube nachzog, die sich gelöst hatte. So herrschte an jedem Morgen gleich nach dem Frühstück hektische Betriebsamkeit im Stall. Für die Verarbeitung der Milch wurden nun zwar mehr Mägde gebraucht, diese konnten ihre Arbeit aber in wesentlich kürzerer Zeit erledigen.

»Ich bin sehr zufrieden, Junge«, sagte Bernhard, der lautlos hinter Carl aufgetaucht war und ihm einen kurzen Schrecken eingejagt hatte, da Carl ihn, in die Arbeit vertieft, nicht bemerkt hatte. Als Carl sich umwandte, lächelte sein künftiger Schwiegervater ihn stolz an. »Du und Katharina, ihr habt wirklich Beachtliches geleistet«, stellte er fest. »Und wie ich sehe, laufen alle vier Zentrifugen nahezu fehlerfrei.«

»So ist es«, nickte Carl zufrieden und erleichtert zugleich, denn in den letzten Tagen waren es vor allem die kritischen Blicke seines Schwiegervaters gewesen, die ihn dann und wann ein wenig verunsichert hatten. »Nach meiner Rückkehr nach Herzebrock werde ich die Maschinen in der Werkstatt fertigen, um die Landwirtschaft beliefern zu können.«

»Erst einmal muss die Landwirtschaft erfahren, dass es deine Maschine gibt«, stellte Bernhard klar. »Und dafür werde ich sorgen.«

»Das Fest?«, erinnerte sich Carl an das Versprechen seines Schwiegervaters in spe. »Du möchtest alle wichtigen Menschen auf den Hof einladen, richtig?«

»Ja«, nickte Bernhard und schob sich die Mütze weit in den Nacken. »Ich werde mein Versprechen halten, so, wie du es auch getan hast.« Zufrieden klopfte er Carl auf die Schulter. »Gute Arbeit!« Ohne ein weiteres Wort machte er auf den Absätzen seiner schweren Stiefel kehrt und stapfte aus dem Stall ins Tageslicht.

»Was wollte er?«, fragte Katharina, als ihr Vater verschwunden war.

»Uns loben«, strahlte Carl. »Er ist sehr zufrieden mit unserer Arbeit und hat mich an sein Versprechen erinnert.«

»Unsere Hochzeit?« Katharina machte große Augen.

Carl musste lachen. »Nein«, sagte er kopfschüttelnd, »er hat mich an das große Fest erinnert, das er geben möchte, sobald unsere Maschinen so weit sind, dass sie der Öffentlichkeit vorgestellt werden können.«

»Ich hätte es fast vergessen«, bemerkte Katharina. »Da werde ich mir sicher etwas einfallen lassen.«

»Was möchtest du dir einfallen lassen, Liebes?«

Katharina nahm seine Hand und zog ihn nach draußen. Schützend legte Carl einen Arm um Katharina, als er bemerkte, dass sie fror. Dankbar schmiegte sie sich an ihn.

»Also«, sagte sie schließlich, »ich werde ein paar Leute von der Zeitung einladen, die über unsere Maschine berichten sollen, Vater kennt viele andere Bauern, mit denen er sich regelmäßig austauscht. Und vielleicht den einen oder anderen Kollegen aus seinem Verband, der Interesse an einer Zentrifuge oder an einer Molkerei haben könnte.«

»Das klingt sehr gut«, lobte Carl. »Ich bin deinem Vater sehr dankbar.«

Katharina runzelte die Stirn. »Wofür denn?«

»Er hat mich anfangs als einen Spinner bezeichnet, aber ich konnte ihn von meiner Idee überzeugen, und er hat schließlich zugestimmt, dass ich ihm eine funktionierende und zuverlässige Zentrifuge baue, um dich heiraten zu dürfen.«

»Was für ein Tausch«, lachte Katharina sichtlich amüsiert. »Mein Vater gibt mich für eine Zentrifuge frei.«

Carl musste ebenfalls lachen. »Das ist doch ein guter Tausch«, fand er. »Stell dir vor, ich müsste stattdessen eine Zentrifuge mit nach Hause nehmen. Nein, unvorstellbar«, er schüttelte den Kopf und hauchte ihr einen flüchtigen Kuss auf die Stirn, »dein Vater hat mich zum glücklichsten Mann auf der Welt gemacht, indem er meinen Träumen den nötigen Raum gab und ich ihn von meiner Arbeit überzeugen konnte.«

»Von unserer Arbeit«, verbesserte Katharina ihn mit gespielter Empörung und boxte ihn leicht in die Seite.

»Selbstredend«, nickte Carl. »Von unserer Arbeit.« Er wandte sich kurz um und blickte ins Halbdunkel des Stalls, wo die drei Mägde die Zentrifugen bedienten. Das Rattern der Antriebe drang leise an seine Ohren. »Ohne dich wäre ich nie in dieser kurzen Zeit so weit gekommen.«

*

Am Abend saßen sie in der beheizten Küche beisammen und arbeiteten an einer Gästeliste für das große Fest, das schon in wenigen Tagen stattfinden sollte. Theresa hatte ihnen einen Früchtetee aufgesetzt, Bernhard und Carl bevorzugten Bier, während Gerhard ein Glas Beerenwein vor sich stehen hatte. Katharina blickte auf ein großes Blatt Papier, auf dem sie die Namen der Gäste notierte. Sie hatte die Petroleumlaterne auf dem Tisch angezündet, um besser sehen zu können. Katharina war aufgeregt, sie liebte Feste auf dem Zumwinkel-Hof und dachte ein wenig wehmütig daran, dass es möglicherweise die letzte Feier sein könnte, bei der sie anwesend war, denn spätestens nach der Hochzeit würde sie wohl mit Carl nach Herzebrock ziehen. Doch für den Moment verdrängte sie den Gedanken und konzentrierte sich auf die Vorbereitungen für das große Fest.

»Ich könnte unsere Geschäftsfreunde einladen«, schlug Gerhard vor. Er nippte an seinem Wein und drehte das langstielige Glas in den Händen.

Alle Blicke waren auf ihn gerichtet. »Welcher Maurer sollte sich für eine Molkereianlage interessieren?«, wollte Carl wissen. Damit sprach er augenscheinlich das aus, was alle dachten.

Gerhard schien mit dieser Frage gerechnet zu haben. »Ach was«, lachte er und stellte das Glas ab. Er lehnte sich auf der Eckbank zurück und schaute in die Runde, dann blieb sein Blick an Carl haften. »Du solltest es am besten wissen, Junge«, setzte er an. »Unsere Aufträge führen uns auf zahlreiche Höfe in der Umgebung, wir haben bereits für viele Bauern gearbeitet. Und diese Kontakte kann ich nutzen, um unsere Kunden für eure Maschine zu begeistern.«

»Ein guter Vorschlag«, fand Bernhard mit einem zufriedenen Nicken.

Katharina hatte einen Einfall. »Es gibt doch diese neue Landwirtschaftskammer«, erinnerte sie ihren Vater. »Hast du zu den Mitgliedern gute Kontakte?« Aus den Erzählungen ihres Vaters wusste sie, dass sich im letzten Jahr in Münster die Landwirtschaftskammer Westfalen gegründet hatte. Fast hundert Männer waren auf der Gründungsversammlung anwesend gewesen.

Bernhard nickte mit einem Lächeln. »Gute Idee, Kind«, lobte er sie. »Ich habe sogar ein gutes Verhältnis zum Oberpräsidenten der Provinz Westfalen, Heinrich Conrad von Studt.«

Gerhard entwich ein anerkennender Pfiff. »Respekt, mein Lieber, ich hatte nicht gedacht, dass du mit so hohen Tieren verkehrst.«

»Verkehren wäre der falsche Ausdruck«, sagte Bernhard und winkte ab. »Aber vielleicht kann von Studt uns helfen, eine größere Bekanntheit zu erlangen. Ich werde ihm gleich einen Brief schreiben.«

Carl nickte zufrieden. Ihm schien der Name des Oberpräsidenten von Westfalen bekannt zu sein. »Ich bin sicher, dass von Studt über genügend Einfluss verfügt, um unsere Idee publik zu machen.«

»Und ich kann mich um einen Reporter der Landwirtschaftlichen Zeitung für Westfalen und Lippe kümmern«, schlug Katharina vor. »Dann schreibt man über uns.«

»Einverstanden.« Bernhard nickte. Er beobachtete seine Tochter interessiert, die mit konzentrierter Miene an der Gästeliste saß. »Wie kommen wir aber an den Oberpräsidenten?«, fragte sie schließlich.

»Ich werde nach Münster fahren«, schlug Bernhard vor. »Mit etwas Glück erinnert sich von Studt an mich und ist der Sache zugetan.« Er betrachtete seinen künftigen Schwiegersohn. »Vielleicht wäre es hilfreich, wenn du mich begleitest? Dann können wir ihm die Einladung persönlich überreichen.«

»Gern.« Carl nickte zustimmend. Er sah Katharina an, die ihm gegenübersaß. »Wie ist es mit dir? Begleitest du mich?«

Katharina freute sich, dass ihm an ihrer Gesellschaft gelegen war, doch sie haderte mit sich. »Ich weiß nicht«, seufzte sie und warf ihrer Mutter einen fragenden Blick zu. »Wenn Vater unterwegs ist und ich dem Hof ebenfalls fernbleibe, habe ich ein ungutes Gefühl.«

»Ich schaffe es, den Betrieb aufrechtzuerhalten«, versicherte Theresa ihr. »Mach dir um mich keine Sorgen, ich bin ja nicht allein. Lina wird auf mich aufpassen, und das Gesinde wird sich um die anfallende Arbeit kümmern.«

Ganz sicher war Katharina sich nicht. Der Gesundheitszustand ihrer Mutter bereitete ihr große Sorgen. »Bist du sicher, dass ich …«

»Geh nur, ich bin sicher, dass es nicht schaden kann, wenn sich eine Dame in Begleitung der beiden Herren befindet.« Theresa lächelte Bernhard und Carl aufmunternd zu.

»Dann ist es so«, stimmte Bernhard seiner Frau zu. »Wir werden nicht länger als nötig in Münster bleiben. Und wenn wir von Studt überzeugen können, kann es nur von Vorteil sein.«

»Dann wisst ihr ja, was zu tun ist«, lächelte Theresa.

»Außerdem bin ich mit den Gesellen auch noch auf dem Hof«, mischte sich Gerhard Thiele nun ein. »Wir können nach dem Rechten sehen und dir zur Hand gehen.«

»Seht ihr«, lachte Theresa zufrieden. »Ich bin in besten Händen, also – bringt dem Oberpräsidenten die Einladung. Indes werde ich mir mit Lina Gedanken zum Festessen machen.«

»Es wird Spanferkel geben«, rief Bernhard. »Das wird ein geselliges Schmausen.«

Katharina wusste, dass ihr Vater Spanferkel liebte, dennoch

fürchtete sie um das Leben eines der jungen Schweine im Stall. Sie würde sich wohl nie mit dem Gedanken anfreunden können, dass es sich bei den armen Kreaturen um Nutzvieh handelte, das nur zur Welt kam, um eines Tages getötet zu werden. »Gut«, sagte sie schnell, »dann wissen wir, was zu tun ist.« Katharina stieß auf zustimmendes Nicken, als sie in die Runde blickte. »Ich bin sicher, dass wir viel erreichen werden bei einem Fest.« Als sie Carl ansah, schimmerten seine Augen feucht vor Rührung. Offensichtlich fühlte er sich aufgenommen in der Familie. Alles hatte eine gute Wendung genommen, und nun stand auch ihrer Hochzeit nichts mehr im Wege.

Kapitel 37

Wenige Wochen später fand auf dem Zumwinkel-Hof das große Fest statt. Zahlreiche Gäste hatten ihr Kommen zugesagt, nur Heinrich Conrad von Studt hatte bis zuletzt keine Zusage erteilt. Bernhard und Theresa hatten es so geplant, dass die Feierlichkeiten an einem Sonntag, gleich nach dem Gottesdienst in der Laurentiuskirche von Clarholz, stattfinden konnten.

Dabei gab es gleich zwei Anlässe zum Feiern: Der Stall war pünktlich fertig geworden – nun stand das neu angeschaffte Milchvieh in seiner fertiggestellten Unterkunft. Hier sollten auch die Zentrifugen präsentiert werden. Gerhard Thiele und Bernhard Zumwinkel hatten in den letzten Tagen weder Kosten noch Mühen gescheut, um dem Fest den passenden Rahmen zu verleihen. Auch das Spanferkel wartete bereits darauf, von den Gästen verspeist zu werden. Theresa und Lina hatten das Tier aus eigener Zucht vorbereitet, es war mit Rosmarin, Knoblauch und Pfeffer gewürzt worden, die Kruste war braun und knusprig gebraten, am Bauch etwas weicher – ganz nach dem Geschmack ihres Vaters. Dabei hatte es Katharina noch nie gemocht, einen der Frischlinge, die sie selbst mit der Flasche aufgezogen hatte, serviert zu bekommen. Ihr fiel es immer schon schwer, sich auf dem Wochenmarkt von den niedlichen Ferkeln zu trennen, wenn sich ein Käufer dafür gefunden hatte. Sie war sehr rührselig im Umgang mit den Tieren, doch auch das schätzte ihr Vater an ihr. Nur sprach er selten darüber, denn für ihn war das Vieh seine Einnahmequelle. Während die Tiere auf seinem Hof lebten, sollte es ihnen an nichts fehlen, was aber nichts an der Tatsache änderte, dass er von der Milchwirtschaft und vom Verkauf der Schweine und Hühner lebte. Doch davon sprach heute niemand.

Für den Fall eines Regenschauers waren Festzelte aufgebaut worden, die den Gästen bei einem Wetterumschwung Unterschlupf boten. Neben dem Spanferkel gab es Bier und Wein in Fässern, es gab Schnaps, Tee und Kaffee für die Damen. Das Gesinde hatte den Hof in den letzten Tagen auf Hochglanz gebracht, und sogar das Wetter spielte am heutigen Tag mit. Zwar war der Herbst schon über das Land gezogen und das Laub an den Bäumen hatte sich bunt gefärbt, doch heute strahlte die Sonne mit den Besuchern um die Wette.

Unter den größtenteils männlichen Gästen befanden sich auch der Bürgermeister und der Hauptwachtmeister von Clarholz. Obwohl Wilhelm Petermann sich als Polizist kaum mit der Landwirtschaft auskannte, so lobte er die Zentrifuge in höchsten Tönen. Katharina vermutete jedoch, dass es auch das schlechte Gewissen des Wachtmeisters war, das ihn zu derartigen Lobeshymnen hinriss.

»Sie sind ein Genie, Thiele«, lobte Petermann ihn in zackigem Tonfall und klopfte Carl mit anerkennender Miene auf die

Schultern. »Das hätte ich niemals von Ihnen erwartet, als ich Sie damals eingebuchtet habe.« Er schien sich über seinen Witz köstlich zu amüsieren und lachte.

»Ohne meine Verlobte wäre mir das nie gelungen«, relativierte Carl, sichtlich um Sachlichkeit bemüht. Er nahm Katharinas Hand, strahlte sie an und hauchte einen Kuss auf ihren Handrücken. »Katharina hat mir mit ihrer Expertise sehr beim Bau der Maschinen geholfen – ohne sie wäre das alles gar nicht möglich gewesen.« Dann wurde er ernst. »Sagen Sie, Petermann – haben Sie den wahren Dieb damals eigentlich jemals dingfest gemacht?«

Diese Frage war dem Wachtmeister sichtlich unangenehm.

Der Vorsteher der Polizeiwache blickte sich peinlich berührt um und schüttelte den Kopf. »Bedauerlicherweise sind alle Spuren, die ich verfolgt habe, im Sande verlaufen.« Er machte ein betroffenes Gesicht. »Es ist, als hätte ihn der Erdboden verschluckt.«

»Also ist Thomas noch auf freiem Fuß.«

Der Bürgermeister von Clarholz, ein hagerer Mann mit imposantem Backenbart und einem schwarzen Frack, bedachte seinen Wachtmeister mit einem tadelnden Blick. »Sie werden ihn aber sicher noch fangen, oder?«, fragte er mit strengem Ton.

»Selbstredend«, versprach Petermann ein wenig kleinlaut.

Die unangenehme Situation wurde unterbrochen, als eine prächtige Kutsche auf den Hof rollte. Auf dem Bock saß ein vornehm gekleideter Kutscher, der das schwarz glänzende Fuhrwerk souverän zum Stehen brachte. Kaum angekommen, schwang sich der Mann vom Kutschbock, um die Tür der Kutsche zu öffnen.

»Wer ist das?«, raunte Katharina ihrem Verlobten zu.

»Ich habe keine Ahnung – nur eine Vermutung«, antwortete Carl, während er ihre Hand hielt. Gespannt beobachteten sie, wie ein hochgewachsener Mann im feinen Zwirn der Kutsche entstieg. Unten angekommen, richtete er seinen Zylinder und den Gehstock, um sich umzublicken. Er nickte dem Kutscher zu, der die Tür verschloss und seine Position auf dem Kutschbock wieder einnahm.

»Mein Gott, der Kaiser«, raunte Petermann dem Bürgermeister zu. Und Katharina musste ihm heimlich zugestehen, dass seine Vermutung berechtigt war, denn der vornehme Herr hatte tatsächlich eine frappierende Ähnlichkeit mit Kaiser Wilhelm. Er war groß und schlank, trug eine prächtige Uniform, Haare und Bart waren vornehm ergraut, sein Blick wachsam und der Gang stolz. Dennoch handelte es sich nicht um den Kaiser des preußischen Reiches. Dem Mann war Katharina vor wenigen Wochen noch persönlich begegnet.

»Das ist der Oberpräsident von Westfalen«, stellte sie flüsternd richtig. »Er ist extra aus Münster angereist.«

»Ich werd nicht mehr«, staunte Bernhard und war sichtlich beeindruckt.

»Du solltest ihn begrüßen«, empfahl Theresa ihrem Mann.

»Sicher.« Bernhard nickte und stapfte eifrig auf den Oberpräsidenten zu. Die beiden Männer maßen sich mit Blicken, Bernhard deutete eine Verbeugung an und hieß den hohen Politiker herzlich auf dem Hof willkommen.

»Nun bin ich gespannt auf Ihre Neuheit«, sagte von Studt, nachdem sich die Männer die Hand gereicht hatten.

»Selbstverständlich«, nickte Bernhard und winkte Carl und Katharina zu sich.

Carl lächelte ihr aufmunternd zu, doch Katharina zitterte vor Aufregung, als sie ihm zum Ministerialrat des Königreichs Preußen folgte. Nie hatte sie damit gerechnet, dass von Studt ihre Erfindung persönlich in Augenschein nehmen würde. Doch er war gekommen, und plötzlich fühlte sich Katharina unpassend gekleidet. Dabei hatte sie heute auf das Arbeitskleid und die Schürze verzichtet und ihr vornehmstes Kleid angezogen. Es handelte sich um ein festliches, tailliertes blaugraues Kleid mit Schulterpolstern und cremefarbenen Applikationen. Die Brosche auf ihrer Brust funkelte im Schein der Herbstsonne. In ihrem Kleid sah sie aus wie eine vornehme Dame, der leichte Hut unterstrich den Gesamteindruck.

»Du siehst großartig aus«, raunte Carl ihr ins Ohr. Offensichtlich hatte er ihre Gedanken erraten. »Du auch«, lächelte sie, denn sie war es nicht gewöhnt, Carl im Anzug zu sehen.

»Der Herr Oberpräsident von Westfalen würde gern die Zentrifugen in Augenschein nehmen«, bemerkte Bernhard, als sie ihn erreicht hatten. Katharina deutete einen Knicks an, Carl verbeugte sich vor dem Politiker.

»Es ist uns eine Ehre«, sagte er und zeigte mit einer weit ausladenden Geste zum neuen Stall, der mit Fahnen geschmückt war. »Bitte folgen Sie uns.«

»Gern.« Heinrich Conrad von Studt lächelte. Seite an Seite schritten sie, gefolgt von den Blicken der anderen Besucher, auf den Stall zu. »Wie Sie wissen, bin ich der modernen Landwirtschaft sehr zugetan.«

»Sie werden begeistert sein«, versicherte Katharina ihm, über ihre zurückgewonnene Sicherheit selbst überrascht. »Wir haben modernste Maschinen gebaut, die die Landwirtschaft revolutionieren werden, denn die Milchwirtschaft kann mit unserer Erfindung viel effektiver arbeiten, der Ertrag der Bauern wird sich erhöhen und die Maschinen rechnen sich sehr schnell.«

»Sie reden wie eine Verkäuferin«, stellte von Studt mit einem väterlichen Lächeln fest. »Das imponiert mir.« Dann wandte er sich an Carl. »Und Sie sind Maurer, wenn ich mich recht erinnere?«

»Ich arbeite derzeit im väterlichen Betrieb als Maurer, um meinen Lebensunterhalt zu bestreiten«, bestätigte Carl voller Bescheidenheit.

»Carl … mein Verlobter ist ein begabter Erfinder, ein Visionär, von dem Sie sicherlich noch viel hören werden«, fügte Katharina stolz hinzu.

»Wir betreiben nebenher eine kleine Eisenwarenhandlung«, ergänzte Carl. »Daher auch mein technisches Verständnis.«

»Landwirtschaft und Industrie befinden sich tatsächlich im Wandel«, stimmte von Studt zu. »Ich bin sicher, dass sich unser aller Leben schon in ein paar Jahren deutlich verändern wird. Deshalb mein Interesse an Ihren Maschinen.«

»Da wären wir.« Bernhard war stehen geblieben.

Der Oberpräsident wandte sich an Carl. »Dann erläutern Sie mir doch bitte die Funktionsweise Ihrer Maschinen.«

»Sehr gern.« Carl nickte und machte sich mit Katharinas

Hilfe daran, eine der Zentrifugen in Betrieb zu nehmen. Sie gaben Milch aus einem bereitstehenden Eimer in das Holzfass. Carl verschloss die Riegel des Deckels, Katharina trat näher und betätigte die Kurbel. Dabei lag ein unbeschwertes Lächeln auf ihren Lippen. »Es ist kinderleicht«, kommentierte sie.

»Darf ich es auch einmal versuchen?« Von Studt trat näher und deutete auf die Kurbel.

»Selbstverständlich.« Katharina trat zur Seite. Als sich kurz die Drehzahl der Trommel verringerte, klingelte das Glöckchen. »Das ist der Hinweis, dass die Geschwindigkeit zu gering ist«, erklärte Carl, als er den verwunderten Blick des Abgesandten des Kaisers bemerkte. Das Klingeln verstummte, als von Studt die Kurbel betätigte. Nach ein paar Umdrehungen nickte er zufrieden. »Es funktioniert in der Tat kinderleicht.« Bevor Carl etwas erwidern konnte, rannen die ersten Tropfen Milch aus dem Ablasshahn in den bereitstehenden Eimer, kurz danach rann die Molke in einen zweiten Behälter. »Daraus können wir nun Butter machen«, erklärte Katharina.

»Und das erfolgt noch von Hand?«

»Das mühselige Stampfen gehört der Vergangenheit an«, erwiderte sie stolz. »Wir müssen die Butter nur noch in die gewünschte Form bringen.«

»Aber an einer Buttermaschine arbeite ich ebenfalls«, mischte sich Carl ein. »So ist eine ganze Molkereianlage bereits in Planung. Das Konzept der Zentrifuge ist so angelegt, dass sie sich in die Produktionsanlage einfügen lässt.«

»Sie sind tatsächlich ein Visionär, junger Freund«, attestierte von Studt und trat zur Seite. Katharina nahm seinen Platz an der Zentrifuge ein und kurbelte weiter. »Und wenn Sie uns zusichern, das preußische Reich in Kürze flächendeckend zu elektrifizieren, können wir die Anlage ohne großen Aufwand mit Elektromotoren betreiben«, erklärte sie.

»Den nötigen Antrieb habe ich bereits entwickelt«, kommentierte Carl nach einem fragenden Blick des Ministerialbeamten.

»Die Elektrifizierung schreitet mit großen Schritten voran«, antwortete von Studt. »Wie lobenswert, dass Sie bereits an einen dann zeitgemäßen Antrieb denken.«

»Was halten Sie von der Maschine?«, wollte Bernhard wissen, der dem Gespräch bisher schweigend gefolgt war.

»Sie ist eine große Sache, die Potenzial hat«, antwortete von Studt mit einem zufriedenen Gesichtsausdruck. »Die weite Anreise hat sich gelohnt. Ich bin überzeugt von Ihrer Idee. Bei nächster Gelegenheit werde ich dem Kaiser von Ihrer Zentrifuge berichten und wir werden sehen, wie wir Sie unterstützen können.«

Ein Freudenschrei kam über Katharinas Lippen. Sie ließ die Kurbel los, das Glöckchen ertönte, während sie überglücklich in Carls Arme flog.

*

»Carl, Liebster, kommst du mal?« Nachdem sich von Studt verabschiedet und die Heimreise ins ferne Münster angetreten hatte, war das Fest etwas ungezwungener geworden. Einige Männer und Frauen musizierten und tanzten, die Männer tranken Bier und Wein und waren bereits angeheitert. Carl stand mit einigen Männern zusammen, als Katharina wenig später zu ihnen trat.

Sie nahm ihren Verlobten an der Hand und zog ihn fort. »Mein Vater hat gute Nachrichten für dich«, raunte sie ihm zu.

Carl stellte sein Glas auf den langen Holztisch und entschuldigte sich bei den Männern. Er nahm Katharina an beiden Händen, um sie zu betrachten.

»Was ist denn?«, fragte sie verwirrt.

»Ich muss dich einfach ansehen.«

»Aber warum?«

»Weil du die schönste Frau der Welt bist und ich mich nicht an dir sattsehen kann.«

Katharina musste lachen. »Du bist aber auch nicht von schlechten Eltern«, sagte sie amüsiert.

»Das will ich doch hoffen«, mischte sich Gerhard Thiele ein, der die Unterhaltung des Paars zufällig mitgehört hatte. Nun stellte er sich neben Katharina, um Carl zu mustern. »Der Anzug steht dir«, lobte er seinen Sohn.

Carl schien sich unbehaglich zu fühlen. Er war es gewohnt, in einfachen Hosen, weit aufgeknöpften Hemden und Arbeitsjacken herumzulaufen. »Offen gestanden fühle ich mich in diesem Aufzug wie ein Pinguin.«

»Es ist gut, dass du heute keine Arbeitssachen trägst. Stell dir vor, du wärst von Studt so unter die Augen getreten.« Katharina zwinkerte ihm zu.

»Und als Konstrukteur von modernen Maschinen wirst du künftig öfters bei offiziellen Anlässen einen Anzug tragen müssen, Liebster.«

Er machte eine säuerliche Miene, doch jetzt war nicht der richtige Zeitpunkt, um über seine Kleiderordnung zu reden.

»Apropos Konstrukteur«, sagte Katharina nun. »Komm mit.«

Er folgte ihr ohne weitere Fragen und fand sich wenig später in einem Kreis von älteren Herrschaften wieder. Einige trugen wie er einen Anzug, andere standen hemdsärmelig und mit einem Bier an einem der Tische. Sie alle waren gekommen, um den neuen modernen Stall in Augenschein zu nehmen. Carl fragte sich, warum sie nun nach ihm verlangten.

»Die Herrschaften interessieren sich für unsere Zentrifuge«, eröffnete Katharina das Gespräch. »Sie sind daran interessiert, Maschinen zu erwerben.«

»Das ist großartig«, freute sich Carl. Er nickte den Männern zu und nannte seinen Namen.

»Wir haben uns die Thiele-Milchzentrifuge angesehen«, eröffnete ein schlanker Mann von Mitte vierzig das Gespräch. Sein Anzug schien maßgeschneidert zu sein, ein angenehmer Duft ging von ihm aus. »Gestatten Sie, mein Name ist Beyer, Friedrich Beyer. Ich beschäftige mich mit der Industrialisierung in der Landwirtschaft.«

»Wie schön.« Carl kam sich dämlich vor, nachdem er das gesagt hatte. Doch ihm war nichts anderes eingefallen, was er dem Fremden hätte sagen können.

Beyer ließ sich nicht verunsichern. »Ihre Erfindung hat das Zeug zu etwas ganz Großem.« Er nickte Carl aufmunternd zu. »Könnten Sie sich vorstellen, weitere Zentrifugen zu bauen?«

Bernhard Zumwinkel trat vor. »Herr Beyer würde einige deiner Maschinen kaufen. Er führt einen Landhandel und bietet allerhand technische Neuerungen für Bauernhöfe in ganz Ostwestfalen an.«

»Bedeutet das, ich habe meinen ersten Auftrag?« Carl machte große Augen und hatte Mühe, sachlich zu klingen.

»Natürlich müssen wir über Zahlen reden«, bremste Beyer seine Euphorie. »Aber ich denke, wir werden uns einig.«

Das hatte Carl befürchtet. Immer gab es einen Haken. Er war Maurer und technisch versiert, aber mit dem kaufmännischen Teil des Geschäftslebens hatte er sich bisher nicht auseinandergesetzt. Zahlen bedeuteten ihm nicht viel.

»Es ist noch zu früh, um über einen Preis sprechen zu können«, bemerkte er ausweichend und hoffte, sich das Geschäft mit Beyer nicht gleich wieder verdorben zu haben. »Es existieren nur die vorhandenen Maschinen, sodass ich bisher weder die investierte Arbeitszeit noch den Einsatz des Materials kalkulieren konnte.«

»Aber das, was ich gesehen habe, hat mich vollends überzeugt. Ihr Schwiegervater sprach davon, dass auch eine Buttermaschine geplant ist?«

»Auch das stimmt, ja. Wir arbeiten an einer Molkereianlage, in die eine Buttermaschine eingefügt werden kann. Es wird sicher aber noch dauern, bis …«

Der Geschäftsmann klopfte ihm jovial auf die Schulter. »Kein Problem, eins nach dem anderen. Aber wir sollten in Verbindung bleiben.«

»Sehr gern.« Carl war erfreut darüber, dass es schon so früh Interesse an seiner Erfindung gab. Damit rückte der Traum näher, eines Tages von seinen Erfindungen leben zu können. Doch zunächst galt es, das Einmaleins der Kaufmannskunst zu erlernen. Carl gab dem Verlangen nach, seinem Vater von der Neuigkeit zu berichten. So nahm er Katharina zur Seite und murmelte eine Entschuldigung, bevor er den Hof mit suchendem Blick überquerte. Er fand Gerhard am Eingang des neuen Stalls. Die ersten Rinder hatten ihr neues Zuhause bereits bezogen. Mit wenigen Sätzen berichtete Carl dem Vater von der Neuigkeit. »Das ist doch großartig«, freute sich Gerhard Thiele. »Dann geht dein Traum in Erfüllung – und ich sollte mir Gedanken machen, wer meine Baufirma eines Tages fortführen wird.«

»Dafür finden wir schon eine Lösung«, war Carl sicher. »Vielleicht können wir beide Gewerbe zusammenführen.

»Die Idee klingt gut«, nickte sein Vater. »In einem Lager könnte ich dir eine Werkstatt einrichten, in der du die Maschinen bauen kannst.« Ihm war anzusehen, dass er stolz auf das war, was sein Sohn innerhalb kürzester Zeit geschaffen hatte. »Und wenn das Geschäft gut anläuft, kannst du dir schon Gedanken über eine eigene Fabrik machen«, fügte er hinzu.

Carl grinste. »Meinst du, so weit kommt es?«

»Aber natürlich. Deine Zentrifuge kann mehr als alles, was man bisher gesehen hat. Ich hin fest von dir überzeugt, mein Junge. Du wirst deinen Weg gehen, jede Wette.« Für Carl klang das alles viel zu schön, um wahr zu sein. Schon morgen würde die kleine Maurerkolonne ihre Zelte auf dem Zumwinkel-Hof abbrechen, dann ging es zurück nach Herzebrock. Obwohl Carl sich auf sein Zuhause freute, musste er sich doch eingestehen, dass ihm der Bauernhof ans Herz gewachsen war. Die Menschen hatten ihn mit offenen Armen empfangen und, wenn man von Thomas absah, gut behandelt. Dass er hier die Frau seines Lebens kennen- und lieben lernen würde, hätte er sich bei ihrer Ankunft in Clarholz nicht träumen lassen. So schwang beim Gedanken an den bevorstehenden Abschied auch eine gute Portion Wehmut mit. Doch heute wurde noch ein letztes Mal gefeiert, und er nahm sich vor, den Abend mit seinen neuen Freunden, vor allem aber mit seiner geliebten Katharina zu genießen.

Kapitel 38

Der nächste Morgen kam, und mit ihm unweigerlich der Abschied vom Zumwinkel-Hof. Katharina war mit einem flauen Gefühl im Magen aufgestanden, denn der bevorstehende Abschied fiel ihr schwer. Sie würde ihre Heimat zurücklassen, ihre Arbeit an die Mägde verteilen und ihren geliebten Eltern den Hof überlassen. Vor allem die Sorge um die kranke Mutter machte ihr das Herz schwer. Nichts in ihrem Leben würde mehr so sein, wie sie es als Kind kennengelernt hatte.

Auf der anderen Seite freute sie sich auf das Leben mit Carl in Herzebrock. Er würde seine Maschinen in der kleinen Werkstatt des Vaters bauen und so ihren Lebensunterhalt sichern können. In den wenigen freien Momenten hatten sie an einer Buttermaschine getüftelt. Zuvor hatte Carl ihr immer zugesehen, wenn sie die Butter verarbeitet hatte. Dabei konnte sie ihm sagen, worauf es bei einer derartigen Maschine ankam.

Doch jetzt war der Tag des Abschieds vom Zumwinkel-Hof gekommen. Schon beim Frühstück war die Stimmung gedrückt. Nicht nur ihre Eltern, auch die Angestellten ließen Katharina nicht gern gehen. Am Tisch wurde weniger gesprochen und gelacht als sonst. Es fühlte sich eigenartig an, das Elternhaus gleich zu verlassen. Doch es war kein Abschied für immer, und der Gedanke an die Rückkehr munterte Katharina ein wenig auf. Im Vorfeld hatte Katharina bekanntgegeben, dass sie sich keine rührseligen Verabschiedungsszenen wünschte, denn sie war sicher, dass sie anderenfalls in Tränen ausgebrochen wäre. Und alle Anwesenden taten ihr den Gefallen und kehrten zur Tagesroutine zurück, nachdem Bernhard Zumwinkel die Tafel aufgehoben hatte. Bald schon herrschte geschäftiges Treiben auf dem Hof, und es war an der Zeit, sich auf den Weg zu machen.

Lina hatte Tränen in den Augen, als sie sich vom Tisch erhob. »Ich besuche dich in Herzebrock«, versprach sie, bevor sie aus der Küche rannte. Nur Bernhard und Theresa Thiele blieben sitzen.

»So«, sagte ihr Vater mit ernster Miene. »Dann ist es wohl jetzt so weit.«

»Ja, Vater.« Katharina seufzte. Sie fühlte sich so kurz vor ihrer Abreise elend, es war ihr, als würde sie den Hof, das Gesinde, vor allem aber ihre Eltern im Stich lassen. »Ich werde, sooft es geht, hier sein, um euch zu helfen«, versprach sie und dachte an ihre kranke Mutter. Carl hatte sich viele Gedanken gemacht, wie man Theresa das Leben ein wenig erleichtern konnte. Dabei ging es ihr heute relativ gut. Sie lächelte wehmütig und machte ihrer Tochter Mut. »Wir kommen zurecht, Katharina, mach dir keine Sorgen um uns.«

»Ich werde euch so oft wie möglich besuchen und dir helfen, wo ich kann.«

»Du bist hier immer willkommen.«

Draußen rollte ein Fuhrwerk vor. Katharina richtete den Blick zum Küchenfenster und erkannte den alten Leiterwagen. Carl saß auf dem Bock. Ihr Gepäck hatte er bereits auf der hölzernen Ladefläche verstaut. Alles war bereit für den Beginn ihres neuen, gemeinsamen Lebens.

»Es ist schon spät«, bemerkte Bernhard und seufzte. »Du solltest Carl nicht warten lassen.«

»Ich weiß.« Nickend erhob sich Katharina. Ein schwerer Seufzer kam über ihre Lippen. Es fühlte sich eigenartig an, jetzt zu gehen und ihr eigenes Leben zu leben. Die Träume ihres Vaters, dass sie an der Seite eines erfahrenen Bauern eines Tages den elterlichen Hof übernehmen würde, platzten damit wie eine Seifenblase. Ihr wurde schwer ums Herz, als der Vater sie fest in den Arm schloss.

Kapitel 39

Schon wenige Wochen später erschien es Katharina, als hätte sie schon immer auf dem alten Posthof von Carls Eltern in Herzebrock gewohnt. Seine Familie hatte sie mit offenen Armen empfangen und gleich ins Herz geschlossen. Vor allem in Anna, Carls Mutter, fand sie schnell eine Bezugsperson. Anna nahm sich ihrer an, als wäre Katharina ihre leibliche Tochter. Und sie fühlte sich bereits nach wenigen Tagen schon heimisch, kümmerte sie sich doch liebevoll um das Vieh, das man hier hielt. Zwar war die Zahl der Tiere nicht mit der des Zumwinkel-Hofes zu vergleichen, aber für Katharina war die Pflege der Hühner, der beiden Ziegen und der Schweine eine Herzensangelegenheit. Im ehemaligen Postsaal, der zur Straßenseite lag, hatten Gerhard und Carl ein Lager für das Bauunternehmen eingerichtet, ein Teil davon war zur Werkstatt geworden. Hier sollte Carl an der Weiterentwicklung seiner Milchzentrifuge arbeiten können. Über der Tordurchfahrt lag eine Wohnung, die Carls Vater in der Vergangenheit vermietet hatte. Einst waren in dem Trakt ein Gasthof für die Reisenden und die Gästezimmer untergebracht gewesen.

Nach ihrer Ankunft in Herzebrock hatten sich Carl und sein

Vater an die Arbeit gemacht, um die leerstehende Wohnung zu renovieren. Tagelang hatten die Männer den Stuck unter der Decke hergerichtet, die Wände gestrichen, den Dielenboden geschliffen und gestrichen und sogar ein kleines Badezimmer geschaffen, in dem sie sich pflegen konnte. Bei der anschließenden Einrichtung hatte sich Carl ganz nach Katharinas Wünschen gerichtet. Ihm war es wichtig gewesen, dass sie sich vom ersten Augenblick an heimisch fühlte in seinem Elternhaus.

Mit seiner Mutter war sie losgezogen, um die Wohnung erst so richtig wohnlich zu machen. Gemeinsam hatten sie Stoff für die Vorhänge besorgt, unermüdlich an der alten Singer-Nähmaschine Gardinen genäht und einen befreundeten Maler in dessen Atelier besucht, um passende Bilder zu kaufen. Sogar eine Seilzugklingel hatten die Männer installiert, sodass sich Besucher schon von der Straße aus bemerkbar machen konnten.

»Eigentlich vermiete ich üblicherweise nur an alleinstehende Damen oder Herren – oder an verheiratete Paare«, verkündete Gerhard flachsend bei der Schlüsselübergabe. »Einem Paar ohne Trauschein dürfte ich die Wohnung eigentlich nicht überlassen, das gibt nur Scherereien.« Er konnte sich ein Grinsen nicht verkneifen.

»Ich denke, bei uns kannst du eine Ausnahme machen«, grinste Carl.

Katharinas künftige Schwiegermutter stieß ihren Mann mit gespielter Empörung in die Seite. »Sei nett zu unseren Kindern«, mahnte sie ihn, bevor sie Carl einen Laib Brot und Katharina ein kleines Tonfässchen mit Salz übergab. »Alles Gute für euer neues Heim«, sagte sie mit feierlicher Miene, und Katharina glaubte zu sehen, wie ihre Augen vor Rührung feucht schimmerten. »Brot und Salz sollen euch Glück und finanzielle Sicherheit bescheren«, kommentierte sie. »Ein alter Brauch.«

Katharina und Carl bedankten sich höflich.

»Alles Gute und viel Freude mit der Wohnung.« Carls Vater klopfte seinem Jungen freundschaftlich auf die Schulter. »Und denkt daran, die Hausordnung einzuhalten, die unten im Treppenhaus hängt.« Feixend zog sich Gerhard zurück und ließ das junge Glück zum ersten Mal allein in seiner neuen Wohnung. Etwas seltsam fühlte es sich schon an, als sich die Tür hinter ihm geschlossen hatte. Doch die Freude überwog, als sich Katharina der neuen Situation bewusst wurde. Zum ersten Mal waren sie völlig ungestört. »Oh Carl«, jubilierte Katharina, »wir haben es geschafft – es ist unsere erste gemeinsame Wohnung!« Sie tanzte ausgelassen im Flur herum und konnte ihr Glück kaum fassen.

»Ja«, nickte Carl und strahlte. Er zog Katharina in seine Arme. »Unser eigenes Refugium, in dem wir niemandem Rechenschaft schuldig sind. Wir schließen die Türe ab und haben eine ganze Wohnung, nur für uns allein.«

»Es fühlt sich schon richtig heimelig an, findest du nicht?« Sie hatte sich viel Mühe gegeben, der Wohnung eine persönliche Note zu verleihen. Nun warf die Wintersonne ihr goldenes Licht durch die Fenster und ließ alles erstrahlen.

Carl nickte. Sie sah ihm an, dass auch er sich freute. »Ja«, nickte er, »es ist wirklich wunderschön geworden, Prinzessin.«

»Dann werde ich uns mal etwas Gutes kochen«, schlug Katharina vor und verschwand in der Küche.

Carl sah sich in der weitläufigen, hellen Stube um. Es gab an der Straßenseite einen Erker mit drei großen Fenstern, die viel Licht in die Wohnung ließen. Der Erker befand sich direkt über der Tordurchfahrt. Hier waren einst die Kutschen ins Innere des Posthofes gelangt.

Ihre Wohnung war nicht zu vergleichen mit der bescheidenen Kammer im Haus der Eltern, in denen er bis zu ihrer Abreise nach Clarholz gehaust hatte. Hätte man ihm damals gesagt, dass er sich auf dem Zumwinkel-Hof unsterblich in die Tochter des Bauern verlieben würde und dass er sie nach seiner Zeit auf dem Bauernhof gleich als seine Verlobte mit nach Hause bringen würde – er hätte wohl laut gelacht. Beschwingt trat er an das Kabinett, um eine Flasche Weinbrand zu öffnen. Er schenkte sich ein Glas ein, hielt es hoch und betrachtete die goldbraune Flüssigkeit im Sonnenlicht, bevor er sich in den Sessel am Fenster sinken ließ, den Blick in die Ferne richtete und genüsslich an dem Weinbrand nippte. Der Geschmack von Karamell schmeichelte seiner Zunge. Während er darüber nachdachte, dass er in diesem Augenblick wohl der glücklichste Mensch der Welt war, hörte er Katharina in der Küche singen. Sie klapperte mit dem Porzellan herum, und schon bald wehte ein herrlicher Geruch durch die Wohnung.

In wenigen Wochen würden sie heiraten, und dann war ihr Glück vollkommen. Wie Carl wusste, arbeitete seine Verlobte bereits an der Gästeliste. Mit seiner Mutter hatte sie einen Termin beim Schneider vereinbart, der ihr Hochzeitskleid nähen sollte. Bei der Vorstellung, Katharina schon bald ganz in Weiß zu sehen, legte sich ein warmes Lächeln auf Carls Gesicht, er spürte, wie sich seine Wangen vor Vorfreude röteten.

*

Die helle Scheibe des Vollmondes warf ihr kaltes Licht durch die Gardinen in das Schlafzimmer des Paars. Katharina erwachte mit klopfendem Herzen, weil sie ein Geräusch gehört hatte. Sie wandte den Kopf zur Seite, um nach Carl zu sehen. Er lag eingerollt neben ihr und hatte die Decke bis zum Kinn gezogen. Carl hatte einen tiefen Schlaf und wachte nicht so schnell auf. Sein Atem ging gleichmäßig, seine Gesichtszüge wirkten entspannt. Er hatte sicherlich kein Geräusch gemacht. Doch was war es gewesen, das Katharina aus dem Schlaf gerissen hatte?

Keuchend richtete sie sich auf. Dann hielt sie die Luft an und legte lauschend den Kopf schief. Irgendwo in der Wohnung knackte ein Balken. Sofort war sie hellwach und in Alarmbereitschaft. War ein Einbrecher in der Wohnung?

Ängstlich blickte sie auf Carl herab, der immer noch schlief. Sollte sie ihn aufwecken? Als sie die Hand nach ihm ausstreckte, zitterten ihre Finger leicht. Sie zögerte. *Holz arbeitet nun mal*, hatte ihr Vater immer gesagt, wenn sie sich als kleines Mädchen vor nächtlichen Geräuschen gefürchtet hatte. Das Haus bestand aus einem alten Fachwerkrahmen, auch der Boden war aus Holzdielen, die sich je nach Witterung ausdehnten oder zusammenzogen. Dabei kamen diese knackenden Geräusche zustande, die so klangen, als würde jemand herumlaufen.

Es blieb still. Gerade, als sich ihr Herzschlag normalisiert hatte und Katharina sich wieder hinlegen wollte, riss sie ein metallisches Scheppern aus den Gedanken. *Mein Gott*, dachte sie und saß starr vor Schreck da, *was um Himmels willen ist das?* Erst im nächsten Moment wurde ihr klar, dass es sich bei dem Geräusch um die Seilzugklingel handeln musste, die Gerhard Thiele ihnen eingebaut hatte. Doch wer wollte sie zu nachtschlafender Zeit besuchen?

Die Klingel befand sich an der Haustür zur Innenseite des Hofes, also musste jemand durch die Toreinfahrt gekommen sein, um sie zu betätigen. Das Schlafzimmer lag nach hinten. Katharina nahm allen Mut zusammen und schob die Decke fort. Barfuß tappte sie über die Dielen zum Fenster. Sie zog die Vorhänge auseinander, um einen Blick nach unten zu werfen. Doch da war niemand. Auch im gegenüberliegenden Haus, wo ihre künftigen Schwiegereltern lebten, brannte kein Licht mehr. Hatte sich jemand einen Scherz erlaubt? Doch wer das auch gewesen war – er musste gewusst haben, wo sich die Klingel befand.

Katharina trat vom Schlafzimmerfenster zurück. Mit einem Blick auf Carl versicherte sie sich, dass er immer noch schlief. Wieder war sie versucht, ihn zu wecken, entschied sich jedoch dagegen. Er hatte in den letzten Wochen hart gearbeitet und brauchte seinen Schlaf. So schlüpfte sie nun in die Filzpantoffeln am Bett und durchquerte den Flur. Die gegenüberliegende Tür war nur angelehnt. Sie schlüpfte hindurch und stand in der großen Stube. Das leise Ticken der Wanduhr war das einzige Geräusch. Mit einem flüchtigen Blick auf das Zifferblatt stellte Katharina fest, dass Mitternacht längst vorbei war.

Ängstlich huschte sie zum Fenster, um einen Blick nach draußen zu werfen. Die Straße lag verlassen da. Das Kopfsteinpflaster schimmerte bläulich im Mondlicht. Weit und breit war kein Mensch zu sehen. Gerade als sie sich beruhigt vom Fenster zurückziehen wollte, bemerkte sie unter dem Fenster einen huschenden Schatten. Eine dunkel gekleidete Gestalt lümmelte an der Mauer, wurde fast von der Dunkelheit der Hofdurchfahrt verschluckt. Katharinas Herzschlag drohte auszusetzen. Starr vor Schreck stand sie am Fenster und betrachtete die dunkle Gestalt. Das Gesicht war von der Krempe eines schwarzen Hutes verdeckt. Plötzlich leuchtete ein heller Punkt auf. Erst beim zweiten Hinsehen erkannte Katharina, dass es sich wohl um die Glut einer Zigarette handelte. *Warum steht er da und raucht?* Katharina fragte sich, ob es auch der Fremde gewesen war, der geklingelt hatte. Wer war er, und was wollte er mitten in der Nacht von ihr?

Offenbar spürte der Fremde, dass er beobachtet wurde. Hastig schnippte er den Zigarettenstummel in die Gosse, nachdem er ein letztes Mal daran gezogen hatte, und trat einen Schritt vor. Katharina stockte der Atem, als die schwarz gekleidete Gestalt sich umwandte und nun zu ihr aufschaute. Mit starrer Miene sah er sie an, fast schien es, als trüge er eine Maske. Um ein Haar wäre ein spitzer Schrei des Entsetzens über ihre Lippen gekommen. Kurz trafen sich ihre Blicke, dann wandte er sich wieder ab. Der Mann schob die Hände in die Taschen seines Mantels und wandte sich zum Gehen. Ohne Eile ging er davon.

Katharina fühlte sich wie in einem schrecklichen Alptraum. Er war gekommen, er war ihr gefolgt. Doch wie hatte er erfahren, dass sie jetzt hier wohnte? Die Gedanken rasten durch ihren Kopf, ohne zueinanderzufinden. Der Mann auf der Straße war kein anderer als Thomas gewesen, der ehemalige Knecht des Zumwinkel-Hofes.

*

»Moment, Moment, der Reihe nach.« Carl brauchte einen Augenblick, um wach zu werden. Katharina hatte ihn geweckt, ihn jäh aus den Träumen gerissen, um ihm mitzuteilen, was sie erlebt hatte. Eine haarsträubende Geschichte war das, was ihm seine Verlobte mit schreckgeweiteten Augen berichtet hatte. Aufrecht saß er im Bett und rieb sich die Schläfe. Es dauerte einen Moment, bis er seine Sinne beisammenhatte. Seine geliebte Katharina saß völlig aufgelöst und zitternd auf der Bettkante. Sie war kreidebleich, was aber auch am fahlen Licht des Mondes liegen konnte.

»Thomas war hier«, sagte sie mit zitternder Stimme. »Er hat zu mir hochgeschaut, als ich am Fenster stand.« Sie barg das Gesicht in den Händen und schluchzte. »Was hat das zu bedeuten, Carl?«

Schützend legte er seinen Arm um sie. »Ich weiß es nicht«, erwiderte er leise. »Ich weiß es nicht.«

Als sie die Hände sinken ließ und ihn anschaute, schüttelte sie den Kopf. »Es war so unheimlich, Carl.«

»Das glaube ich dir.« Auch er sorgte sich um die Geschehnisse, die seine Verlobte ihm geschildert hatte. »Bist du denn sicher, dass es sich bei dem Mann auf der Straße um Thomas gehandelt hat?«

Sie nickte. »Ich bin mir sehr sicher.«

»Woher sollte er wissen, wo er dich finden kann?«

Stumm zuckte Katharina die Schultern. Sie konnte sich nicht vorstellen, wie er ihre Adresse herausgefunden hatte.

»Er wollte dir Angst einjagen«, flüsterte Carl. »Aber das wird ihm nicht gelingen.«

»Es … es ist ihm bereits gelungen, Carl.«

»Ich werde dich beschützen, auf dich aufpassen. Gleich morgen gehen wir zur Polizei.« Ein wenig Überwindung kostete ihn dieser Vorschlag schon, denn als er an seinen letzten Besuch einer Polizeiwache dachte, hatte das mit seiner Verhaftung geendet. »Wenn du dich wirklich nicht getäuscht hast und es sich bei dem unheimlichen Besucher um Thomas handelt, dann wird er von der Polizei wegen der Sache damals immer noch gesucht. Und ich habe noch ein Hühnchen mit ihm zu rupfen.« Carl spürte Wut auf diesen Kerl in sich aufsteigen. Sollte Katharina sich nicht getäuscht haben, dann war er sicher, dass von dem ehemaligen Knecht eine Gefahr ausging.

»Warum hat er geklingelt?«, fragte Katharina mit tränenerstickter Stimme.

»Weil er uns wecken wollte, weil er zeigen wollte, dass er uns gefunden hat.«

»Was hat das zu bedeuten?« Katharina atmete tief durch. »Warum ist er hergekommen?«

»Ich weiß es nicht«, Carl seufzte, »noch nicht.« Er zog Katharina an sich. »Wir sollten jetzt versuchen, noch etwas zu schlafen, Prinzessin.«

»Ich fürchte, ich kann nicht mehr einschlafen vor Aufregung.«

Carl antwortete ihr nicht. So saßen sie einfach schweigend im Bett und hielten sich fest. Er konnte sich nur einen einzigen Reim auf den unheimlichen Besuch von Thomas machen. Er war gekommen, um sie zu verängstigen. Und um die Hochzeit im letzten Augenblick zu verhindern. Eine andere Antwort wollte Carl nicht einfallen.

Kapitel 40

Gerhard Thiele bemerkte sofort, dass seinen Sohn etwas bewegte. Carl war sichtlich verschlafen in der Werkstatt erschienen, um eher lustlos an seiner Milchzentrifuge zu arbeiten. Die erste Maschine war so gut wie fertiggestellt, und in zwei Tagen hatte Friedrich Beyer seinen Besuch in der Werkstatt angemeldet. Der Händler, den Carl an seinem letzten Abend in Clarholz kennengelernt hatte, wollte seine erste Milchzentrifuge abholen. Sollte Beyer mit der Maschine zufrieden sein, hatte er die Abnahme von mindestens fünf weiteren in Aussicht gestellt. Trotz dieser erfreulichen Entwicklung schien Carl an diesem Morgen nicht recht voranzukommen.

Gerhard, der eben damit beschäftigt war, die Werkzeuge für einen weiteren Auftrag zusammenzustellen, unterbrach die Arbeit und widmete sich seinem Sohn. »Ist alles in Ordnung, Junge?«, fragte er, nur um ein Gespräch beginnen zu können.

Carl betrachtete ihn nachdenklich. »Wir hatten letzte Nacht Besuch.«

Gerhard musterte ihn mit einer fragend erhobenen Augenbraue. »Bist du deshalb so müde? Wer besucht euch denn nachts?«

»Es war kein Besuch aus Höflichkeit, befürchte ich.«

»Nicht?« Gerhard hatte eine Ahnung, was geschehen war. »Ist man bei euch eingebrochen?«

»Nein. Thomas war hier.«

»Wie bitte?« Gerhard machte große Augen.

»Thomas war hier. Der ehemalige Knecht vom Zumwinkel-Hof.«

»Ich weiß sehr wohl, wer dieser Thomas ist. Er hätte meinen Sohn schließlich fast ins Gefängnis gebracht.« Gerhard spürte, wie sich sein Puls beschleunigte. Er ballte die Hände zu Fäusten und war sehr besorgt. Er ahnte, dass Thomas gekommen war, um ihnen Schwierigkeiten zu machen.

»Und Katharina ist sich ganz sicher, dass er es war?«

»Ich habe sie das auch gefragt, und sie ist sicher, ja.«

»Dann musst du zur Polizei gehen.« Gerhard verschränkte die Arme vor der Brust. »Er wird doch sowieso gesucht, also wird man dir dankbar für jeden Hinweis sein.«

Carl nickte. »Das hatte ich vor.«

»Na bitte.« Gerhard klatschte in die Hände. »Worauf wartest du dann noch? Hol Katharina und dann ab auf die Wache.« Er nahm seinem Sohn den Schraubenschlüssel aus der Hand und schob ihn aus der Werkstatt heraus, ohne dass Carl Zeit fand, zu protestieren.

⋆

»Was verlangen Sie?« Befremdet betrachtete Wachtmeister Friedhelm Stürmer das junge Paar. Der diensthabende Polizist der Wache in Herzebrock war ein wenig untersetzt, hatte buschige Augenbrauen und etwas zu groß geratene Ohren. Katharina schätzte ihn auf Ende vierzig. Die dunkelblaue Uniform spannte sich über Stürmers üppigem Bauch. »Verlangen Sie eine Leibwache?« Spott lag in seiner Stimme, doch Carl hatte offenbar nicht vor, sich von ihm einschüchtern zu lassen. Zurückgelehnt saß er auf dem einfachen Stuhl vor Stürmers Schreibtisch, hinter dem sich der Uniformierte wie hinter einer Festung verbarg. Katharina saß mit verschlossener Miene neben Carl und hielt seine Hand.

»Wir verlangen lediglich, dass Sie den Verbrecher hinter Schloss und Riegel bringen«, antwortete Carl. Geduldig hatte er dem Polizisten berichtet, was sich vor einigen Wochen in Clarholz zugetragen hatte.

»Ihr Kollege, Hauptwachtmeister Petermann, wird es Ihnen danken, wenn Sie sich kooperativ zeigen«, vermutete Katharina. »Er ist nicht gut auf unseren ehemaligen Knecht zu sprechen.«

»Petermann?« Stürmer machte große Augen. »Wilhelm Petermann ist Vorsteher der Polizeiwache von Clarholz?« Offenbar war ihm der Kollege ein Begriff.

»Ja«, nickte Carl mit einem süffisanten Grinsen. Er schöpfte Hoffnung, dass sich das Blatt nun wendete. »Mit Verlaub, Petermann ist ein wenig ehrgeiziger Mann, wenn es darum geht, Verbrecher zu fangen.«

»Na hören Sie mal!«, wetterte Stürmer und hieb mit der flachen Hand auf die Schreibtischplatte, dass es krachte. Katharina zuckte erschrocken zusammen, was Stürmer zu einer genuschelten Entschuldigung hinriss. »Sie können mir doch nicht vorschreiben, wie ich meine Arbeit zu machen habe!«

»Dann tun Sie Ihre Arbeit einfach«, empfahl Katharina ihm mit spitzer Stimme, nachdem sie sich von dem Schrecken erholt hatte. Sie wünschte sich nichts sehnlicher als Frieden in ihrem neuen Leben. Die Zeit mit Thomas empfand sie inzwischen als ein dunkles Kapitel auf dem Hof, das in weite Ferne gerückt war – bis der ehemalige Knecht wieder in ihr Leben getreten war. Je länger sie darüber nachdachte, desto elender fühlte sie sich.

»Ich werde öfters Streife gehen und auch um den alten Posthof herum meine Augen offen halten«, versprach Stürmer, der plötzlich ein wenig zugewandter auf Carl wirkte.

Der Wachtmeister erhob sich von seinem Platz und trat an einen Schrank. Mit einem gebundenen Buch kehrte er zum Tisch zurück. Carl lächelte seiner Verlobten aufmunternd zu.

»Was ist das?«, erkundigte sich Katharina, während sie auf den Einband deutete, der nun zwischen ihnen auf dem Tisch lag.

»Das, meine Werteste, ist unser polizeiliches Verbrecher-Album.« Stürmer klappte den Pappeinband auf und präsentierte ihnen Zeichnungen und Fotografien von finster dreinblickenden Männern jeden Alters. Carl wünschte sich, keinem der finsteren Gesellen leibhaftig zu begegnen. »Das sind polizeilich gesuchte Verbrecher«, erklärte Stürmer. »Schauen Sie sich die Bilder an, und wenn Sie diesen Thomas … hat er überhaupt einen Nachnamen?, hier finden, sagen Sie Bescheid.«

Katharina tauschte einen flüchtigen Blick mit Carl und schüttelte den Kopf. »Nein«, sagte sie, »wir sprechen uns auf dem Hof alle nur beim Vornamen an. Aber sicher kennt mein Vater den Nachnamen – oder Petermann.«

»Ich werde mich erkundigen«, versprach Friedhelm Stürmer. »Aber ich kann nicht versprechen, dass ich diesen Mann auf frischer Tat erwische – und überhaupt, was fürchten Sie denn?«

»Er hat ein Auge auf meine Verlobte geworfen und sieht mich als seinen Erzfeind an.« Carl holte tief Luft. Er hatte gehofft, dass Thomas ihm nie wieder Schwierigkeiten machen würde.

»Also sind Sie beide in Gefahr?«

»Es ist nicht auszuschließen«, nickte Carl. »Entweder, weil er mich aus dem Weg räumen will, oder weil er plant, Katharina etwas anzutun. Oder er will sie unter Druck setzen, ihm doch noch eine Chance zu geben.«

»Was ich nie tun werde«, fügte Katharina schnell und energisch hinzu.

»Natürlich nicht.«

Gemeinsam blätterten sie das Verbrecheralbum durch, ohne fündig zu werden. Offenbar war Thomas noch nie zuvor mit dem Gesetz in Konflikt geraten und aktenkundig geworden.

»Ich fürchte, wir können Ihnen nicht weiterhelfen«, stöhnte Katharina kopfschüttelnd, als sie das Album zuklappte und es dem Polizisten über den Schreibtisch hin zuschob. Das Gefühl, nichts tun zu können, quälte sie.

»Aber sicher können Sie ihn mir beschreiben?« Er zückte einen Stift und zog ein Notizbuch aus der Uniformjacke.

»Das müsste gehen, ja.« Katharina nickte und gab Friedhelm Stürmer eine detaillierte Personenbeschreibung, mit der er sich den Gesuchten vorstellen konnte.

»Danke«, sagte Stürmer schließlich, nachdem er alle Details noch zweimal halblaut vorgelesen hatte. Langsam und betont, wie ein Schulkind, das gerade lesen gelernt hatte. »Ich werde sehen, was ich tun kann, Herrschaften. Und wenn er noch einmal bei Ihnen auftaucht, verlieren Sie keine Zeit und alarmieren mich auf der Stelle. Ich bin Tag und Nacht erreichbar.«

Kapitel 41

Die nächsten Tage verliefen ruhig, zumindest ließ sich Thomas nicht noch einmal blicken. Doch das dumpfe Gefühl und eine nicht greifbare Angst blieben. So vergewisserte Katharina sich allabendlich, dass alle Vorhänge zugezogen waren und die Haustür sowie die Wohnungstür abgeschlossen waren. Carl hatte ihr zuliebe sogar noch einen zusätzlichen Riegel installiert, der sie vor nächtlichem, ungebetenem Besuch schützen sollte. Tatsächlich hatte sie immer wieder gesehen, dass Wachtmeister Stürmer auf seinen Streifengängen beim alten Posthof vorbeisah und sich vergewisserte, dass Thomas ihnen keine Schwierigkeiten mehr machte.

Heute stand ein Termin beim Schneider in Gütersloh an. Anna holte ihre künftige Schwiegertochter am Vormittag ab. Gustav, einer der Maurergesellen, hatte den Auftrag bekommen, die Frauen mit der Kutsche zum Schneider zu bringen. Dafür hatte Bernhard ihn sogar vom Dienst befreit. Erst morgen würde die Maurerkolonne wieder zu einem Auftrag ausrücken. Vor der Abfahrt betrat Katharina die Werkstatt der Bauhandlung, um bei Carl nach dem Rechten zu sehen. Schon vom Eingang aus hörte sie Stimmen.

»Ich bin sicher, diese Qualität beibehalten zu können«, sagte Carl gerade, als Katharina die Werkstatt betrat. Ein hochgewachsener Mann stand mit dem Rücken zu ihr.

»Sie kennen meine Verlobte ja bereits aus Clarholz«, bemerkte Carl stolz an seinen Besucher gewandt. Der Besucher, ein Mann im feinen Zwirn, machte auf dem Absatz seiner teuren Lederschuhe kehrt. Jetzt erkannte Katharina Friedrich Beyer, den technikbegeisterten Agrarhändler. Am Abend vor dem Abschied aus Clarholz waren sie sich zuletzt begegnet.

»Ich bin hoch erfreut, Gnädigste«, sagte Beyer mit einem charmanten Lächeln auf den Lippen. Während er sich mit der einen Hand den schwarzsamtglänzenden Zylinder vom Kopf nahm, ergriff er mit der anderen Katharinas Hand, bewahrte Blickkontakt und deutete einen Handkuss als Zeichen seiner Wertschätzung an. »Wenn Sie mir die Bemerkung erlauben: Sie sehen wundervoll aus«, sagte er. »Und man sieht Ihnen an, dass Sie mit diesem Herrn hier«, jetzt zeigte Beyer auf Carl, »sehr glücklich sein werden.«

»O ja«, antwortete Katharina lächelnd. »Das bin ich schon jetzt.« Sie hielt dem Blick des Händlers stand. »Darf ich fragen, warum Sie uns die Ehre erweisen?«

»Das dürfen Sie selbstverständlich. Ihr Künftiger hat mich schon auf dem Zumwinkel-Hof Ihrer Eltern zutiefst mit seiner Erfindung beeindruckt. Ich bin sicher, dass ihm ein großer Weg bevorsteht.«

»Herr Beyer hat sich bereiterklärt, die Maschine zu erwerben,« eröffnete Carl ihr stolz. »Und noch mehr – er gibt mir den Auftrag zum Bau fünf weiterer Milchzentrifugen.«

»Das ist ja wundervoll!«, freute sich Katharina.

»Das ist es, Gnädigste«, pflichtete Beyer ihr bei. »Nach dem Fest auf dem Hof Ihrer Eltern habe ich einen Brief von Ministerialrat von Studt erhalten. Er habe mit dem Kaiser gesprochen, der ihn beauftragt habe, Sie mit allen Kräften zu unterstützen.«

»Das ist traumhaft«, schwärmte Katharina glückselig. »Ihr Einsatz hat sich also gelohnt.« Am liebsten wäre sie Beyer um den Hals gefallen.

»Mit seinen Milchzentrifugen wird Ihr Künftiger die Landwirtschaft revolutionieren, davon bin ich überzeugt. Deshalb schätze ich Ihr Vertrauen in mich. Ich kann mich glücklich schätzen, dass ich seine Apparate verkaufen darf.«

Katharina hatte keine Ahnung von geschäftlichen Dingen, doch sie war froh, dass Carl nun endlich seinen Traum leben durfte. Er war nicht nur Erfinder, sondern jetzt auch der Konstrukteur seiner eigenen Schöpfungen.

»Ich werde so schnell wie möglich mit dem Bau beginnen, damit ich Ihnen die fünf weiteren Maschinen in den kommenden Wochen liefern kann«, versprach Carl.

»Und danach geht es sicherlich weiter, denn ich bin vom Erfolg Ihrer Zentrifuge überzeugt. Sie ist besser als alles, was bisher bekannt ist.«

»Vielen Dank für das Lob.« Carl deutete eine Verbeugung an.

»Ich muss mich leider entschuldigen«, sagte Katharina. »Der Termin beim Schneider in Gütersloh duldet keinen Aufschub.«

»Ich ahne, es geht um das Hochzeitskleid«, lächelte Beyer.

»So ist es.« Katharina spürte, wie ihr das Blut in den Kopf schoss. Sie lächelte schüchtern.

»Dann will ich Sie gar nicht länger aufhalten, Werteste. Den langweiligen, geschäftlichen Teil bespreche ich mit Ihrem Verlobten, wenn Sie gestatten.«

»Sehr gern.« Katharina verabschiedete sich von den Männern und war im nächsten Moment schon wieder an der frischen Luft. Sie sah, dass Gerhard und Anna bei der Kutsche standen und sie bereits erwarteten.

»Was ist denn los?«, fragte Gerhard amüsiert, der neben der Kutsche stand und ihr die Tür aufhielt. »Du strahlst ja förmlich.«

»Carls Maschine findet Anklang«, nickte Katharina, während sie zu ihrer künftigen Schwiegermutter in die Kutsche kletterte. »Soeben hat er den Auftrag zum Bau fünf weiterer Zentrifugen erhalten, und von Studt hat sogar dem Kaiser von unserer Idee berichtet. Er soll uns mit allen Kräften unterstützen.«

»Hört, hört.« Gerhard Thiele pfiff durch die Zähne, und auch Anna nickte mit stolzer Miene. »Dann wird der Junge wohl kaum noch das Baugeschäft übernehmen wollen«, sagte sie an ihren Mann gewandt.

»Damit muss ich mich arrangieren«, nickte Gerhard ein wenig betrübt. Dann lächelte er. »Mir liegt es am Herzen, dass Carl glücklich ist und das macht, woran er seine Freude hat.« Mit einem nachdenklichen Lächeln auf den Lippen sah er Katharina an. »Ich habe von deinem Vater gelernt, dass man zurückstehen muss, um den Kindern den Weg frei zu machen.« Dann drückte er die Tür der Kutsche ins Schloss. Nachdem er Gustav, der geduldig auf dem Kutschbock gewartet hatte, ein

Zeichen gegeben hatte, setzte sich das Fuhrwerk in Bewegung. Geschickt steuerte die Kutsche durch die Hofeinfahrt. Schnell nahmen sie Fahrt auf. Katharina lehnte sich voller Vorfreude auf den bevorstehenden Termin beim Schneider ihres Hochzeitskleides zurück und schloss die Augen, um den klirrend kalten Fahrtwind zu genießen. Flockige weiße Tupfer rieselten vom Himmel und liebkosten ihr Gesicht. Es hatte zu schneien begonnen. »Weißt du«, sagte sie zu ihrer künftigen Schwiegermutter, »ich habe so viel Glück im Leben, dass ich es manchmal selbst nicht fassen kann.«

Kapitel 42

An manchen Tagen dachte Lina noch immer sehnsuchtsvoll an Thomas. So wie heute, als sie einmal mehr gedankenverloren am Küchenfenster des Zumwinkel-Hofes stand und das Treiben draußen beobachtete. Das Leben ging weiter, daran änderte auch Katharinas Abschied nichts, auch das Verschwinden des Knechtes schien bei den Angestellten und der Familie in Vergessenheit geraten zu sein. Seit dem Vorfall und seinem rätselhaften Verschwinden war es ihr gewesen, als hätte er nie existiert. Sie wusste, dass die Polizei nach ihm suchte, weil er etwas Falsches getan hatte. Doch sie wusste auch, dass er im Grunde seines Herzens nur alles darangesetzt hatte, Katharina doch noch von sich zu überzeugen. Ihr nutzte das aber wenig, denn nie hatte der kräftige Bursche Interesse an Lina bekundet. Vielleicht, so dachte sie, sollte es einfach nicht sein. Dann atmete sie tief durch und redete sich ein, dass ihr der richtige Mann im Leben sicher noch begegnen würde. Schließlich hatte auch Katharina das große Glück gefunden. Hier, auf dem Zumwinkel-Hof, wo sie aufgewachsen war. Lina vermisste Katharina. Zwar war sie immer wieder auf dem Hof gewesen, um ihre Eltern zu besuchen, aber nie hatten sie Zeit gefunden, um miteinander zu sprechen. Dabei wollte Lina doch wissen, wie es ihrer Freundin inzwischen ergangen war.

*

»Wie schön«, schwärmte Katharina, als sie sich vor dem großen Spiegel im Atelier des Schneidermeisters drehte. Heute hatte sie zum ersten Mal ihr Brautkleid anprobiert. Noch war es nichts als ein Entwurf aus weißer Spitze und Tüll, der sich jedoch bereits wie ein fertiges Kleid auf ihrer Haut anfühlte. Mit einem verzückten Lächeln betrachtete Katharina ihr Spiegelbild. Sie fragte sich, was Carl wohl zu dem Kleid sagen würde, wenn es erst fertig war. Doch vor der Hochzeit durfte er es nicht zu Gesicht bekommen, denn das brachte angeblich Unglück. »Wie sehe ich aus?«, fragte sie ihre künftige Schwiegermutter. Anna hatte in einem der samtroten Stoffsessel Platz genommen. Sie betrachtete Katharina mit einem stolzen Lächeln. »Es wird, wenn es fertig ist, sicher ein Traum in Weiß«, behauptete sie und nickte dem Schneidermeister, einem zierlichen Männchen mit schwarzem Spitzbart, aufmunternd zu. »Sie haben großartige Arbeit geleistet.«

»Das ist noch nichts«, behauptete der Schneider. »Warten Sie erst ab, bis ich fertig bin.« Er lächelte freundlich und vollführte eine ausladende Geste, mit der er eine fiktive Nähnadel durch den Stoff führte. »Es ist erst der Rohbau, wie man im Baugewerbe zu sagen pflegt.«

»Es ist traumhaft«, entfuhr es Katharina. Plötzlich verspürte sie den Wunsch, es ihrer Freundin zu präsentieren. Sie vermisste

Lina. Zwar war das junge Mädchen auf dem Hof nur die Küchenmagd gewesen, doch trotzdem hatte sie eine Menge miteinander verbunden. Ihre Gespräche, aber auch ihre Albereien fehlten ihr.

Der Schneidermeister war in einem Hinterzimmer verschwunden.

»Ist etwas?«, raunte Anna ihr zu, als sie allein waren. »Du siehst traurig aus.«

»Ich strahle doch vor lauter Vorfreude«, behauptete Katharina und schüttelte den Kopf.

»Nein, da ist etwas in deinem Blick.«

Katharina fühlte sich ertappt. »Meine Lina fehlt mir.« Aus den Erzählungen ihrer Schwiegertochter in spe wusste Anna, wer Lina war. »Hat sie dich denn schon in Herzebrock besucht?«

»Nein. Meine Mutter braucht sie auf dem Hof, deshalb kommt Lina so gut wie nie von dort fort.«

»Wir werden uns etwas einfallen lassen«, versprach Anna ihr. »Gerhard soll mit deinem Vater reden und vereinbaren, dass Lina einen Tag freibekommt. Vielleicht kann eine andere Magd einspringen, um deiner Mutter zu helfen.«

»Möglich.« Katharina nickte. »Es wäre traumhaft, wenn ich Lina zeigen könnte, wie ich bei euch leben darf!«

»Dann wird es höchste Zeit.«

Der Schneider erschien wieder auf der Bildfläche. »So«, sagte er mit feierlicher Miene. »Und jetzt probieren wir die Krönung an: Hier kommt der Schleier.«

*

Carl arbeitete in den kommenden Tagen von früh bis spät. Nachdem er die erste seiner Thiele-Milchzentrifugen an Friedrich Beyer ausgeliefert hatte, bereitete er schon den Bau der nächsten Apparate vor. Das nötige Material hatte er zwischenzeitlich erhalten, sodass ihm die Montage der Komponenten recht zügig von der Hand ging. Er war zufrieden mit seinem Erfolg, gleichwohl tüftelte er in ruhigen Momenten immer an einer Verbesserung seiner Maschine. Beyer hatte ihn zwischenzeitlich noch einmal besucht und ihm die Bestellung weiterer Zentrifugen für einen Großkunden in Aussicht gestellt. Die Vorstellung, die Zentrifugen bald in größeren Mengen zu verkaufen, beflügelte Carl zu Höchstleistungen. Der Nachteil daran war, dass er nur selten Zeit fand, sein Liebesglück mit Katharina zu genießen. So auch heute. Längst hatte sich die Dunkelheit über Herzebrock gesenkt, aber es war noch kein Arbeitsende in Sicht. Sein Vater und die beiden Gesellen waren im wohlverdienten Feierabend, und er fragte sich, was Katharina wohl gerade tat. Als Carl zum Verschnaufen kurz in den verschneiten Hof trat, blickte er sehnsüchtig zu ihrem Fenster hinauf. Es brannte kein Licht mehr. Vermutlich war sie bereits zu Bett gegangen. Carl seufzte. Wie gern wäre er jetzt bei ihr, um ihr junges Glück zu feiern. Der Tag der Hochzeit rückte auch immer näher, und mit einem schlechten Gewissen musste er sich eingestehen, dass die Vorbereitung des großen Festes bisher allein auf Katharinas Schultern lastete. Er nahm sich vor, ihr in den nächsten Tagen etwas mehr Aufmerksamkeit und Unterstützung zukommen zu lassen. Seufzend und müde schlurfte er in die Werkstatt zurück. Seine Augen brannten, und er betrachtete nachdenklich die fünf Trommeln, die er auf einer Werkbank zur Montage hergerichtet hatte. Noch eine halbe Stunde arbeitete er konzentriert weiter, dann überwogen Kälte und Müdigkeit, und er beschloss, für heute Feierabend zu machen. Gähnend legte er das Werkzeug zur Seite, streckte sich und räumte die Werkstatt auf. Nachdem er das Licht der Petroleumlampen gelöscht hatte, tastete er sich im Dunkel zum Ausgang. Die Luft duftete nach verbranntem Holz. Die Menschen heizten, was das Zeug hielt, aus einigen Schornsteinen der umliegenden Häuser kräuselte sich Rauch in den sternenklaren Nachthimmel über Herzebrock. Der Herbst war vorbeigegangen, das Laub der Bäume hatte sich verfärbt und die Landschaft in ein buntes Potpourri aus leuchtenden Farben getaucht, dann hatte der Winter Einzug gehalten. Carl betrauerte den Jahreszeitenwechsel. Er mochte die schönen, goldenen Tage des Herbstes. Nun hoffte er auf Sonnenschein an ihrem Hochzeitstag.

Müde schlurfte er über den verlassen daliegenden Hof zum Wohnhaus. Katharina hatte abgeschlossen. Er zog den Schlüssel aus der Tasche und schloss die Haustüre auf, nicht, ohne sie gleich wieder hinter sich zu verschließen. Immer wieder geisterte der seltsame Besuch von Thomas ihnen durch die Köpfe. Nach seinem Erscheinen hatten sie nichts mehr von ihm gesehen oder gehört. Auch Wachtmeister Stürmer hatte sich nicht mehr bei ihnen gemeldet, und so wussten sie nicht einmal, ob seine Jagd auf Katharinas zweifelhaften Verehrer von Erfolg gekrönt gewesen war. Diese Gedanken bewegten ihn, während er die ausgetretenen Steinstufen durch das Treppenhaus in den ersten Stock genommen hatte. Oben angelangt, hoffte er, dass seine Verlobte nicht auch noch den schweren Riegel vorgelegt hatte, denn dann würde er wohl in der Werkstatt nächtigen müssen. Doch die Tür ließ sich öffnen, und er trat in den dunklen Korridor. Gleich vorn an der Tür streifte er seine Schuhe ab, um keinen unnötigen Lärm zu verursachen. Wie gern hätte er jetzt noch ein Glas Wein mit Katharina getrunken, um die Ereignisse des Tages mit ihr zu besprechen, einfach, um ihr nahe zu sein und dem Klang ihrer Stimme lauschen zu können. Doch das würde nicht möglich sein, denn er fand sie tief schlafend im Bett vor. Auch, als er sich zu ihr auf die Bettkante setzte, um sie mit einem liebevollen Lächeln zu betrachten, erwachte sie nicht. So beugte er sich zu ihr herab und hauchte ihr einen Kuss auf die Wange, bevor auch er sich entkleidete und zu ihr unter die Bettdecke kroch. Obwohl er von der Arbeit müde war, fand er nicht gleich in den Schlaf. Carl betrachtete seine schlafende Liebe mit verzücktem Blick. Seit er sie kannte, hatte sein Leben eine Wendung genommen. Sie hatte ihm unter die Arme gegriffen, er hatte ihren Vater davon überzeugen können, dass er der richtige Mann für sie war, und sie hatten mit seinem Segen ein neues Leben in Herzebrock beginnen können. Jeden Tag gab sie ihm so unendlich viel Kraft, selbst wenn er einmal müde war, ermunterte sie ihn und forderte ihn zu neuen Höchstleistungen heraus. Es fühlte sich an, als hätten sie bereits viele Jahre ihres Lebens Seite an Seite verbracht. Und er war sicher, dass noch viele Jahre inniger Vertrautheit folgen würden. Über diesen Gedanken schlief er schließlich mit einem glücklichen Lächeln auf den Lippen ein.

Kapitel 43

Ein Klirren riss Katharina jäh aus dem Schlaf. Ihr Herz raste, als sie hochschreckte. Sofort war sie hellwach. Suchend blickte sie sich um und stellte erleichtert fest, dass Carl neben ihr lag. Er schnarchte leise und hatte nichts von dem mitbekommen, was sie aus dem Schlaf gerissen hatte. Sie beneidete ihn zunehmend um seinen festen Schlaf. Da war es wieder, das Geräusch. Es klang, als würde Glas splittern, begleitet von einem dumpfen Poltern.

Katharinas Nerven waren zum Zerreißen gespannt.

Thomas, dachte sie in heller Aufregung, *Thomas ist wieder da.* Am ganzen Körper zitternd stand sie auf und griff nach dem fünfarmigen Kerzenhalter, der auf der Kommode neben dem Bett thronte, um sich damit im Notfall zur Wehr setzen zu können. Sie umklammerte den Arm des Kandelabers so fest, dass die Knöchel ihrer Finger weiß unter der Haut hervortraten. *Na warte*, dachte sie wütend, *diesmal entkommst du mir nicht. Und dann wanderst du endlich ins Zuchthaus!* Plötzlich war sie nicht mehr ängstlich, sondern wütend.

Barfuß wanderte sie durch die dunkle Wohnung, blickte in jedes Zimmer, ohne aber einen Störenfried zu entdecken. Als sie am Ende des Flurs angelangt war, stellte sie fest, dass sich niemand in der Wohnung aufhalten konnte, denn der schwere Riegel der Tür war vorgeschoben. Sicher würde sich niemand die Mühe machen, durch eines der Fenster einzudringen.

Katharina holte tief Luft, dann machte sie kehrt. An der Tür zur Stube verharrte sie. Ein greller, zuckender Lichtschein brach sich an der Zimmerdecke und den Wänden. *Feuer!*, schrie alles in ihr. *Es brennt!*

Atemlos hechtete sie zum Erker und warf einen Blick nach draußen in die Nacht. Der Lichtschein wurde heller, und obwohl die Fenster verschlossen waren, drang beißender Brandgeruch in ihre Nase. Die Werkstatt brannte lichterloh. Meterhohe Flammen leckten durch die geborstenen Fenster an der Fassade empor. Katharina vermutete, dass es die unter der Hitze berstenden Glasscheiben gewesen waren, die sie aus dem Schlaf gerissen hatten. Ihre Kopfhaut zog sich zusammen. Gleichzeitig wurden im Hof auf der Innenseite des Hauptgebäudes Stimmen laut.

»Feuer!«, gellte eine Männerstimme durch die Nacht. »Wir brauchen Wasser!«

Atemlos riss sich Katharina vom Anblick der lichterloh brennenden Werkstatt los und machte kehrt, um Carl zu wecken. Das Herz klopfte ihr bis zum Hals, als sie ins Schlafzimmer stürmte. Auch hier war jetzt durch die verschlossenen Gardinen der Feuerschein sichtbar. »Carl«, rief sie schrill, »wach auf, es brennt, deine Werkstatt steht in Flammen!« Sie schlüpfte in die Pantoffeln und zog die warme Strickjacke über, die am Fußende des Bettes gelegen hatte.

Carl sprang nun wie von der Tarantel gestochen aus dem Bett. »O nein«, rief er und fluchte ungestüm. »Die Maschinen verbrennen!« Er sprang barfuß und im Pyjama auf und hechtete in die Stube. »Wir müssen löschen, was zu löschen ist«, rief er, »und jetzt nichts wie raus hier, bevor auch das Wohnhaus in Flammen steht!« Er eilte zur Wohnungstür, riss den Riegel zurück und schloss auf. Carl stürzte die Treppe herunter, dicht gefolgt von Katharina, die aus der Küche einen Eimer geholt hatte, um damit die Flammen zu bekämpfen. Unten im Hof herrschte Chaos. Trümmer lagen zwischen den Glasscherben, die Hitze schlug ihnen entgegen, als sie in die Nacht hinaustraten. Gustav und Erwin, die beiden Maurergesellen, eilten mit gefüllten Wassereimern herbei, auch Carls Vater und die Mutter versuchten, das Feuer zu bekämpfen. »Jemand muss die Feuerwehr holen«, rief Gerhard, der nach Luft rang. Sein Gesicht war von Ruß bedeckt. Immer, wenn sie einen Eimer Wasser in die Flammen gossen, zischte es laut, doch sie konnten dem Feuer keinen Einhalt gebieten. So blieb die Hoffnung auf die Feuerwehr. »Ich übernehme das«, rief Katharina. Das Letzte, bevor sie losrannte, war Carls dankbares Lächeln. Wie gern hätte sie den Brand ungeschehen gemacht, doch das war nicht möglich. Ihr Herz klopfte ihr bis zum Hals, als sie durch die menschenleeren Straßen von Herzebrock stolperte. Während sie lief, versuchte sie, ihre Gedanken zu ordnen. Sie fragte sich, warum das Feuer in der Werkstatt ausgebrochen war. Zu dieser nachtschlafenden Zeit hatte sich niemand mehr dort aufgehalten. Hatte Carl etwa vergessen, das Licht zu löschen? Oder hatte jemand nachgeholfen und das Feuer gelegt?

Thomas, schrie alles in ihr, *wenn es Brandstiftung war, dann steckt Thomas dahinter!* Er war der Einzige, dem daran gelegen war, dass Carls Träume vom erfolgreichen Geschäftsleben zerplatzten wie Seifenblasen. Offenbar befand Thomas sich auf einem Rachefeldzug. Katharina spürte, wie gleißende Wut in ihr aufstieg. Doch jetzt galt es erst einmal, das zu retten, was noch zu retten war. Von diesem Gedanken getragen, erreichte sie einen kurzen Augenblick später das Spritzenhaus der Feuerwehr von Herzebrock.

Kapitel 44

Der nächste Tag begann ernüchternd. Fassungslos stand Carl vor den Überresten seiner Werkstatt. Zwar hatte die Feuerwehr getan, was sie konnte, doch es war bereits zu spät gewesen, und so waren die sich im Bau befindlichen Zentrifugen, die Einzelteile und sämtliche Werkzeuge Opfer der Flammen geworden. Die Werkstatt war ein Trümmerhaufen, und das Eintreffen der Feuerwehr hatte nur noch verhindern können, dass die Flammen auch auf das Wohnhaus übergriffen.

Vom Brand betroffen war ebenfalls Gerhards Baugeschäft. Auch er würde vorläufig keine Aufträge mehr annehmen können. Schwerer Brandgeruch hing in der Luft, und schon im Morgengrauen hatten sich zahlreiche Schaulustige auf der Straße eingefunden, die sich selbst ein Bild von der Zerstörungswut des Feuers machen wollten.

Wachtmeister Stürmer war damit beschäftigt, die neugierigen Männer und Frauen vom Ort des Geschehens zu vertreiben. Feuerwehrmänner saßen erschöpft auf dem Bordstein der Straße und stierten mit teilnahmslosen Mienen ins Leere. Ihre Gesichter, die Helme und ihre Uniformen waren vom Ruß geschwärzt. Katharina und Anna hatten die Männer mit Milch versorgt. Auf dem Gehweg lagen die Löscheimer neben den Schläuchen, die zum knallroten Spritzenwagen führten. Auf der Straße hatte sich eine große Lache vom Löschwasser gebildet, die langsam zu Eis gefror, Rauch kräuselte sich aus der Werkstatt in den wolkenlosen Himmel.

Die Tragödie betraf jedes Familienmitglied, auch die beiden Gesellen wussten nicht, wie es weitergehen sollte. »Wir sind erledigt«, jammerte Gustav und schob sich die Mütze weit in den Nacken. Er hockte neben Erwin auf der Kutsche und betrachtete die Brandruine. Erwin nickte stumm. »Wir werden uns eine andere Anstellung suchen müssen.«

»Das ist doch Unsinn«, wetterte Gerhard und schüttelte energisch den Kopf. »Wir fangen so schnell wie möglich mit dem Wiederaufbau an, und dann geht es weiter.« Er lächelte den jungen Männern, die beide seine Söhne hätten sein können, aufmunternd zu. »Und für den Wiederaufbau der Baustoffhandlung brauche ich euch, Jungs.«

Carl, der das Gespräch mitgehört hatte, wünschte sich, schon bald weitermachen zu können. Doch es sah nicht danach aus, als würde er hier jemals wieder Milchzentrifugen bauen können. Mit dem verheerenden Brand war nicht nur sein Traum geplatzt, ein erfolgreicher Erfinder zu werden – das Feuer hatte ihm auch die Existenzgrundlage geraubt.

»Es wird irgendwie weitergehen«, flüsterte Katharina Carl ins Ohr. Als sie seine traurigen Blicke gesehen hatte, war sie zu ihm gekommen. Nickend legte er einen Arm um ihre Schulter. Es tat gut, ihre Nähe zu spüren. »Offen gestanden weiß ich noch nicht, wie und wann«, gestand er ihr. »Und ich weiß nicht, warum es in der Werkstatt gebrannt hat. Ich bin sicher, das Licht gelöscht zu haben.«

Als Carl sie ansah, spürte er, dass sie eine Antwort hatte, doch sie schwieg. »Später«, sagte sie, »ich teile dir später meine Gedanken mit.«

»Thomas«, nickte Carl. »Du glaubst also auch, dass Thomas dahintersteckt.«

»Eine andere Idee habe ich nicht.«

»Es geht mir genauso.« Carl seufzte. »Er will uns zerstören, er neidet uns das Glück und will verhindern, dass wir erfolgreich sind.«

»Das wird ihm nicht gelingen.« Aus ihrem Munde klangen diese Worte selbstverständlich, so selbstverständlich, dass sie ihm Mut machten. »Es ist an der Zeit, dass die Polizei ihn endlich findet und ins Gefängnis bringt.«

»Ja. Das wird sie.«

»Fragt sich nur, was bis dahin noch alles passieren muss«, brummte Carl. Er sah auf, weil es auf der Straße laut geworden war.

»Sie dürfen hier nicht durch«, hörte er die erhobene Stimme von Wachtmeister Stürmer. Der Staatsdiener hatte abwehrend beide Hände gehoben, als ein hochgewachsener Mann im feinen Zwirn den Versuch unternommen hatte, den ehemaligen Posthof zu betreten.

»Entschuldige mich, Liebling.« Carl löste sich aus Katharinas Umarmung und stiefelte mit ausladenden Schritten auf den Wachtmeister zu.

»Er darf selbstverständlich zu mir«, stellte er klar.

»Wer ist das denn?« Friedhelm Stürmer runzelte die Stirn. »Da könnte ja jeder von sich behaupten, dass er …«

»Er darf, Wachtmeister«, stellte Carl klar und rang sich ein Lächeln ab, um Friedrich Beyer zu sich zu bitten. Der Agrarhändler wirkte erschüttert, als er die Reste der Werkstatt sah. »Wie schrecklich«, attestierte er. »Was um Himmels willen ist geschehen?«

Carl zog ihn zur Seite und schilderte seinem Kunden, was sich in der Nacht ereignet hatte. Dass er den Verdacht auf Brandstiftung hatte, behielt er für sich. Beyer hörte ihm aufmerksam zu, ohne ihn auch nur ein einziges Mal zu unterbrechen.

»Aber die fünf Zentrifugen sind bereits verkauft«, sagte er schließlich mit zerknirschtem Gesicht.

»Ich fürchte, dass die Produktion erst einmal eingestellt werden muss«, bedauerte Carl.

Friedrich Beyer nickte nachdenklich. Er trat an die zersprungenen Fenster und versuchte, einen Blick auf die vom Feuer verwüstete Werkstatt zu werfen. »Das ist schrecklich.« Seine Stimme klang belegt, als er zu Carl zurückkehrte. »Ich habe die Zentrifugen bereits verkauft und von meinen Kunden eine Anzahlung kassiert, die ich Ihnen heute überbringen wollte.«

Erst jetzt bemerkte Carl die Ledertasche, die er mit sich herumtrug. »Unter diesen Umständen aber …« Kopfschüttelnd brach Beyer den begonnenen Satz ab. »Was machen wir nur?«

»Ich weiß es nicht«, sagte Carl. »Offen gestanden schwirrt mir gerade der Kopf, und es war noch keine Zeit, um mir Gedanken zu machen, wie und ob ich die Produktion wieder aufnehmen kann.«

»Das ›ob‹ steht völlig außer Frage, junger Freund.« Beyer schüttelte energisch den Kopf. »Es muss einfach weitergehen.«

»Aber wie denn?« Carl war verzweifelt. Er konnte nicht fassen, dass sein Geschäft platzte, bevor es überhaupt Fahrt aufgenommen hatte.

Friedrich Beyer seufzte und sah theatralisch zum Himmel. »Stillstand ist Rückschritt«, bemerkte er schließlich. »Soll heißen, dass Sie jetzt unmöglich tatenlos dasitzen können.«

»Haben Sie eine Idee?«, fragte Carl niedergeschlagen.

»Vielleicht.« Beyer dachte angestrengt nach. »Ein Freund von mir besitzt eine alte Kornmühle, ein Sägewerk. Die Fabrik steht seit Langem still, und er möchte die alten Gebäude abreißen und dort ein Wohnhaus errichten lassen.«

Carl ahnte, worauf sein Geschäftspartner hinauswollte. »Ich kann es mir noch nicht leisten, eine große Fabrik zu betreiben.«

»Das müssen Sie auch gar nicht.«

»Abgesehen davon weiß ich nicht einmal, wie gut sich meine Zentrifugen verkaufen werden. Wir befinden uns in einer recht frühen Phase und können unmöglich planen.«

»Das sagen Sie, aber es stimmt nicht.« Ein triumphales Lächeln erhellte Beyers Gesicht. »Ich war so frei, meinen Geschäftspartnern von Ihrer Erfindung zu berichten, Herr Thiele. Und sie waren, gelinde gesagt, begeistert von der Maschine. Alle wollen eine Zentrifuge kaufen, manche sogar mehrere. Von einer Molkereianlage oder der Buttermaschine ganz zu schweigen.«

»Und ich kann weder bauen noch liefern.«

»Noch nicht.« Beyer wirkte plötzlich unbekümmert. »Ich schlage Ihnen ein Geschäft vor, wertester Thiele: Ich werde meinen Freund fragen, ob er uns das Grundstück und die alte Kornmühle überlässt. Wenn er sich dazu bereiterklärt, wird im Innern eine Maschinenfabrik entstehen.«

»Wer soll das bezahlen?« Carl stöhnte auf. So verlockend die Vorstellung von einer großen Produktion seiner Maschinen auch war – er hatte bisher keine Umsätze erwirtschaften können, die eine solch große Investition erlaubten.

»Ich könnte mir vorstellen, Sie zu unterstützen«, murmelte Friedrich Beyer. »Sie bauen die Zentrifugen und ich versorge damit meine Kundschaft. Dafür überlassen Sie mir die Apparate zu günstigsten Konditionen.«

Carl runzelte die Stirn. »Ich brauche Material, Werkzeuge und Maschinen – wahrscheinlich auch Angestellte, weil ich die Aufträge unmöglich allein bearbeiten kann.«

»Richtig.« Beyer nickte. »Und ich werde in Vorkasse treten.«

»Wo ist der Haken?«

»Es gibt keinen.« Der Agrarhändler hielt ihm die rechte Hand hin. »Wir wollen beide Geschäfte machen. Sie haben die Maschinen, die ich verkaufen werde.«

Carl dachte kurz nach. »Also gut«, stimmte er zu. Wenn es überhaupt eine Möglichkeit gab, weiterzumachen, dann wohl nur mit Friedrich Beyers Unterstützung. Insgeheim hatte er sich vorgenommen, erst einmal mit Katharina über Beyers Vorschlag zu sprechen. Ohne sie würde er die Entscheidung nicht treffen wollen.

Bayer schien seine Gedanken zu erraten.

»Niemand drängt Sie zu einer übereilten Entscheidung«, nickte er weltmännisch. »Nehmen Sie sich die Zeit, die Sie benötigen, um das hier«, er deutete auf die traurigen Reste der Werkstatt, »verarbeiten zu können.« Friedrich Beyer zog ihn in eine Ecke des Hofes, in der sie ungestört waren, dann öffnete er seine Tasche und überreichte Carl einen Umschlag. »Hier«, sagte er, »das sind die Anzahlungen meiner Kundschaft. Nehmen Sie das Geld für den Neuanfang – aber lassen Sie nicht zu viel Zeit vergehen, denn meine Kunden warten bereits auf Ihre Milchzentrifugen, Herr Thiele.« Er nickte Carl mit entschlossener Miene zu. »Einen schönen Tag – und alles Gute. Wir hören uns.« Mit diesen Worten schloss er die Riemen seiner Ledertasche und verschwand.

»Was wollte er?«, fragte Katharina, als Carl allein war. Ein wenig ratlos stand er mit dem Umschlag auf dem Hof. »Er hat mir ein Geschäft vorgeschlagen.«

»Und dir Geld gegeben«, stellte Katharina fest. »Das wirst du jetzt gebrauchen können, mein Liebster.« Sie zeigte auf die abgebrannte Werkstatt. »Denn aufgeben wollen wir ja wohl nicht, oder?«

*

Die nächsten Wochen wurden anstrengend. Alle waren mit dem Aufräumen und dem Wiederaufbau von Gerhard Thieles Baugeschäft beschäftigt. Der Verdacht, dass Thomas etwas mit dem Brand zu tun hatte, bestätigte sich schon bald, denn der Polizist hatte ihn am Tag des Brandes betrunken unweit des Tatortes aufgegabelt. Thomas war bei seiner Verhaftung geständig gewesen, was ihn aber nicht davor bewahrt hatte, dass er noch am selben Tag dem Richter vorgeführt wurde, der ihn auf direktem Wege ins Zuchthaus bringen ließ.

Ein wenig war es für Katharina und Carl, als wäre ein böser Geist, der ihnen Angst gemacht hatte, für immer ins Jenseits verschwunden. Das unheilvolle Damoklesschwert, das über ihnen geschwebt hatte, gehörte endlich der Vergangenheit an.

»Wir müssen jede Hilfe annehmen«, fand Katharina, als er ihr von Beyers Vorschlag berichtete, die alte Kornmühle am Rand von Herzebrock mit neuem Leben zu füllen. »Und zu verlieren haben wir auch nichts. Du hast eine große Halle, in der du die Aufträge abarbeiten kannst, und wir können uns mit wachsender Nachfrage vergrößern.«

»Sicher hast du recht«, stimmte Carl ihr zu. »Also soll ich sein Angebot annehmen?«

»Natürlich, oder willst du schon aufgeben?« Sie klang energisch, stemmte die Hände in die Hüften. »Du solltest nicht zögern, Carl.«

»Gut.« Er nickte. »Dann werde ich mich auf den Neuanfang konzentrieren, damit es mit unseren Zentrifugen weitergehen kann.«

»Sie brauchen einen Namen«, sagte Katharina. In den letzten Tagen war ihr die Idee gekommen, der Zentrifuge einen Namen zu geben, der sich in der ganzen Welt herumsprechen sollte.

»Wie meinst du das?« Carl runzelte die Stirn.

»Dein Produkt braucht einen Namen, der sich in den Köpfen der Menschen festsetzt – einen Wiedererkennungswert sozusagen.«

Jetzt erhellte ein Lächeln sein Gesicht. »Und so wie ich dich kenne, hast du dir sicher auch schon Gedanken darüber gemacht?«

»Selbstverständlich.« Katharina nickte. »Was hältst du von *Satellit*?«

Carl dachte kurz nach, dann wusste er, wovon seine Verlobte sprach. Den Begriff hatte er schon einmal irgendwo gehört. »Das stammt aus dem Lateinischen, richtig?«

Katharina nickte. »Ich musste selbst nachlesen, da ich mit Latein nicht viel am Hut habe.« Sie kicherte, bevor sie fortfuhr. »Satellit steht für Leibwächter, Begleiter, aber auch für Handlanger.«

»Ist das denn passend?« Carl runzelte die Stirn.

»Natürlich – unsere Maschinen sind ja die Begleiter ihrer Besitzer – und das über viele Jahre hinweg.«

Je länger Carl darüber nachdachte, umso mehr schien ihm der Gedanke zu gefallen. »Gut«, sagte er schließlich. »Dann heißt unsere Zentrifuge ab sofort *Satellit*.«

Kapitel 45

Und – wie gefällt es dir?« Zwei Wochen später strahlte Carl über das ganze Gesicht, als er Katharina aus der Kutsche half und mit einer ausladenden Geste auf das schäbige Fabrikgebäude auf der anderen Seite des Platzes zeigte. Er bat den Kutscher, auf sie zu warten, und drückte ihm ein paar Münzen in die Hand. Die beiden Pferde, zwei prächtige Kaltblüter, wieherten, als sich Carl vom Kutschbock entfernte, um sich seiner Verlobten zu widmen. Ein wenig fassungslos stand Katharina neben dem Fuhrwerk, um die Szenerie auf sich wirken zu lassen. Ihre Begeisterung für das leerstehende Sägewerk hielt sich in Grenzen, doch sie wagte es nicht, Carl die Freude zu verderben. Katharina wusste, dass die heruntergekommene Fabrik nach dem Brand die einzige Möglichkeit war, weiter Milchzentrifugen zu bauen. Für ihn war es eine Flucht nach vorn gewesen, um ihre Existenz zu sichern. Und schließlich war sie selbst es gewesen, die ihn von Beyers Angebot überzeugt hatte.

»Warum sagst du denn nichts, Liebes?« Er runzelte die Stirn. »Gefällt dir die Fabrik nicht? Hier werden wir bald schon unseren Lebensunterhalt verdienen, Katharina.«

»Das Gebäude ist … ein wenig in die Jahre gekommen«, sagte sie vorsichtig, während sie Carl über den Hof folgte. Sie wollte ihn nicht verletzen und versuchte, dem Anblick des Gebäudes etwas Positives abzugewinnen. Immer wieder führte er sie um vereiste Pfützen herum, die der letzte Regenschauer hinterlassen hatte. Dennoch ließ es sich nicht verhindern, dass sich braune Ränder auf dem schwarzen Leder ihrer Stiefel absetzten. »Es ist ziemlich groß«, stellte sie fest. Die Backsteinfassade wirkte trist und grau, die Fenster waren, sofern noch vorhanden, staubblind. Ein viereckiger Schornstein zur linken Seite der Fabrik ragte wie ein mahnend erhobener Finger in den wolkenverhangenen Himmel. An der rechten Seite des dreistöckigen Gebäudes befand sich ein Kran, Luken ermöglichten auf jeder Etage das Be- und Entladen von Lasten. Vollendet wurde das Ensemble von einem Schuppen mit einem ausladenden Vordach, das von massiven Holzbalken gestützt wurde.

»Alles braucht ein wenig Zuwendung«, riss sie Carls warme Stimme aus den Beobachtungen. Er betrachtete sie forschend. »Aber es ist vielversprechend«, fand er. »Hier werden wir unsere Fabrik aufbauen, in der wir Zentrifugen für Höfe in aller Welt bauen.« Begeisterung schwang in seiner Stimme mit. Verliebt beugte er sich zu Katharina herunter und hauchte ihr einen Kuss auf die Lippen. »Ist das nicht wundervoll?«

Immer noch fiel es ihr schwer, seine Begeisterung zu teilen, doch sie wusste sehr wohl, dass diese alte Halle ihre einzige Rettung war. »Es wartet eine Menge Arbeit auf dich, Carl«, stellte sie sachlich fest.

Er nickte. »Die Fabrik ist unsere einzige Hoffnung, Prinzessin. Wir müssen sie sanieren, aber das Dach ist dicht, und das ist die Hauptsache.«

Soweit Katharina erkennen konnte, gab es nur ein Fabrikgebäude, keine Verwaltung. »Wo sind die Büros?«

Carl schaute sie amüsiert an. »Wozu Büros?«

»Nun, irgendwo musst du doch sicher arbeiten.«

Er lachte. »In der Werkstatt werde ich arbeiten, Liebes. Man wird mich hauptsächlich dort finden, wo meine Erfindungen entstehen.«

»Aber irgendwann musst du auch die Buchhaltung machen«, fand Katharina, die von ihrem Vater wusste, dass er oft stundenlang in seinem Büro saß, um den lästigen Papierkram zu erledigen. »Bestellungen aufgeben, Aufträge bearbeiten, Material einkaufen, Geschäftsbriefe schreiben und solche Dinge.«

Er nickte zerknirscht, und sie sah ihm an, dass er bisher keinen einzigen Gedanken daran verschwendet hatte, dass in einer Firma immer auch Schreibkram anfiel. »Ich werde mir wohl ein Büro in einer Ecke der Werkstatt schaffen«, versicherte Carl ihr. »Aber wenn ich mich in der Fabrik aufhalte, bin ich jederzeit für die Arbeiter ansprechbar.«

Das Argument konnte Katharina verstehen. Sie nickte mit einem sanften Lächeln auf den Lippen. »Ich bin sicher, du wirst ein guter Fabrikant, Carl.«

»Vermutlich aber kein guter Kaufmann«, fürchtete er, zog eine Grimasse und versenkte die Hände in den Taschen seiner schwarzen Anzughose.

»Dann musst du den kaufmännischen Teil erlernen«, riet Katharina ihm. »Sicher kann dir dein Vater behilflich sein – mein Vater vermutlich auch, denn sie beide führen bereits eigene Betriebe und bringen die nötige Erfahrung mit.«

Carl nickte. Ihm war anzusehen, dass er keine große Lust auf Büroarbeit hatte. Katharina kannte ihn gut genug, um zu wissen, dass er lieber hemdsärmelig in der Werkstatt stand. Doch ohne den kaufmännischen Teil konnte kein Unternehmen lange überleben. »Vielleicht stellst du Buchhalter ein«, riet sie ihm. »Dann kannst du dich auf die Produktion konzentrieren.«

»Eine gute Idee«, nickte Carl und wirkte tatsächlich ein wenig erleichtert. Seine Gesichtszüge entspannten sich, als er Katharina die Hand hinhielt. »Komm«, sagte er und zog sie über den Hof, der ausreichend Platz für ein ganzes Dutzend Fuhrwerke bot. Sie sah ihm an, dass er schon genau sehen konnte, wie hier geschäftiges Treiben herrschte. Doch noch war es nicht so weit, und an dem alten Sägewerk gab es noch viel zu tun.

»Mein Vater wird mir helfen«, versicherte er ihr, als er ihren zweifelnden Blick bemerkte. »Wir werden die alte Fabrik auf Vordermann bringen, und dann kann die Produktion beginnen.«

»Diesen Moment kann ich kaum erwarten«, lächelte Katharina. Nun wirkte seine Begeisterung doch ansteckend auf sie. So versuchte Katharina, ihre Bedenken zu verdrängen. Sie vertraute auf Carl und auf sein Fachwissen. Er war schließlich lange genug im Baugewerbe tätig gewesen, um den Zustand eines Gebäudes beurteilen zu können.

»Ich zeige es dir von innen«, bot er an und zog einen rostigen Schlüssel aus der Tasche seines Gehrocks. »Komm schon.«

Sie folgte ihm zu einer Tür, die sich seitlich vom Gebäude befand, und beobachtete ihn, wie er den Schlüssel ins Schloss schob. Kurz darauf schwang die Tür auf rostigen Angeln nach innen.

»Hereinspaziert«, rief er mit einem lauten, rollenden R wie ein Zirkusdirektor. Carl machte eine Geste, als nähme er den Zylinder vom Kopf und deutete eine Verbeugung an. »Nach Ihnen, gnädige Dame«, säuselte er, als Katharina seiner Aufforderung nachkam.

Im Innern empfingen sie muffiger Geruch und Dämmerlicht. Katharina rümpfte die Nase. »Hier muss mal gelüftet werden«, stellte sie fest, nachdem sich ihre Augen an das Zwielicht gewöhnt hatten. Die Halle wurde von massiven Steinsäulen gestützt, die Decke war mehr als fünf Meter hoch. Durch die staubblinden Fenster drang nur wenig Tageslicht herein. Auf dem Steinboden hatte sich eine dicke Staubschicht gebildet, in den Ecken spannten sich große Spinnweben, die Katharina jedoch nichts ausmachten. Jetzt kam ihr zugute, dass sie auf dem Land aufgewachsen war. Sie war alles andere als empfindlich. »Und du bist sicher, dass du hier dein Geld verdienen kannst?«

»Aber selbstverständlich.« Carl nickte voller Überzeugung. »Schließ die Augen und stell dir vor, wie hier ein Dutzend Arbeiter am Werk ist. Die Männer und Frauen montieren unsere Buttermaschinen und die Zentrifugen. Nach einem Probelauf werden die Maschinen auf Bauernhöfe in ganz Deutschland verschickt. Wir werden die Arbeit in der Landwirtschaft revolutionieren, Liebes.« Seine Augen leuchteten begeistert.

Katharina ließ sich von seiner Phantasie anstecken. Sie verdrängte die Zweifel, die sie beim ersten Anblick des alten Sägewerkes übermannt hatten. »Das wird sicher großartig.« Sie drehte sich einmal im Kreis. »Und wenn die Maurer, Maler und die Tischler ihr Werk fertiggestellt haben, kann es losgehen.«

»Bis es so weit ist, müssen wir viel reisen, Liebes.« Carl nahm sie in den Arm. Sie legte den Kopf an seine Brust und schloss die Augen. Es tat gut, seine Nähe zu spüren. »Ich werde dich begleiten«, murmelte sie leise.

»Dann wird es unsere Fabrik werden.« Stolz schwang in seiner Stimme mit.

Katharina sah zu ihm auf und erkannte in seinem Blick, dass er von der Wahrheit seiner Worte überzeugt war. »Wir werden Maschinen und Werkzeuge kaufen müssen, um aus dem alten Sägewerk eine funktionsfähige Fabrik machen zu können.«

Die Vorstellung, mit ihrem Verlobten auf Reisen zu gehen, gefiel Katharina. Ein lang gehegter Traum würde in Erfüllung gehen, ein Traum, der bisher nicht greifbar gewesen war. Immer hatte der Hof ihr Leben bestimmt, an eine längere Reise war nie zu denken gewesen.

Nun wusste sie den elterlichen Hof gut versorgt. Bernhard und Theresa betrieben auf dem Zumwinkel-Hof die ersten vier Zentrifugen, sie hatten neues Personal eingestellt und kamen nun ein wenig besser über die Runden. Bernhards Flucht nach vorn schien sich gelohnt zu haben.

Kurz dachte Katharina an den Tag, an dem sie und Carl sich kennengelernt hatten. Es schien, als wäre seitdem eine Ewigkeit vergangen, dabei waren es nur wenige Monate gewesen.

Und nun hatte sich ihr ganzes Leben verändert. Sie war zu einer Unternehmerin geworden und würde bald den Mann, den sie über alles liebte, heiraten.

Ein grenzenloses Glücksgefühl flutete ihren Körper, als sie sich dessen bewusst wurde. Es musste eine Fügung des Schicksals gewesen sein, die Carl auf den Zumwinkel-Hof geführt hatte. Seit dem Tag ihrer ersten Begegnung fühlten sie sich zueinander hingezogen und auf eine geheimnisvolle Weise verbunden.

Thomas würde ihr keine Schwierigkeiten mehr bereiten. Ihrer Freundin Lina wünschte sie von ganzem Herzen, dass auch sie nicht mehr allzu lange auf den Mann fürs Leben warten musste und dass sie ihr Glück bald fand.

Seit dem Brand und mit Beginn der Hochzeitsvorbereitungen wurde es immer schwieriger, etwas Zeit für ein Treffen zu finden. Katharina nahm sich vor, das schon bald zu ändern. Es gab so viel zu erzählen. Katharina beschloss, Lina zur Hochzeit einzuladen. Schon jetzt wusste sie, wer den Brautstrauß fangen würde.

»Träumst du mit offenen Augen?«

Wie durch Watte war Carls Stimme an ihre Ohren gedrungen. Er schob sie ein Stück von sich fort und betrachtete sie versonnen.

»Ein wenig«, gab sie mit einem verschämten Lächeln auf den Lippen zu. »Manchmal glaube ich wirklich, zu träumen, Carl. Kannst du mich mal kneifen?«

»Gern«, feixte er und machte Anstalten, ihr den Wunsch zu erfüllen. Doch Katharina zuckte mit einem schrillen Laut auf den Lippen zurück. »Gefällt es dir?«, fragte er sanft, nachdem er sie wieder zärtlich an seine Brust gezogen hatte.

Katharina ließ den Blick durch die große Halle schweifen, dann nickte sie. Sie warf alle Zweifel und Bedenken über Bord. Dieses alte Sägewerk sollte also ihre neue Wirkungsstätte werden. Plötzlich erwachten Carls Träume vor ihrem geistigen Auge zum Leben. »Ja«, sagte sie, »es ist einfach traumhaft, Carl, und ich freue mich auf jeden Tag des Lebens, den wir gemeinsam verbringen können.«

Kapitel 46

Die Zeit verging wie im Fluge. In der alten Kornmühle wurde emsig gearbeitet, um die Hallen so schnell wie möglich auf Vordermann zu bringen. Maler verliehen den Wänden ein frisches Aussehen, Glaser erneuerten die fehlenden Scheiben, Tischler nahmen sich des Balkenwerks und des Mobiliars an und Gerhard und seine Männer waren angerückt, um sich der Fassade anzunehmen.

In einer Ecke waren bereits das Lager und der kleine Verkaufsraum einer Eisenwarenhandlung eingerichtet worden. Hier konnte man alles erwerben, was man zum Herstellen und Reparieren von Werkzeugen und Maschinen benötigte.

Immer wenn Katharina im alten Sägewerk aufkreuzte, fand sie Carl mit den Plänen des Architekten durch die Hallen laufen. Doch er gab den Handwerkern nicht nur Anweisungen – er legte immer wieder auch selbst Hand an, wenn Not am Mann war. Dabei schien er sich in seine Rolle als Unternehmer noch nicht ganz eingefunden zu haben, denn sein schwarzer Anzug und der Hut auf dem Kopf erwiesen sich bei der praktischen Arbeit immer wieder als hinderlich. Viel lieber trug er seine Arbeitskleidung. Doch Katharina hatte ihn bestärkt, die

Etikette zu wahren, um ihm Ansehen und den nötigen Respekt zu verschaffen.

»Kleider machen Leute«, pflegte sie immer zu sagen, wenn er lieber in die Arbeitskluft als in den vornehmen Dreireiher geschlüpft wäre. Carl fügte sich seinem Schicksal und gab ihr ein wenig kleinlaut immer dann recht, wenn sie ihn in modischen Belangen beriet.

So auch heute, als sie ihm am frühen Nachmittag einen Besuch abstattete. »Liebes«, begrüßte er sie, rollte die Baupläne zusammen und nahm sie in den Arm.

»Wie kommt ihr voran?«, fragte sie interessiert, nachdem er sie liebevoll geküsst hatte.

Der Duft nach frischer Farbe hing im Raum, erstmals schaffte es die Sonne, ihr gleißendes Licht durch die Fenster ins Innere zu werfen. Viel war von der heruntergekommenen Mühle nicht mehr zu sehen – alles wirkte frisch und modern. Auch die ersten Maschinen waren angeliefert worden und warteten darauf, von den Arbeitern bedient zu werden.

Vier Drehbänke und eine große Bohrmaschine waren bereits vorhanden, um darauf die Thiele-Milchzentrifugen in großen Stückzahlen produzieren zu können. Carl legte Wert darauf, dass alle Anbauteile aus eigener Herstellung stammten. Dafür würde er schon bald Schlosser und Tischler einstellen.

»Nur noch wenige Tage, und wir werden mit der Produktion beginnen«, verkündete Carl stolz, als er Katharinas Blick verfolgte. »Morgen wird das Material angeliefert und im Kontor eingelagert. Holz, Metallbügel, Schrauben, alles, was wir benötigen.«

»Warum lässt du die einzelnen Bauteile nicht von anderen Unternehmern anfertigen und beschränkst dich auf die Montage?«

»Das hat mehrere Gründe.« Carl schüttelte den Kopf. »Erst einmal ist es mir wichtig, meine Konstruktionspläne möglichst geheim zu halten. Die Konkurrenz schläft nicht, und je weniger Mitwisser ich habe, umso geringer wird die Wahrscheinlichkeit, dass man unsere Maschine nachbauen kann.« Er lächelte siegessicher. »Außerdem bin ich sicher, dass niemand unsere Erfindung besser bauen kann als wir selbst.«

»Aber es gibt schon Milchzentrifugen von anderen Herstellern«, wagte Katharina einen zaghaften Einspruch. »Und ich weiß von Vater, dass sie sogar billiger sind.«

»Das mag sein«, erwiderte Carl leichthin. »Dennoch werden wir unsere Kundschaft durch Qualität überzeugen. Und dazu gehört auch, dass wir alle Komponenten aus einer Hand fertigen. Schließlich heißen unsere Zentrifugen nicht umsonst *Satellit* – sie sollen ihren Besitzern treue Begleiter über viele Jahre sein.«

»Du hast mich überzeugt.« Katharina strahlte. Sie zweifelte nicht an den Worten ihres künftigen Mannes und ließ sich von ihm durch die Halle führen. Stolz zeigte er ihr alles, was sich seit ihrem letzten Besuch hier verändert hatte.

»Es wird langsam, was?«

Carl nickte. »Allerdings, und ich kann es kaum erwarten, endlich mit dem Bau zu beginnen.« Nachdenklich betrachtete er sie. In den letzten Tagen hatten sie nur wenig Zeit füreinander gehabt, ein Umstand, den sie still hinnahm.

»Wie war dein Tag, Prinzessin?«, fragte er sie mit weicher Stimme.

»Lina hat mich heute besucht.«

»Wie schön!« Carl wusste natürlich von der Freundschaft der beiden jungen Frauen. »Wir waren gemeinsam bei der Anprobe.«

»Anprobe?« Fragend legte Carl den Kopf schräg. »Warst du mit ihr beim Schneider, um dein Hochzeitskleid anzuprobieren?«

»Ja«, nickte Katharina mit roten Wangen, »stell dir vor, ich würde es am Tag unserer Hochzeit zum ersten Mal anziehen und es säße wie ein Kohlensack. Oder, vielleicht noch schlimmer, ich hätte in der Zwischenzeit ein paar Pfund zugelegt und käme nicht mehr hinein.«

»Das wäre tragisch.« Er küsste sie zärtlich auf die Stirn. »Gefällt dir das Kleid?«

»Es ist ein Traum in Weiß, und ich liebe es so sehr!«

Carls große Augen brachten sie zum Lachen. »Du liebst ein Kleid mehr als deinen Bräutigam? Und Lina durfte dich heute schon als Braut bewundern?«

»Aber ja, Carl. Lina ist begeistert, und der Schneider legt ein letztes Mal Hand an, dann ist alles fertig.«

»Manchmal beneide ich Lina.«

»Das glaube ich dir gern.« Kurz wirkte er zerknirscht. »Dennoch bin ich ein sehr neugieriger Mensch und kann es kaum erwarten, dich in deinem schönsten Kleid zu sehen.«

»Das bringt Unglück«, beeilte sich Katharina zu sagen.

»Würdest du mich vor der Trauung in meinem Hochzeitskleid sehen, so bringt das Unglück, sagt man.«

Carl nickte und setzte eine betrübte Miene auf. »Ich habe davon gehört«, murmelte er, »dennoch sehne ich den Tag herbei, an dem ich dich als meine Braut in die Arme schließen kann.«

»So lange dauert es ja nicht mehr.«

»Allerdings.« Carl nickte. »Da fällt mir ein, dass ich meinem Herrenausstatter auch noch einen Besuch abstatten muss. Für meine Garderobe.«

»Dunkle Anzüge besitzt du ja seit der Firmengründung«, behauptete Katharina.

»Dennoch.« Carl schüttelte den Kopf. »Ich möchte dich in einem neuen Anzug und einem schwarzen Zylinder auf dem Kopf zum Traualtar führen.«

»Eine traumhafte Vorstellung«, schwärmte Katharina. »Dabei haben wir noch so viel vorzubereiten.«

»Wir werden alles schaffen«, versicherte Carl ihr. »Übrigens ist mein Büro heute fertig geworden. Willst du es sehen?«

»Natürlich.«

Er nahm sie an der Hand und führte sie durch die Halle. Die neugierigen Blicke der Handwerker ignorierte das verliebte Paar. Sein Büro lag in der hintersten Ecke der Produktionshalle. Tischler hatten ihm ein eigenes Reich mit Wänden und einer Tür geschaffen. Durch ein Fenster konnte Carl vom Schreibtisch aus in die Halle blicken.

»Nach Ihnen die Dame.« Carl lächelte, als er die Tür aufstieß.

Mit neugierigem Blick betrat Katharina das gut zehn Quadratmeter große Büro, während Carl im Türrahmen stehen blieb. Gespannt wartete er auf ihre Reaktion. »Gefällt es dir?«

Katharina blickte sich um. Die Einrichtung war bereits angeliefert und montiert worden. Es gab einen großen Schreibtisch, hinter dem ein bequemer Sessel stand. Auf der aufwendig gedrechselten Tischplatte thronte ein hölzerner Globus. Vor dem Tisch befanden sich zwei etwas einfacher gehaltene Besucherstühle aus dunkel gebeiztem Eichenholz. Hohe Schränke boten Platz für Akten, ein runder Tisch mit vier Stühlen lud zu Besprechungen ein. Sogar ein zweites Fenster zum Hof hatte man ihm geschaffen, sodass er mit einem Blick in die Natur die nötige Zerstreuung finden konnte. Außerdem sorgte das Fenster für ausreichend Tageslicht im Innern.

»Es ist wunderschön geworden«, stellte Katharina lächelnd fest. Sie atmete tief durch und setzte sich auf einen der beiden Besucherstühle am Schreibtisch. Nachdenklich betrachtete sie den hölzernen Globus. »Schön ist er.«

Carl setzte sich ebenfalls. Seine Hand strich über die Oberseite der hölzernen Kugel. »Er symbolisiert unsere Reichweite«, bemerkte er. »Wir werden unsere Zentrifugen bald in die ganze Welt verkaufen.«

»Ich liebe deinen Optimismus.« Katharina betrachtete ihn eingehend. »Hast du mal einen Stift und einen Bogen Papier?«

»Aber selbstverständlich.« Er zog eine Schublade im Schreibtisch auf und nahm beides heraus, um es ihr hinzuschieben. Katharina beugte sich vor und nahm den Stift in die Hand. Ihr war beim Betrachten des Globus eine Idee gekommen.

Carl sah ihr neugierig beim Zeichnen zu und erkannte offensichtlich schnell, dass sie die Weltkugel von seinem Schreibtisch abmalte. Immer wieder schielte sie auf das hölzerne Original, orientierte sich und übertrug die Kontinente auf das Blatt Papier. Geschickt zeichnete sie die Linien der Erdquadranten nach. Nur die Mitte ließ sie aus. An die Stelle, wo sich nach Auffassung der Forscher der Äquator befand, zeichnete sie zwei Striche, die ihre Weltkugel zu umspannen schienen. In diesen freibleibenden Streifen schrieb sie Carls Namen, so, als würde er die Welt umspannen. Es dauerte ein paar Minuten, bis sie zufrieden war und ihm das Blatt so drehte, dass er einen Blick darauf werfen konnte.

»Was wird das?« Neugierig beugte sich Carl vor. Er betrachtete die abgemalte Weltkugel mit einem zufriedenen Nicken. Als er in der Mitte des Kreises den Namen Thiele erblickte, grinste er verstehend.

»Das, mein lieber Carl, ist dein Markenzeichen.« Gespannt betrachtete Katharina ihn. Dabei achtete sie auf jede Regung in seinem Gesicht. »Wenn du in Kürze deine Firma eröffnen willst, benötigst du ein Markenzeichen – etwas, woran man auf den ersten Blick erkennt, dass die Maschine aus deiner Fabrikation stammt. Der Globus ist dein Wiedererkennungsmerkmal.«

»Das klingt gut«, stimmte er ihr zu, »sehr gut sogar, Prinzessin.«

»Und damit nicht genug: Um das Markenzeichen bekannt zu machen, sollte es überall erscheinen. In Zeitungsannoncen, auf Werbeplakaten an den Litfaßsäulen, ja sogar auf deinen Lieferscheinen und Rechnungen und natürlich im Kopf deiner Briefbögen.«

»Du bist grandios«, stellte Carl sichtlich beeindruckt fest. »Das gefällt mir ausgesprochen gut und es zeigt das, was ich mit meinen Maschinen erreichen will. Bekanntheit in allen Ländern dieser Erde.«

»Du möchtest, dass sich deine Maschinen von denen der Konkurrenz unterscheiden? Dann versieh sie mit dem Thiele-Globus. Verkünde der Welt, dass Thiele-Maschinen die besten sind.«

»Ich stelle dich hiermit für unsere Reklame ein«, entfuhr es Carl. »Du bist grandios.«

»Dann brauchen wir noch einen griffigen Reklamespruch.«

»Einen … was?«

»Einen Reklamespruch. So nennt man einen Spruch oder ein Zitat, das mit der Marke in Verbindung gebracht wird.«

»Einverstanden, aber wir haben den Maschinen doch schon einen Namen gegeben.«

»Aber das war erst der Anfang.« Katharina musste nicht lange nachdenken. Sie nahm ihm das Blatt aus der Hand und zückte den Stift erneut. »Die *Satellit* – das Beste für Ihren Hof«, kritzelte sie in schwungvollen Lettern auf das Papier. »Wie klingt das?«

»Es ist die Wahrheit«, antwortete er schmunzelnd. »Ich möchte höchsten Ansprüchen gerecht werden und Qualität liefern.«

»Dann hast du jetzt hochgesteckte Ziele, die es zu erreichen gilt«, nickte Katharina. »Hast du schon Arbeiter eingestellt?«

»Ab morgen kommen Bewerber«, erklärte Carl. »Ich werde sie mir alle genau ansehen und nur die Besten und Zuverlässigsten einstellen.«

»Dann bist du auf einem guten Weg.« Katharina schob ihm das Blatt Papier wieder hin und erhob sich. Sie trat ans Fenster und genoss den Ausblick auf die schneebedeckten Wiesen, die das Grundstück zu seiner Rückseite umgaben. Kurz sehnte sie sich nach dem Bauernhof, nach der Idylle von Clarholz. Ein Eiszapfen brach aus dem Fensterrahmen über ihr heraus. Katharina verwarf die traurigen Gedanken und besann sich auf ihr Glück. »Manchmal«, sagte sie, ohne sich zu Carl umzudrehen, »fühle ich mich wie in einem Traum, Carl. Ich bin so unglaublich glücklich, dass wir uns begegnet sind. Dass Vater uns seinen Segen gegeben hat, und dass wir bald heiraten. Dass du deine Idee mit Leben füllst und die Landwirtschaft mit deiner neuen Maschine begeistern wirst.«

Carl war hinter sie getreten und umschloss sie mit seinen starken Armen. »Und dass ich jetzt jeden Tag einen Anzug tragen muss«, fügte er feixend hinzu und knabberte zärtlich an ihrem Nacken. Als sie seine Liebkosungen spürte, erschauderte sie. Sie stöhnte auf. »Das dürfen wir hier nicht.«

Er lachte leise und knabberte weiter. Sie bekam eine Gänsehaut. »Wer sagt das?«, fragte er. »Hier bin ich der Chef.«

»Vielleicht hast du recht«, nickte sie, drückte ihn sanft fort und löste sich aus der Umarmung, um die Bürotür abzuschließen. Danach verschloss sie die Jalousie des Fensters, das den Blick in die Werkhalle preisgab. Zuschauer konnte sie nicht gebrauchen, denn die Sehnsucht nach Carl hatte sie längst überkommen. Es wäre nicht auszudenken gewesen, wenn sie jetzt gestört würden.

»Was wird das?« Carl tat verwundert.

»Lass dich überraschen«, erwiderte Katharina mit einem lasziven Augenaufschlag, bevor sie ihn mit einer nie gekannten Dringlichkeit küsste.

*

Kaum, dass sie ihre Kleider wieder gerichtet hatten, riss sie ein Klopfen an der Tür aus der trauten Zweisamkeit. »Herr Thiele?«, erklang eine Männerstimme, die von einem erneuten Klopfen begleitet wurde.

Katharina blickte Carl mit großen Augen an. Hastig zupfte sie ihre Frisur zurecht. Sie spürte, dass ihre Wangen noch vor Hitze glühten. Erschöpft, aber glücklich holte sie ein paar Mal tief Luft, bevor sie Carl zunickte.

»Einen Moment bitte.« Carl war sichtlich um einen festen Klang seiner Stimme bemüht. Er räusperte sich, verschloss hastig die silbernen Knöpfe seines Jacketts und eilte zur Tür. Katharina quittierte mit einem wissenden Lächeln, dass seine Hand zitterte, als er sie ausstreckte, um den Schlüssel zu drehen.

Als er die Tür geöffnet hatte, stand ein Mann in seinem Alter vor ihm. »Herr Thiele?«

»Ja, der bin ich. Mit wem habe ich das Vergnügen?«

»Oh Verzeihung, hätte ich geahnt, dass eine Dame anwesend ist …«, sagte der Fremde, als er Katharina erblickte, die auf einem der Stühle saß und an ihrer Zeichnung arbeitete.

»Mein Name ist Rudolf Zenker«, stellte sich der Besucher vor. Carl musterte ihn neugierig. Sein grauer Maßanzug und die breite Krawatte ließen darauf schließen, dass er ein Geschäftsmann war. Das dunkle, streng zurückgekämmte Haar war von ersten silbernen Fäden durchzogen, der Blick seiner grauen Augen wachsam und offen. Er trug einen fein gestutzten Schnurrbart, der sein aristokratisches Aussehen unterstrich. Zenker war einen halben Kopf kleiner als Carl und von untersetzter Statur, dennoch war sein Auftreten selbstbewusst. Am langen Arm trug der Besucher eine braune Ledertasche.

»Was kann ich für Sie tun?«, fragte Carl, nachdem er seine Beobachtungen abgeschlossen hatte. Er bat den Gast in sein Büro. Die Tür ließ er offen stehen.

»Ich möchte Ihnen ein Geschäft vorschlagen.«

Carl tauschte einen schnellen Blick mit Katharina, dann rückte er dem Gast einen Stuhl am Besprechungstisch zurecht. »Nehmen Sie doch Platz.«

»Gern, haben Sie vielen Dank.« Zenker deutete eine Verbeugung an, bevor er sich setzte.

»Das ist Katharina Zumwinkel, meine Verlobte«, stellte Carl seine Braut stolz vor. »Gemeinsam haben wir die Maschinen entwickelt, die wir nun unter dem Namen *Satellit* verkaufen.« Er bedachte Katharina mit einem liebevollen Blick.

»Sehr angenehm.« Zenker stellte die Tasche neben sich ab und nahm Platz. »Wie mir zu Ohren gekommen ist, werden Sie in Kürze eine Fabrik eröffnen, die Ihre Milchzentrifugen herstellt«, kam er gleich auf den Anlass seines Besuches zu sprechen.

»Es scheint sich schnell herumzusprechen.« Carl setzte sich lächelnd zu seiner Verlobten und dem Gast. »Sie sprachen eingangs von einem Geschäft, das Sie mir vorschlagen wollen. Worum handelt es sich?«

»Ich bin Handelsreisender aus Hagen in Westfalen und arbeite für eine Eisenhandlung.« Als Carl nicht gleich antwortete, fuhr er fort: »Und für die hier geplante Herstellung Ihrer Zentrifugen benötigen Sie Anbauteile in großer Stückzahl. Handgriffe, Beschläge, Riegel und natürlich Schrauben und Nägel.«

»Das ist korrekt.« Carl nickte.

»Ich bin in der glücklichen Lage, Ihnen das benötigte Material in allerbester Qualität und zu günstigsten Konditionen zur Verfügung zu stellen.«

»Mein Verlobter legt Wert darauf, dass alle Anbauteile seiner Maschinen aus eigener Herstellung stammen«, warf Katharina jetzt ein. Sie legte den Stift fort und betrachtete den Gast, der kurz ein wenig perplex wirkte, als sie sich am Gespräch beteiligte. Offenbar war er es nicht gewohnt, mit Frauen zu verhandeln. Doch dann schenkte er Katharina ein freundliches Lächeln.

»Mit Verlaub, er wird sich kaum die Schrauben selbst drehen wollen, oder irre ich?« Zenker lachte amüsiert. Als weder Katharina noch Carl in sein Lachen einstimmten, fuhr er mit ernster Miene fort: »Das ist sicher lobenswert, doch sicherlich nicht effektiv. Billiger wäre es, die Anbauteile einzukaufen.«

»Aber nicht in der gewünschten Qualität, die mein künftiger Mann für sich beansprucht«, entgegnete Katharina. »Carl hat sich hohe Ziele gesetzt, seine Zentrifugen sollen immer besser und zuverlässiger sein als die der Konkurrenz. Außerdem sollen sie über technische Neuerungen verfügen und somit leistungsfähiger sein.«

»Das sind ehrgeizige Ziele«, nickte Zenker.

»Diese Ziele, werter Herr Zenker, setzen hochwertige Komponenten voraus, die dauerhaft hohen Belastungen standhalten«, fügte Carl hinzu. »Aus diesem Grunde bedanke ich mich für Ihren Besuch, aber ich glaube, wir kommen nicht ins Geschäft.«

Zenker kämpfte sichtbar um seine Fassung, doch er war bemüht, sich die Enttäuschung nicht anmerken zu lassen. »Gern können wir einen gemeinsamen Blick in meine Kataloge werfen, dann können Sie sich von meinem Sortiment überzeugen.«

»Ihre Eisenwaren interessieren mich«, erwiderte Carl, dem eine andere Idee kam. »Allerdings möchte ich sie nicht an meinen Maschinen zum Einsatz bringen, sondern einen eigenen Handel mit Ihren Artikeln betreiben, Herr Zenker.«

»Auch das ist grundsätzlich machbar.«

Zenker überlegte einen kurzen Moment, bevor er ausführte: »Ich könnte mir vorstellen, Ihre Eisenwarenhandlung mit meinen Artikeln auszustatten. Große Rabatte wären sicherlich möglich.«

Carl dachte einen Augenblick lang nach, dann räusperte er sich. »Sagen Sie, als Handelsreisender verfügen Sie sicherlich über eine kaufmännische Ausbildung, nehme ich an?«

»Das ist korrekt. Ich wurde als Kommis in einem namhaften Hagener Unternehmen ausgebildet, habe die Handelsschule besucht und beherrsche das Kaufmannswesen wie kaum ein anderer.«

Bescheidenheit ist nicht seine Stärke, dachte Carl ein wenig amüsiert. »Also wären Sie in der Lage, ein Unternehmen wie meines zu führen?«

»Davon ist auszugehen. Allerdings verfüge ich nicht über das nötige technische Verständnis, um die Produktion führen zu können.«

»Das ist weiterhin mein Bereich«, sagte Carl.

»Also würden wir uns sinnvoll ergänzen«, fasste Zenker Carls Überlegungen richtig auf.

»Wenn es zu einer Kooperation käme, wäre das durchaus denkbar«, nickte Carl. »Und die Eisenwarenhandlung könnten wir als zweites Standbein fortführen.«

»Woran es meinem Verlobten mangelt, ist ein geeignetes Vertriebsnetz für seine Produkte«, eröffnete Katharina dem Besucher mit entwaffnender Ehrlichkeit. Carl sah sie überrascht an, schwieg aber und wartete Zenkers Antwort ab.

»Wissen Sie«, sagte Zenker, »ich denke, wir würden uns hervorragend ergänzen, denn die nötigen Erfahrungen im Vertrieb bringe ich natürlich mit.« Er lachte. »Insofern wäre ich durchaus eine gute Partie für Sie, wertester Thiele.«

Carl tauschte einen Blick mit Katharina, die dem Gespräch der Männer aufmerksam zugehört hatte. Jetzt wiegte sie unmerklich den Kopf und deutete ein Nicken an.

»Wir können die Überlegungen zu einer Zusammenarbeit gern vertiefen, werter Herr Zenker«, schlug Carl schließlich vor. Der Gedanke, dass er sich einen erfahrenen Kaufmann ins Geschäft holte, hatte etwas Verlockendes. So konnte er sich auf den Bau und die Entwicklung neuer Maschinen und Geräte kümmern, während sich sein künftiger Kompagnon um den

Vertrieb und den Aufbau eines Kundenstamms kümmerte. Sie würden sich hervorragend ergänzen.

»Ich bin imstande, eine Vielzahl von solventen Kunden zu akquirieren, und werde mich, Ihr Einverständnis vorausgesetzt, auch gern um die Buchhaltung kümmern.« Als er Katharinas zweifelnden Gesichtsausdruck sah, nickte er verständnisvoll. »Das setzt natürlich Ihr Vertrauen in meine Person voraus.«

»Allerdings.« Carl war mit dem Verlauf des Gespräches zufrieden. Er nickte zustimmend. »Wir sollten uns Gedanken machen, wie eine solche Zusammenarbeit aussehen könnte und dann Nägel mit Köpfen machen.«

»Wenn wir eine für beide Seiten attraktive Lösung erarbeitet haben«, stimmte Zenker zu. Er erhob sich und verabschiedete sich zunächst von Katharina. Diese stand ebenfalls auf und gab dem Geschäftsmann die Hand. Er hauchte ihr einen Kuss auf den Handrücken und verneigte sich leicht, dann verabschiedete er sich von Carl, der ihn zur Tür begleitete. »Wir sehen uns in zwei Tagen«, schlug Carl vor.

»Eine gute Idee, ich freue mich bereits auf das Wiedersehen.« Rudolf Zenker hatte offensichtlich nicht damit gerechnet, dass er beim Besuch eines potenziellen Neukunden eine Kooperation angeboten bekam, schien aber zufrieden zu sein, als er sich zum Gehen wandte.

Nachdem der Gast verschwunden war, drückte Carl die Bürotür ins Schloss. Katharina strahlte. »Siehst du«, sagte sie, »es nimmt alles Form an, und du hast schon bald einen Kaufmann als Geschäftspartner, der die Dinge regelt, mit denen du dich nicht auseinandersetzen möchtest.«

»So kann ich mich um die technischen Belange kümmern«, nickte Carl. »Und wenn es zwei Geschäftsführer gibt, werden wir uns hervorragend ergänzen.«

*

Am späten Abend beobachtete Katharina ihren Verlobten, der sich entkleidete und bettfertig machte. Bei seinem Anblick stahl sich ein verzücktes Lächeln auf ihr Gesicht. Sie vermochte kaum in Worte zu fassen, wie sehr sie Carl liebte. Allein seine Anwesenheit ließ ihr Herz schneller schlagen. So konnte sie den Tag ihrer Hochzeit kaum erwarten, doch es gab noch so unendlich viel vorzubereiten.

Nach den Anstrengungen des Tages war sie vor ihm zu Bett gegangen. Um sich die Zeit zu vertreiben, bis er zu ihr kam, hatte sie versucht, zu lesen. Doch sie hatte sich einfach nicht auf die Zeilen konzentrieren können. Zu viele Dinge geisterten in ihrem Kopf herum. Bald waren Carl und sie Mann und Frau, bald würde ihr neues, gemeinsames Leben beginnen. Und er stand kurz vor der Unternehmensgründung, arbeitete fast rund um die Uhr. *Thiele*, ging es ihr durch den Kopf, *bald heiße ich Katharina Thiele.* Noch klang das ungewohnt, doch Katharina freute sich darauf, schon bald den Namen ihres Mannes tragen zu dürfen.

Sorgfältig legte Carl die schwarze Hose und das strahlend weiße Hemd über den Herrendiener in der Ecke der Schlafkammer. »Es ist noch so ungewohnt, jeden Tag im feinen Zwirn herumzulaufen«, lächelte Carl.

»Der Anzug steht dir hervorragend.«

»Danke für die Blumen.« Carl schmunzelte, während er in den hellblau gestreiften Leinenpyjama schlüpfte. »So fühle ich mich am wohlsten«, lächelte er, bevor er an das Kabinett mit der Waschschüssel trat. Schnell wusch er sich Gesicht und Hände. Nachdem er sich abgetrocknet hatte, schlüpfte er zu seiner Verlobten ins Bett und schmiegte sich an sie. Sofort klappte Katharina das Buch zu, um es auf das Nachtschränkchen zu legen.

Sie schloss die Augen und genoss seine Finger auf ihrer Haut, die ein angenehmes Kribbeln in ihr auslösten. Sie erschauderte.

»Meinst du, Rudolf Zenker ist gut für uns?«, fragte Carl unvermittelt.

Katharina schlug die Augen auf. Manchmal hatte er ein eigenartiges Geschick dafür, sie von einem Moment auf den anderen auf den Boden der Tatsachen zurückzuholen. »Wovon sprichst du?«, fragte sie und konnte eine leichte Enttäuschung in ihrer Stimme nicht verbergen.

»Ob dieser Handelsreisende gut für uns ist.« Er sah sie mit großen Augen an und legte einen Arm um ihre Schulter.

»Ich denke, er kann das, was du nicht kannst«, überlegte Katharina. »Er kann offenbar mit Zahlen jonglieren und Kunden für sich begeistern. Dafür kann er den technischen Teil des Geschäfts nicht so gut – und jetzt kommst du ins Gespräch, mein lieber Herr Thiele.« Sie lachte und fuhr ihm durch das dichte Haar. »Du bist ein Genie, hast gute Ideen und verfügst über großes technisches Verständnis.«

»Du meinst, wir ergänzen uns?«

»Absolut – vorausgesetzt, er hält seine Versprechungen und

ist tatsächlich ein brillanter Kaufmann.« Katharina nickte. Eher zufällig war sie im Betrieb gewesen, als Zenker ihrem Verlobten einen Besuch abgestattet hatte. Der Handelsreisende war sympathisch, er verfügte über gute Manieren und schien gebildet zu sein. Insofern brachte er alles mit, um ein junges Unternehmen der Kundschaft zu präsentieren und neue Käufer zu begeistern.

»Wenn ihr gemeinsam an der Spitze der Firma steht, könnt ihr es weit bringen«, überlegte Katharina und nagte auf der Unterlippe.

»Du meinst, wir sollten ihn nicht als Mitarbeiter einstellen? Und stattdessen zum Teilhaber in unserer Firma machen?«

»Es wäre zumindest eine Überlegung wert«, antwortete sie. »So könnte sich Zenker mit seinem Kapital an Thiele beteiligen, was unser Risiko minimiert, und du könntest sicher sein, dass er sich für den Erfolg der Firma stark macht und schließlich ihr beide von guten Umsätzen profitiert.«

»Und die Risiken?« Carl wirkte nachdenklich.

»Die gibt es immer«, stimmte Katharina ihm zu. »Andererseits sind sie zu vernachlässigen, denn wenn er dein Kompagnon wird, kannst du davon ausgehen, dass er nichts tut, was der Firma schaden könnte. Er wird vorsichtig agieren, neue Kunden akquirieren und die Umsätze steigern.«

»Das klingt vernünftig«, musste er zugeben.

»Das ist es auch«, war Katharina überzeugt.

»Solange er nicht mit unserem Geld durchbrennt.«

»Das wird nicht geschehen.« Katharina schüttelte den Kopf. »Denn dann würde er die Firma, an der er beteiligt ist, in den Ruin stürzen und selbst an den Verlusten leiden.«

»Vielleicht hast du recht.«

»Ich könnte mir gut vorstellen, dass er an dieser Option interessiert ist«, fuhr Katharina fort. In den letzten Tagen hatte sie sich immer wieder Sorgen um Carls Unternehmen gemacht. Obwohl er technisches Verständnis besaß, konnte er mit Zahlen tatsächlich nicht im Geringsten umgehen. Und die Firma, die sie jetzt in der alten Kornmühle untergebracht hatten, war eine ganz andere Größenordnung als die kleine Werkstatt im alten Posthof. Wäre nicht Friedrich Beyer im rechten Moment aufgetaucht, gäbe es die Firma Thiele sicherlich schon gar nicht mehr. Jetzt galt es, mit dem wenigen vorhandenen Kapital so schnell wie möglich Gewinne zu erwirtschaften. Dabei konnte ihnen Rudolf Zenker sicher behilflich sein. Und wenn Carls mitunter gewagte Pläne aufgingen, konnten sie schon bald mit der Produktion der Zentrifugen ihren Lebensunterhalt verdienen.

»Wie soll ich es angehen?«, fragte Carl und seufzte.

»Schlag ihm eine Teilhaberschaft vor und warte seine Vorschläge ab«, empfahl Katharina ihm. »Vielleicht ist er einverstanden und ihr macht künftig gemeinsame Sache.«

»Dann könnte ich mich auf den Bau der Zentrifugen konzentrieren und endlich neue Maschinen entwickeln«, nickte Carl. Die Vorstellung erschien verlockend, das sah sie an seinem zufriedenen Gesichtsausdruck.

»Ihr solltet euch zusammensetzen und besprechen, wie eine Zusammenarbeit aussehen könnte.«

»Ich werde ihn morgen einladen, dann können wir die Details besprechen.«

Katharina gähnte. »Es ist spät geworden, Herr Thiele.« Wieder strich sie ihm durch das Haar und schmiegte sich an ihn. »Ich möchte jetzt schlafen.«

»Ich hoffe, dass ich einschlafen kann«, murmelte Carl, den das Gespräch noch zu beschäftigen schien. Er beugte sich zur Seite, um die Laterne zu löschen. Sekundenlang saß er mit geöffneten Augen im Bett.

»Komm schon«, sagte Katharina, »wir sollten jetzt schlafen.«

»Wer sagt, dass ich müde bin?«, entgegnete Carl kichernd. Bevor Katharina etwas erwidern konnte, schlüpfte er unter ihre Decke und begann sie zu kitzeln. Sie musste lachen und konnte sich ein Quietschen nur schwer verkneifen. Aus Carls kindlicher Neckerei wurde ein zärtliches Spiel seiner Finger. Langsam schob er ihr Nachthemd beiseite. Katharina spürte Schmetterlinge im Bauch, als sie sich mit einem leisen Stöhnen seinen Liebkosungen hingab. Plötzlich war ihre Müdigkeit wie verflogen. Sie sehnte sich nach seinen Berührungen, nach seinen Küssen auf ihrer Haut und war bereits im siebten Himmel, als sich sein Mund im Dunkel der Schlafkammer auf ihre Lippen senkte.

Kapitel 47

Carls Aufregung wuchs ins Unermessliche, als er ein paar Tage später Rudolf Zenker in sein Büro führte. Er schloss die Tür hinter ihnen. Die Geräusche aus der angrenzenden Halle drangen nur noch gedämpft an ihre Ohren. Das Ticken der großen Uhr an der Wand war das einzige Geräusch im Raum.

»Nehmen Sie Platz«, sagte Carl und deutete mit einer einladenden Geste zum Besprechungstisch. Hastig räumte er die Skizzen und Konstruktionszeichnungen aus dem Weg und legte sie auf seinen Schreibtisch. Gestern Abend hatte er noch lange gearbeitet. Eine neue Erfindung ging ihm nicht mehr aus dem Kopf. Ihm war eingefallen, was man aus der Milchzentrifuge noch machen konnte. Eine Weiterentwicklung, die auf der Basis der sich drehenden Trommel basierte, beschäftigte ihn seit einiger Zeit. Er würde mit dieser Erfindung die Welt revolutionieren, davon war er schon jetzt überzeugt. Doch zunächst galt es, den Vertrieb der Zentrifugen und Buttermaschinen voranzutreiben. Und dafür brauchte er Zenker, den Handelsreisenden, der seine Produkte überall dort anbot und verkaufte, wo sie benötigt wurden: In der Landwirtschaft.

»Ich würde gern mit Ihnen zusammenarbeiten.«

»Das zu hören erfüllt mich mit Stolz«, versicherte Zenker ihm. »Wie stellen Sie sich eine Zusammenarbeit vor?«

»Ich werde Sie nicht einstellen.«

»Wie bitte?« Enttäuschung lag in Rudolf Zenkers Blick. »Aber warum, ich meine, wir waren uns doch fast …«

»Ich würde Sie gern zu meinem Partner machen«, unterbrach Carl ihn schmunzelnd.

»Wie darf ich das verstehen?«

»Ich übernehme Entwicklung und die Konstruktion der Maschinen, Sie kümmern sich als mein Kompagnon um den Vertrieb.«

Rudolf Zenker dachte kurz nach. »Dann wären wir gleichberechtigte Partner?« Er sah Carl erwartungsfroh an.

»So ist es.« Carl nickte. »Ich war so frei, die entsprechenden Verträge für die Firmengründung unseres gemeinsamen Unternehmens von Erwin Steiner, einem angesehenen Advokaten, und von Martin Drewitz, einem Notar, vorbereiten zu lassen.«

Zenker atmete hörbar aus. »Das kommt sehr überraschend für mich«, bemerkte er schließlich.

Carl spürte, wie ihm vor Aufregung das Blut in den Kopf schoss. Er ärgerte sich darüber, sich nicht besser unter Kontrolle zu haben.

Sein künftiger Geschäftspartner ließ sich von Carls sichtbarer Nervosität nicht aus der Ruhe bringen. Im Gegensatz zu ihm wirkte er nach dem anfänglichen Augenblick der Überraschung plötzlich fast gelassen.

Carl spürte, wie ihm schwindelig wurde. Er hoffte auf Zenkers Zusage, denn inzwischen war er davon überzeugt, dass dieser das Zeug hatte, seine Firma als Teilhaber mitzutragen. Auch Katharinas Argumente hatten ihn in seiner Meinung bestärkt. Wenn der Handelsreisende jetzt einen Rückzieher machte, musste er sich erneut mit der Frage auseinandersetzen, wer nun für die kaufmännischen Belange des Unternehmens die Verantwortung tragen könnte. Beyer würde ihm nicht immer unter die Arme greifen können, er betrieb seinen eigenen Agrarhandel und war damit gut ausgelastet.

»Ich bin gespannt auf Ihre Entscheidung«, sagte Carl. Er öffnete ein Fach an seinem Schreibtisch und nahm einen Umschlag heraus. Umständlich zog er die vorbereiteten Verträge aus dem Kuvert und legte sie zwischen ihnen auf die Schreibtischplatte.

»Das ist eine Entscheidung, die mein Leben verändern könnte«, bemerkte Zenker nach einem Moment des gespannten Schweigens. »Wissen Sie, ich bin oft unterwegs und habe nur wenig Freizeit. Nun bin ich älter geworden und bereit, eine Familie zu gründen.«

»Was schwierig ist, wenn Sie ständig auf Reisen sind«, setzte Carl Zenkers Überlegungen fort. »Das könnte sich ändern, wenn Sie bei mir einsteigen.«

»Die Vorstellung ist zugegebenermaßen verlockend.« Zenker lehnte sich zurück. Er schlug die Beine übereinander und rang mit den Händen. »Dennoch würde ich meine eigene Selbstständigkeit als Handelsreisender aufgeben müssen, um …«

»Ich möchte Sie nicht unter Druck setzen«, beschwichtigte

Carl ihn mit erhobenen Händen. »Sicher benötigen Sie Zeit, um sich mein Angebot durch den Kopf gehen zu lassen.«

Zenker betrachtete Carl und dachte angestrengt nach. Schließlich räusperte er sich und deutete ein Nicken an.

»Sie wären für den technischen Bereich verantwortlich, ich für den kaufmännischen Teil?« Zenker stützte das kantige Kinn in die Hände und betrachtete Carl. Er ließ sich mit seiner Antwort Zeit. »Also sollten wir künftig gemeinsame Sache machen.«

»Ich denke, langfristig würden wir beide von einer gemeinsamen Unternehmung profitieren können.«

»Das Wort gemeinsam kettet uns aneinander«, fand Zenker.

»Wenn wir gemeinsam erfolgreich sind, so profitieren wir gemeinsam davon«, argumentierte Carl mit einem gewinnenden Lächeln auf den Lippen.

»Das stimmt zwar«, erwiderte Zenker, »aber wenn wir beide nicht gemeinsam Erfolg haben, dann scheitern wir gemeinsam. So einfach ist das.« Er legte eine Pause ein und sah Carl an. »Also sollten wir zusehen, dass wir Erfolg haben.« Zenkers Grinsen wurde breiter.

Carl schöpfte Hoffnung. »Dann sind Sie im Boot?«

Zenker nickte und hielt ihm die Hand hin. »Wir machen gemeinsame Sache und werden Ihre Zentrifugen und das, was Sie sonst noch bauen werden, in aller Herren Länder verkaufen.«

»Gemeinsam zum Erfolg«, nickte Carl. »Wenn man dieses Prinzip verinnerlicht, funktioniert vieles besser, als wenn man allein ist«, nickte Carl. Ihm fiel ein Stein vom Herzen, als er die Hand seines neuen Geschäftspartners ergriff, um sie fest zu drücken. Beide Männer blickten sich einen Moment lang schweigend in die Augen. »Gemeinsam zum Erfolg«, sagte Zenker schließlich.

»Dann ist es abgemacht«, wiederholte Carl erleichtert. Am liebsten wäre er von seinem Platz aufgesprungen, um Rudolf Zenker zu umarmen.

Kapitel 48

Im Schankraum des Gasthofes von Caspar Heinrich Biermann herrschte zu vorgerückter Stunde nicht mehr allzu viel Betrieb. Die Petroleumlampen verbreiteten einen schummrigen Lichtschein. Die Jagdtrophäen an den Wänden warfen geheimnisvolle Schatten auf das Fachwerk und bildeten einen skurrilen Kontrast zu den Zinntellern, die zwischen dem Gebälk an den Wänden hingen. Schwere Balken stützten die Deckenkonstruktion, eine alte Standuhr in der Ecke tickte monoton.

Carl und Rudolf waren bereits zum Abendessen eingekehrt, um die Unterzeichnung der Kooperationsverträge gemeinsam mit dem Advokaten Erwin Steiner und ihrem Notar Martin Drewitz zu feiern. Damit war die offizielle Gründung des gemeinsamen Unternehmens »Zentrifugenfabrik Carl Thiele & Cie.« abgeschlossen. Die Produktion der Zentrifugen in der alten Kornmühle war bereits gestern angelaufen. Carl hatte dafür Sorge getragen, dass ein zweites Büro entstand, in dem Rudolf künftig arbeiten würde. Jetzt war es an Rudolf, ein neues Vertriebssystem aufzubauen, um Kunden zu gewinnen. Dabei war es ihm wichtig gewesen, nicht mehr wochenlang auf Reisen zu sein. Carl konnte ihm versichern, dass sich viele Geschäfte auch vom heimischen Büro in Herzebrock aus abschließen ließen.

Steiner und Drewitz hatten sich bereits verabschiedet, und so saßen Carl und Rudolf noch bei einem Bier am Tisch neben dem Eingang. Das Ticken der großen Standuhr wurde übertönt von den Gesprächen einiger Bauern, die es sich rauchend auf den gepolsterten Hockern am Tresen gemütlich gemacht hatten. Die Männer philosophierten lautstark über Gott und die Welt, einige lamentierten über die schlechten Zeiten, die man der Politik zu verdanken habe. Während es aus der Küche herrlich nach Essen duftete, war die Luft im Schankraum rauchgeschwängert.

»Das sind unsere Kunden«, raunte Rudolf ihm zu, nachdem er sich umgedreht hatte, um zu sehen, was Carl in seinem Rücken interessierte. Carl, der am Fenster auf der Bank saß, zuckte mit den Schultern. »Ich wage zu bezweifeln, dass sie sich unsere Maschinen leisten können.«

»Aber sicher.« Rudolf zeigte sich zuversichtlich. »Lass das mal meine Sorge sein, Partner«, fügte er jovial hinzu.

»So, die Herrschaften, noch eine Runde.« Caspar Heinrich Biermann, der füllige Wirt mit dem kantigen Schädel, trat an ihren Tisch und reichte den beiden neue Gläser. Als er Carls fragenden Blick sah, grinste Biermann. »Das geht aufs Haus. Wie ich vermute, gibt es etwas zu feiern bei den Herrschaften.«

»Allerdings«, nickte Carl, nachdem er sich bedankt hatte. »Wir haben heute ein Unternehmen gegründet und unsere Partnerschaft vertraglich besiegelt.«

»Das klingt spannend.« Der Wirt zog sich einen Stuhl heran und setzte sich zu ihnen. »Verzeihen Sie meine Neugier, aber darf man erfahren, um welche Art von Unternehmen es sich handelt?«

»Wir stellen Milchzentrifugen für die Landwirtschaft in aller Welt her«, erklärte Rudolf. »Das sind Maschinen für …«

»Ich weiß, was Zentrifugen sind«, unterbrach Biermann ihn lächelnd. »Das sind diese Dinger, die mir die Arbeit abnehmen sollen, aber eigentlich viel zu oft ausfallen, weil sie unzuverlässig sind.«

»Unser Modell *Satellit* ist von bester Qualität«, behauptete Carl stolz. Er konnte sich nicht vorstellen, wofür ein Gastwirt Zentrifugen benötigte. »Es ist so gebaut, dass es ein Leben lang halten wird.«

»Besteht Ihrerseits denn Interesse an einer Zentrifuge?« Rudolf schien Carls Gedanken erraten zu haben. Er lehnte sich zu dem Wirt hinüber und musterte ihn mit prüfendem Blick.

»Sonst würde ich nicht fragen.« Biermann lachte. »Sie müssen wissen, dass ich neben der Gastwirtschaft noch Milchvieh halte.«

Carl und Rudolf tauschten einen vielsagenden Blick.

»Daher bin ich auf die Zentrifugen angewiesen, jedoch ist es nicht hinzunehmen, dass die Maschinen ständig ausfallen und ungenutzt in der Ecke stehen.«

»Sie reden in der Mehrzahl?«, hakte Rudolf interessiert nach.

Biermann nickte. »Derzeit sind sieben Zentrifugen – wenn sie denn funktionieren – in meinem Stall im Einsatz.«

Carl spürte, wie ihn eine freudige Erregung ergriff. »Ich versichere Ihnen, dass unsere Zentrifugen nicht ausfallen werden.«

Zwischenzeitlich hatte Rudolf ein Blatt Papier und einen Stift aus der Tasche gezogen. Eilig kritzelte er ein paar Zahlen auf den Bogen. »Bei einer Abnahme von sieben Maschinen bin ich in der glücklichen Lage, Ihnen einen großzügigen Rabatt einzuräumen«, eröffnete er Biermann und schob ihm das Blatt hin. Der Wirt nahm es in seine großen Hände und überflog Rudolfs Berechnungen.

Carl beobachtete den Gastwirt gespannt und achtete auf jede Regung in seinem geröteten Gesicht.

»Das ist alles andere als billig«, bemerkte Caspar Heinrich Biermann schließlich. »Mit Verlaub, aber die Maschinen in meinem Betrieb haben nicht einmal die Hälfte gekostet.«

»Dafür stehen sie ungenutzt in der Ecke, anstatt Ihnen die Arbeit abzunehmen«, stellte Rudolf klar.

»Herr Biermann, ich lege meine Hand für unsere Zentrifugen ins Feuer, denn im Gegensatz zu denen der Konkurrenz sind sie wesentlich moderner und leistungsfähiger – sie sind nicht reparaturanfällig und halten ein Leben lang.«

»Das können Sie mir garantieren?«

Carl nickte. »Ich verspreche Ihnen, dass die von uns hergestellten Milchzentrifugen zuverlässiger sind. Und Sie können die *Satellit*, sobald Ihr Haus elektrifiziert wird, sogar elektrisch betreiben.«

»Das ist noch Zukunftsmusik«, winkte Biermann ab.

»Mitnichten, wertester Biermann«, entgegnete Carl. »Der Kaiser hat uns seine Unterstützung zugesichert. Er wird den Ausbau der Elektrizität in der gesamten Provinz Westfalen vorantreiben.«

»Das ist ein Argument.«

Nachdenklich massierte sich Biermann die Schläfen und stierte auf den Papierbogen in seiner Hand. Immer wieder schüttelte er den Kopf. Er schien mit sich zu ringen. Carl sah ihm an, dass die Vorstellung von zuverlässig arbeitenden Maschinen in seinem Stall durchaus reizvoll für ihn war. Dennoch schien ihm der Preis zu hoch zu sein.

»Kommen Sie in unseren Betrieb, und wir werden Ihnen unsere Maschinen vorführen«, schlug Carl vor. »Es besteht auch die Möglichkeit, dass Sie testweise eine Zentrifuge erhalten. Und wenn Sie zufrieden sind, würden wir uns über Ihren Auftrag freuen.«

Biermann betrachtete erst Rudolf, dann Carl mit einem eindringlichen Blick. »Was unterscheidet die Thiele-Zentrifugen von denen aus dem Süddeutschen?«

»Sie sind robust und arbeiten schnell und zuverlässig«, wiederholte Carl geduldig.

»Und Sie übernehmen Garantie?«

Wieder tauschten Carl und Rudolf einen Blick.

»So ist es«, nickte Carl und ignorierte den Fußtritt, den Rudolf ihm unter dem Tisch versetzte. Um ein Haar hätte Carl einen Schmerzensschrei ausgestoßen. »Ist das ein Wort?«, fragte er den Gastwirt stattdessen.

Caspar Heinrich Biermann dachte angestrengt nach, sah zu seiner Frau herüber, die hinter dem Tresen stand und die Bauern mit Getränken versorgte. Offenbar hatte Maria bemerkt, dass ihr Mann in ein intensives Gespräch verwickelt war und beobachtete die Männer bei ihrer Unterhaltung.

»So ist es«, sagte Carl schließlich. »So etwas hat es bisher nicht gegeben.«

»Mit Verlaub, Bescheidenheit ist nicht gerade Ihre Stärke.« Biermann grinste schief.

»Wir sind von unseren Maschinen überzeugt«, pflichtete Rudolf seinem Partner bei.

»Also gut.« Biermann nickte. »Ich bin einverstanden und offen gestanden neugierig. Deshalb würde ich gern eine Ihrer Zentrifugen sehen.«

»Carl ist ein Genie«, merkte Rudolf an. »Er tüftelt wochenlang und verwendet für den Bau der Zentrifugen ausschließlich beste Materialien – die Anbauteile kommen übrigens aus eigener Produktion.«

Zufrieden stellte Carl fest, dass sein Kompagnon bereits die Vorteile seiner Erfindung vortrug, als entsprächen sie seiner eigenen Philosophie.

»Ich verstehe.« Der Gastwirt seufzte schwer und nickte schließlich. »Qualität hat ihren Preis.«

»Aber Sie werden es nicht bereuen, denn die Mehrkosten zahlen sich durch die hohe Zuverlässigkeit schnell aus«, argumentierte Rudolf.

Biermann wiegte nachdenklich den Kopf.

Rudolf holte tief Luft. »Also dürfen wir Sie in der Fabrik begrüßen?«

Biermann nickte. Endlich hellte sich seine Miene auf. »Ja«, sagte er, »Sie haben meine Neugier geweckt, jetzt möchte ich die Produktion sehen und diese Wundermaschine begutachten.«

Carl erhob sich von der Bank und deutete eine Verbeugung an. »Wir freuen uns auf Ihren Besuch«, sagte er mit feierlichem Ton in der Stimme.

»Und die da«, Biermann deutete auf die Bauern am Tresen, »bringe ich gleich mit – einige von ihnen besitzen ebenfalls Milchvieh.«

»Sie fördern die Konkurrenz?«, fragte Rudolf mit einer erstaunt erhobenen Augenbraue.

Biermann schüttelte den Kopf. »Wir sind streng genommen keine Konkurrenten, weil jeder von uns seinen eigenen Kundenstamm hat. Und für mich ist die Milchwirtschaft ein zweites Standbein neben der Gastwirtschaft.« Jetzt lachte der Wirt. »Unter uns gesprochen: Ich weiß, dass die Bauern dort drüben sich allesamt für neumodische Technik begeistern können.«

»Hervorragend«, rief Rudolf für Carls Geschmack ein wenig zu euphorisch. »Dann bringen Sie die Herrschaften gern mit zu unserer kleinen Werksführung.«

Caspar Heinrich Biermann erhob sich schwerfällig. Er nickte und zupfte sich die Schürze zurecht, die sich über seinen üppigen Bauch spannte. »Worauf Sie sich verlassen können. Wenn die Maschinen nur halb so gut sind, wie Sie beide behaupten, dann dürfen wir uns das wohl kaum entgehen lassen.« Er deutete mit dem massigen Kinn auf die Biergläser. »Und nun lassen Sie es sich schmecken!«

Kapitel 49

Ein wenig neidisch auf ihre Freundin Katharina war Lina schon. Sie ging jetzt ihren eigenen Weg an der Seite von Carl, während Lina immer noch auf dem Zumwinkel-Hof als Küchenmagd arbeitete. Doch immer wenn sie in einem ruhigen Augenblick über ihr Leben nachdachte, wusste sie, dass das noch nicht alles war. Irgendwann, so hoffte sie, würde ihr Märchenprinz erscheinen, um sie zu entführen. Vielleicht nicht auf einem stolzen Ross und nicht gleich in ein Schloss, aber sicher würde er sie auf Händen tragen und ihr jeden Wunsch von den Augen ablesen.

Lina bemerkte den sehnsüchtigen Seufzer, der über ihre Lippen kam, nicht einmal.

»Träumst du?« Theresa war mit einem nachsichtigen Lächeln hinter sie getreten, während Lina Kartoffeln schälte.

»Vielleicht«, lächelte Lina und fühlte sich ertappt, »aber es war ein schöner Traum.« Für einen kurzen Augenblick legte sie das Messer aus der Hand, wischte sich die Hände an einem Leinentuch ab und betrachtete die große Menge der bereits geschälten Kartoffeln, die sie heute für die Suppe benötigten. »Was wäre eigentlich, wenn ich den Hof verlassen würde?«, fragte sie so unvermittelt, dass Theresa ein wenig zusammenzuckte. »Du auch noch?« Sie seufzte und dachte dabei wohl sofort an ihre Tochter, die sie schmerzlich vermisste. Nur der Gedanke daran, dass Carl ihr Kind gut behandelte, schien sie zu versöhnen.

»Nein«, lachte Lina und schämte sich fast ein wenig für die Frage. »Ich meine nur – wenn es eines Tages so weit wäre.« Sie griff wieder zum Messer und schälte weiter. Mit einem Glucksen landeten die geschälten Kartoffeln in dem großen, mit Wasser gefüllten Topf. Der Gesundheitszustand von Theresa Zumwinkel hatte sich in den letzten Wochen weiter verschlechtert. An manchen Tagen schaffte sie es kaum, das Bett zu verlassen. Sie hustete viel und fühlte sich kraftlos. Lina half ihr an diesen Tagen, wo sie konnte, brachte ihr Suppe und heißen Tee ans Bett, rief nach dem Arzt, wenn er benötigt wurde. Sie war auf dem Hof unabkömmlich geworden, und sie stand der Bäuerin gern zur Seite. In ihrer Zeit auf dem Zumwinkel-Hof hatte sie das Dorf nur selten verlassen. Ein paar Mal hatte sie Katharina schon besucht, ansonsten ging es nur zum Wochenmarkt in die Stadt. Dort wurden die Erträge des Hofes angeboten, aber auch Waren gekauft, die auf dem Hof gebraucht wurden. Da der Zumwinkel-Hof größtenteils von der Milchwirtschaft lebte, mussten viele Waren hinzugekauft werden, um den Betrieb aufrechtzuerhalten. Solche Markttage waren für Lina immer eine willkommene Abwechslung gewesen. Während die Landarbeiter und die Knechte auf den Feldern schufteten, verrichtete sie tagein, tagaus den Dienst in der Küche und kam nur selten vom Hof.

Lina spürte immer öfters den stärker werdenden Wunsch in sich heranwachsen, mehr Freiheiten zu genießen.

»Ich kann dich schlecht aufhalten, wenn du das Bedürfnis verspürst, uns eines Tages zu verlassen«, überlegte Theresa. »Und es muss ja nicht beim regulären Dienstbotenwechsel sein, denn dir würde ich alles ermöglichen.«

»Das weiß ich sehr zu schätzen.« Lina strahlte. »Aber noch ist es ja nicht so weit.«

»Du denkst an Katharina.«

»Ja.« Lina fühlte sich ertappt. »Sie fehlt mir.«

»Mir auch. Aber ich weiß, dass das der Lauf des Lebens ist. Kinder werden groß, sie heiraten und gründen eine eigene Familie.« Der Versuch, abgeklärt zu klingen, gelang Theresa nicht. »Ich kann Katharina nicht hier festbinden«, schob sie hinterher. »Sie ist erwachsen geworden und geht nun ihre eigenen Wege.«

»Ich glaube, ich hätte das Gefühl, euch im Stich zu lassen«, eröffnete Lina ihr. »Und ob ich das übers Herz brächte, weiß ich nicht.«

»Das wirst du schaffen«, war Katharinas Mutter sicher. Sie nahm Linas Hand und drückte sie. »Wenn erst ein Mann in dein Leben tritt, wirst du die Dinge mit anderen Augen sehen.«

»Die Post war da«, rief Bernhard Zumwinkel, der plötzlich in die Küche polterte. Er hielt zwei Briefumschläge in der Hand und grinste breit. Als er bemerkte, dass die beiden Frauen sich unterhalten hatten und nun irritiert aufblickten, murmelte er eine Entschuldigung. »Störe ich?«

»Nein, Bernhard, alles ist gut.« Theresa lächelte ihm zu. »Wir haben nur Frauengespräche geführt, nicht mehr und nicht weniger.«

»Soso.« Er nickte verstehend.

»Was bringst du uns für Post?«, fragte Theresa von der Neugier gepackt und zeigte auf die beiden Umschläge in seinen Händen.

»Post aus Herzebrock, von Carl und Katharina.« Immer noch grinsend zog er sich einen Stuhl heran.

»Zwei Briefe?« Theresa legte die Stirn in Falten.

»Einer für uns, einer für dich.« Der Bauer reichte Lina ein Kuvert.

»Ich ahne etwas«, schmunzelte Theresa, die den Umschlag auf den Tisch legte, um ihn vorsichtig und mit spitzen Fingern zu öffnen. Lina legte das Küchenmesser fort und öffnete ebenfalls ihren Umschlag. Dabei war sie ein wenig geschickter als die Bäuerin und zog den darin befindlichen Brief hervor. »Eine Einladung!«, rief sie hocherfreut. »Ich bin zu Katharinas Hochzeit eingeladen!«

Theresa und Bernhard Zumwinkel falteten den Brief ihrer Tochter auseinander. »Wir auch«, lachte Bernhard. Kurz verfinsterte sich seine Miene. Lina sah ihm an, dass mit der bevorstehenden Hochzeit sein Traum von Katharinas Hofübernahme endgültig platzte. Vielleicht hatte für ihn insgeheim noch ein Fünkchen Hoffnung bestanden, dass Katharina eines Tages nach Clarholz zurückkehrte. Diese Hoffnung schien er jetzt ein für alle Mal begraben zu müssen. Als er bemerkte, wie Lina ihn ansah, setzte er eine unbekümmerte Miene auf und machte eine wegwerfende Handbewegung. »Nur kein Mitleid mit einem armen alten Mann«, sagte er. »Ich bin ja selbst schuld.« Er lachte gewinnend, doch Lina ahnte, dass ihn der Verlust seiner Tochter mehr traf, als er zugeben wollte. Vielleicht hatte Theresa recht gehabt, als sie behauptet hatte, dass das der Lauf des Lebens sei. Lina selbst freute sich sehr auf das Fest, hatte sie ihre Freundin doch schon bei der Anprobe des Brautkleids begleiten dürfen. Katharina hatte ausgesehen wie eine Prinzessin. Und sie erwischte sich bei dem Gedanken, wann auch sie diesen großen Tag an der Seite ihres Prinzen erleben durfte.

*

In Herzebrock liefen die Hochzeitsvorbereitungen auf Hochtouren. Nur noch wenige Tage, bis Katharina endlich den Mann heiraten durfte, den sie so liebte, wie sie noch nie einen Menschen geliebt hatte, ohne den sie sich ein Leben nicht mehr vorstellen konnte und wollte. Während die Produktion in der Fabrik langsam anrollte und Carl sich um den Bau der Zentrifugen für Friedrich Beyer kümmerte, planten Anna und Katharina die Feierlichkeiten. Ein wenig vermisste Katharina in dieser Zeit ihre Mutter, doch Theresa war auf dem Hof unabkömmlich. Immerhin würde sie zur Hochzeit kommen, und Bernhard würde seine Tochter sicher zum Altar begleiten. Beim Bäckermeister wurde eine große Hochzeitstorte in Auftrag gegeben, die für alle Hochzeitsgäste genügen würde, in der Blumenhandlung wurden die Dekoration und der bunte Hochzeitsstrauß bestellt, der Schneider führte in diesen Tagen die letzten Arbeiten am Hochzeitskleid durch. Für alle Gäste, die von weit her anreisten, waren Zimmer in den umliegenden Gasthöfen reserviert worden, und Katharina und Carl hatten Besuch von Pfarrer Paul Westebbe empfangen. Der Geistliche würde sie trauen und so zu Mann und Frau machen. Katharina war von Glück beseelt bei den Vorbereitungen zur Hochzeit und fiel abends immer todmüde ins Bett, um in jeder Nacht von ihrer Hochzeitsfeier zu träumen. Ein rauschendes Fest sollte es werden, das ihrer Liebe zu Carl gerecht wurde. Und schon jetzt war Katharina sicher, dass keiner der Gäste diese Feier je vergessen würde. Nun blieb nur noch zu hoffen, dass das Wetter ihnen keinen Streich spielte, denn schon als Kind hatte sie von einer Märchenhochzeit bei strahlendem Sonnenschein geträumt.

Kapitel 50

Na, was sagst du, mein Lieber?« Stolz präsentierte Rudolf Zenker Carl die prall gefüllten Auftragsbücher, die er von seiner ersten Geschäftsreise mitgebracht hatte. In den letzten Tagen hatte er unzählige Bauernhöfe besucht, um ihnen die neue Thiele-Milchzentrifuge Modell *Satellit* vorzustellen. Dazu hatten sie eigens eine Kutsche umgebaut, auf der ein Prototyp zu Demonstrationszwecken montiert worden war. So konnten die Bauern Carls Erfindung gleich in Augenschein nehmen und bei Interesse direkt ausprobieren. Der Andrang war groß gewesen, nur einige Bauern zögerten noch, weil ihnen der Anschaffungspreis zu hoch war.

»Die werde ich auch noch überzeugen«, war Zenker sicher. »Jetzt, mein lieber Carl, wird es höchste Zeit, Zentrifugen in großen Mengen zu bauen.«

Carl beugte sich in seinem Schreibtischstuhl vor und blätterte durch die Unterlagen, die ihm sein Kompagnon präsentierte. »Ist das nicht großartig?«

»Du bist ein versierter Verkäufer«, lächelte Carl. »Ich kann bald mit der Massenproduktion beginnen, die Bauteile wurden bereits vorgefertigt.« Inzwischen arbeiteten elf Männer im Betrieb, sie alle wurden von Werkleiter Hermann Böker angeleitet, einem erfahrenen und äußerst zuverlässigen Handwerker.

»Bei allem Respekt«, sagte Carl ein wenig ernster. Sein Partner wirkte müde. »Du bist in meine Firma gekommen, weil du nicht mehr so viele Reisen unternehmen wolltest. Jetzt bist du doch ständig unterwegs.«

»Und? Es bereitet mir große Freude, die Menschen von deinen Maschinen zu überzeugen«, lachte Zenker.

»Ich mache mir Sorgen um dein Privatleben.«

»Das musst du nicht, mein Lieber.«

Zwischen den Männern war eine Freundschaft gewachsen, und ihre Gespräche gingen weit über geschäftliche Belange hinaus.

»Neulich habe ich deine Verlobte mit einem anderen Mädchen gesehen. Sie wollten gemeinsam in die Stadt.« Zenker zog das Jackett aus und hängte es lässig über die Stuhllehne, dann setzte er sich. »Sie war zwei Köpfe kleiner als ich, von zierlicher Statur und hatte langes, blondes Haar und wunderschöne blaue Augen. Eine sehr hübsche Person.«

Carl musste nicht lange überlegen, um zu wissen, von wem sein Partner ihm da vorschwärmte. »Lina«, sagte er, »das muss die gute Lina gewesen sein. Sie hat Katharina zur Anprobe begleitet.«

»Lina«, wiederholte Zenker mit einem sehnsüchtigen Blick. »Sie ist wunderschön, ich würde sie gern kennenlernen – oder gibt es da bereits einen Mann in ihrem Leben?«

»Nein, ich kann dich beruhigen. Sie ist nicht vergeben.«

»Und?«

»Was und?«

»Kannst du etwas arrangieren, damit wir uns begegnen?« Rudolf Zenker zwinkerte ihm vergnügt zu.

»Absolut«, nickte Carl. »Wir könnten gemeinsam in ein Wirtshaus gehen, um unseren Erfolg«, er tippte auf das volle Auftragsbuch, »zu feiern.«

»Einverstanden«, freute sich Carls Partner. »und wer ist diese Lina?«

»Sie ist Katharinas beste Freundin.«

»Wie schön.« Zenker nickte zufrieden. »Ich will ehrlich zu dir sein, alter Freund: Ich habe das Alleinsein so satt.«

»Das glaube ich dir gern. Ich denke, ihr solltet euch kennenlernen.« Carl nickte. Er war gespannt, was Katharina von dem Vorschlag hielt, Lina seinem Kompagnon vorzustellen.

Kapitel 51

Carl, mein lieber Carl, ich kann unser Glück noch gar nicht fassen«, schwärmte Katharina überglücklich, als sie nach der feierlichen Trauung vor die Kirche traten und den Applaus der Hochzeitsgesellschaft genossen. Es war ein wunderschöner, kalter, aber sonniger Tag, und das Glockengeläut der Klosterkirche von Sankt Christina wurde vom Wind über den nahen Dorfkern getragen. Schon während der Trauzeremonie hatte die Sonne durch die bunte Verglasung der Kirchenfenster über dem Altar geschienen und den Chorraum festlich in allen Farben erstrahlen lassen.

Hermann Westebbe, der grau melierte Pfarrer, hatte wunderschöne Worte gefunden, die ihr gemeinsames Glück in den kommenden Jahren begleiten würden.

»Es geht mir ganz genauso, Prinzessin«, antwortete Carl mit vor Rührung belegter Stimme. Seine stahlgrauen Augen schimmerten feucht, und noch immer schien er sich nicht an ihr sattsehen zu können. Ihr Kleid war wirklich ein Traum in Weiß geworden, der Schneider in Gütersloh hatte all ihre Wünsche erfüllt. Voller Stolz hatte ihr Vater, festlich gekleidet, im schwarzen Anzug, sie zum Altar geleitet, wo Carl sie bereits erwartet hatte. Während sie durch das Kirchenschiff geschritten waren, galten ihnen die bewundernden Blicke aller anwesenden Gäste. Neben den beiden Familien waren alle ihre Freunde geladen worden. Dabei war Katharina aufgefallen, dass sich Lina an die Seite von Rudolf Zenker gesetzt hatte. Immer wieder hatten die beiden angeregt miteinander getuschelt. Katharina war es recht, denn Zenker war sicherlich eine gute Partie für ihre Freundin. Sie war froh, dass Carl dem Glück der beiden ein wenig auf die Sprünge geholfen hatte.

»Du bist die schönste Braut, die ich je gesehen habe«, raunte ihr Carl ins Ohr.

»Wie viele Bräute hast du denn schon gesehen?«, fragte sie ihn augenzwinkernd.

»Eine ganze Menge«, behauptete ihr Mann lachend. »Doch du bist mit Abstand die Allerschönste!« Um seine Worte zu unterstreichen, küsste er sie vor den Augen der Hochzeitsgesellschaft. Unter dem Applaus der Gäste lächelte das Brautpaar sich an, bevor sich Katharina an die Anwesenden wandte.

»Meine Lieben«, sagte sie, »ich bin so froh, dass ihr uns in diesem schönsten Augenblick unseres Lebens begleitet habt, dass ihr Zeugen unserer Trauung geworden seid und dass ihr uns eure Glückwünsche ausgesprochen habt. Bevor es jetzt an den geselligen Teil der Hochzeitsfeier geht, möchte ich noch einen alten Brauch aufleben lassen.« Sie hob die Hand, in der sie ihren Brautstrauß hielt, und betrachtete die Blumen. Kurz zögerte sie, doch als sie Carls aufmunterndes Nicken sah, wandte sie den Gästen den Rücken zu. Innerlich zählte sie bis drei, dann holte sie aus und warf den Brautstrauß aus beiden Händen über den

Kopf nach hinten in die Menge. Kurz herrschte ein Tohuwabohu unter den weiblichen Gästen.

»Ich hab ihn!«, rief dann eine helle Stimme. Als Katharina sich schnell umwandte, sah sie, wie Lina mit ihrem Strauß in der Hand jubelte. »Ich hab ihn!«, rief sie immer wieder und strahlte über das ganze Gesicht. Lina tanzte unter dem Applaus der anderen im Kreis und hielt den Strauß wie eine Trophäe in die Höhe. Neben ihr stand Rudolf Zenker. Seine Wangen röteten sich leicht, als er sie mit einem sehnsüchtigen Lächeln ansah.

Katharina klatschte begeistert in die Hände.

»Na bitte«, flüsterte Carl ihr ins Ohr. »Hat doch geklappt.«

»Was hat geklappt?«

»Nun, du hast gerade Amors Pfeil abgeschossen«, grinste Carl. »Es war doch sicher Absicht, deine Freundin mit dem Strauß zu beglücken, oder irre ich mich?«

»Nein.« Lächelnd schüttelte Katharina den Kopf. »Natürlich nicht. Ich wünsche es Lina so sehr, dass sie endlich einen Mann findet, mit dem sie glücklich wird. So glücklich, wie ich es an deiner Seite sein werde, mein geliebter Carl.«

ENDE